Harry Rowohlt · Pooh's Corner

HARRY ROWOHLT

Pooh's Corner

Sämtliche Kolumnen, Rezensionen, Berichte, Filmkritiken

HAFFMANS VERLAG

Die in diesem Buch gesammelten »Pooh's Corners« sowie die meisten der Aufsätze und Berichte erschienen von 1989 bis 1997 in der ›Zeit‹, in Buchform als *Pooh's Corner* und *Pooh's Corner II* 1993 und 1997 im Haffmans Verlag. Hinweise auf die übrigen Erstveröffentlichungen sind in der editorischen Notiz am Schluß des Bandes zu finden.

Umschlagzeichnung von Volker Kriegel

Gesamtherstellung: Ebner Ulm
ISBN 3 251 00503 0

Inhalt

Pooh's Corner I

Vorwort 15
Who is Pooh? Auf Bärenfang in Sussex 18
Pooh's Corner 29
1989 29
Vier Soldaten 30
Warum die Zehn Gebote auf zwei Gesetzestafeln stehen 33
Möchte ich mich wiedervereinigen? 36
Ein unsouveränes Volk 39
1990 43
Leserbriefe 44
Zwei eigene Großmütter 46
Die Indianereinstellung 49
Frühstück ohne Blaulicht 52
Das tägliche Brot des Franz von Assisi 55
Meine Herren. Ich beantrage die Einstellung 58
Der Gerstner, der Gredinger und der Kutter 61
Cry Baby! 64
Breaking in 67
Herr, vergib ihnen, denn sie wissen nicht, was ich meine 69
Am Tag des Kruges 72
Ich und Schmidt-Bargfeld 76
1991 81
Aha, ein Sátori 82
Blauäugig. Na und? 85
Mein Lieblingskommunist und wie er seinen Zeigefinger verlor 87

Weinerlich: Mein anderer Lieblingskommunist 89
Das Auge Lenins 92
Ich bin das Ohr eines Mannes aus Connaught 96
Hippie Lehmann, die Sofa-Schnute 100
Übersetzen ist Kunst 102
1992 105
Alles wächst irgendwie zu und nach 106
Sarastro, opak-luzid. 109
I biondi sono out 113
Atropin und weiße Rosen 117
Übersetzen ist Kunst II 123
Gebet des Nashorns 126
... ist ein Porter dein einziger Freund 129
1993 133
Rein in den Wald und wieder raus aus dem Wald 134
Sonntags, wenn der Chef verreist 137
Dis cums right from da heart, paesano 139
Aufsätze und Berichte 143
Ru(h)m für Bären & Poeten 144
Irland, mit den Augen von Flann O'Brien gesehen 151
Und keiner hat was bestellt. Auf dem 1. Internationalen Flann-O'Brien-Symposium in Dublin 167
What a mess! Die Frankfurter Buchmesse oder: Vom Wertewandel in unserer Zeit . . 177
Indianer spielen 183
Morgen ist auch ein Tag, aber zuerst etwas Musik. Impressionen von einem Filmfestival in Kuba 195

Filmkritiken 207
»Abstieg zur Hölle« von Francis Girod 208
»Action Jackson« von Craig R. Baxley 210
»Asterix bei den Briten« von Pino van Lamsweerde 211
»Die Aufklärungsrolle: Als die Liebe laufen lernte« von Michael Strauven 213
»Als die Liebe laufen lernte – 2. Teil« von Anthony Waller 216
»Der Bär« von Jean-Jacques Annaud 217
»Batmans Rückkehr« von Tim Burton 218
»Black Rain« von Ridley Scott 221
»Die Braut des Prinzen« von Rob Reiner 223
»Checking Out« von David Leland 224
»Der Club der toten Dichter« von Peter Weir 225
»Drachenfutter« von Jan Schütte 227
»Engel aus Staub« von Edouard Niermans . . 229
»Erst die Arbeit und dann?« von Detlev Buck 231
»Die Falken« von Robert Ellis Miller 233
»Die Flüchtigen« von Francis Véber 234
»Das Geheimnis meines Erfolges« von Herbert Ross 235
»Greystoke. Die Legende von Tarzan« von Hugh Hudson 237
»Hairspray« von John Waters 240
»Hollywood Shuffle« von Robert Townsend 241
»Der Indianer« von Rolf Schübel 243
»Jumpin' Jack Flash« von Penny Marshall 245

»K9 – Mein Partner mit der kalten Schnauze« von Rod Daniel 247
»Liebes-Traum« von Charles Finch 248
»Light of day« von Paul Schrader 249
»Die nackte Kanone« von David Zucker . . . 250
»Police« von Maurice Pialat 251
»PowWow Highway« von Jonathan Wacks . . 253
»Schlappe Bullen beißen nicht« von Tom Mankiewicz 255
»Schönheit der Sünde« von Živko Nikolić . . 256
»Slam Dance« von Wayne Wang 258
»Sodbrennen« von Mike Nichols 259
»Subway« von Luc Besson 261
»Werner – beinhart« von Gerhard Hahn, Michael Schaack, Niki List u. v. a. 263
»Winckelmanns Reisen« von Jan Schütte . . 266
»Zurück in die Zukunft III« von Robert Zemeckis 269

Nachwort von Elke Heidenreich 271

Pooh's Corner II

Vorwort 275
Pooh's Corner 277
1993 277
Ein Wort, das ich normalerweise nie verwende 278
So ein kleines Wort 282
Fanpost aus Paris 285
Wieder daheim 288
1994 291
Im Kino 292
Schöne Verleser 295
Gegendarstellung 298
4. Auflage 301
Top Seven 305
1995 309
Nachbarn 310
Herr Lehmann 314
Dieser Anfang muß weg 317
Unser Schiff für Mururoa 320
Carte blanche 323
1996 327
Bestseller 328
Der Übersetzer-Preis 331
Voodoo 334
Im Speisewagen mit Jutta Ditfurth 336
Konjunktivitis heißt Bindehautentzündung 339
Der Laden brummt 342
Pu im Hundertsechzig-Morgen-Wald 346
Rückschau 349

1997 353
Eine Frage, die mich nicht losläßt 354
Opern Sie mir nicht in die Schuhe, Herr! . . 356
Aufsätze und Berichte 361
Pu bei den Parlamentariern 362
Unser Mann in der Lindenstraße 368
Verbieter's Block 375
Das Lied der Deutschen 378
Mein allererster und allerzweiter Film 379
Um die Mitte des Tages 382
Aus einem Fortsetzungsroman 384
Grußwort 385
Buchkritiken 387
Rabe Nr. 1 388
Georges Perec: »Das Leben.
Mit einem Puzzle.« 388
Rabe Nr. 2 388
Alfred Polgar: »Kleine Schriften I« 388
Rabe Nr. 4 389
Kurt Vonnegut: »Palm Sunday« 389
Adolf Glaßbrenner:
»Unterrichtung der Nation« 390
»Fünftausendvierundvierzig« 391
Rabe Nr. 10 392
Mathias Nolte: »Großkotz« 392
Rolf »Pfeife« Winter:
»Briefe an die Stern-Leser« 392
Kurt Tucholsky: »Unser ungelebtes Leben.
Briefe an Mary« 393
Klaus Wagenbach u. a.: »Fintentisch« 393
Rabe Nr. 13 394
Eugen Horti: »Herrenhausen/Schönheit
und Gleichnis« 394

Jean Lessenich: »Nun bin ich die niemals müde junge Hirschfrau oder Der Ajilie-Mann« 395
Rabe Nr. 14 395
Nat Hentoff & Nat Shapiro: »Jazz erzählt« 395
›top‹ Schlagertextheft (mit Starbild-Postkarte) 396
Rabe Nr. 16 396
Peter Frankenfeld: »Meine schönsten Anekdoten und Witze« 396
Longos: »Daphnis und Chloe« 397
Heinrich Scheffler: »Wörter auf Wanderschaft« 398
Seneca: »Epistulae morales ad Lucilium; Liber I« 400
Rabe Nr. 19 401
Frank Göhre: »Der Schrei des Schmetterlings« 401
Kurt Vonnegut: »Zielwasser« 401
»Galapagos« 401
Rabe Nr. 20 403
Kenneth Anger: »Hollywood Babylon II« 403
Géza von Cziffra: »Es war eine rauschende Ballnacht« 404
Leslie Halliwell: »The Filmgoer's Companion« 404
»Lexikon des internationalen Films« 405
Rabe Nr. 21 406
Rotbuch-Krimis 406
Pieke Biermann: »Potsdamer Ableben« 406
Jean Vautrin: »Billy-ze-Kick« 406

Peter Dunant: »Racheengel« 407
Tony Fennelly: »Mord auf der Klappe« 408
William Marshall: »Hongkong
Roadshow« 409
Didier Daeninckx: »Karteileichen« 409
Filmkritiken 411
»Auf Wiedersehen Amerika«
von Jan Schütte 412
»Indien« von Paul Harather, Alfred Dorfer
und Josef Hader 414
»Wildes Feld« von Nguyen Hong Sen 416
»Shakespeares Romeo & Julia«
von Baz Luhrmann. 419
Gespräche und Antworten 423
»Typisch, 'ne Fünf in Mathe«
›Spiegel‹-Gespräch 424
»Ich bin der Hauptpenner!«
Interview des Stadtmagazins ›Kreuzer‹ . . 434
Erst drängeln und dann trödeln
Der ›F.A.Z.-Magazin‹-Fragebogen 440
Was du nicht willst…
Der ›Die Woche‹-Fragebogen 443
Shel Silverstein: Never
Original… 446
…und Zeile für Zeile illustrierte
Übersetzung 447
Shel Silverstein: Memorizin' Mo 461
…und: Mo Auswendig 461

Editorische Notiz 463

Register 465

POOH'S CORNER I

VORWORT

inepsias scripsi ergo svm

Inzwischen häufen sich die Ehrungen, aber der Anfang war hart, verdammt hart.

Inzwischen fordert Uwe Kopf in ›Tempo‹, ich solle ›Zeit‹-Herausgeber werden, weil ich die nötige Intelligenz und den nötigen Durst aufbrächte; inzwischen fordert Rolf Suhl in ›SZENE Hamburg‹, ich solle als Senator für Inneres in Hamburg für Ruhe und Ordnung sorgen (was – nach einigen Irrungen – aufs selbe hinausläuft. Da werde ich lieber gleich ›Zeit‹-Herausgeber und brauche nicht jahrelang auf eine Sturmflut zu warten.*); Wolfgang »Klischee« Röhl gar schreibt mir einen bitterbösen Brief, ich solle nie wieder Zeitungsartikel schreiben, und zwar u. a., weil er das selbst viel besser kann: »Verfilzte Haare und Bierbauch machen noch keinen Bären.« Und wenn man so was von einer solchen Musterschüler-Fresse mit einer solchen Sonderschüler-Lache gesagt kriegt, hält man natürlich durch. Inzwischen wurde ich für den Helmut-M.-Braem- und den Deutschen Jugendbuch-Übersetzer-Preis nominiert; inzwischen hat mir Franziska »Am schönsten fand ich die Fresken« Greiner ihren Rucksack ausgeleert; inzwischen gebe ich schwer leserliche Autogramme, daß selbst Diakonissen schier aus dem Häubchen sind; inzwischen werde ich auf Vernissagen und zu

* Helmut Schmidt (frz.: le feldwébel); in Hamburch geboren und Iurrnalist geworden; Trendsetter in Geschmacks- (bübchenblau) und Etikette-(»Hamse überhaupt gedient?«)Fragen; Schulkamerad von Ruth Liepman und mir; trägt im Sommer kurze Hosen.

Talkshows eingeladen; inzwischen fragen mich die Menschen, ob sie ins Kino gehen dürfen, und, wenn ja, in welches; inzwischen fragen nur noch die hinterletzten Dumpfbeutel, ob ich was mit dem Rohwollt-Verlach zu tun habe; inzwischen sind der Helmut-M.-Braem- und der Deutsche Jugendbuch-Übersetzer-Preis zusammengelegt und in Harry-P.-Rowohlt-Preis umbenannt worden, und irgendwie läuft alles sowieso irgendwie besser.

Aber vorher?

Oha.

Gar nicht dran denken.

Vorher habe ich stumpf ein Buch nach dem anderen übersetzt, teils mit mehr – Flann O'Brien –, teils mit weniger – wie hieß er noch? – Vergnügen. A gentleman's hobby. Und dann kam Ute »Schnute« Blaich, die damals, als sie noch wußte, was gut für sie war, ›Zeit‹-Redaktrice für Kinderkram war, und sagte, sie will, daß ich in ihrer Promi-Reihe »Kinderbücher, die mich prägten« zwischen Axel Eggebrecht und Wolfdietrich Schnurre hinschreibe, welche Kinderbücher mich geprägt haben. »Zwischen Axel Eggebrecht und Wolfdietrich Schnurre? Da bin ich aber doch weißgott nicht promi genug«, sagte ich, aber Axel Eggebrecht sagte: »Schreib erstmal was hin; danach bist du dann, wenn du's schön gemacht hast, promi genug«, und was Wolfdietrich Schnurre gesagt hätte, weiß ich nicht, weil ich ihn nicht gefragt habe. (Das vorletzte Mal, daß ich ihn gesehen habe, verschwand er mit seinem komischen Hund halb im Wald, drehte sich nochmal um, reckte die Faust und schrie: »Seh ich nicht aus wie der junge Brecht?« Axel Eggebrecht, nicht Wolfdietrich Schnurre.)

Dann hatte Siegfried »Schnulze« Schober keine Lust, nach Kuba zu fahren, und Gerhard (»Woaßt wos –: Da Harry, da is mei Bruder«) Roth, den man über den Flop seines ersten Theaterstücks hinwegtrösten wollte, hatte, weil untröstlich, ebenfalls keine Lust, und als ich meinen fertigen Kuba-Artikel vorwies, sagte Ulrich Greiner: »Das ist ja ungewöhnlich sauber getippt.« Der Rest ist, um es mit Arnold Schwarzenegger zu sagen, »history«.

Und um nicht – ». . . and first of all my mom and dad without who all this wouldn't have been possible . . .« – ganz vielen Leuten für nix und wieder nix danken zu müssen, danke ich meiner ollen Tabak-Lesbe, die gar nicht lesbisch war und mir jahrelang Zeitungen und Zigaretten verkauft hat, bis sie still verstarb, und, weil sie, wie so viele, den Unterschied zwischen Autor, Verleger, Übersetzer und Illustrator nicht kapierte, zu mir sagte: »Können Sie aber schön zeichnen.« Gemeint war E. H. Shepard, der, wenn man ihn nur richtig betrachtet, aussieht wie der junge Brecht.

Und wer hat »inepsias scripsi ergo svm« über wen gesagt? Der erste Einsender kriegt 5 Mark. Versprochen.

P.S.: Für den blöden Untertitel »Meinungen und Deinungen« kann ich nichts; ich habe ihn geträumt. Außerdem kommt dieser Kalauer bereits in dem Gedicht »Dorlamm meint« von Robert Gernhardt vor. Na und? meint er dazu. Hoffentlich sind Sie auch dieser Seinung.

Vorwort zur 2. Auflage

Das Nashorn-Gedicht (S. 122) ist inzwischen von Hans Werner Henze vertont worden. Ennio Morricone wäre mir lieber gewesen. Aber mach was.

Vorwort zur 4. Auflage

Schnulzenfuzzi, atonaler.

Who is Pooh?
Auf Bärenfang in Sussex

Wenn es so richtig schön wird, muß ich ja leider immer weinen. Nicht nur im Kino. Auch beim Lesen. Sogar beim Korrekturlesen. Aber das – man kann mich, wenn man will, für die Nummer buchen – klappt nur bei Pu.

»Pu der Bär« war mein erstes Buch; seitdem mag ich Bücher und Bären, und mein erster eigener Teddy hieß, na? Wie? Genau. Fritz.

Wegen Pu heißt meine Kolumne im Feuilleton der ›Zeit‹ »Pooh's Corner«, und die Menschen sagen »Pu« zu mir oder »Bär« oder »Pu-Bär«. Und was sagen sie in Pooh's Country zu mir, in East Sussex? Genau. Fritz.

»Ich bin Hunne; Sie können Fritz zu mir sagen.«

*

A. A. – oder Alan Alexander – Milne wurde (jetzt kommt der informative Teil; er hört aber gleich wieder auf) am 18. Januar 1882 in London als Sohn eines Schulmeisters und seiner Frau geboren, und nach einer gewissen Zeit starb er dann. Ab hier hätte ich gern von den Literaturlexika abgeschrieben, aber da steht er hinter dem Langweiler Henry Miller und der Langweilerin Sarah Gertrude Millin nicht drin. Dafür hat der Brockhaus gleich drei Milnes: unseren und zwei andere, einen Astrophysiker und einen Erdbebenheini. Die beiden anderen, der Astro und der Heini, werden als »bahnbrechend« bezeichnet. A. A. nicht. Als hätte er nicht die absoluten Bahnen gebrochen, als er die Sterne zum Beben und die Erde zum Bewohnbarmachenwollen gebracht hat.

Und die Sterne überschaubar. Wir alle haben uns doch schon immer über die Horoskope geärgert und über die Leute, die ihnen anhängen. Widder mit dem Schützen im Aszendenten. Wenn ich das schon höre. Pu mit I-Ah-Einsprengseln: *So* wird ein Horoskop draus.

Sylvia am Nebentisch sagt: »Früher war ich Fische. Dann habe ich *Pu* gelesen und wurde Ferkel. Und seitdem ich Kinder habe, bin ich Känga.«

Der Nebentisch steht in »The Anchor Inn«, einer Kneipe mit zwei Köchen, zwei Fremdenzimmern und zwei Sorten Stout vom Faß. In Hartfield hatten die Milnes ihr Sommerhaus, und wenn Hartfield nicht in Südengland läge, sondern in Nordamerika, wäre hier längst ein Disneyland entstanden, mit Pu-Tourismus und freundlichen Animateuren, die auf der Pustöckchen-Brücke das Pustöckchen-Spiel nach den neuen international verschärften Regeln veranstalten.

Freundlich und animiert sind die Hartfielder, aber das liegt nicht an Pu, sondern an den zwei Sorten Stout. Und als Konzession an den Pu-Tourismus gibt es einen Laden, in dem vor langer Zeit Christopher Robin sein Taschengeld für Süßigkeiten ausgegeben hat. Bonbons gibt es hier noch immer. Außerdem noch den echten Pu-Honig und Teetassen mit Pu drauf und sonstige, wie Mike Ridley, der Erfinder des Ladens, stolz sagt, »Poohphernalia«. Ich lobe ihn für seine Wortschöpfung, und er sagt, er schäme sich. »Ich schäme mich«, sagt er, »weil ich mit Pu Geld verdiene. Aber nächstes Jahr läuft meine Disney-Lizenz aus, und dann werde ich mich etwas weniger schämen. Denn die Disney-Verfilmung war ja ein . . .«

». . . Verbrechen«, sagen wir im Chor.

»In zwei Jahren«, fährt er fort, »werde ich vielleicht ein Mensch. Bisher hat mir für so was die Zeit gefehlt.«

Ich sage ihm, mir komme er jetzt schon ziemlich menschenähnlich vor, schenke ihm die beiden von mir übersetzten Pu-Bände, und eine Dame fragt: »Wie haben Sie ›Heffalump‹ ins Deutsche übersetzt?« »Ich hab's gelassen, wie es ist. Heffalump.«

»HEF-FA-LUMP«, sagt sie akzentfrei deutsch. *»Why, that's even better.«*

Sag ich doch die ganze Zeit.

*

Nun hat ja A. A. Milne nicht nur zwei Bücher über die Stofftiere seines Sohnes geschrieben und ebenso wunder- wie unübersetzbare Kindergedichte, sondern er war auch ›Punch‹-Redakteur und Verfasser von zeitkritischen Salonkomödien, die heute kein Theater mehr aufführen mag. Als Dramatiker hat er wohl Oscar Wilde im Sinn gehabt und nie erreicht, als Kinderbuchautor hatte er den Klassiker *Der Wind in den Weiden* von Kenneth Grahame im Auge, und den hat er spielend abgehängt. Selbstverkenntnis, von der wir alle profitieren, wir, die wir als Kinder *Pu* gelesen haben und dank Pu Kinder geblieben sind, und wir, die wir, falls wir als Kinder nicht *Pu* gelesen haben, dies schleunigst nachholen werden.

* Versprochen? *

Ich latsche mit Jackie Morris durch den Wald. Gar nicht wahr. Jackie Morris latscht mit mir durch den Wald. Jackie Morris hat ihren Doktor über den Ashdown Forest geschrieben; mit ihr ist man also im Wald bestens aufgehoben. Jackie Morris macht auf Wunsch Pu-Touren.

Durch den 160-Morgen-Wald, der in Wirklichkeit ein 800-Morgen-Wald ist.

Wir finden auf Anhieb Oiles Wohnbaum, und ich sage: »Die Tatsache, daß wir ihn gefunden haben, beweist, daß wir ihn nicht gefunden haben. Denn er ist, erinnern wir uns, umgefallen.« Deutsch sein heißt, eine Sache um ihrer selbst willen tun.

Dafür finden wir I-Ahs traurige Stelle, und Jackie meint: »Mit so einer traurigen Stelle kann I-Ah echt nicht mehr meckern.«

»Wenn I-Ah nicht mehr meckern kann, entziehen wir ihm die Existenzgrundlage.«

Wir finden eine neue, noch traurigere Stelle.

Später zeigt man mir die hochoffizielle traurige Stelle, und hier krampft sich mir wirklich das Herz zusammen, so traurig ist sie. Ein Eiseshauch weht mich an, mitten im heißen südenglischen Sommer. Das, I-Ah, habe ich nicht gewollt.

Keine zwanzig Meter davon entfernt ist Pus warme, sonnige Stelle. Hier steht, wie sich das gehört, eine häßliche Sonnenuhr mit der Inschrift *This warm and sunny spot belongs to Pooh, and now it's time to wonder what to do.*

Freiheit ist nämlich, wenn man sich morgens fragt, was man wohl tun wird.

Zwang ist, wenn man es weiß.

Was tut man, wenn man die Freiheit hat, nichts zu tun? Oile wird an ihrem Bleistift kauen und eine zischelnde Rissssolutzzjohn in die Welt schicken. Kaninchen wird Bekannte-und-Verwandte nerven. I-Ah wird sich beklagen. Känga wird sich Sorgen um Klein Ruh machen. Klein Ruh wird seiner Mutter Anlaß zur Sorge geben. Pu zählt seine Vorräte, und Ferkel macht alles mit. Unter Vorbehalt. Tieger ist ungestüm, Christopher Robin hat alles im Griff, und der Wald sieht aus wie von E. H. Shepard gezeichnet.

Der Wald sieht wirklich aus wie von E. H. Shepard gezeichnet. Ich kann diesen Wald nur empfehlen. Er sieht nämlich aus wie von E. H. Shepard gezeichnet. Es gibt ja Wälder, die stehen nur dumpf und grün herum und sehen bestenfalls aus wie gemalt. Aber dieser Wald? Wie von E. H. Shepard gezeichnet. Hirsche gibt es auch, bräsig-brünftige Mehrender. Zuchthirsche, denen man ansieht, daß sie die Wappentiere von Hartfield sind. Die äsen und dösen vor sich hin, und wenn sie brav etwas gezeugt haben, wird das in den Schwarzwald ex- und deportiert, zum Abknallen, raunen die Hartfielder.

Sorgen haben manche Leute.

Die Hirsche sehen nicht aus wie von E. H. Shepard gezeichnet.

*

Gill's Lap ist ein Hügel, fast ein Berg, und von hier aus hat man die ganze Welt unter sich, oder zumindest doch The Weald, den Wald, der ganz Südengland grün und schön macht. Ein meditativer Ort, von winzigen Soldaten durchwuselt, zwölf bis vierzehn Jahre alt, die streng aus ihrer olivgrünen Wäsche blicken, anstatt die Aussicht zu genießen.

Manchmal kaufen sie sich heimlich ein Eis, und die Ausbilder sehen es nicht.

Das ist das Schöne, wenn man keine Wehrpflicht hat. Man macht den Dienst an der Waffe attraktiv, ohne Waffe, aber mit Uniformen in Kindergrößen. Infanterie.

»Dieser Ort«, steht auf einer Metalltafel, »wurde durch A. A. Milne und E. H. Shepard berühmt gemacht«.

Da glauben die kleinen Soldaten, sie wären aus dem

Kinderbuchalter heraus, und nun robben sie auf dem Bauch durch ihr Lieblingsbuch.

Früher oder später erwischt euch doch die IRA, und dann sagt nicht, ich hätte euch nicht gewarnt.

*

»Es ist ein ganz dummer Wald. Es ist eine ganz dumme Brücke. Es ist ziemlich enttäuschend«, hat mich Bob, der Barkeeper vom »Anchor«, schonend vorbereitet.

Es ist kein dummer Wald. Es ist keine dumme Brücke.

Aber trotzdem.

»Es ist ein ganz dummer Wald. Es ist eine ganz dumme Brücke«, bereite ich Marco de Valdivia, den Starfotografen, schonend vor.

»So ein schöner Wald! So eine schöne Brücke!« kräht er.

Er hat nämlich seinen *Pu* gelesen (und auch sonst so ziemlich alles), und er freut sich, weil er am Originalschauplatz ist. Dann fällt er in den Bach.

Wir steigen auf die gar nicht mal so dumme Brücke und spielen Pustöckchen, bis er wieder trocken ist.

Trockene Starfotografen sind fast noch besser als nasse.

(Und während ich dies schreibe, spielt im Radio die Kapelle Poohsticks aus Wales das Lied »Tonight«. Haben wir eine Rockgruppe namens Emil und die Detektive? Haben wir nicht? Dann wird es Zeit.)

*

Man hat A. A. Milne vorgeworfen, daß er, der flammende Pazifist, im Ersten Weltkrieg nichts Flammendes gegen den Krieg geschrieben hat. Das Flammendste war wohl, daß er – als Signaloffizier an der Front – kaum noch etwas schreiben konnte, aus Ekel, Scham und Wut.

»Wenn ich dies überlebe«, schrieb er seinem Bruder,

»werde ich die Liebe neu erfinden. Wer meine Frau und mich besuchen kommt, muß mir die linke Hand drücken, denn mit der rechten halte ich Händchen.«

Für mich ist das flammend genug.

Im Zweiten Weltkrieg feierte er Großbritanniens Eintritt in den gerechten Krieg damit, daß er zusammen mit seinem Sohn alle Landkarten im Garten vergrub, damit sie nicht den Deutschen in die Hände fallen. Liebend gern hätte ich sie wieder ausgebuddelt, damit sie doch noch einem Deutschen in die Hände fallen. Aber das wäre wohl zu weit gegangen. Die Familie, die jetzt dort wohnt, bringt, auch ohne daß ich im Garten wühle, genug Fassung auf. Vor ihr wohnte hier Brian Jones, der Rolling Stone, und anstatt sich des Lebens, des Hauses und des Gartens zu freuen, ertrank er im Schwimmbecken.

An seinem Todestag kommen die Pilger, fragen, ob es stört, wenn sie ein wenig trauern, und ziehen sich am Pool die Kassetten rein.

»Seltsamerweise – aber warum sage ich eigentlich ›seltsamerweise‹? So seltsam ist es vielleicht gar nicht – seltsamerweise«, sagt Mr. Johns, der jetzt hier wohnt, »sind die Stones-Freaks viel höflicher und rücksichtsvoller als die Pu-Freaks.«

Ich rufe Christopher Robin an, den es tatsächlich gibt, um ihm zum 70. Geburtstag zu gratulieren, und so satt er es hat, als ewiges Kleinkind zu leben, so sehr freut ihn der Spruch mit den rücksichtslosen Pu-Freaks.

Er hat sich weit zurückgezogen von dort, wo man ihn aufspüren könnte, denn so einfach ist es nicht, der zweitpopulärste Mensch von England zu sein. Er hat drei Bücher geschrieben, die Stühle, auf denen er sitzt, sind selbstgetischlert, und der Apfelwein, mit dem er seinen 70. Geburtstag feiert, ist selbstgekeltert.

Schon als Kind mußte er sich selbst spielen: als Kind. Da wurde zum Beispiel ein historisches Dramolett inszeniert, die Geschichte des Ashdown Forest, mit Normannen, Hexenverbrennung und Steuereintreibern.

Am Schluß trat Christopher Robin als Christopher Robin mit seinem Bären auf. Nach dem Historienspiel sagte seine Nanny besorgt, er sei heiser gewesen, und er habe sich doch wohl nicht verkühlt?

»Bei historischen Dramoletten«, fertigte er sie ab, »bin ich immer heiser.«

*

Die Milnes und das Theater.

A. A. Milne hat einen »Vorhangöffner« nach dem anderen geschrieben, einen tollen ersten Satz, und für das übrige Stück fehlte ihm dann der Mut. Als er doch mal einen Einakter fertig hatte, sagte ein Freund, er solle nun auch etwas Abendfüllendes liefern, drei Akte, aber mindestens. Daraufhin kaufte sich Frau Daphne Milne, um ihn zu erpressen, ein Abendkleid für die Premiere, und Milnes Karriere als Gesellschaftsdramatiker hatte begonnen.

*

Es ist alles so verzaubert. Und die Menschen zerstören den Zauber nicht, sondern sie bevölkern ihn. Sechs japanische Teenager spielen hingegeben Pustöckchen: Auf der einen Seite der Brücke wirft man Stöckchen ins Wasser, dann rennt man auf die andere Seite und wartet ab, wessen Stöckchen als erstes angetrieben kommt. Und der Bach ist träge und voller Strudel, und man kann nicht schummeln, und die Japanerinnen vergessen zu knipsen.

Obwohl es etwas zu knipsen gäbe. Auf einer Wiese steht ein kreisrundes Gatter für die Pferdedressur. Wenn man in diesem Gatter lange genug Pferde dressiert und dann das Gatter wieder weggeräumt hat, entsteht ein kreisrundes Zeichen, ein kreisrundes Zeichen, wie es die Marsmenschen gern in Südengland hinterlassen, wenn es ihnen auf dem Mars zu fad ist.

*

Nachdem ich Christopher Robin erwähnt habe, der nicht erwähnt werden wollte, und nachdem ich die Marsmenschen erwähnt habe, die erwähnt werden wollen, weil sie sonst ihre dämlichen kreisrunden Trampeldinger nicht hinterlassen hätten, muß nun die Belegschaft des »Anchor« erwähnt werden, denn die hat ausdrücklich darum gebeten. Ach, wie ungern ich das tue. Aber versprochen ist versprochen.

Juan: Flambiert am Tisch, ohne sich den Schlips anzusengen. Kennt Pu und liebt das Meer.

Karen: Hat den gesamten Hoteltrakt unter sich (alle beiden Zimmer) und das Frühstück und auch sonst so ziemlich alles und weiß notfalls auf Befragen, wo Brian Jones beerdigt ist.

Bob: Hatten wir schon.

Die bösen Hunde: Beißen einen, machen sich aber sonst nicht weiter mausig.

Percy: Gast. Fahrensmann. Liebt das Meer und kennt Pu.

Michael, der Zweitkoch: Hat sich in mich verknallt. Was soll ich machen. Immerhin. Ein Koch. Lieber wäre es mir, wenn sich Sylvia vom Nebentisch in mich verknallt hätte. Aber man kann, wie gesagt, nicht alles haben.

Alles wäre ja auch ein bißchen viel.

*

»Die Gegend hier ist so voller Wunder«, sagt Mike Ridley von »Pooh Corner«, »daß es mich nicht wundern würde, wenn ich irgendwo verschollene Pu-Kapitel entdeckte. Man muß es ja nicht so blöd anstellen wie bei den Hitler-Tagebüchern im ›stern‹.«

»Und ich lasse dich dann zehn Jahre lang klotzig reich damit werden, dann decke ich den Schwindel auf und lebe meinerseits wieder zehn Jahre davon.«

»Wir dürfen nur«, sagen Mike und ich, wieder im Chor, »nichts davon an die Öffentlichkeit dringen lassen.«

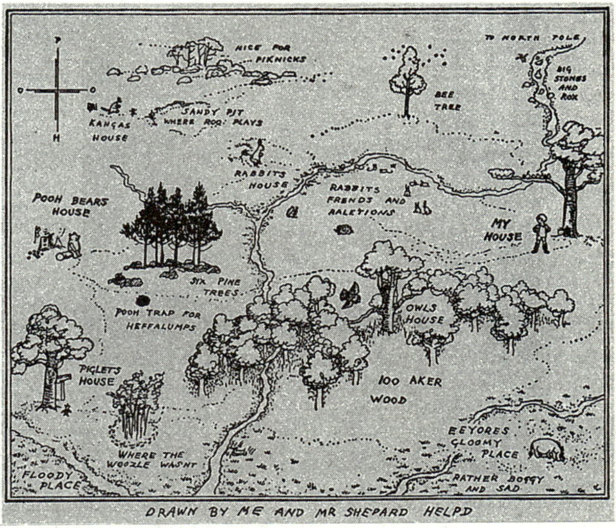

POOH'S CORNER

1989

Vier Soldaten

Was mir an dem Prozeß wg. *Soldaten sind potentielle Mörder* auffiel, war, daß *the big brass*, die Burschen mit den vielen Orden, sich nur beim ersten Mal im Gerichtssaal aufhielten. Bei der Berufung, als sich abzeichnete, daß sie verlieren, war nur noch der »Jugendoffizier« Herr Sowieso da. Und Herr Sowieso mußte ja sowieso da sein, weil er doch geklagt hatte, der arme Schatz.

Daher meine erste These: *Berufssoldaten sind Feiglinge.*

Ich will das an vier Soldaten erläutern, die mir nahestehen; notfalls ziehe ich noch meinen Schwager Klaus hinzu, aber der ist eher Flieger und erst in zweiter Linie Soldat, und außerdem steht er mir näher als die anderen vier Soldaten.

Soldat A erkennt früh, daß er zu blöd für was anderes ist, und wird Karriereoffizier, obwohl er Klavier spielen kann und auch sonst das Zeug zu einem Kellner hat. Ohne ein einziges Mal Pulverdampf gerochen zu haben, wird er Sprecher eines Verteidigungsministers und späteren Bundeskanzlers, macht auf meine (i. e.: Hans F. Steuerzahlers) Kosten mehrere Segelscheine, läßt sich, weil ihm seine bisherige Mausi zu feldgrau erscheint, scheiden, muß, weil wichtig, ständig umziehen, zeigt in Den Haag, Madrid, Sandhurst und Washington, daß er keine Fremdsprachen kann. Muß sich im Pentagon immer wieder zeigen lassen, daß es fünf Ecken hat. Rang: Oberstleutnant.

Soldat B erkennt früh, daß er zu blöd ist fürs Abitur, und will Verleger werden. Das gelingt nicht recht, und der I. Weltkrieg enthebt ihn all dessen: Er wird Flieger und wirft Bomben ins Wasser. Im II. Weltkrieg wird er, zu früh aus der Emigration heimgekehrt, wieder Flieger und wirft wieder Bomben ins Wasser, bis er »wg. politischer Unzuverlässigkeit unehrenhaft aus Heeresdiensten entlassen« wird. Kurz vor dem Endsieg beauftragt man ihn mit der Bildung des Volkssturms Berlin-Grünheide, welchen er geschlossen in sowjetische Kriegsgefangenschaft überführt, aus welcher er, der Volkssturm, einen Tag später geschlossen zurückkehrt. Rang: Hauptmann.

Soldat C erkennt früh, was andere zu spät oder nie erkannt haben, und geht nach Spanien, ein bißchen im Bürgerkrieg kämpfen. Als er dort verloren hat, kämpft er in der Résistance ein bißchen weiter. Als er dort gewonnen hat, läßt er sich das nicht anmerken. Rang: *comandante* (sage ich mal so; *chawér* ist der richtige Rang, und das heißt *Freund, Bruder* und: *Genosse*).

Soldat D erkennt früh, daß es auch angenehmere Arten gibt, wenn man sich unbedingt Schweißfüße holen will, und außerdem ist er von Soldat B und C zu sehr geprägt, als daß er in die alte Nazi-Armee von Speidel und Heusinger eintreten wollte. Deshalb zieht er sich in der U-Bahn zur Musterung zwei Roth-Händle rein (nicht geraucht: gefressen), lutscht zwei Nescafé-Alus (wie der ausgebuffteste Trucker; mein Gott, war ich damals schon vorne . . . Yiiiiiihuuuu!), atmet vor den zwanzig Liegestütz tief aus und hält die Luft an (dafür brauchst du Gottvertrauen und Kondition, mein Alter), und bist dann tatsächlich KURZSICHTIG!!! Schade. Wenn sie mich nämlich doch genommen hätten (und in meinem Jahrgang haben sie jeden genommen; hatten ja nichts Besseres; wen hätten sie sonst nehmen sollen), hätte ich verweigert, *aus Gewissensgründen*, und dazu mußte man damals Christ sein oder ähnlich Abartiges, dann, ja, *dann* hätte ich großzügig ein Jahr draufgelegt und gesagt: »Ich geh zur Marine.« (Und natürlich alles an Mischa Wolf verraten: »Links heißt backbord« und ähnliche Feinheiten.) Rang: Ersatzreserve II.

Vier Soldaten. Vier Schicksale.

Soldaten sind potentielle Mörder? Möglich. Das sind wir alle.

Soldaten sind zum Sterben da. Sórum wird ein Schuh draus. Nun zeigt mal, was ihr könnt. Nun sterbt mal schön. Rekruten natürlich nicht; daß wir uns da nicht mißverstehen. In Hamburg zum Beispiel, im alten HSV-Stadion, um die Ecke von dort, wo ihr mich einst gemustert habt: Sterbt, sterbt, sterbt. Da zahl ich dann auch Eintritt. Zum allerletzten Mal.

Warum die Zehn Gebote auf zwei Gesetzestafeln stehen

Jubel und Jammer: Dazwischen spielt sich wenig ab.

Jubel ist angesagt, wenn einem in den Medien jemand begegnet, den man persönlich kennt. Das gibt fast noch mehr Promi-Punkte, als wenn man Ulrike von Möllendorff beim Einkaufen sieht. Denn Ulrike von Möllendorff kennt man ja schon immer aus den Medien, und erst dann sieht man sie beim Einkaufen, während man sich gleich ganz anders fühlt, wenn man jemandem begegnet, mit dem man zum Beispiel von Hamburg bis Osnabrück Speisewagen gefahren ist und ihm erst dann in den Medien begegnet, so daß man sagen kann: »Ich hab' schon immer gewußt, was in ihm steckt.«

Im ›Spiegel‹ 47/89 las ich: ». . . wetterte der Akademische Rat Roman Viorel aus Bremen gegen die ›Dracula-Legende‹ des westlichen Rumänienbildes und lobte Ceauşescus KZ-Staat als ›Insel der Stabilität inmitten der Unruhen im ganzen kommunistischen Lager‹.«

Das ist Grund zum Jubel, denn mit dem Rumänen Roman Viorel bin ich mal von Hamburg bis Osnabrück Speisewagen gefahren (um mir eine von Joel Schnees zaubrischen Choreographien anzusehen, aber Joel Schnee bringt womöglich noch mehr Promi-Punkte und kommt erst später). Ein Wort gab das andere, und ich erzählte Roman Viorel den Witz, in welchem erklärt wird, warum die Zehn Gebote auf zwei Gesetzestafeln stehen.

Warum die Zehn Gebote auf zwei Gesetzestafeln stehen

Denn man hätte ja auch eine große nehmen können, auf der alle zehn genügend Platz haben. Aber nein, es sind zwei Tafeln: einmal fünf Gebote, dann noch mal fünf Gebote. Es war nämlich folgendermaßen. Als Gott Sich Seine Zehn Gebote ausgedacht hatte, fragte Er alle Völker dieser Welt, ob sie vielleicht Verwendung für zehn Gebote haben. Fragt Er die Deutschen: »Braucht ihr vielleicht zehn Gebote?« Fragen die Deutschen: »Was steht drin?« Als die Deutschen hören *Du sollst nicht töten*, sagen sie: »Nein, vielen Dank.« Fragt Gott die Franzosen: »Braucht ihr vielleicht zehn Gebote?« Fragen die Franzosen: »Was steht drin?« Als die Franzosen hören *Du sollst nicht ehebrechen*, sagen sie: »Nein, vielen Dank.« Fragt Gott die Rumänen: »Braucht ihr vielleicht zehn Gebote?« Fragen die Rumänen: »Was steht drin?« Als die Rumänen hören *Du sollst nicht stehlen*, sagen sie: »Nein, vielen Dank.« Fragt Gott die Juden: »Braucht ihr vielleicht zehn Gebote?« Fragen die Juden: »Was sollen sie kosten?« Als die Juden hören: »Wieso . . . Gar nichts«, sagen sie: »Zwei Stück.«

Als wir in Osnabrück aussteigen, fallen mir klirrend und klappernd die Bundesbahn-Bestecke aus der ›Zeit‹. Es war nämlich Donnerstag, und ich hatte mir die ›Zeit‹ gekauft, und in meine zusammengerollte ›Zeit‹ hinein hatte der diebische Rumäne MesserGabelLöffel gepackt, um den Verdacht von sich abzulenken.

Denn das ist nun der Jammer: Vorurteile stimmen. Ich, der mörderische Deutsche nämlich, ich hätte ihn *um*bringen können. Und Joel Schnee, der Jude, der, wenn es etwas umsonst gibt, es doppelt haben will, der hing oben im Schnürboden seines Theaterchens und weinte salzige Tropfen auf seine TänzerInnen herab, weil sie so gut waren, war wie eine Spinne festgekrallt zwischen Hoffnung und frühem, frühem Tod, anstatt in der zweiten Reihe links zu sitzen und sich nach geglückter Premiere zu verbeugen und es damit gut sein zu lassen.

Und wo bleibt bei all diesem der ehebrecherische Franzose? Der ehebrecherische Franzose, der kann sehen, wo er bleibt. Um den brauchen wir uns keine Sorgen zu machen. Der bleibt erst mal bei seines Nächsten Weib und zeigt ihr, wie's gemacht wird, das Entrecôte double an Blattspinat.

Möchte ich mich wiedervereinigen?

Möchte ich mich wiedervereinigen? Unser Kostenbeteiligungsminister Nobbäät Plühm hat, nachdem er gesagt hatte »Max ist tot, Jesus lebt!« (Wer ist, beziehungsweise war eigentlich Max? Wollen wir hoffen, daß Max, wer immer er war, nicht lang hat leiden müssen), gesagt: »Isch«, und das so richtig rotzig-trotzig, »isch möschte misch widdervereinigen.«

Und auf besonderen Wunsch, verehrte Gäste, eines einzelnen Herrn an Tisch 4, es ist, glaube ich, ah, hier ist der Zettel, ein, schwer zu lesen, ein Schizo aus Hessen-Süd, vereinigt sich der einzelne Herr jetzt, bitte Spot, mit sich selbst, und zwar wieder.

An jenem Sonntag nach jenem Samstag nach jenem Freitag wollte ich mich ganz heftig wiedervereinigen, und da bin ich auf die Reeperbahn gegangen, Trabis kucken. Ja. Und ich hab ganz schön geschluckt. Vor Rührung. Die Tränen heruntergeschluckt. Sonst erst mal nichts geschluckt. Denn du kannst ja nicht als ausgewiesen gefährlicher Bursche über den Kiez ziehen und angesichts des dicht an dicht geparkten und mit Röschen und Zitrusfrüchten geschmückten Preßspan-Charmes pro zehn Trabis einmal in Tränen ausbrechen. Und das Schärfste waren, wie fast immer, die Kinder. Weil doch in der DDR fast alles verboten ist, nahmen sie an, in der BRD sei fast alles erlaubt, und strömten in die Peep-Shows. Völlig genervter Zonen-Vater zur Zonen-Mutter: »Maria, da holst *du* sie raus.« Und, im Eingang eines Sado-Maso-Lederfachgeschäfts, Mutter zur Tochter (etwa sieben oder acht Jahre alt): »Aber wir kommen doch ganz bestimmt mal wieder nach Hamburg, und dann gehen wir in der Innenstadt *richtig* einkaufen.« *(Puh. Schmoll. Was ihr so einkauft, das kann ich mir jetzt schon vorstellen. Was Sinnvolles. Warme Unterhosen. Aber was richtig Schönes, mit Ketten dran und Gummimaske, was bei uns garantiert noch keiner hat –: Für so was seid ihr wieder mal zu unreif. Buh.)* Und ein anderes kleines Mädchen, an die übrige Familie appellierend: »Ich *versteh* ja, daß ihr euch alles ansehen wollt, aber danach fahren wir doch bitte wieder U-Bahn.« Und ein erschrekkend gesund aussehendes Punkpärchen, welches Hand in Hand die Welt in großen Sprüngen nahm: »So, nu ham wa die Hafenstraße, und jetzt, mein Schatz, kommt alles andere.« Und eine Zonen-Mutter, für die plötzlich die Welt einen Sprung bekam: »Ich Arschloch«, sagte sie und schlug sich an die Stirn, »hab doch in der Aufregung glatt vergessen, *Miami Vice* aufzunehmen.« Und *Miami* sprach sie korrekt *Mei-ÄÄ-mi* aus, nicht *MEIeimi*, wie wir Wessis. Haben Stil, die Leute.

Da wollen wir dann auch mal nicht so sein, wenn ... Ich meine, ich spreche nicht gern darüber ... Ich weiß auch nicht, ob man das, nachdem sich die erste Euphorie gelegt hat, überhaupt noch erwähnen sollte ... Reißt vielleicht nur alte Animositäten auf ...

Ja, ja, ja, ich spreche von den stonewashed Jeans. Die müssen aber sein. Denn sobald die Zonis den schützenden Trabi verlassen haben, sieht man ihnen nicht mehr an, daß sie Zonis sind. Da hilft nur die Faustregel. Dunkle Lokken, Schnurrbart, stonewashed Jeans: Kanaker; mögen wir nicht. Stirnglatze, blonder Schnurrbart, stonewashed Jeans: Zoni; mögen wir.

Aber ob ich mich mit ihnen wiedervereinigen möchte? Mit Mecklen- und Brandenburgern, Sachsen, Anhaltinern und Thüringern?

Meinetwegen. Wenn es unbedingt sein muß. Und es muß offenbar irgendwie unbedingt sein. Doch vorher möchte ich knackhart einige Bedingungen stellen. Ich vereinige mich erst wieder, wenn sichergestellt ist, daß Paderborn, Konstanz, Ostwestfalen-Lippe, Teile von Hessen-Nord und Hessen-Süd, der Bodensee (jetzt ist es eh wurscht), das Kranzler-Eck, Frau Irmela Brender, Baden-Württemberg, der Künstlerclub »Die Insel«, der lesende Arbeiter, Deutschland, die Autobahn, die Alpen und der Gruner+Jahr-Neubau aus dem Deutschen Bund herausgelöst und den Siegermächten zur freien Verfügung überlassen werden.

Und bei der Gelegenheit könnten vielleicht die Westberliner Eltern/Kinder-Inis Kreta den Kretern zurückgeben.

Ein unsouveränes Volk

Wenn man von seinen ausgedehnten Weltreisen – nach Nordkalifornien, Österreich oder in die Schweiz – zurückkehrt, bemerkt man gleich, daß man wieder zu Hause ist: Sie lassen einen nicht ausreden.

Bin ich auf dem Flug von Sacramento hierher ein solcher Langweiler geworden? Habe ich mich auf der Bahnfahrt von hier nach St. Gallen zum brillanten Causeur gemausert?

Oder was ist das?

Ist der Ausländer als solcher höflicher oder neugieriger oder wie oder was?

Ich sehe ihn doch vor mir, meinen guten Freund Nr. 107 namens Hannes. Absolut weltläufig; Haus in bester Wohnlage; Stadtwohnung in Manhattan; Finca auf den Kanaren; Frau, die aussieht wie Gabi Henkel von hinten.

Und da möchte ich mal eben eine meiner Lieblingsgeschichten erzählen, wenn mich niemand unterbricht. Ist das mal eben möglich? Also. Ich stelle am Tresen meinen Ressortleiter *Film*, Andreas Kilb, meinem guten Freund Nr. 107 vor und sage: »Das ist mein Ressortleiter *Film*, Herr Andreas Kilb, und dies ist mein Freund Hänschen, die schwule Sau. Und nun gebt euch die Hand.« Die beiden Herren geben sich die Hand, und der Abend nimmt seinen Fortgang. Später fragt mich Ressortleiter Kilb, schwer beeindruckt: »Sag mal, war das ein Italiener?«

Dazu muß man wissen, daß Andreas Kilb seit mehreren

Jahren 26 Jahre alt und, wie alle Angehörigen dieser unglücklichen Generation, schwer durch Walkmen und Discobesuche gehörgeschädigt ist, weshalb er lediglich das »die« von »Hänschen, die schwule Sau« verstanden hat, wie in Sowieso *di* Lampedusa. Italiener. Und dann auch noch adlig. Also, *ich* finde das urkomisch. Ich erzähl es gern auch noch mal. Aber, wie gesagt: Sobald mein guter Freund Nr. 107 mir eine Frage stellt, weiß ich, daß es nur zwei Möglichkeiten gibt. Entweder ich sage nichts, oder ich antworte. Wenn ich nichts sage, schwallt er auf mich ein, ich solle mal was sagen; wenn ich antworte, schwallt er nur so auf mich ein.

DANN STELLT MIR DOCH, VERDAMMTNOCHMAL, KEINE FRAGEN! Bevor sie sich die ersten vier Wörter einer Antwort anhören, siehst du das Weiße in ihren Augen, und zwar das untere Drittel. Die Pupille ist damit beschäftigt, den Schädel nach etwas abzuglotzen, womit sie dich unterbrechen können. Und wenn sie nichts finden, nehmen sie was von vorher.

Woher kennen wir diese Pupillen-Akrobatik? Von Kanzler Kohl. »Geht doch mal nach hinten, geht doch mal nach hinten«, hat er seine lieben Landsleute in Dresden angeschnauzt. Aber sie waren ja gar nicht gemeint. Sein Reisekabinett war gemeint. Und das trat dann auch nach hinten weg, mußte aber sofort wieder näher ran, auf Tuchfühlung, weil wir ja Wahlkampf haben, und Frau Wilms oder wie sie heißt lächelte, bis es ihr zu anstrengend wurde, und das Genie Haussmann lugte hin und wieder, ob der gesprochene auch mit dem von wem auch immer geschriebenen Redetext übereinstimmte, straffte sich dann, wenn wieder – *erst* und *ernst* – eine Klippe umschifft war . . ., und die Dresdner? Die Dresdner haben DEUTSCHLAND! gebrüllt, daß mir angst und bange wurde. Mir und wem noch? Helmut Kohl. Denn der hat es nicht so gern, wenn er unterbrochen wird.

Was muß dieses Volk gelitten haben, daß es einem solchen Unsouverän so zujubelt. Was für ein unsouveränes Volk muß das sein, daß es so jubeln kann.

Ein Volk, das nicht zuhören kann. Ein Volk mit einer wunderschönen Sprache. Mein Volk.

AUSSIEDLER RAUS!

EINSIEDLER REIN!

1990

Leserbriefe

Die Leute schreiben mir. Plötzlich kriege ich wieder Post. Die Leute schreiben mir dies, die Leute schreiben mir das. Und dabei lassen sich jetzt bereits zwei klare Trends ausmachen. Frauen schreiben zustimmend, schicken Gedichte, Fotos und Selbstgebackenes. Männer schicken eher schroff. Schroff, aber weinerlich. *Wenn Sie nicht demnächst beginnen, mich an die Hand zu nehmen und mir zu sagen, was ich denke, muß ich leider Ihr geschätztes Abo kündigen.*

Früher war es in der ›Zeit‹ *non-u*, auf Leserbriefe zu antworten, aber Dieter E. Zimmer hat, glaube ich, mit dieser Tradition gebrochen, und nun beschimpft er die Leserbriefschreiber in einer Form, die sich gewaschen hat, so daß ich demnächst einen Leserbrief von einem Lodenträger aus Am- oder Bamberg bekommen werde, in welchem mir nachgewiesen werden wird, daß Formen sich nicht waschen, geschweige gewaschen haben können.

Hans Wittek ist so ein Fall. Hans Wittek, Der Große Unbekannte. Hans Wittek schreibt Leserbriefe. Er liest offenbar Zeitung und kann davon ganz gut leben; fürs Porto reicht's; und dann schreibt er Leserbriefe. Im ›Spiegel‹ sind seit dessen, des ›Spiegels‹, Gründung sicher mehr Beiträge von Wittek als von Augstein erschienen. Von Hans Wittek. Ich muß den Namen noch ein paarmal wiederholen: Hans Wittek. Damit er auch mal im – wenn auch semi- – redaktionellen Teil erscheint. Hans Wittek.

Und nicht nur bei den Leserbriefen. Hans Wittek. Aber Hans Wittek ärgert sich ja nicht mal. Hans Wittek schreibt, eine so brillante Analyse des Gegebenen habe er ja noch selten lesen dürfen, und dann tütet er das Ganze ein und sagt: »Bauzel! Gassi!« Und dann streichelt er noch kurz den Briefkasten, und die Leerungszeit (10.45 Uhr) hat er auch geschafft, und das, das ist es dann, was mein Weltbild samten auskleidet und erträglich macht: Hans Wittek, wie er in seiner Ansiedlung sitzt, mit fünfstelliger Postleitzahl, und alle, alle sind's zufrieden.

Zu Weihnachten habe ich von meiner Mutter eine dunkelblaue Wollstrickjacke bekommen, mit dem Lacoste-Kroko drauf. Die möchte ich an Hans Wittek weiterverschenken dürfen.

»Brr-Uwäh!« Ist das nicht ein tröstliches Bild? »Brr-Uwäh! Komm, Bauzel! Herrchen muß zum Briefkasten.« Und dann tritt er vor die Tür, sagt »Brr-Uwäh! Frisch ist es für die Jahreszeit!« Und zieht sich meine Strickjacke an. Und auf dem Rückweg knöpft er sie (sind zwei Knöpfe; hab ich nachgezählt) zu, ach, zu.

Und weiß sich eins mit mir und Bauzel und 7970 Leutkirch und dem bestirnten Halbrund des Himmels über sich, und unter ihm ist die Erde flach wie eh und je, und Bauzel und Hans Wittek wissen, daß sie eines erwartet und nie im Stich lassen wird: die Olympia-Schreibmaschine, die schon leise glüht.

Ich möchte die Gelegenheit dieses Kastens nützen und allen, die ich liebe, ein ziemlich neues Jahr wünschen, besonders Hans Wittek und allen Tigern, denn das sind Gattungen, die man streicheln muß.

Wenn Wittek zufällig nicht Hans Wittek heißt, sondern Horst Wittek, sei er trotzdem gegrüßt. Hauptsache, er legt Zeitungspapier unter, wenn er sich die Schuhe putzt.

Zwei eigene Großmütter

Sie glauben, das letzte Wort im Kempowski-Skandal sei längst gesprochen? Das letzte Wort im Kempowski-Skandal ist noch längst nicht gesprochen. Das letzte Wort im Kempowski-Skandal kommt erst noch. Und zwar jetzt sofort.

Vor Jahren traf ich Walter Kempowski auf der Frankfurter Buchmesse, und weil ich mich in so etwas wie ihn ganz leicht hineinversetzen kann, erzählte ich ihm drei Geschichten von meiner Mischpoche väterlicherseits, denn die war ähnlich gelagert wie die seine: Hansestadt (aber nicht diejenige, welche), nautischer Hintergrund (aber seit mindestens einer Generation kein Wasser mehr unterm Kiel), feine Leute (aber nicht ganz so fein, wie man gern gewesen wäre).

Dazu sagte ich ihm, er möge sie, die drei Geschichten, gern in seine eigenen Stammbäume hängen, denn: »Ich schreib's ja sowieso nicht auf, und bei Ihnen ist es gut aufgehoben.«

Die erste Geschichte ist gar keine Geschichte, sondern nur ein Spruch, aber man muß ihn laut lesen und mit all der Panik in der Stimme, zu der gesettelte Parvenüs fähig sind. Das Ganze mit bremisch-niederländischem Akzent (⅔ bremisch, ⅓ niederländisch), aber eben mit Panik, dabei aber eigentlich sehr lieb, aber doch, wie gesagt, mit genügend Panik, damit das aus einer Havarie vor Spitzbergen günstig erworbene russische Tafelsilber leise klirrt:

»Rodel! Wir haben ein Buttermesser.«

Wer sich unter so einer hanseatischen Diktion nicht genug vorstellen kann, der kennt vielleicht die Geschichte von James Thurber, in der eine Frau ihrem Mann auf die Schliche kommt. Er hält nämlich immer heimlich die Luft an, um herauszufinden, wie lange er das durchhält. Selbst auf wildbewegten Cocktailpartys weiß sie sofort, daß er es wieder tut, und sie bahnt sich einen Weg durch die Menge und sagt: »Jetzt hast du's schon wieder getan.« Auf seinen Einwand, er fühle sich ganz wohl dabei, zischt sie: »Ich will aber nicht, daß du dich wohl fühlst, wenn du dabei so albern aussiehst.« Also? Wir probieren es noch mal:

»Rodel! Wir haben ein Buttermesser.«

Genau. Das ist die korrekte hanseatische Aussprache.

Das war der Spruch. Nun die erste Geschichte. Meine Großmutter väterlicherseits (die mit dem Buttermesser) leitete, wiewohl selbst keine Reedersgattin, einen *jour fixe* von Reeders-, Lotsen- und Börsianergattinnen. Und nun wurde sie immer älter. Und wohl auch etwas wunderlicher. Jedenfalls sagte sie nichts mehr. Leitete aber weiterhin den *jour*, denn sonst wäre er nicht *fixe* gewesen. Und ob es wirklich so wunderlich ist, wenn man nach einem langen Leben plötzlich nichts mehr sagt, ist auch noch nicht raus. Sie sagte jedenfalls nichts mehr. Sondern präsidierte nur noch. Fiel auch weiter nicht unangenehm auf. Eher angenehm, sehr angenehm. Nur, daß sie eben nichts sagte. Plötzlich, nach vielen Jahren, klopfte sie an ihr Sherry-Glas, blickte mit ganz klaren, wasserblauen Augen in die Runde und sagte: »Was ich immer schon mal gern gekonnt hätte im Leben . . .«

Leiser Tumult. »Sie spricht, sie spricht!« – »Ja, was hätten Sie denn gern gekonnt?« – »Stille doch! Sie spricht! Man hört ja nichts!«

». . . einmal scheißen können wie 'ne Kuh.«

Ich kannte sie nicht, aber dafür liebe ich sie.

Die zweite Geschichte . . .

Nein.

Da erzählt man Kempowski einen astreinen Spruch und zwei zum Schreien komische Dööntjes, damit er damit dem grauen Hirschhorn seiner Heraldik Glanzlichter aufsetzt, und dann verwendet er sie nicht mal. Da kann ich, Hanse hin, Hanse her, nur mit meiner – weniger feinen – Großmutter (sprich: Omma) mütterlicherseits sagen: »Geh mich wech mit die Pollacken. Unsolidarischet Pack. Kempowski. Is sich Kohle hart wie Stein, holt sich Kamerad Krankenschein. Aber wenn Streik angesagt ist, gehnse die Pfaffen fragen.«

Jetzt sind mir die Großmütter dazwischengekommen. Die eine teufelt auf mich herab *(Und wo du grade fürn großbürgerlich liberales Blatt am Schreiben bist, kannze auch erwähn, wie oft wir gesessen haben, mein Fränzken und ich; feinen Pinkel biste geworden . . .)*, und die andere engelt herauf (– – –). Wie bitte? Ach so, sie hat ja nichts mehr gesagt: »– – –«. Schweigt sich aus. Soll sie.

Ja. Wie gesagt. Auf die zweite Geschichte kann Kempowski lange warten.

Aber ihm, Kempowski, und Ihnen, liebe Ecken-Leser, habe ich den plötzlichen Ansturm zweier eigener Großmütter zu verdanken, die sich sonst noch ruhiger verhalten hätten als die eine sowieso schon.

Nun wollen wir ein wenig weinen, und dann wieder frisch! ans Werk!

Die Indianereinstellung

Das ist das, was ich die Indianereinstellung nenne. Die Indianereinstellung? Die Indianereinstellung geht so: Der Film zieht sich hin, Richard Widmark lacht irre, Henry Fonda blickt besorgt, das Drehbuch ächzt und krächzt, und dann wird es plötzlich still. Richard Widmark gefriert das irre Lachen, Henry Fonda blickt noch einen Tick besorgter, und dann haben wir die Bescherung. Die gesamte Hügelkette ist mit kostspieliger berittener Komparserie vollgestellt.

Halblaut sagt Richard Widmark zu Henry Fonda: »Indianer!«

Henry Fonda blickt besorgt zum anderen Horizont. Leben heißt Hoffen. Aber wieder nichts. Wieder nur Indianer. »Sie sind uns«, sagt er mit tonloser Stimme, und das ist die Unverschämtheit, »die ganze Zeit gefolgt.«

WENN IHR NICHT DIE GANZE ZEIT DIALOG GESPROCHEN HÄTTET, ist man versucht zu schreien, HÄTTET IHR DOCH GEMERKT, DASS EUCH VIERTAUSEND KOMPARSEN AUF DEN FERSEN SIND. Denn das merkt man doch. Da können sich die Komantschen noch so sehr die Hufe mit alten Socken umwickeln. So was merkt man immer. Als ich vor drei Jahren in Ost-Berlin war, habe ich gedacht: »Dir, meine liebe DDR, gebe ich noch drei Jahre. Aber dann ist Schluß.« Denn man durfte ja in der DDR nicht über die Straße gehen, wo man nicht über die Straße gehen durfte.

Und ich hatte ein schlimmes Knie und mußte durch einen Fußgängertunnel, anstatt einfach so zackoflex über die Straße zu gehen. In diesem Fußgängertunnel war ein Schild, auf dem Schild stand RAUCHEN VERBOTEN. Bis zum Ende des Tunnels, Leben heißt Hoffen, schaffe ich es, ohne zu aschen. Hätte ich auch geschafft. Aber dann kam eine Uniform und belferte mich an: »Hier herrscht Rauchverbot!« Das war *the straw that broke the camel's back* beziehungsweise der Tropfen, der das Faß zum Überlaufen brachte, und ich habe zurückgebelfert: »Vielleicht bei Ihnen, aber bei mir nicht.« Da schleppt man sich mit einem schlimmen Knie eine Treppe runter, anstatt zackoflex wie zu Hause über die Straße zu gehen, wo es einem paßt, und dann das. Zivilcourage zum Nulltarif. Aber dann setzte er ganz groß an, wollte mich offenbar über seine Rechte belehren, bevor er mich mit der Aktentasche erschießt, aber irgendwie verlor er plötzlich die Lust daran, denn um uns herum standen sie, die Indianer. Sie waren uns nämlich die ganze Zeit gefolgt. Die Ureinwohner in Zivil. Die Fußgängertunnel-Intifada. »Euch gebe ich noch drei Jahre«, habe ich gedacht, »aber dann seid ihr dran.«

»Weißt du eigentlich«, hat mich mal mein Freund Jupp gefragt, »warum ich so ein ehrlicher Mensch bin?«

»Ich weiß es nicht. Warum bist du so ein ehrlicher Mensch?«

»Weil man zum Lügen ein gutes Gedächtnis braucht. Und ich kann mir doch nichts merken.«

Und um das zu beweisen, packte er sich ein Stück Notenblatt aufs Cembalo und spielte etwas Bach. Nach dem Bach sagte ich, um meine Beeindrucktheit zu verbergen: »Kannst du das auch rückwärts?« Jupp sagte, völlig zu Recht: »Blödmann« und spielte es rückwärts.

»Na?«

»Ja.«

»Klingt wirklich genauso gut wie vorwärts. Komm, wir gehen einen zischen.«

Und viertausend Komantschen folgten uns, und Jupp lachte und zog den Bauch ein, um ihn wieder vorschnellen lassen zu können, weil er einen Geschäftsfreund aus Deutschland vormachte, welcher, von einem französischen Bettler angehauen, all sein Vrounzais zusammenraffte und sagte: *»Jeune homme – travaillez!«*

Arbeiten. Da können wir ja nur lachen. Arbeiten tut man, aber man läßt es sich nicht anmerken. Arbeiten müssen die Komparsen. »Linke Hügelkette! Alles da?« *Huubababa, huubababa.* »Rechte Hügelkette! Ich *sehe* nichts!« *Huubababa, huubababa,* macht die Trommel.

Und mein Freund Jupp? Mein Freund Jupp ist seit einiger Zeit tot (behauptet er zumindest) und heißt mit vollem Namen Josef Müller-Marein und ist Miterfinder der Zeitung, die Sie, ja, Sie, in Händen halten. Woher ich das weiß? Blicken Sie mal auf zur Hügelkette. Wir sind Ihnen nämlich die ganze Zeit gefolgt.

Frühstück ohne Blaulicht

Als ich neulich einen Leserbrief las, endete dieser mit den Worten ». . . mit anderen Worten: Wir brauchen viel mehr Artikel, die mit den Worten ›*Als ich neulich*‹ anfangen, falls Sie verstehen, was ich meine.«

Das versteh ich voll und ganz.

Es bedeutet die Sublimierung des Speziell/Persönlichen zum Allgemeingültig/Menschlichen, es bedeutet »Ich bin du«, es bedeutet Leser-Bär-Bindung, es bedeutet »Wir sind das Volk, nur ich gottlob nicht und du deshalb auch nicht.«

Als ich neulich einen ganz großen Triumph hatte, da ging das folgendermaßen vor sich. In meiner Stammkneipe erzählte ich zwei vage mit mir befreundeten Herren einen Witz. Blau und Goldenberg gehen in der Abenddämmerung über ein Stoppelfeld. Da huscht ein kleines Tier von hier nach dort. Fragt Blau Goldenberg: »War das eine Maus oder eine Ratte?« Sagt Goldenberg zu Blau: »Bin ich ein Kürschner?«

Wenig später kamen wir auf die deutsche Frage zu sprechen, und ich sagte, mein Lieblingskandidat für das Amt des Deutschen Kaisers wäre Stefan Heym. Ideale Integrationsfigur, kann sich seine Reden selbst schreiben, hat was gesehen von der Welt, sieht irgendwie aus wie König Drosselbart, sächselt milde, so daß sich die ehemalige Deutsche Demokratische Republik voll repräsentiert fühlen kann, kurz: ein Kaiser zum Anfassen und Liebhaben.

Außerdem wäre das Ausland beruhigt, denn wenn wir uns einen jüdischen Kaiser leisten, haben wir ja wirklich was dazugelernt.

Das war auch alles gut und schön, und von ein paar unsachlichen Zwischenbemerkungen seitens der vage mit mir befreundeten Herren abgesehen – *Und Kaiserin wird dann Caroline von Monaco* sowie *Heym ins Reich* –, drang ich mit meinem Vorschlag auch recht gut durch, sagte aber leider einmal aus Versehen statt Stefan Heym *Georg* Heym (dt. expressionistischer Dichter, 1887–1912).

Daraufhin wurde ich von den beiden vage mit mir befreundeten Herren mit Hohn überschüttet, konterte aber, und nun kommt der Triumph: »Bin ich der ›Kürschner‹?« Das muß man sich mal vorstellen. Einmal der pelztierverarbeitende Handwerksberuf und gleich darauf das Literaturnachschlagewerk. Auf so einen Triumph kann man lange warten. Habe ich ja auch getan. Nun ist erst mal wieder für längere Zeit Schluß.

». . . außerdem«, stand in dem Leserbrief, »wollen wir etwas von fernen Ländern erfahren, von Reisen, von Land und von Leuten.«

Auch dieser Wunsch läßt sich erfüllen, sogar kombiniert mit dem ersten.

Als ich neulich in Göppingen war, um aus meinen Übersetzungen vorzulesen, sagte ich zu dem veranstaltenden Buchhändler: »Normalerweise habe ich eine Zusatzklausel in meinen Verträgen, daß wir danach nicht zum Griechen gehen.« Wir gingen natürlich doch zum Griechen, daher die Zusatzklausel, und der Grieche hatte einen wunderbaren selbstgebrannten *Tsípouro*, einen Tresterschnaps, mit Ouzo-Aroma aromatisiert von der Firma Curt Georgi in Böblingen. Übernachten sollte ich bei einem literaturbewanderten Kriminalbeamten beziehungsweise im Kinderzimmer, im Bett seiner kleinen Tochter, die diese eine Nacht im Elternbett verbringen durfte. Man hatte ihr zwar eingeschärft, auf keinen Fall den fremden Onkel zu wecken, sie wollte aber doch mal sehen, wer in ihrem Bettchen schläft, und schlich herein, um mich zu betrachten. Was ich nicht wußte, war, daß an diesem Tag in Göppingen eine Parade stattfinden sollte, und die Kriminalbeamtentochter war bereits als Sonnenblume verkleidet. Wie reagiert man, wenn man morgens als allererstes von einer wildfremden Sonnenblume angestarrt wird? Man schiebt es auf den *Tsípouro*:

»Sei froh, daß sie nicht als weiße Maus kostümiert war«, versuchten mich die stolzen Eltern zu trösten, aber als sie mich zum Bahnhof fuhren, verlangte ich, daß Vater zur Entschädigung seine Kojak-Lampe aufs Dach klebt und ordentlich Sirene gibt. Hat er aber nicht getan, und seitdem bin ich verdrossen, denn sonst hätte ich diese Kolumne ganz anders beginnen lassen können.

Als ich neulich mit Blaulicht und Martinshorn durch Göppingen brauste, schienen Himmel und Erde zu . . .

Und wieder nichts.

Das tägliche Brot des Franz von Assisi

Ich nutze dieses Pasquill für eine pastose post-pasquale Petitesse, aber die Gedanken stürmen ja dermaßen auf mich ein, daß ich sie numerieren werde, denn sonst sind sie dahin, und wer ist wieder der Dumme? Genau: der kleine Sparer.

Das Pasquill ist übrigens eine Papierserviette des Hotels »Seute Deern« in Leer/Ostfriesland, in dessen Erkerzimmer H. C. Artmann einst ein spätes Glück gefunden haben soll, und ein Pasquill ist die Papierserviette, weil ich über ihren werbenden Aufdruck hinwegzuschreiben versuche, was nicht so recht glückt, weshalb diese Petitesse sowohl pastos als auch post-pasqual geworden ist; soll nur keiner glauben, ich hätte es mit dem P.

Nun, *peu à peu*, die *pensées*.

Erstens. RTL FEUERT RAINER HOLBE krakeelte mich die Schlagzeile an, und weil ich wissen wollte, was man alles können muß, um von einem privaten Fernsehanbieter gefeuert zu werden, kaufte ich das Blatt.

Rainer Holbe hatte aber auch etwas Blitzdummes begangen. Er hatte etwas hingeschrieben, wofür jeder Pfaffe, vom Papst bis hinab zur Hilfsdiakonin Elsbeth Schulze-Schlingensief, nicht nur nicht gefeuert, sondern bezahlt wird. Die Juden, hatte er geschrieben, hätten die Menschheitsgeschichte angehalten (oder so), weil sie Jesum für einen Verbrecher ans Kreuz gegeben hätten. Erzblöd? Das sagen Sie, das sage ich, das sagen wir, die wir nicht getauft sind. Aber ringsum gibt es Leute, die so was glauben. Solche Leute kennen wir nicht? Solche Leute kennen wir doch. Sie nennen sich »die Gesalbten«. Dafür kriegen sie Kirchensteuer. Muß man sich merken.

Immerhin ist ja Rainer Holbe nicht so dämlich wie andere Mitglieder seiner Sekte. Er sagt, die Juden hätten Jesum »ans Kreuz gegeben«. Nicht gekreuzigt, nur drangegeben. (»Jib et dran, Josef, du bis jetz nit in der Stimmung«, sagte die Dame am Nebentisch, als ihr muffiger Mann Ansichtskarten schreiben wollte.) Denn daß die Juden nie auf so eine unappetitliche, in jedem Sinne trefene, also unkoschere Hinrichtungsmethode verfallen würden, erhellt bereits flüchtigste Bibellektüre.

Holbe sagt, die Juden hätten Jesum »für einen Verbrecher« ans Kreuz gegeben. Für wen? Für Barabas. »Barabas aber war ein Mö-hör-der«, heißt es in jeder besseren Johannes- oder Matthäuspassion lakonisch. War er aber nicht. Barabas war ein bewaffneter Widerstandskämpfer. Die römischen Besatzer hatten zwei Todesurteile verhängt, und weil Ostern war, durften sich die Bewohner der besetzten Gebiete aussuchen, wer von den beiden Promis begnadigt wird. Sie hatten also die Wahl zwischen einem Volkshelden und einem religiösen Spinner. Sie hatten die Wahl zwischen Ché Guevara und Pfarrer Sommerauer, oder, wo wir gerade am Vergleichen sind, zwischen Sophie Scholl und L. Ron Hubbard.

Zweitens habe ich vergessen zu numerieren; deshalb kommt jetzt bruchlos

Drittens. Vor vielen Jahren habe ich im Auftrag der legendären Zeitschrift ›Sounds‹ ein mißglücktes Interview mit Robert Crumb geführt, dem berühmten Underground-Cartoonisten, dem Hogarth, was sage ich: dem Doré des XX. Jahrhunderts, das heißt, ich hatte natürlich nicht den Auftrag, ein mißglücktes Interview zu machen, sondern ein geglücktes, es ist aber mißglückt, weil Crumb gesagt hatte: »Ich als Katholik . . .«, woraufhin ich gesagt hatte: »Ich dachte immer, du seist Jude . . .«, woraufhin es aber richtig losging. »Ich? Jude?« belferte er auf mich ein. »Ich habe die Unbefleckte Empfängnis immer in hohen Ehren gehalten! Du dagegen . . .«, fuhr er feindselig fort, ». . . du scheinst mir ein ausgesprochener Itzig zu sein«, und meine schlappen Einwände (»Das bißchen Bart . . . Das bißchen Brille . . .«) gingen in Crumbs Geschrei unter: »CHRISTUSMÖRDER! CHRISTUSMÖRDER!«

Und darauf konnte ich ja nun nur geschmeichelt nikken. Es stimmt nämlich, wenn auch nur teilweise. Ich bin nämlich, und darauf bin ich stolzer als auf irgendwas anderes, wenne Sieje bitte gestattene wollene, Viertelitaliener.

Viertens. Wovon hat sich eigentlich Franz von Assisi ernährt? Ich mein', so'n abgeklärter *sandalista*, so'n ausgesprochener »Wa-ey?«-Typ, der Hassemanemaak-Mann par excellence, wovon hat der sich ernährt? Genau. Von Singvögeln. Erstens Italiener, und zweitens konnte er die Sprache. Nix Leimrute, nix mit der *lupara* durch die *macchia* –: Nö. Statt dessen: »Na, meine kleine Lerche, wie wär's denn mit uns beiden in Aspik?«

Kein Urlaubsort, wo Vogelmord? Meinetwegen gern. Dann kann ich endlich wieder in mein geliebtes Neapel fahren, ohne euch dumme Touris beklauen zu müssen.

Meine Herren. Ich beantrage die Einstellung

MEINE HERREN. ICH BEANTRAGE DIE EINSTELLUNG (Einstellung? Ein Verfahren wird eingestellt, aber doch kein Mensch. Bestallung? Altfränkisch. Klingt außerdem nach Stall. Sicher mit Recht. Rein etymologisch. Aber wieso denke ich »altfränkisch«? Was hat »altfränkisch« mit dem Altfränkischen zu tun? Man weiß eben zuwenig. Anstellung? Stell dich nicht so an. Also alles verbal lösen? Aber dann klingt es nicht bürokratisch genug. Substantivierung ist der erste Schritt zur Lüge. »Teuerung« statt »'t ward aalns düürer un düürer.« Also Einstellung. Da glaubt zwar jeder, jetzt geht es mit ». . . des Verfahrens« weiter, aber ich schreib' es erst mal hin. Kann ja schon froh sein, daß mir »beantragen« eingefallen ist. Hätte doch beinahe »Ich schlage vor« geschrieben. Ich beantrage also die Einstellung.) EINES HERVORRAGENDEN (Ganz schön schwach, Alter, aber jetzt ist es sieben Uhr morgens, und um halb sieben Uhr abends macht Safeway dicht, dann kannst du keinen Hering mehr kaufen und hast nichts zum Anbieten.) MANNES (Mannes; mucho macho; aber was soll ich machen, wenn da *person* steht? Daß sie einen Mann einstellen werden, ist doch eh klar. *Person* ist auf deutsch Person, und Person ist weiblich. »Diesse Perssón!« Aha: Persönlichkeit. Aber im Original steht nicht *personality*, sondern *person*. Dieses Menschen? Mensch ist pejorativ, zumindest auf deutsch. Außer wenn man singt. »Hier steht ein Mensch.« Aber dann ist es ein Türke. Ich beantrage also die Einstellung dieses Menschen. Das heißt: Ich will, daß dieser miese Baldower aus dem Verkehr gezogen wird. Und dann auch noch hervorragend. Eher ein bißchen zu stark. Ich will aber nicht, daß er aus dem Verkehr gezogen wird, sondern ich will das diametral entgegengesetzte, schnur-, pfeil- und dingsbumsgerade Gegenteil, daß wir ihn nämlich haben wollen, jawoll, und wir werden Kohle raustun, aber nicht zu knapp, denn wir? Wir lieben ihn. Wir schätzen ihn. Wir müssen ihn haben, koste es, was es wolle, notfalls sogar, wie wir eben ausgeführt zu haben nicht müde geworden sind, Kohle. Sonst hätten wir ja nicht seine Einstellung beantragt. Sonst hätten wir sie möglicherweise lediglich halbherzig vorgeschlagen. Vorgeschlagen! Wenn ich das schon höre. Nein, wir haben sie – inzwischen habe ich mich an die unsägliche Einstellung sogar schon so sehr gewöhnt, daß ich »sie« sage, als hätte nie etwas anderes zur Debatte gestanden –, wir haben sie, die Einstellung, in aller Form beantragt. In aller Form? Trauen wir uns das? Nein. Steht nicht im Original. Ich beantrage. Das Wort sie sollen lassen stahn. Und kein Dank dazu hân. Ich beantrage also, daß wir diesen Quackeskopp bis auf weiteres einstellen, damit er nicht noch mehr Unheil anrichten kann als bisher sowieso schon. Vielleicht nächste Woche wieder. Würde mich u. U. sogar persönlich freuen. *Don't call us, we'll call you.* Verpflichtung? Wurde für eine weitere Spielzeit nach Bad Oeynhausen verpflichtet? Ich beantrage die Verpflichtung eines hervorragenden Mannes. Ich beantrage die Indienststellung eines hervorragenden Mannes? Ich beantrage – jetzt hilft nur noch der »Textor« – die Einleitung, Vorrede, Ouvertüre, Einsetzung, Ernennung, ich beantrage. Eines hervorragenden Mannes. Ich beantrage, einen hervorragenden Mann in die Pflicht nehmen zu wollen. Ich beantrage, meine Herren, daß, jemand muß es ja tun, und nun nehmen wir diesen; ein hervorragender Mann ist er außerdem. Und wir geben ihm Geld. Das muß auch rüberkommen. Richtig gut ist nur der Anfang: Meine Herren. (Und draußen tost das volle, pralle, gefährliche Leben an mir vorbei.) *Meine Herren. Ich beantrage die Einstellung eines hervorragenden Mannes, der jene, die ihn kennen, schon immer durch sein bescheidenes und zuvorkommendes Wesen beeindruckt hat.* Fünf Zeilen in sechs Stunden. Und all das in der schönen Gewißheit, daß man sie wieder umschreiben muß.

Meine Herren. Meine Damen. Meine sehr verehrten Personen. Ich beantrage – und wenn Sie morgens noch nicht so fett mögen, *schlage* ich *vor* –, daß Sie es sich noch ein paarmal überlegen, bevor Sie Übersetzer werden. Zu dreifuffzich die Stunde. *I propose the appointment of a very excellent person who has always impressed those who know him with his modest and gentlemanly bearing.* »Bearing?« fragt der Bär. Er ist aber wieder mal nicht gemeint.

Der Gerstner, der Gredinger und der Kutter

Weil ich früher mal Werbefiffi gewesen bin, war ich neulich auf ein Fest eingeladen. Wolf Rogosky, der Leiter von GGK Europa, wurde fünfzig. GGK heißt Gerstner, Gredinger & Kutter. Robert Gernhardt sagt, das hört sich an wie ausgestorbene Berufe: der Gerstner, der Gredinger und der Kutter. »Der Gerstner, der Gredinger und der Kutter . . .«, sagte ich sinnend vor mich hin, und Robert vollendete den Satz: ». . . die saßen all' beisamm' und schimpften auf den Luther, der niemals pünktlich kam.« Da hat der Luther ganz schön selbst schuld, denn es war ein total tolles Fest. »Luther, Luther«, sagte Robert, »wenn ich das schon höre. Außer Thesen nix gewesen.« Das Fest fand in Maisons-Laffitte statt, wohin man, wenn man weiß, wie's gemacht wird, ganz leicht von Paris aus mit der S-Bahn kommt. »Was soll ich in der City«, frug Robert. »Ich bleibe in Laffitti.« Es gab Austern und Couscous und außer gefilte fish so ziemlich alles, was köstlich ist, und einen Senegalesen mit einer Zauberlaute und eine Country-&-Western-Kapelle und ein Indio-Duo (*Indio-Duo* ist ein schönes Wort; eigentlich träume ich ja davon, einmal im Leben *Lucky-Luke-Look-Alike* hinschreiben zu dürfen, aber ich finde nie den richtigen Schlenker), und die Sonne schien, und soweit das Auge reichte, staksten 2,30 m große schwedische Models mit ganz kleinen Hunden durch die Gegend. »Genau so«, dachte ich, »würde ich, wenn ich es hätte, mein Geld auch ausgeben.« Das

Geburtstagskind bekam einen Trabi geschenkt und eine Harley-Davidson, mit der fährt es jetzt um den Trabi herum. Die Harley wurde von einer blonden Stuntlady in schwarzem Leder angeliefert, die schon fünfmal die Rallye Paris – Dakar gewonnen hat. »Lieber Sydne Rome«, sagte ich, »als Paris – Dakar.« Den Spruch habe sie durchaus schon das eine oder andere Mal gehört, sagte die Stuntlady. Um mich zu trösten, habe ich ganz schnell gegen Paul Gredinger, das 2. G von GGK, im Armdrükken verloren, woraufhin ich, wieder um mich zu trösten, von Claudine zum Tanzen aufgefordert wurde. Ich freute mich auch sehr, weil Claudine so klein ist, daß ich dachte, ich kann sie prima an die Wand schmeißen, und außerdem hat sie die richtige Hautfarbe, mithin den Rhythmus im Blut, aber Claudine tanzt leider wie eine Debütantin von der Elbchaussee. Und an die Wand geschmissen hat *sie mich*. Es war also alles sehr erfreulich, und Jake, der Frontman der Country-&-Western-Kapelle, sagte zu mir: »Du paßt auf *den* Teil der Party auf und ich auf *diesen*.« Mit imaginären Walkie-talkies hielten wir einander über den Fortgang der Fête auf dem laufenden. »Hier alles ruhig. Over.« – »I'm readin' you loud and clear. Ten-Four. Over and out.« Jake bat mich, ein verdächtiges Subjekt in Zone 7 zu observieren, aber da es sich bei der Zielperson um Klaus Imbeck von ›Geo‹ handelte, war mir der Auftrag zu riskant. Etwa achtzig Prozent der Feiernden waren Werber. Die Normalos begrüßten einander mit den Worten »Na, was machst du denn gerade?« Die Werber sagten: »Na, wo bist du denn gerade?«

Und weil ich früher auch mal Schüler gewesen bin, war ich neulich auf einem Klassentreffen. Achtzig Prozent der Anwesenden waren Lehrer geworden. Die Normalos begrüßten einander mit den Worten »Na, was machst du denn gerade?« Die Lehrer sagten: »Na, wo bist du denn gerade?« Ob diese Koinzidenz etwas zu bedeuten hat, und wenn ja, was, das wage ich nicht zu beurteilen. Ich kam mir jedenfalls vor wie der Hai im Hechtteich, ich, der Macher, im Gegensatz zu den nur Seienden. Das hielt aber nicht lange vor. Denn am nächsten Tag, beim 801. Hamburger Hafengeburtstag, fuhr ich in einem Amüsiermobil, und der Einpeitscher kommentierte: »Der Herr in Gondel 6 gurgelt bereits mit dem Kartoffelsalat; jaja, hier geht es ab, hier steppt der Bär, hier boxt der Papst im Kettenhemd.«

Cry Baby!

Drei Fragen höre ich immer wieder. A: Wie wird man Filmkritiker bei der ›Zeit‹? B: Was macht man, wenn eine Kritik abgelehnt wird? C: Wann gibt es endlich wieder eine Filmkritik von Ihnen zu lesen?

Antwort A: Indem man so was wie s. u. nicht oder ganz anders schreibt. Antwort B: Man schiebt sie in seine Kolumne. Antwort C: Subito.

»Kuck' mal wer da spricht!«
von Amy Heckerling

Davon abgesehen, daß man den Apostroph von *Kuck'* getrost als Komma in *mal wer* hätte verwenden können, so daß der Titel in ze Cherman lenkvich *Kuck mal, wer da spricht!* gelautet hätte . . .

Und schon hab ich keine Lust mehr.

Wie scheucht man Menschen, die einem nahestehen (und das sind Sie, weil Sie sich die Mühe machen, dies zu lesen), ins Kino, damit sie sich einen Film ansehen, der schön ist und zum Lachen? Wie scheucht man, wenn man nur das amerikanische Original gesehen hat von einem Film, der eher ein Hör- als ein Kuckfilm ist? Wie scheucht man Menschen, denen man rundherum nichts lieber wünscht als einen Film, wenn man die deutsche BeARBEITung noch nicht kennt? Wie scheucht man Menschen ins Kino, ohne ihnen die Handlung und die Highlights zu erzählen und dann zu sagen: So, ihr Blödis, den schäbigen Rest könnt ihr euch selbst ansehen. Wie scheucht man überhaupt?

Genau. Indem man die Handlung und die Highlights erzählt. Obwohl es unredlich ist.

Es geht hier um ein Spermatozoon namens Mikey, welches allmählich zum Anderthalbjährigen heranwächst, und weil man in dieser Altersklasse noch nicht viel zu sagen hat, bedient sich der Film des *Voice-Over*. Das *Voice-Over* ist eine Technik, die man aus Nazi-Wochenschauen kennt. Und von der ehemaligen *Aktuellen Kamera*. Überhaupt aus dem Fernsehen. *Weltspiegel* oder so. Jemand wird etwas gefragt, und wenn der das Unglück hat, kein Deutscher zu sein, macht er das Maul auf, sagt drei Wörter (»Well . . . Actually . . . I should say . . .«), und schon wird er leisegeblendet, und man hört, was er, wenn er nur könnte, auf deutsch gesagt hätte, denn: Ihn einfach labern lassen und das Ganze mit deutschen Untertiteln versehen, das, *yok,* das wäre zu einfach und zu kostengünstig. Außerdem würde es voraussetzen, daß der Zuschauer lesen kann.

Von den sechs Kanälen, die ich empfangen kann, ist Sat 1 der einzige, der ungebrochen an der schönen Tradition des deutsch-deutschen *Voice-Over* festhält: Im Hintergrund siehst du, wie jemand spricht (auf deutsch), und im Vordergrund hörst du, wie dir jemand sagt, was der Typ gerade sagt (auf, na ja, deutsch).

Das Gegenteil ist der Innere Monolog. Da sieht man, wie jemand nichts sagt, und hört, was er denkt. Mal ist das Maul offen, mal ist das Maul zu. Bei *Voice-Over*: offen. Bei Innerem Monolog: zu. Bei Sat 1: Arsch offen. So kann man sich das merken.

Unser Held zum Beispiel, frisch geboren, blickt unverwandt in diese Welt, die diese unsere ist und noch nicht ganz die seine (wie neugeboren: Jason Schaller), und beschließt, erst mal zu . . . erst mal zu . . . Die Musik setzt ein, djampampampú, djampampampú, er reißt das Maul auf, und . . . Und Janis Joplin schreit: »CRY BABY!« Das ist das *Voice-Over*. Überhaupt die Musik. Man kann den Film mit verbundenen Augen ansehen, auch wenn man keine wie auch immer gearteten Sprachen versteht; die Musik reißt ihn jederzeit raus.

Und bei diesen vielen traumhaften Bären-, Hunde- und sonstigen Viecherfilmen wartet man doch immer im Nachspann ab – falls man, was die wenigsten Filmkritiker tun, den Nachspann abwartet –, wer die Hamster, Flöhe, Mäuse, Biber und Bären so wunderbar trainiert hat. Na ja, sagt man sich, Hamster, Flöhe, Mäuse, Biber und Bären könnte ich zur Not auch dressieren, aber *kleine Menschen*? Die vier kleinen Menschen, die den Helden spielen (nach Jason Schaller in chronologischer Reihenfolge: Jaryd Waterhouse, Jacob Haynes, Christopher Aydon), wurden von

Marji Wollin

abgerichtet. Sie ist der eigentliche Star des Films. Der andere Star spielt einen Taxifahrer mit Bierbauch, unrasiert (nein; kein Dreitagebart; schlicht unrasiert), schielt anheimelnd aus zwei klugen blauen Augen heraus und hat ansonsten null Tscheckung: John Travolta. Zwei Tanzszenen hat er auch. Wegen früher.

Wie also scheucht man jemanden in einen Film, von dem man sonst nichts verraten will?

Man scheucht.

Soweit meine abgelehnte Filmkritik. Soweit meine Kolumne. Wenn diese Kolumne ebenfalls abgelehnt wird, werde ich trotzdem versuchen, sie in ›Die Zeit‹ zu schmuggeln. Als Filmkritik.

Breaking in

»Breaking in« heißt der Film, den ich gerade gesehen habe, »Die Traumtänzer«, von Bill Forsyth, dem wir »Local Hero« verdanken. Es geht da um einen jungen Einbrecher, der zufällig zusammen mit einem älteren Einbrecher einbricht, und der ältere Einbrecher zeigt dann dem jüngeren Einbrecher, wie man ordentlich einbricht. Der jüngere Einbrecher brach nämlich immer nur so vor sich hin ein, weil er in der Stadt niemanden kannte, sah sich ein wenig im Kühlschrank um, las die Post, trank ein Bier und ging dann wieder. Der ältere Einbrecher dagegen spürte den Safe hinter dem Watteau-Öldruck.

Die West-CDU vereinigt sich jetzt mit der Ost-CDU.

Die Hamburger Uraufführung vom »Phantom der Oper« soll ein voller Erfolg gewesen sein. Niemand spricht mehr über das häßliche Operettenhaus, die Versager beim Polizei-Einsatz kamen aus Bayern, der Innensenator sagt: »Jetzt ist aber Schluß mit der Hafenstraße«, dabei ist die ganz woanders, die Jungs, die den Autonomen Block angeheizt haben, kamen wahrscheinlich ebenfalls aus Bayern, dabei ist das ganz woanders, Friedrich Kurz, der Veranstalter, kommt aus Schwaben und hatte an die Medien den Spruch durchsickern lassen, jede Eintrittskarte habe tausend Mark gekostet (Muß man sich mal vorstellen: tausend. Mark. Auf allen Plätzen.), dabei war der ganze Laden natürlich mit Freikarten-Adabeis voll, und kein Schwein hat was bezahlt. Eintritt jedenfalls nicht. Sogar ich, moi, hatte eine Einladung, und wenn etwas ein bezeichnendes Licht wirft, dann wirft das ein bezeichnendes Licht.

Die West-CDU vereinigt sich jetzt mit der Ost-CDU.

Der Film hat ein Happy-End: Der eine Einbrecher kommt in den Knast, der andere Einbrecher wartet auf ihn. Das Musical hat ebenfalls ein Happy-End: Frau Lloyd-Webber hat sich scheiden lassen.

Und die West-CDU vereinigt sich mit der Ost-CDU. Die CDU, die endlich mal wieder der SPD Vaterlandslosigkeit vorwerfen konnte, vereinigt sich mit einer Unterorganisation der SED.

Ich wähl sie trotzdem nicht.

Herr, vergib ihnen, denn sie wissen nicht, was ich meine

Ich habe mir eine neue Schreibmaschine gekauft, und die hat einen kleinen fünfzackigen

★

in ihrem Repertoire.

Das bedeutet Arbeitsersparnis, denn wenn mir an einem Vormittag drei Dinge aufgefallen sind, die absolut nichts miteinander zu tun haben, außer daß sie mir am selben Vormittag aufgefallen sind, kann ich sie säuberlich durch ein (ein? mein) Sternchen voneinander trennen und brauche keinen mühseligen Sinnzusammenhang herzustellen. Das Ganze kann man dann als *Gedankensplitter* verkaufen.

★

Ist das eigentlich justitiabel? Erworbene Rechtschreibschwäche? Durch sechs Jahre ›taz‹-Abo?

Ich kann ja noch lachen. Sobald ich nicht weiß, wie ein Wort geschrieben wird, schreibe ich es in meine Kolumne hinein, warte ab, bis es gedruckt vorliegt, und staune es dann an. Soso. Justitiabel.

★

An eben- und demselben Vormittag wollte ich ins Kino gehen, in eine Pressevorführung, und zwar nur wegen des schönen, einleuchtenden, stimmigen Filmtitels. Ich bin dann vorsichtshalber doch nicht reingegangen. Aber der Titel hat's. »Stirb langsam – Teil 2«.

★

Dies war nun die Welt-Première und -Dernière meines fünfzackigen Sternchens, falls Sie wissen, was ich meine. (»Herr, vergib ihnen«, fällt mir da automatisch ein, »denn sie wissen nicht, was ich meine.«)

★

Womit wir automatisch wieder (wozu habe ich mir eigentlich ein Sternchen einbauen lassen?) bei der Orthographie wären.

Der Unterschied, sage ich immer, zwischen Journalisten und Rundfunkjournalisten besteht darin, daß Rundfunkjournalisten nicht wissen, wann man »daß« mit »ß« schreibt.

Und der Unterschied zwischen Fernsehjournalisten und Rundfunkjournalisten, füge ich dann immer hinzu, besteht darin, daß sie nicht wissen, *wie* man es schreibt.

★

Die eine Ausnahme ist natürlich Manfred Eichel, der neulich sogar, von uns allen unbemerkt, sein 200. *Kultur aktuell* begehen konnte, eine Sendung, die man im Süden, als wäre der Süden noch nicht gestraft genug, nicht sehen kann.

»Das sieht ja sehr verlockend aus«, denkt man sich, wenn man z. B. lauter fremde Herrschaften zu atonaler Musik tanzen sieht, »da geh ich, glaub ich, nicht hin.«

Ein Sternchen für Manfred Eichel, ehrlich, zackig, ohne Schnörkel.

★

Meine Lieblings-Theaterkritik aller Zeiten stammt, nein, nicht von Alfred Polgar, sondern von Walther Kiaulehn.

Da beschreibt er eine *Minna von Barnhelm*, und zwar in fünf oder sechs Abteilungen, alle mit einem fünfzackigen Sternchen voneinander getrennt.

In der ersten Abteilung rühmt er die Inszenierung, die Minna, die Franziska, alles, tadelt aber das Bühnenbild: »Vorn an der Rampe steht ein eiserner Ofen, der den Blick auf die – im übrigen hervorragende – Aufführung verstellt.« So geht das fünf oder sechs Abteilungen lang, kurz vor dem Sternchen kommt immer das Genörgel über den eisernen Ofen; was hat sich der Bühnenbildner wohl dabei gedacht?

Am Schluß der letzten Abteilung steht dann: »Der eiserne Ofen war Werner Hinz.«

★

Und um dessen Sohn Knut mache ich mir Sorgen. Er spielt in der *Lindenstraße* seit neuestem einen stotternden Privatdetektiv.

Der schwule Carsten Flöter wird von einem echten Schwulen dargestellt. Der Behinderte, um den sich Benny Beimer als Zivi kümmern muß, wird von einem echten Behinderten dargestellt. Der griechische Kneipenwirt wird von einem echten griechischen Kneipenwirt dargestellt. Sogar den Hund spielt ein Hund.

Aber wenn ich bedenke, was für ein hemmungsloses Kölsch die angeblichen Münchner der Lindenstraße sprechen, mache ich mir doch wieder keine Sorgen um Knut Hinz.

Am Tag des Kruges

Weil plötzlich Alberto Moravia starb, war in der letzten ›Zeit‹ kein Platz mehr für diese Kolumne. So brandaktuell sie letzte Woche war, so überflüssig ist sie heute. Ich kann Ihnen also keinen Vorwurf machen, wenn Sie sie nicht lesen. Außerdem ist inzwischen Michel Leiris gestorben. *H. R.*

Ich habe Grippe. Grippe ist wie Liebe, nur nicht so unangenehm. Wenn sie einen erwischt, glaubt man, man wäre der Erste, und es wäre das erstemal, und sie bringe einen um. Junge Leute greifen dann zum Synthi, ältere schreiben eine Kolumne.

Paul, ein Schweizer, sagt, er sei so calvinistisch erzogen, daß er sich noch nie gelangweilt habe oder krank gewesen sei.

»Noch nie gelangweilt?« habe ich gefragt. »Schon mal Proust versucht?«

»Zweckchlos.«

Langweilen kann ich mich eigentlich auch nicht ... Doch: Wenn ein Ehepaar vom Campingurlaub in den Cevennen erzählt ... Mit den Kindern ... Oh, doch ... Aber dann haben sie beide so einen süßen Sprachfehler, der eine den einen, die andere den anderen; da wird es dann doch wieder spannend. Man fragt sich, was die Kinder für einen haben. Aber die Kinder sind im Bett, lassen es sich mit dem finnischen Au-pair-Mädchen wohl sein und lernen die Wörter *kippis* und *paska*. Das können sie später mal verwenden, und es läßt sich nichts dagegen sagen.

Wie lernen sich aber solche Leute kennen?

»Mein Fräulein, Sie sind so atemberaubend langweilig; ich möchte mich mit Ihnen vermehren.«

»Und dann fahren wir in die Cevennen und erzählen allen davon, wie wir mit unseren Kindern in die Cevennen gefahren sind?«

»Topp!«

So wächst zusammen, was zusammengehört.

Ich finde den Anschluß ja auch ganz prima. Wenn man nämlich, wie ich, über die Dörfer tingelt – Köln hatte ich schon dreimal, Leer und Cloppenburg je zweimal –, wird es allmählich ein bißchen eng, und der Blick schweift nach Schkopau.

Gerda sagt, ich soll doch mal von meinen Tingeltouren erzählen; das sei doch immer so schön. »Erzähl mal. Also. Du kommst rein.«

Also. Ich komm rein. Und werde am Bahnhof abgeholt. Von Sanne-was-sich-immer-Sorgen-am-Machen-ist und von Jochen-dem-Stift.

Bochum.

»Ich trage eine rote Gacke«, hatte dat Sanne gesagt, und ich hatte träumerisch wiederholt: »Ein rotes Gäxken.« – »Jenau«, meinte dat Sanne.

Lieber Herr Gesus, sei unser Jast.

Da ich, obzwar in Hamburg geboren und entsprechend stolz darauf, genetisch Halb-Bochumer bin, darf ich die Leute nachäffen, ohne gehauen zu werden. Mehr noch: ohne daß sie es merken. »Für einen Hamburger«, denken sie sich, »kann man ihn ranz rut verstehen.«

Jochen-der-Stift sagt: »Da haben wir uns ja dermaßen einen reingebrannt, letztes Jahr, am Tag des . . .«

»Am Tag des was?«

»Am Tag des Kruges.«

Und plötzlich fällt es mir wieder ein. Vor vier Jahren hatte ich in der ›Zeit‹ den *lá an chrúiscín* proklamiert, den Tag des Kruges, den 4. Oktober, den Tag, an dem Flann O'Brien zum erstenmal seine Kolumne »Cruiskeen Lawn« in der ›Irish Times‹ veröffentlichte. Im Gegensatz zum Bloomsday. Und das, und das muß man sich mal vorstellen, das wird in Bochum gefeiert. Man kann gar nicht vorsichtig genug sein. Wenn vorne Theo Sommer zur Mäßigung rät, feiern sie im Feuilleton den Tag des Kruges.

Könnte das Layout vielleicht bitte mal eben ein Shamrock einspielen? Das sind so kleine dreiblättrige Kleeblätter. Ja?

Dankeschön.

☘

Wenn die ›Zeit‹, die Sie in Händen halten, aussieht, als wären die Buchstaben schwarz, dann liegt das daran, daß Sie ein Andruckexemplar in Händen halten. Der Löwenanteil der Auflage ist dunkelgrün. Schmeißen Sie also Ihr Exemplar nicht weg; es ist ein Sammelstück.

☘

Und nun gehen wir Rundfunk spielen. *Hallo Bochum. Die Ruhrwelle.* Die befindet sich im obersten Stock des Kortumhauses, welches ein Warenhaus ist, werde ich aufgeklärt, und nach dem Schöpfer der Jobsiade benannt. »Auf diese Antwort des Kandidaten Jobses«, sage ich beiläufig, denn als Halb-Bochumer weiß ich schließlich schwer Bescheid, »geschah ein allgemeines Schütteln des Kopses.«

»Setzen Sie Kopfhörer auf«, sagt die Moderatrix, »sonst können Sie sich nicht hören.«

»Dagegen ist Loriot«, sagt Sanne, als alles überstanden ist, »eine Anleitung für ernsthaftes Radio.«

Jochen sagt nichts. Kann nichts sagen. Lacht immer noch. Ich frage mich, worüber. Ich fand das eine astreine Sendung. Manchmal fragt man sich dann doch. Leute kennt man.

So auch bei der Lesung. »An dieser Stelle«, denke ich, »ist aber auch schon mal heftiger gelacht worden.« Doch dann bemerke ich, über den Brillenrand blickend, daß . . .

Ist das Essen knapp und die Kammer leer
Und kein Speck in der Pfanne sich bräunt –
Wird selten gespeist und gehungert mehr,
IST EIN PORTER DEIN EINZIGER FREUND

. . . teilweise mitrezitiert wird, halblaut.

Bochum soll leben.

Der liebe, dicke Goosi steigt in den VW-Käfer ein und sagt: »Jochen, sag nicht, was du immer sagst.«

»Was sage ich denn immer?«

»Goosi stieg nicht ein, sondern er zog sich das Auto an.«

Goosi ist im Heizungskeller des Rathauses aufgewachsen. »Wir haben nämlich seit etwa 25 Jahren denselben Bürgermeister. Der war vorher Installateur. Das sieht man aber auch.«

»An seiner Amtskette. Wie selbstgedengelt«, sage ich. Jochen-der-Stift, Sanne, der liebe, dicke Goosi und ich strahlen uns an. Hier könnte man siedeln.

»Meinst du, du kommst da richtig hin?« fragt Sanne, bevor ich ins Rheinische weiterziehe, während Jochen und Goosi ihren wohlverdienten Kater pflegen.

Und ist sich Sorgen am Machen.

Ich und Schmidt-Bargfeld

Ich bin gestern dermaßen mit Klugheiten zugeschüttet worden. Mal sehen, ob ich das so wiedergeben kann, daß man was davon hat.

Im Literaturhaus Hamburg hatte mein Freund Bernd Rauschenbach, Herauschgeber des Rausch-RABEn (Wenn Sie sich sehr beeilen, hat Ihr Buchhändler vielleicht noch vierzig Exemplare für Sie), Erster Secretär der Arno-Schmidt-Stiftung und myopischer Zecher, ein Referat angekündigt: »Arno Schmidt und Design«.

»Na«, dachte ich, »Etikettenschwindel«, dachte ich. »Die Pusche«, dachte ich, »im Wandel der Zeiten«, dachte ich, »unter besonderer Berücksichtigung der dunkelbraunen Blechschließe. So was kennt man ja.«

Nichts kennt man. Es ist viel schlimmer.

Und fing natürlich mit einem Hörfehler an. Ohne Hörfehler gäbe es keine Sprachen. Nichts gegen Hörfehler. Ohne Hörfehler hieße der Fels des Nordens, der Dschebel al-Tarik, nicht Gibraltar; ohne Hörfehler hieße Sherry nicht Sherry; ohne Hörfehler gäbe es keine Affäre Dreyfus, sondern bestenfalls eine Affäre Trier, und ohne Hörfehler hätte der Elefant von Sulawesi hinten nichts Gelebes. Und es gäbe keine Hamburger Aalsuppe.

»Arno Schmidt und die Seinen?« fragte man unter müder Mäzenatenbraue hervor.

»Genau: Arno Schmidt und Design!« erwärmte sich Bernd Rauschenbach.

»Genehmigt!« schnappten die Mäzene. »Nun gehe Er ans Werk!«

Ich will nicht die Highlights aus diesem Referat wegzitieren, denn es ist ja auch ein Buch geworden. Kostet nur 48 Mark, dafür ist es auch nicht allzu dick, sogar eher dünn, und man kann es sich schenken, sich gegenseitig; der Autor, Bernd Rauschenbach (er heißt übrigens Rauschenbach, Bernd Rauschenbach, falls Sie sich gefragt haben sollten, wie er heißt), verdient keine müde Mark daran, erst bei der zweiten Auflage; nicht, daß ich hier *product placement* treiben wollte, aber es ist ein schönes, dünnes Buch, mit vielen Abbildungen. Und danach weiß man alles über Arno Schmidt und sein Design, was man nicht von den allermeisten anderen Büchern sagen kann.

Nach dem Referat saßen wir alle völlig geplättet da, von des deutschen Spießers Wunderhorn – streng konisch! – umgemangelt. »Noch Fragen?« fragte Bernd Rauschenbach mit einer Nonchalance, die vom Beben seines Schlipsknotens Lügen gestraft wurde.

»Ich bin ja schon spießig genug«, dachten wir, »aber der Herr Schmidt –: Au Backe.«

Keine Frage? Keine Frage. Julia, noch 'ne Lage.

Aber wozu haben wir unsere Frau Else, Frau Else mit ihrem neuen Pullover in sämtlichen Farben der edition suhrkamp.

»Ich hätte da noch eine Frage«, sagte Frau Else.

»?«

»Ist das nicht alles sehr spießig?«

»Doch.«

Erschöpft, aber überglücklich ließ Frau Else sich auf ihren Stuhl zurücksinken; mit eigens mitgebrachten Frottiertüchern fächelte man ihr Kühlung zu; die Glückwünsche wehrte sie ab wie lästige Schmeißfliegen. Was wären wir ohne das freie Wort. Die Streitkultur. Den Kippschalter.

Ich und Schmidt. Auch ein Kapitel für sich. »Was liest du denn gerade?« fragte mich Christiane, die einzige, die außer mir in jener Oberstufenklasse Bücher las. »Schmidt«, sagte ich. »Schmidt? Welchen?« – »Und Musik?« – »Soul. James Brown.« – »James Brown? Welchen?« Ist auch Lehrerin geworden.

Dann erschien *Sitara*, und da habe ich mir gedacht: »Ab jetzt, lieber Arno, schreibst du nicht mehr für mich. Ab jetzt schreibst du nur noch für dich und deine Sekte.« Ich meine, ich zwinge doch niemanden, der mir dermaßen deutlich zu verstehen gibt, daß er von mir nicht gelesen werden will, dazu, von mir gelesen zu werden. Man will ihn doch auch nicht quälen, den armen Mann. Das ist der Deal: Du willst nicht, daß ich dich lese, und ich tu dir den Gefallen. Du findest mich zu doof, und ich finde dich zu klug.

Und dann habe ich zwischendurch mal ehrlich gearbeitet. Das heißt, ich hatte nichts zu tun. Zweimal täglich mußte ein Gabelstapler mit Ware bewegt werden. Endlos lange Gänge voller Ware und überall Nischen. Meine beiden Vorgesetzten trieben es den ganzen Tag miteinander und lasen sich zwischendurch Perry Rhodan vor. Ich dagegen dachte mir: »Wann, wenn nicht jetzt, kann ich je den ganzen Arno noch mal lesen?« Und meine beiden Vorgesetzten waren froh, daß ihnen jemand den lästigen Gabelstapler abnahm und, wenn ein noch höherer Vorgesetzter kam, sagte: »Augenblick, ich seh mal nach.«

Ja. Gegen Arno Schmidt als Dichter ist ja auch überhaupt nichts zu sagen. Ich bewundere alle, die etwas können, was ich nicht kann. Wenn jemand Gitarre spielen kann –: Schon wird er von mir bewundert. Wenn jemand laut und schön singen kann –: Schon wird er nicht von mir bewundert. Und wie Goethe auf seine Farbenlehre, so war auch Arno stolz auf seine Übersetzungen. Und die sind so lausig, daß sie schon wieder gut sind, weil unfreiwillig das Original durchschimmert, und das ist ein bildhübsches Bild. Wer glaubt, ein Wort wie *Shish-Kabob-Spleiß* sei noch nicht genug, der weiß nicht viel. Man muß das mal nachschmecken: zu blöd zu schnallen, daß *Kabob* für Amerikaner gedacht ist, so daß man auf deutsch wenigstens *Kebab* (wenn schon nicht *Kebap*) hätte schreiben können . . . Und dann auch noch SPLEISS. Es ist nicht zu fassen. Wir dagegen, die wir nur blöd sind, hätten *Schaschlikspieß* geschrieben, und ab dafür.

Aber Arno hat ja die Fackel weitergereicht. Sein gelehrigster und heiligster Jünger ist Hans Wollschläger. Und das geht so. Wie heißt *pint* auf deutsch? Richtig: *Pinte*.

Und wie würden Sie, liebe ›Zeit‹-Leserin, lieber ›Zeit‹-Leser, *a bottle of pop* übersetzen? Nein, nicht, wenn Sie Sie wären, sondern wenn Sie Wollschläger wären? Sagen Sie nichts. Drehen Sie die ›Zeit‹ um:

eine Flasche Popcorn

1991

Aha, ein Sátori

Eine Überschrift im ›Zeit‹-Feuilleton: »Fliegende Kisten, einsame Pisten«. Und gleich daneben: »Zärtliche Christen«.

Auf dem Titel des ›Merian‹-Hefts über San Francisco preisen sich die Höhepunkte im Heftinnern folgendermaßen an: »Pretty in der City / Leben mit dem Beben / Hiebe für die Liebe«.

Zum Jahreswechsel ist eine Kollegin vom ›Zeitmagazin‹ zu ›Merian‹ gegangen. Wie sie der dortige Chefredakteur begrüßt hat, weiß ich jetzt schon: »Sie kommen von der ›Zeit‹? Da bringses hier noch weit.«

Die heutige »Corner« ist dem *sátori* gewidmet. *Sátori* ist ein Begriff aus dem Zen-Buddhismus und bedeutet »eine kleine Erleuchtung, die meist von einem kurzen Gelächter begleitet wird«, also sozusagen ein Ahaha-Erlebnis.

Wenn wir zum Beispiel eine Flasche öffnen und zügig einschenken, hören wir –

–, daß »Fuchs, du hast die Gans gestohlen« weder ein Kinder- noch ein Jägerlied ist, sondern ein Trinklied. Also: Vorsicht in der Krabbelstube!

Auch die Etymologie steckt voller *sátori*. »Daß ›Sherry‹ etwas mit Jérez de la Frontera zu tun hat«, schreibt mir Estrellita Díaz aus Valparaiso, auf die »Corner« vom 16. November 1990 Bezug nehmend, »weiß ich auch. Aber wieso ist die Hamburger Aalsuppe ein Hörfehler?« Und Tine Naumann aus Hamburg-Eimsbüttel schreibt: »Daß Aalsuppe ›Allessuppe‹ war, in der – außer Aal – *aalns binnen* war, bis die Hamburger die ewige Frage der Quiddjes, der Nichthamburger, nach dem Aal satt hatten und auch noch Aal in die Suppe schmissen, das, lieber Herr Bär, das weiß ich selbst. Aber warum ist ›Sherry‹ ein Hörfehler?«

Die anderen Fragen will ich selbst beantworten.

Die Affäre Dreyfus. Bei der sogenannten Emanzipation der Juden wurden allen Juden Nachnamen verpaßt, und die richteten sich oft nach der Heimatgemeinde, Hamburger, Sontheimer und so weiter. Da Trier damals französisch war, hieß es Trèves. So mochte aber niemand heißen, denn *trefe* ist das Gegenteil von *koscher*.

Der Elefant von Sulawesi. Die indonesische Insel Sulawesi hieß bei den Kolonialisten Celebes. Schluß des bildenden Teils.

Beginn des Schlusses. Zum Schluß eine Warnung. Ich bekomme immer wieder mißgelaunte Leserbriefe von Herrn Grau aus Bamberg, in denen er mir befiehlt, sofort das Schreiben einzustellen und mich wegen totalen Realitätsverlusts in Behandlung zu begeben.

Das ist zwar nicht nett, aber ich habe mich einigermaßen daran gehalten. Ich habe ziemlich lange nichts geschrieben, und ich habe mich operieren lassen, zwar nicht an der Realität, sondern an der Stirnhöhle, aber unangenehm war es doch. Als ich aus der Narkose erwachte, dachte ich: »Jetzt will ich auch mal nicht nett sein«, und rief – die Nase bis tief ins Stammhirn hinein tamponiert – Sven Böttcher an. Sven Böttcher schreibt Kriminalromane.

»Sved«, sagte ich, »du schreibst doch Kribidalrobade. Kaddst du bir eided Gefalled tud udd id deideb überdächsted Kribidalrobad eided Herrd Grau ubbrigged?«

»Mach ich doch gern, Alter«, sagte Sven Böttcher. »Und zwar bestialisch.«

Blauäugig. Na und?

Kaum sage ich was, in diesen Zeiten, zu diesen Zeiten, schon kriege ich zwei Wörter zu hören: »blauäugig« und »Stammtischpolitiker«. Die Leute, die das sagen, sagen das in der Hoffnung, ich würde nun die Klappe halten. Da kennen sie mich aber schlecht.

Denn diese beiden Wörter sind ja wohl das Vermuffteste, Gestrigste, Stumpfste, Dumpfste, Verbohrteste, Verschmorteste, Angegangenste, Wiedergängerischste, Ausgeblutetste, Zugemutetste, Saft-, Kraft-, Stein- und Beinloseste, Verstaubteste, an den Haaren Herbeigeklaubteste, Uncoolste, Unhipste, Mega-Outeste, aus Leitartikeln Zusammengeklauteste, Maueste, Malleste, Alleste, Zickigste, Mickrigste, Blöde/Öde/Schnödeste, das schrägst Gesenkelte, von keinem Gedanken Angekränkelte, Dümmste, Dööfste, was sag ich: das Reaktionärste, was man sagen kann.

Wenden wir uns den beiden Wörtern zu.

Blauäugig: Das ist schlicht rassistisch. Ja, ich habe blaue Augen. Ich bekenne mich dazu. Entsprechend fallen meine Meinungen aus. Ich hatte mich zwar immer bemüht, sie graugrünäugig zu halten, aber nun sind sie eben blauäugig.

Aber Vorsicht. »Man kann sooo blond sein und sooo blaue Augen haben«, sagt Harry v. Kleist, »und doch so falsch sein wie ein Punier.« Blauäugig. Wenn ich das schon höre.

»Sehen Sie das mal nicht so braunäugig«, höre ich mich schon sagen. »Sie geheimnissen da viel zuviel hinein. Nehmen Sie sich ein Beispiel an mir. Ich seh das eher blauäugig.«

Stammtischpolitiker: Dies ist zutiefst antibasisdemokratisch. Von den Segnungen, die der Stammtisch jenen bietet, die einen haben, ganz zu schweigen.

»Nein«, sagt Samuel Johnson, »der Mensch hat bisher noch nichts erdacht, was soviel Behagen schafft wie ein gutes Wirtshaus.«

Ich würde gern zu einem Stammtisch gehören, an dem verkrachte Blauäugige die großen Biere stemmen, und die Farbe der Iris täte, wie so vieles, nichts zur Sache. Sparklub »Harmonie« . . . Und bei Heimspielen zöge man vereint ins Stadion, um den FC St. Pauli anzufeuern:

NIE WIEDER KRIEG!

NIE WIEDER FASCHISMUS!

NIE WIEDER 2. LIGA!

Und zum Willie-Nelson-Konzert geht man auch geschlossen hin, und wenn einer sagt: »Der ist doch eine Schwuchtel, mit seinen Zöpfen und seinem Konter-Tenor«, dann gibt es aufs Maul.

Aber das wirklich Schlimme an der Injurie »Stammtischpolitiker« ist die Anmutung, man solle doch gefälligst die Politik den Politikern überlassen.

Wenn Politiker wirklich so gut wären, wären sie nicht Politiker geworden.

Dann wären sie in die freie Wirtschaft gegangen und hätten sich welche gekauft.

Mein Lieblingskommunist und wie er seinen Zeigefinger verlor

Das war aber ein trauriger 1. Mai.

Drei Lichtblicke gab es aber doch.

Lichtblick eins. Eine fröhliche Dame auf einem Balkon im 3. Stock, die im Regen stand und eine, die einzige, rote Fahne schwenkte. Nächstes Jahr sehen wir uns wieder, liebe fröhliche Dame. Wir können uns gar nicht verfehlen: Sie stehen auf dem Balkon und schwenken Ihre rote Fahne, und ich bin der ältere Herr im Heerwurm des Demonstrationszuges, und an den Füßen trage ich . . .

. . . *Lichtblick zwei,* meine rattenscharfen, oberaffengeilen, in Santa Monica (Kalifornien) selbst ausgesuchten und bezahlten schwarz-lila Basketballschuhe. Sie heißen L. A. GEAR mit Vornamen und mit Nachnamen – völlig zu Recht – CATAPULT, und eigentlich sind sie eher was für jugendliche Straftäter als für linke Traditionszausel. Wenn die fröhliche Fahnenschwenkerin im 1. Stock auf dem Balkon gestanden hätte und nicht im 3., wäre ich zu ihr hochkatapultiert und hätte ihr die Hand geküßt. *Lichtblick drei.* Werner Loewe (SPD), der mir ein Bier ausgegeben hat. Außerdem wird er am 18. Mai fünfzig Jahre alt, und wenn ich das alles addiere, werde ich ihn wohl wählen.

Aber davon abgesehen, war es ein trauriger 1. Mai.

Deshalb werde ich diese »Corner« meinem Lieblingskommunisten widmen beziehungsweise seinem rechten Zeigefinger, den er nicht mehr hat. Mein Lieblingskommunist heißt Mike Perpich und war während der

McCarthy-Ära Vorsitzender des amerikanischen Komsomol, also der Jugendorganisation der Kommunistischen Partei der USA. Außerdem stammt er von kroatischen Einwanderern ab (Perpich ist die mundgerechtere Version des etwas konsonantenlastigen Prpić), und weil er nun (1.) Kommunist war und (2.) fließend Kroatisch sprach, sollte er im II. Weltkrieg Verbindungsoffizier der US-Army zu den Tito-Partisanen werden, weshalb er (3.) streng nach Catch 22 auf den Philippinen eingesetzt wurde. Dort stand er nun mutterseelenallein und frierend auf einer Lichtung im Dschungel, das heißt, er fror natürlich gar nicht, aber »frierend« schreibt sich irgendwie besser hin, und plötzlich erschien ein japanischer Soldat auf der Lichtung. Da freute sich Mike natürlich, weil er nun nicht mehr allein auf der Lichtung war, und er hob die Rechte zum Gruß und sagte: *»Hi, how're ya doin'.«*

Da schoß der Japaner, rannte weg, und Mike stand wieder allein auf der Lichtung, mit seinen Kroatischkenntnissen und mit einem Zeigefinger weniger.

Das ist Mike Perpich, ein großer (2,05 m) Kämpfer für Frieden und Freundschaft. Cheers, Mike, oder živeli, mit Bourbon oder Šljivovica. Venceremos. Trotz alledem.

Weinerlich: Mein anderer Lieblingskommunist

Früher, wenn man sich keine Namen merken konnte, hieß das *vergeßlich*. Inzwischen heißt das Alzheimer. Und wieder muß man sich einen Namen merken.

Den meines Freundes Laiki zum Beispiel. Der Name Laiki ist die Koseform von Triandáfilos. Das ist griechisch und heißt Dreißigblatt, und dies wiederum heißt Rose. Wenn man ihm wohlwill, sagt man (Zählen Sie mal nach . . . Sie liebt mich . . . Sie liebt mich nicht . . . Sie liebt mich . . . Sie liebt mich nicht . . . Echt wahr. Jede Rose hat dreißig Blütenblätter. Sie liebt Sie also. Wie schön.) Röschen zu ihm, also Triandafiláki, weshalb usw. Ein ungewöhnlicher Name für einen Mann, sagen Sie? Wir können nicht alle Wolfgang heißen.

Laiki hat eine deutsche Freundin mit Sinn fürs Esoterische namens Sylvia, und wie alle deutschen Damen mit Sinn fürs Esoterische ist sie ›Zeit‹-Leserin. Sylvia zeigte Laiki die »Corner« über meinen Lieblingskommunisten Mike Perpich, und Laiki sagte zu mir: »Mein lieber Freund.« Oha. Ertappt. »Ich dachte immer, *ich* bin dein Lieblingskommunist.« – »Ich meinte ja auch nur in der betreffenden Alters- und Gewichtsklasse«, druckste ich herum.

Laiki schnaubte durch seinen gesträubten Ex-Bürgermeistersschnurrbart, und ich sagte: »Gut, gut, gut, du kriegst die nächste Kolumne.« Wozu hat man schließlich eine.

Also bitte.

Aber wie anfangen? Nenne mir, Muse, den Mann, der es schafft, Laikis, des Ex-Bürgermeisters, Taten zu rühmen. Astreiner Oktameter.

Wie er – damals, noch bevor er sich auf die Kommunalpolitik geworfen hatte – die wilden Camper vom Strand vertrieb? Und zwar streng ökologisch/biodynamisch? Nämlich mit in die Zelte geworfenen Plastiktüten? In denen sich Hornissennester befanden?

Wie er mit einer Grundausstattung von vier allereinfachsten Sprüchen die piefkophonen Touristinnen scharenweise knackte? (Wenn das jemand nachbasteln will –: Hier ist der idiotensichere Bausatz. I.: »Kefährlich schön.« II.: »Und ich frag mich, warum bin ich so allein.« III.: »Immer rin in die chohle Birne.« IV.: »Andere Mentalität.« – »Laß man«, sagt Laiki, »alles selbst erarbeitet. Ohne ein Wort Deutsch zu können. Trial and error. Hauptsache, es wirkt.«)

Wie er, angesichts eines älteren Ehepaars aus Wuppertal, das in einem riesigen Wohnmobil vorfuhr, welches über und über mit Surfbrettern, Mountainbikes und sonstigem Schnickschnack bedeckt war, und Vater chauffierte sportlich mit freiem Oberkörper, sagte: »Außer einem Hemd haben sie alles«?

Oder wie er neulich im Sonnenschein auf den Möbeln vor dem »Pressecafé« beim Bahnhof Zoo sturzvoll auf vier arrivierte Türken einschwallte? »Kenossen«, radebrechte er, »Grieche, Türke, Kurde, Armenier, alles ssaiss-egal, Chauptsache Kenosse. Hoch die Internationale Solidarität«, so daß die vier arrivierten Türken, baß erleichtert, weil es sich bei diesem linksextremen kleinen Hävelmann doch nicht um einen Landsmann handelte, eilig zahlten und sich, mit ihren Goldkettchen klirrend, aus dem Staube machten? Und Laiki, plötzlich stocknüchtern, sagte: »So. Jetzt können wir uns unsere Nachbarn wieder aussuchen«?

Danach hat er mich noch vor lauter Abschiedsfreude zwischen den Unterschied Bundesbahn/Reichsbahn gedroschen, und seitdem weiß ich, wozu Bahnhofsvorsteher da sind. Sie pfeifen erst dann, wenn man aus dem Unterschied wieder herausgekrabbelt ist und sich nicht mehr unterm, sondern im Zug befindet.

Und dann die Ermahnung an Laiki, über Lautsprecher, von seinen ehemaligen Genossen von der Reichsbahn: »Ich fordere Sie auf, die Tür geschlossen zu halten.« Weil Laiki die Tür natürlich immer noch mal wieder aufriß: »Jássu, Kenosse, kaló taxídhi!«

»Ich muß Sie ein letztes Mal auffordern, die Tür geschlossen zu halten. BITTE.«

Und für dieses letzte Wort lohnt sich die Wiedervereinigung schon fast; so was hat der Objektleiter bestimmt noch nie gesagt. Jedenfalls nicht dienstlich.

Jássu, sýndrofe, ja chará, prost, ke ligo andere Mentalität!

Das Auge Lenins

Ich habe ins Auge Lenins geblickt. In Salzburg.

Und das kam so.

Ich bin auf meine alten Tage Versteller geworden. *Versteller* ist das ausgestorbene jiddische Wort für *Schauspieler*. Ich spiele schauspielen. Und zwar wo? Wo, wenn nicht – nebbich – in Wien. Das ist auch nicht weiter schlimm; es gibt bestimmt Unangenehmeres; die Kollegen sind – da sie auch alle keine Schauspieler sind – sehr nett, und man könnte sich fast daran gewöhnen, aber es gibt zwei Unannehmlichkeiten. Erstens hat mir niemand gesagt, daß man zum Verstellen Text lernen muß, und zweitens sagt der Kellner – »Hamma noch Eiernockerln fürn Herrn Schauspieler?«; »Tschuldigen, Herr Schauspieler, kommen bittschön direkt von der Probe?« – *Herr Schauspieler* zu mir.

Früher, ja *früher* sagte man in Wien noch – »Der Herr Professor kriegt kan Obstler mehr; der Herr Professor kann ja kaum mehr stehen!« – *Herr Professor* zu mir, was ein mindestens so erschlichener Titel war. Doch dann hinwiederum. Abitur. Nur einmal sitzengeblieben. Großes Latinum. Mit 2. Übersetzt den ganzen Tag Bücher von wildfremden Leuten. Herr Professor. Hat was.

Aber fahrendes Volk mit deutlicher Aussprache? Das schmerzt. »In Italien«, sagte Fellini einst, »gibt es etwa 58 Millionen hervorragende Schauspieler. Der Rest ist bei Bühne und Film beschäftigt.«

Genau. Nur daß Kino eben sehr viel erträglicher ist. Man hat ein Close-up von Clint Eastwoods Augen vor Augen, und man merkt sofort: »Aha, es behagt ihm etwas nicht«, wogegen er auf der Bühne hampeln und strampeln und stöhnen und dröhnen müßte. Weshalb mich keine zehn Pferde ins Theater, aber sehr wohl ins Kino bringen würden (und sehr viel mehr als zehn Pferde waren in Italo-Western eh nie zu sehen).

Wir proben also in Erwartung des Probengeldes fleißig jeden Tag (außer sonntags), bis Kurt Palm, unser Regisseur, ein paar von uns ins engere Vertrauen zieht: »Habts Lust, in Salzburg die ›Zauberflötn‹ zum Spüjn?«

Ich frage: »Muß ich da Text lernen?« (»Naa.«), schlage freudig ein und bekomme den Sarastro. Papagena wird Uschi, die Bühnenbildnerin. Papageno wird Andreas, der eigentlich bei uns den Mr. Shanahan (»Gestatten, Shanahan, absolut unbedeutende Nebenfigur.«) und dessen Alter ego, den schießwütigen Cowboy »Shorty« Andrews (»Eine Kugel würde ihn von seinen Qualen erlösen. Es wäre ein barmherziger Akt der Vorsehung.«) gibt. Tom, der die vielschichtige Rolle des Mr. Furriskey zu spielen hat, einer mißratenen Kopfgeburt, welche, als Wüstling gedacht, das Mädchen, das er unglücklich machen sollte, lieber ehrlich macht und glücklich sieht, *ist* Tamino. Hermes Phettberg (»Kurze Zwischenfrage?« »Ja.« »Ich stürz mich auf die Pamina.« »Ja.« »Nicht auf den Tamino.« »Nein.« »Schade.«), der uns dermaleinst in seiner Interpretation des Onkels des Helden an die eigens zu diesem Zweck angebrachte Wand spielen wird, lacht den Monostatos.

Bisher konnte Kurt Palm alles aus Bordmitteln besetzen, aber für die Pamina nimmt er Lindy, ein rätselhaftes Mädchen aus Boston, und für die Königin der Nacht hat er sich Mara engagiert, eine Bulgarin mit einem Kleinstkind namens Max an der Brust. Ein internationales Ensemble, to say the least.

In Salzburg regnete es schnürl, die Veranstaltung hieß IN-/EXtension, und ich wäre froh, wenn mir jemand erklären könnte, was eine Intension ist (auser tem kuten Forsaz), und es war alles sehr szenig, die Damen erkannte man an den KZ-Frisuren, die Herren an den Pferdeschwänzen, der Mitschneider vom Bayrischen Rundfunk (den man offenbar zum erstenmal ins Ausland gelassen hatte) sagte: »Probieren könnts am Häusel«; es gab Syberberg mit Edith Clever, es gab einen jungen Menschen, der nicht Klavier spielen konnte; es gab noch einen jungen Menschen, der nicht Klavier spielen konnte; es gab vieles, vieles, was ich verpaßt habe, weil wir drei Tage lang irgendwo auf irgendwas warteten. Proben waren nicht um 14 Uhr sowieso (und auch nicht aufm Häusel), sondern um 4 Uhr sowieso morgens, und so lernte man sich kennen. »Was?!« sagte Mara. »Du warst 1968 in Sofia bei den Weltfestspielen?! Ich war das Auge Lenins!!«

Sie hatte eine rote Karte emporgehalten und keine weiße. Und deshalb hatte das von Hunderten Junger Pioniere belebte Lebende Bild einen etwas verschwiemelten Lenin gezeigt.

»Und der, der ›Dubček, Svoboda!‹ geschrien hat, das warst du?« »Das war ich.«

Hierzu der ›Standard‹: »Auch Kurt Palms zwölfminütige Version der *Zauberflöte* war auf der richtigen Fährte, die Projektionen der einzelnen Arientitel und die Musik in *fast forward* liefen zwar tadellos ab, Palms Akteuren und seinem Chor war allerdings jeglicher Elan ausgeronnen: Immerhin ein satirisches und verständliches Attentat im Mozartjahr.«

Der Schaffner fragte: »Was habts denn ihr gemacht?«
»In Salzburg Theater gespielt.«
»So was Ähnliches hab ich mir gedacht.«
»So was Ähnliches war es auch.«
Mehr davon in meiner neuen Serie »Wien, 3. Stock, 5. Hieb«.

Ich bin das Ohr eines Mannes aus Connaught

Wien, 5. Hieb, 3. Stock, 2. Lieferung.

Mann, war das eine lausige Vorstellung gestern abend. Und ich – nach ernstem Zerwürfnis mit dem Direktor und entsprechendem Gelübde – stocknüchtern mittendrin. Stocknüchtern und fiebrig. Fiebrig, weil die eine Hälfte meiner Doppelrolle von mir verlangt, daß ich einen Harnisch mit tief angesetztem Rückendekolleté trage, ein sogenanntes Alu-Leiberl, welches eigentlich eine Schlachterschürze ist, und sonst nicht viel, und da wird es mitunter doch recht frisch. Herzlich froh bin ich deswegen über meinen Wikingerhelm, obwohl ich damit durch keine Tür passe und obwohl er mir viel zu eng ist, weshalb ich diesen thespischen Ausbruch mit einem Birnenschädel büßen werde.

Wir warten, daß es losgeht, und ich flüstere mit klappernden Zähnen: »Irgendwann passiert es. Irgendwann sage ich bei meiner Intro: ›Ich bin das Ohr eines Mannes aus Connaught. Ich bin eine Harfensaite. Ich bin eine Taschenlampe. Ich bin sieben Zuspätgekommene.‹«

Dann das immer gleiche Ritual. Einer fragt: »Is scho finster?« Und einer sagt: »Des haaßt net finster. Des haaßt *Black am Set.*«

Dann raus. Ich vergesse prompt den Satz mit dem Ohr und den Satz mit der Harfensaite, denn die habe ich ja beide bereits in der Garderobe gesagt, und irgendwie ist man ja doch Gewerkschafter.

Das Publikum fällt durch. Es besteht nicht mal die Klaussche Aalprobe. Ziemlich zu Anfang des Stückes heißt es: »›Mucksmäuschenstill!‹ sage ich *viva voce* zu den Jungs, und wir robben weiter, ohne mehr Lärm zu machen als ein Aal in einem Faß voll Kutteln.«

»Wenn da nicht gelacht wird«, hat Klaus gesagt, »ziehen wir uns um und treffen uns im ›Hirschen‹.«

Ich stehe meinen zweiten Auftritt als Geharnischter glanz- und fehlerlos durch, dengele, mein Hl. Schwert hinter mir herziehend, von der Bühne . . .

(Hl. ist das Schwert, weil ich meinen Text draufgeklebt habe, aber ein bißchen schwierig bleibt die Rolle doch, weil es in diesem Land kein mattes Tesafilm zu kaufen gibt, so daß man vor lauter Lichtreflexen den Text nicht sieht, so daß es sich doch empfiehlt, ihn auswendig zu können, was man aber wegen einer tiefenpsychologisch hochinteressanten Sperre nicht kann, so daß man mit Kalbsaugen auf sein Schwert starrt, was das Publikum möglicherweise als gestalterische Leistung honorieren würde, wenn es einen sehen könnte, was es aber nicht kann, da man erstens hinter einem Balken und zweitens hinter einem Schwert verborgen ist.)

. . . und schlüpfe, ohne jemanden zu verletzen, in die zweite Hälfte meiner Doppelrolle, eine körperlose gute Fee. Hierzu gehört, daß ich im Dunkeln mein Hl. Schwert so ins Dunkel lehne, daß es nicht mit sattem Glockenklang umkippt, daß ich meinen Longhorn-Helm (Spannweite: > 80 cm) so ins Dunkel lege, daß er nicht klappernd vom Herd (Herd? Ja. Herd. Der steht da) fällt, daß ich im Dunkeln über einen klapprigen Stuhl auf einen Tisch steige, auf welchem ein wackliger Stuhl steht, auf den ich mich setze, wenn ich ihn finde, und zwar ohne mehr Lärm zu machen als ein Aal in einem Faß voll Kutteln, daß ich die Lampe finde, anknipse, daß ich das Mikrofon im richtigen Augenblick anknipse, nämlich wenn auf der Bühne an eine Tür geklopft wird, da das Anknipsen des Mikrofons laut und deutlich TOCK macht, daß ich höre, was der Teufel sagt, damit ich ihm mit honigsüßem Piepsstimmchen erwidern kann: »Ich befinde mich bereits inmitten Ihres feinen Hauses.« Das Piepsstimmchen muß sein, weil ein Stimmverzerrer zwischengeschaltet ist, der die Tiefen eliminiert, und wenn ich wie gewohnt brumme, gibt es eine Rückkopplung oder wie das heißt, und dann schnarrt es. Außerdem darf es nicht so klingen, als wäre ich außer Atem, und darüber hinaus darf ich nicht atmen, weil dann der Harnisch klingelt. Habe ich erwähnt, daß meine Spezialhose bei jeder Bewegung ächzt und kracht? Habe ich nicht erwähnt? Dann vergessen Sie's. Tu ich auch immer.

Plötzlich hängt der Teufel, hängt wie eine Glocke. Ich extemporiere, auf, äh, Teufel komm raus, bis der Teufel sich wieder gefangen hat, und ich weiß: ES HÖRT SICH AN, ALS WÄRE ES MEINE SCHULD.

Zwischendurch wird es Zeit für die dritte Hälfte meiner Doppelrolle: den Erzähler. Der Direktor schaltet den Verzerrer aus, ich stelle das Piepsen ein und werfe meine normale Stimmlage an (lyrisch timbrierter Kavaliersbariton). Der Text ist für zwei sichere Lacher gut, einen in der Mitte und einen am Schluß. Für den in der Mitte räume ich umsichtig ein Päuschen ein, es verstreicht ungenutzt, und ich denke: »Ein Publikum wie ihr sollte nach der Vorstellung eine Kerbe ins Ohr gezwickt bekommen, und mit drei solcher Kerben wird man nur noch in Heller-Veranstaltungen, Pluhar-Lesungen und Heltau-Konzerte reingelassen.«

Aber, und das ist das Schöne am Theater, auch diese Vorstellung geht zu Ende, und ich bin mit der vierten

Hälfte meiner Doppelrolle dran, dem Epilog. Den spreche ich gemeinhin nicht so süffig wie den Mittelteil, sondern eher mit nachgemachtem Tiefsinn, so irgendwie quasi sachlich oder so, wie früher sonntags im »Schatzkästlein« des Deutschlandsenders, wenn Nachrichtensprecher im Verlautbarungston Gedichte verlasen, und den Schlußsatz spreche ich sozusagen ohne Punkt, damit er sirrend wie ein Pfeil im hölzernen Herzen des Zuschauers steckenbleibt und diesen, noch lange vibrierend, nachdenklich in die Nacht entläßt.

Der Schlußsatz lautet *Niemand weiß es*, und wenn der gut kommt, ist das die halbe Miete. Klappt aber nur selten.

Wenn man immer nur flüstert, weiß man nicht, ob man bei Stimme ist. Ich beginne mit dem Epilog und bin stockheiser. »Dann leg ich es eben ein bißchen rauh an«, denke ich und belfere den schönen, stillen Text heraus wie eine Sondermeldung.

Niemand weiß es

Mikro aus, Lampe aus, Ernstl macht sein Feuerzeug an, damit ich nicht nachtblind abstürze, Applaus brandet auf und auch gleich wieder ab.

»Da sitzen sieben Leute vom Sowieso-Theater im Publikum«, raunt mir Fritz zu, während wir uns knapp verbeugen. »Das erklärt alles.« Fritz ist ebenfalls erkältet, weil er ebenfalls eine mythische Figur spielt und mythische Figuren nicht viel anhaben. »Die proben jetzt den *Parsifal.*«

»Was ist denn daran so ehrenrührig?«

»Nichts. Aber die sollen doch gefälligst bei ihrer getanzten Faschismuskritik bleiben.«

Hippie Lehmann, die Sofa-Schnute

Neulich ließ sich der Hippie Lehmann (genannt die Sofa-Schnute), um eine Einlassung zu diesem Fragenkomplex angegangen, dazu herbei, mir folgendes zu diktieren:

Ja, das ist ein schöner Satz; den hätten Sie gern selbst geschrieben; zu spät. Jetzt habe ich ihn geschrieben. Man wird nur nicht recht froh dabei, weil vorher nichts passiert ist. Und danach kommt schon gar nichts.

Das ist aber nicht meine Schuld. Im Augenblick läßt der Hippie Lehmann nichts raus. Nachrichtensperre. Und wenn er was rausließe, wüßte man nicht, was man ihn fragen soll.

Ganz im Gegensatz zu anderen Leuten.

Als ich vor mehreren Jahren endlich wieder in meine geliebte Geburtsstadt Hamburg zog, fand ich dort eine kleine linke Wochenzeitung vor, die ›Hamburger Rundschau‹. »Die muß ich also aus Solidarität kaufen«, schwante mir, »und weil ich sie gekauft habe, muß ich sie auch lesen, und wieder tickt unwiederbringliche Lebenszeit weg und davon.« Aber dann sah ich die Schlagzeile und war erleichtert. SUSANNE VON PACZENSKY: KEINE STIMME DER MÄNNER-SPD! lautete die Schlagzeile. Da habe ich mir gedacht, daß ich dieses Blatt nicht kaufen muß.

Außerdem habe ich mich gefragt, was manche Menschen zu Mahnern macht und andere nicht. Günter Grass sagt mir, wir hätten uns zu hurtig wiedervereinigt, meine

Mutter sagt mir, Prostitution fände sie nicht gut, und Uli Meyer sagt mir, daß mein Hosenschlitz offenklafft. Drei unverlangte Mahnungen und nur eine, die mir weiterhilft, weil ich was dran ändern kann.

Aber die anderen Mahner? Die sich bräsig im Fernsehen rekeln und mir das Gefühl vermitteln wollen, ich wäre ein alter Neo-Nazi? Was haben die denn gelitten und geleistet? Sind das Inter-Brigadisten? Haben die ein KZ überlebt? Formulieren sie so schmissig, daß man sich wenigstens gut unterhalten fühlt?

Aber man selbst ist ja auch nicht frei davon. Für heute zum Beispiel möchte ich anmahnen, daß wir den ganzen Tag kein Fleisch essen und statt dessen ganz, ganz viel Rotwein trinken. Ansonsten halte ich es mit dem Hippie Lehmann (genannt die Sofa-Schnute).

Übersetzen ist Kunst

Gegen 18:30 h hatte ich mehr oder weniger meine Pillchen geschluckt, mein Bädchen genommen, mein Gesichtchen rasiert und mit After-shavechen beträufelt und funkelte mehr oder weniger vor mich hin.

Gar nicht wahr. Aber ich befinde mich gerade auf Seite 193 eines südkalifornischen Krimis, den ich als Strafarbeit für meinen Zürcher Lieblingsverlag übersetze, insgesamt hat das Werk 215 Seiten, mithin sind, Augenblick, 89,302325 Prozent gelutscht, und man könnte es sich selbst überlassen, der Held funkelt mehr oder weniger vor sich hin, so gut wird es ihm auf dieser Seite nie wieder ergehen, gleich ruft er nämlich seine Freundin Mae an, ganz mechanisch, weil er vergessen hat, daß er sich mit ihr verkracht hat, und im Augenblick ist mir sein weiteres Geschick dermaßen sterbenswurscht, daß er von Glück sagen kann, wenn ich ihn nicht vermittels eines vergifteten Pitralons fünf Seiten lang siechen lasse. Das geht aber gar nicht, weil ich ja nicht der Autor, sondern nur der Übersetzer bin.

So, wie einst Tucholsky seinem Verleger Ernst Rowohlt zurief: *Macht unsre Bücher billiger,* so möchte ich, der Übersetzer Harry Rowohlt, meinen Autoren zurufen: *Macht eure Bücher spannender*.

Und kürzer. Etwa 193 Seiten, meinetwegen auch 195. Aber 215 Seiten? Unmenschlich. Noch viel schlechter haben es die Dolmetscher. Neulich war in Berlin-Pankow eine Veranstaltung, »Tage irischer Literatur«, in der Grotewohl-Villa. Stünde diese Villa in Hamburg-Nienstedten, wäre sie ein Haus, aber da sie sich im Beitrittsgebiet befindet, ist sie natürlich eine Villa, schon wegen der Nirosta-Spüle. Und in dieser Villa lasen irische Dichter, und danach war Diskussion angesagt. Nach der Diskussion ging man um die Ecke ins »Tschaikowski-Eck«. Das Ganze fand mit Dolmetscherin statt. Die Dolmetscherin, Brigitte Schneider, sagte zu mir: »Kannst du dir vorstellen, was ich hier Abend für Abend durchmache?«

Aber ja. Zum Beispiel liest John MacGuffin einen Text, und zur Einleitung der Diskussion sagt er (und das müssen Sie sich jetzt vier bis fünf Wörter lang blockweise auf englisch vorstellen; gleich drauf wird's – ungern – ins Deutsche übertragen. Die Übersetzungs- und Peinlichkeitspause deute ich durch ein # an. Sie lesen die gereinigte Version): »Daß ich mit meinen hochverehrten hier # versammelten irischen Dichter- und Schriftstellerkollegen politisch # nicht übereinstimme, dürfte als allgemein bekannt vorausgesetzt werden # können. Daß ich für ihr Recht, diese # ihre abweichende Meinung jederzeit äußern zu können, bis zu meinem # Tode kämpfen werde, ist ebenso # klar. Aber lassen Sie mich eins sagen. # Diese sogenannten Kollegen sind, und das möchte ich # in aller Deutlichkeit zum Ausdruck # bringen, nicht nur politisch, sondern auch literarisch (an dieser Stelle sagte ich zu meiner Begleitung: »Egal, wie der Satz endet – ich werde klatschen«) und, und das möchte ich in aller Deutlichkeit hervor # heben, etwas, was ich, besonders in Gegenwart von Damen, als nichts anderes bezeichnen kann als *Wichser*!« – »Du kannst nicht mal das Wort *Erin* richtig aussprechen, du # !« nimmt eine irische Dichterin das Stichwort auf, und Brigitte Schneider übersetzt. »Das liegt nur daran«, sagt John MacGuffin, »daß ich in Belfast aufgewachsen bin und nicht studiert habe, während du # . . .« Brigitte Schneider übersetzt, und es geht im Tumult unter.

»Und das ist jeden Abend so«, sagt sie. »Während der Diskussion zerstreiten sie sich, und ich muß es übersetzen, und danach im ›Tschaikowski-Eck‹ fangen sie nach fünfzehn Minuten an zu singen. Und am nächsten Tag geht es wieder von vorne los.«

»Stell dir vor«, sage ich während eines hellsichtigen Augenblicks, »sie wären Deutsche. Da würden sie sich während der Diskussion mustergültig betragen, und später, beim Saufen, würden sie sich die Stühle an die Backen hauen.« »Auch wieder wahr«, sagt sie und faßt frischen Mut. »Ist dir aufgefallen, daß ich mich nicht als Übersetzerin, sondern als Dolmetscherin vorgestellt habe? Übersetzen ist nämlich Kunst.«

»Genau«, sage ich geschmeichelt. »Und dauert.«

1992

Alles wächst irgendwie zu und nach

Ich bin traurig. Mein Bruder ist gestorben, und er wird wohl noch ziemlich lange tot bleiben, bis ich das merke.

Im ›Spiegel‹ steht ein lauter Nachruf auf ihn von Siegfried Unseld. »Wir wurden«, schreibt Unseld, »Freunde.« Hier irrt Unseld.

Außerdem hätte ich lieber einen Nachruf von meinem Bruder gelesen. Weil mein Bruder besser als Siegfried Unseld schreiben konnte. Seine zwei- bis vierzehnhebigen Anapäste, mit denen er – »Soll ich etwa Blumen schikken?« – Jubilare volldichtete, waren berüchtigt, und wer sie einmal hörte, behält den Beat ein Leben lang im Knie.

★

»And now«, wie es bei Monty Python heißt, *»for something completely different.«* Es war einmal, lange vor Ihrer Zeit, als ein großes Bier noch vierzig Pfennig kostete, ein Eis am Stiel dagegen zehn, weshalb man nie vier Eis am Stiel bestellte, ein guter praktischer Arzt namens Prof. Dr. Kurt Gröbe. Der war dem Heiligmäßigen so nah wie nur je jemand, der je jewohin hat Zigarrenasche fallen lassen. In Gera hatte er als Sozi erst unter den Nazis, dann unter den Kozis zu leiden, deshalb zog er um und machte im Hamburger Arbeiterstadtteil Horn eine Praxis auf. Und er las viel und machte sich so seine Gedanken und blieb Sozi. So konnte es nicht ausbleiben, daß er erstens Trauzeuge meines Vaters wurde, als dieser meine Mutter freite, und

zweitens Spitzenkandidat der Deutschen Friedensunion (DFU), einer sanft kryptokommunistischen, knickrig vom Osten bezahlten, völlig unschädlichen kleinen Partei, die hoffte, dermaleinst zum Sammelbecken aller linken, fortschrittlichen Kräfte zu werden, was sie, ohne es zu wissen, bereits war, denn mehr war nicht drin. Bei Wahlen bekam sie zuverlässig 0,8 bis 1,2 Prozent, und hätte sie nur 50 Prozent mehr gekriegt, wäre Klara Maria Faßbinder Bundeskanzlerin geworden, und wir hätten den ganzen Ärger mit den Ossis nicht.

Das ging ja aber so nicht weiter. Deshalb stellten sich jeden Morgen zwei Herren in ... äh ... Zivil unten an die Eingangstür des Hauses in der Horner Landstraße, in dessen zweitem Stock sich die Praxis unseres Spitzenkandidaten befand, und fragten die Leute aus: »Wohin wollen Sie?« Wenn die Leute sagten: »Zum Arzt«, sagten die zwei Herren in Zivil: »Ja, wußten Sie denn nicht, daß der ein ganz übler Engelmacher ist?«, erzählten ständig wechselnde Schauermärchen und empfahlen andere Ärzte. Wer aber darauf bestand, zu diesem Arzt gehen zu wollen, oder wer sagte, er will zu Köhlers im 4. Stock, der durfte passieren. Wir lebten ja schließlich in einem Rechtsstaat und nicht in einer Stasi-Diktatur.

Das war damals. In der Zeit, als einmal Kettenkarussellfahren fünf Pfennig kostete, als Herausgeber sich vor ihre Redakteure stellten, wenn die etwas geschrieben hatten; als Bill Haley noch lebte, die Erde noch und auch die Hoffnung.

Dahin, dahin. Damals war Jupp Müller-Marein Herausgeber der ›Zeit‹. Und Helmut Schmidt war Innensenator in Hamburg.

★

And now for something completely different: Alles wächst irgendwie zu und nach. Freunde wachsen nach, Moos, Gras und alles Gute. Mein Bruder wächst nicht nach. Am 17. März findet zu seinen Ehren ein großes Besäufnis statt. Am, ja, am St. Patrick's Day. Wir zählen auf Ihre Teilnahme. *Sláinte, bráthair, I'll be joining you.*

Sarastro, opak-luzid

Seit fünf Jahren passiert in Wien etwas; es heißt »Der einzige Spaß in der Stadt«, der Veranstalter ist der »Sparverein Die Unzertrennlichen« (oder, neuerdings, »Die Unz Ertrennlichen«), und dieser Sparverein besteht aus Herrn Direktor Kurt Palm. Weil Kurt Palm mit allem, was er anpackt, so erfolgreich ist, daß es ihm langsam fad wird, war der diesjährige fünfte »Spaß« nicht nur der einzige, sondern auch der letzte Spaß in der Stadt, und weil ich im Gegensatz zu Ihnen dabei war, schreibe ich Ihnen auf, was war und nie wieder sein wird.

Die ersten beiden Abende gehörten – nachdem mein dicker Freund Hermes mich (»drahte ankunft abhole flughafen gelobt sei jesus christus in ewigkeit amen hermes«) nicht am Flughafen abgeholt hatte – dem genialen Kolumnisten Max Goldt. So schöne Kolumnen möchte ich auch mal schreiben können. Aber ansonsten bin ich ganz froh, daß ich ich bin und nicht er, denn seine Groupies sehen sämtlich aus wie Hitlerjunge Flex, während bei meinen Groupies . . . äh . . . sozusagen noch alles drin ist.

Inzwischen ist auch Hermes dazugestoßen; er war »am Land«, um seinen Vater zu beerdigen, und er ist sehr bedrückt. Seine Mutter verkümmert; ihr geht es jetzt wie der Nato; sie hat ihr Feindbild verloren. »Außerdem waren siebzig Menschen bei dem Leichenschmaus, und es ist allen gelungen, mich zu ignorieren.« Und das ist, selbst wenn man in Rechnung stellt, daß Hermes ein anerkannt schwarzes Schaf ist, eine Höchstleistung. Er bringt nämlich untrainiert 145 Kilogramm auf die Waage, und wenn er sonst nichts hätte, dann hätte er immer noch eine ungewöhnlich schöne Seele und das, was wir alten Hasen »Bühnenpräsenz« nennen. In einem Ignorierkurs für Speisewagenkellner könnte man behutsam mit Kurt Waldheim beginnen; den ignorieren kann eh ein jeder. Dann arbeitet man sich langsam nach oben, und wer es nach fünf Jahren schafft, Hermes zu ignorieren, dem gebührt der Titel »Meister-Ignorant«.

⋆

Als kleiner Gruß aus der Heimat Lektüre der ›Bild‹-Zeitung. Peter Boenisch fordert den sofortigen Rücktritt von Manfred Stolpe. Das ist sein gutes Recht. Man weiß zwar noch nichts, aber ein bißchen hetzen kann man ja schon mal. Was mich wundert, ist, daß es Sudel-Pepe überhaupt noch gibt. Wenn auch nicht mehr lange. Ich beschließe nämlich, hier und heute ein Kopfgeld auf ihn auszusetzen, und zwar, der Bedeutung dieses Mannes angemessen, in Höhe von 35 Öschis beziehungsweise 5 Mark.

⋆

Es folgen sechs kurze Performances mit Lindy Annis, jenem rätselhaften Mädchen aus Boston, das seinerzeit in Salzburg bei einer zwölfminütigen *Zauberflöte* die Pamina gab. (Ich gab damals den Sarastro, etwas ungelenk angelegt, aber doch irgendwie opak-luzid mit jenem gewissen *quoi?*, wie es dem großen Menschendarsteller eignet, das heißt, ich stellte mich an die Rampe und glotzte dumpf ins Publikum, bis ich wieder wegdurfte.)

Lindy ist immer noch sehr rätselhaft, ihre Performances sind wie getanzte Englischlektionen, und der Lifestyle-

Publizist F. J. sagt anerkennend: »Erstaunlich, was von diesem kleinen, zierlichen Persönchen für eine geballte Langeweile ausgeht.« Das ist ja nun gar nicht nett und stimmt auch gar nicht; ich haue dem Publizisten auf den Hut, und der dicke Hermes nimmt mich mit ins Funkhaus, wo ich ihm beim Rundfunken zur Hand gehen soll.

Hier entsteht eine ökologische Sendung, und wegen der öffentlich-rechtlichen Ausgewogenheit soll auch Hermes als 2. Vizepräsident der »Österreichischen Gesellschaft gegen Edelweiß« zu Wort kommen. Ehe ich mich's versehe, bin ich ebenfalls ON THE AIR und höre mich zu meiner Verwunderung in meiner Eigenschaft als Kämmerer des »Deutschen Anti-Alpen-Vereins« gegen Gebirgszüge jeder Art vom Leder ziehen. Der Moderator ist, was wir gar nicht zu hoffen gewagt hatten, beleidigt, und wir ziehen hochzufrieden wieder ab.

Hermes hat jetzt auch eine Kolumne, »Phettbergs Predigtdienst« im ›Falter‹, der Wiener Stadtzeitung. Zur Epitome der Woche unkt er sehr schön pfäffisch seine Exegese, und zwar unter besonderer Berücksichtigung seiner drei Hauptinteressen. Diese aber fächern sich also auf: 1.) Nahrungsaufnahme. 2.) Unbezahlte Stromrechnung und unaufgeräumte Wohnung. 3.) Homophilie in ihrer sado-masochistischen Spielart. Da ich den Katholizismus und Hermes' Wohnung und alles andere nur besuchsweise kenne und höchstens bei der Nahrungsaufnahme mitreden könnte, finde ich seine Kolumne ungemein lehrreich, und ich lobe sie uneingeschränkt, als er mich Konkolumnisten um Rat fragt. »Ich möchte nämlich«, vertraut er mir an, »keine schlechte Kolumne schreiben.«

»Wer möchte das schon«, sage ich und wende mich an die versammelten ZecherInnen: »Möchte einer der Anwesenden vielleicht eine schlechte Kolumne schreiben?« Niemand rührt sich, keine Hand schnellt in die Höhe. »Siehst du«, tröste ich Hermes, »du bist nicht allein.«

Dies war nun der dritte von insgesamt zehn prallen Wiener Tagen. Lesen Sie deshalb nächste Woche hier weiter, wenn Sie Tex Rubinowitz raunen hören wollen: »Bespring sie! Tu es für mich!«

I biondi sono out

»Bespring sie«, hatte Tex Rubinowitz mir zugeraunt, »tu es für mich.«

An dieser Stelle vom »Einzigen« – dem fünften und letzten – »Spaß in der Stadt« aus Wien weiterzuberichten, hatte ich in der vorvorletzten ›Zeit‹ an dieser Stelle versprochen.

Tja. Aneinandergelegt ergäben die bisherigen »Pooh's Corners« leicht eine Länge von etwa drei Metern, nebeneinandergelegt sogar noch mehr, das heißt, in einem zeitgenössischen Roman hätten Sie inzwischen leicht ein Anrecht auf mindestens zwei gepflegte Sex-Szenen gehabt.

Ebenfalls enttäuscht wurde das Publikum am folgenden Abend, als Bernd Rauschenbach und ich im Theater im Musikhaus aus *Tristram Shandy* von Laurence Sterne vorlasen. Im Programmheft ausgedruckt war nämlich die Stelle, da die errötende Mrs. Wadman sich fragt, ob sie wohl schicklicherweise mal eben einen Blick riskieren kann, und diese Stelle lautet (in der vorzüglichen Neuübersetzung von Michael Walter) so:

——— ★ ★ ★ ★ ★ ★ ★ ★ ★ ★ ★ ★ ★
★ ★ ★ ★ ★ ★ ★ ★ ★ ★ ★ ★ ★ ★ ★ ★
★ ★ ★ ★ ★ ★ ★ ★ ★ ★ ★ ★ ★ ★ ★ ★
★ ★ ★ ★ ★ ★

★ ★ ★ ★ ★ ★ ★ ★ ★ ★ ★ ★ ★ ★ ★
★ ★ ★ ★ ★ ★ ★ ★ ★ ★ ★ ★ ★ ★ ★ ★

★ ★

Bevor es losgeht, werden wir von einer traumschönen Radioreporterin interviewt. Sie trägt – »Wer je in diesen Haaren sich gesonnt« – endlos langes blondes Wallehaar und spricht das inimitable aspirierte Hietzinger Deutsch, den feinsten Akzent, den es in Wien zu kaufen gibt, und sie befragt uns zu Laurence Sterne. Zuerst befragt sie, weil der ihr vertrauenswürdiger erscheint, Bernd Rauschenbach. Rauschenbach ist Secretär der Arno-Schmidt-Stiftung, und, zu Sterne befragt, sagt er ihr alles, was er über Arno Schmidt weiß. Dann bin ich an der Reihe. Ich habe ein paar Bücher von Flann O'Brien übersetzt, und, zu Sterne befragt, sage ich ihr alles, was ich über Flann O'Brien weiß. Die Interviewerin ist nicht nur ein schönes, sie ist auch ein kluges Mädchen, sie hat ihre Hausaufgaben gemacht und formuliert ihre Fragen bereits – »Ist es nicht so, daß . . .« – so, daß wir nur noch strahlend »Doch, doch«, »Unbedingt«, »Aber immer« und »Sie sagen es« zu antworten brauchen, aber man merkt doch ziemlich deutlich, daß wir nicht mehr Ahnung von Sterne haben als Joe Pedestrian beziehungsweise Franz Fußgänger.

»Immerhin habe ich das Thema nicht ganz so meilenweit verfehlt wie du«, brüstet sich Rauschenbach anschließend, »denn Arno hat Sterne oft erwähnt.«

»Das hat Flännimäuschen auch«, versetze ich eingeschnappt. »Außerdem ist Sterne im Gegensatz zu deinem Schmidt-oder-wie-er-heißt immerhin in Irland geboren. In Clonmel, um genau zu sein.«

»Zu spät. Erzähl so was dem Radio, erzähl so was nicht mir«, sagt Rauschenbach und lenkt dann ein: »Weißt du eigentlich, warum wir hier vorlesen?«

»?«, mache ich.

»Man hätte doch auch Einheimische nehmen können«, meint Rauschenbach.

»Stimmt«, meine ich.

»Draußen am Konzerthaus steht ganz groß dran, warum«, sagt Rauschenbach.

Und richtig, draußen am Konzerthaus steht es ganz groß dran, so groß, daß man es nur übersehen kann:

Ehret die Deutschen Meister

Das tut das Publikum dann auch in vorbildlicher Weise; es muckst sich nicht und hustet kaum und lacht an den richtigen Stellen, wie ich ja das Wiener Publikum überhaupt nur wärmstens weiterempfehlen kann: ein Publikum, mit dem man auf Tournee gehen möchte.

Kaum ist der endenwollende (Friedrich Torberg) Beifall vertost, sagt der Direktor: »Zwanzig Minuten zu lang.«

Stimmt natürlich.

Am nächsten Morgen beim Frühstück werden wir unseren Text kürzen und die Überlegung anstellen, ob man noch schnell Aufkleber drucken und plakatieren lassen sollte: WEGEN DES GROSSEN ERFOLGES GEKÜRZT!

Aber erst mal freue ich mich, weil alle lieben Freunde erschienen sind, allen voran Herr Friesinger mit seiner Elisabeth, bei der man schon was sieht, nur Tex starrt durch ziegeldicke Brillengläser auf Frau Elisabeths sanft gewölbten Bauch und fragt: »Was meinst du mit ›Man sieht schon was‹?«

Ich laufe beglückt zum nächsten Würstlstand, um saure Gurken zu kaufen, und als der Standler erfährt, daß es für einen guten Zweck ist, legt er noch ein paar Schokoriegel drauf: »Sonst wirkt das Saure nicht«, was die Friesingers mit einem blasierten »Klischééé« quittieren; aber die dürfen das. Letzten Herbst bestand für mich die Ausbeute von drei Monaten Wien in zwei Visitenkarten. Eine war von Herrn Friesinger, die andere von der Fleischhauerei Horvath.

Und als Herr Friesinger noch ganz jung war und ein Hippie im goldblonden Haar, da drückte er sich in Cinecittá immer in Sichtweite des Studios herum, das stets für Commendatore Fellini reserviert ist, bis ihn eines Tages ein Besetzungsmensch heranwinkte. Das Herz blieb Friesingern schier stehn, wie auf Watte tanzte er auf den Besetzungsmenschen zu, und der Besetzungsmensch sagte: *»I biondi sono out.«*

Am nächsten Tag habe ich frei; da gibt es Goethes *Triumph der Empfindsamkeit* als Puppenspiel in Wolkersdorf. Wolkersdorf ist neunzehn Kilometer nordöstlich von Wien. Neunzehn Kilometer sind viel Zeug. Wolkersdorf wird geschwänzt. Statt dessen werde ich den Spieß umdrehen und selbst mal in eine Dichterlesung gehen.

Lesen Sie nächste Woche hier weiter, wenn Sie erfahren wollen, ob es dazu kam und wie der erste Satz des Kriminalromans lautet, den Josef Schweikhardt schrieb, als er acht Jahre alt war, und wenn Sie Tex Rubinowitz insistieren hören wollen: *»Was* sieht man schon? Und wieso sind Schokoriegel ein Klischééé?«

Atropin und weiße Rosen

»James, gehen Sie mit dem Hund vor die Tür.«

»Aye aye, Sir.«

»Lassen Sie das, James. Sie sind nicht mehr bei der Marine.«

Dies ist der versprochene Anfang des Krimis *Atropin und weiße Rosen* von Josef Schweikhardt (8). Inzwischen ist er etwas älter, und wir sitzen mit den Damen Litassy und Zinsler im Restaurant schräg gegenüber vom Hintereingang des Wiener Rathauses, in welchem gleich eine Lesung mit Ingomar von Kieseritzky stattfinden soll, weshalb wir uns beeilen müssen. Irgendwie beeilen wir uns zu lange und verpassen die komplette Lesung, was, wie Frau Litassy sagt, ihm recht g'schicht, denn seine Lesung habe er letztesmal ebenfalls verpaßt und noch dazu selbst, und auf dem Abstellgleis am Westbahnhof habe ihn die bosniakische Putzfrau wecken müssen. Aber weil wir nun schon mal da sind, gehen wir – was soll schon sein, wir gehn mal rein – ins Rathaus, wo inzwischen Reinhard Lettau liest, was uns aber auch nicht mehr stören kann, denn die Ratsdiener verkaufen vom guten sauren österreichischen Wein, ohne daß man sie vorher prügeln muß; im Gegenteil.

Dies alles geschieht im Rahmen einer Musil-Veranstaltungsreihe, als wäre unsere Veranstaltungsreihe noch nicht genug, und mir wird plötzlich klar, daß ich noch nie etwas von Musil gelesen habe; weiß auch nicht, wieso; hat sich offenbar nie ergeben.

»Musil«, deutet mir Josef Schweikhardt Musil, »hat eigentlich nix geschrieben, worauf man nicht auch selber käme; bei ihm dauert es nur länger. Außerdem hat er erst dies und dann jenes geschrieben, weshalb man heute ganz prima Seminare über ihn veranstalten kann.«

Die Ratsdiener murren. Ich sage: »Wir gehen ja schon«, aber sie wollen mehr Wein verkaufen, und wir trinken ihnen zu langsam: Demokratie, aber mit menschlichem Antlitz.

Die Nacht diffundiert zunehmend, und bevor sie völlig diffus ist, beginnt ein neuer Tag ...

Und wieder ein Tag, ein neuer.
Wer war wie er so schlicht,
Wer war wie er so ein Treuer:
Stalin – du Welt im Licht.
(Johannes R. Becher, 1953)

... des Fest- und Weihespiels »Der einzige Spaß in der Stadt« (Direktion: Kurt Palm), und dieser Tag steht ganz im Zeichen Josef W. Stalins.

Die Vorstellung zerfällt in drei Teile. Teil I: »Gewaltige Stiere haben mich umringt« (Texte von J. Stalin). Teil II: »Stalin – du Welt im Licht« (Hymnen zu Stalins 70. Geburtstag). Teil III: »Stalins Herz schlägt nicht mehr« (Nachrufe). Meine Lieblingsstelle befindet sich in einer Ode von Johannes R.; da wird beschrieben, daß Stalin wie der liebe Gott durch die ganze Welt stapft und sich in alle Herzen fräst. Dann endet irgendeine Zeile auf *-iel*, ich denke noch, na, das wird jetzt schwer werden mit dem Reim, und da kommt er auch schon: »... und der Student von Kiel«.

Wenn also mal jemand sagt, er studiere Gallohispanistik im 14. Semester, und zwar in Kiel, soll er nicht böse sein, wenn manche Leute lachen und sagen: »Ach, *Sie* waren das.«

Zum Schluß hebt es vollends ab. Karl Ferdinand Kratzl, ein seriöser, kleiner, magenkranker Mann mit großen Ohren, liest aus der ›Volksstimme‹ vor: »Zunächst schien es noch ein ganz normaler Morgen über der Wienerstadt werden zu wollen. Von Osten her . . .« Aber dann, noch ahnt niemand was Böses, spielt sogar das Wetter mit und verfinstert sich kurz, bis nicht mehr dran zu rütteln ist: Stalins Herz schlägt nicht mehr. Karl Ferdinand Kratzl trägt das mit dem richtigen unironischen Zeilenschinderpathos vor, alle gickeln still in sich hinein, und nur ein gestörter junger Mann lacht laut und unkontrolliert, aber wenn wir ihn ergriffen und gebeutelt hätten, wäre das wohl zu sehr im Sinne des Meisters gewesen.

Als Stalin starb, war ich acht Jahre alt und in Gelsenkirchen zwischengelagert, und bei der Nachricht von seinem Tode weinte die ganze Straße.

»Zwaa Stunden waren definitiv zu lang«, sagt der dicke Hermes.

»Wenn das irgendein Katholenmuff gewesen wäre«, bricht es klassenkämpferisch aus mir hervor, »hättest du dir doch zehn Zugaben erklatscht.«

»Stimmt. Was ich mit acht Jahren für ein hingebungsvoller Ministrant war . . .«

Ich glaube, nur die Besten von uns waren schon mal acht Jahre alt.

Am nächsten Abend liest Wolfgang Bauer sein neuestes Stück *Insalata Mista*, aber irgendwie schaffe ich es nicht bis zum Konzerthaus, werde unterwegs von Wien verschluckt.

Apropos Schlucken: Mein Freund Klaus »Tschik«

Ferentschik hat ganz viele Bücher geschrieben. Nur eins, *Die Eskimoprobe*, ist bisher erschienen; der Verlag ist darüber pleite gegangen; die Bücher liegen fertig bei der Druckerei; zum Selbstkostenpreis kann man sie haben. Verlage, die es ernst meinen, wenden sich an den Verfasser dieser Kolumne. Tschik war, dafür kann ich mich verbürgen, auch schon mal acht Jahre alt. Außerdem hat er mich auf den WSC angefixt, und wenn ich nicht St.-Pauli-Fan wäre, dann gäbe es für mich nur den WSC, eine Gurkentruppe der absoluten Spitzenklasse. Spielberichte in ihrem Fanzine *Schwarz auf Weiß,* wie der über das 3 : 4 in Himberg (übergetitelt »Die Hölle von Himberg«) oder die Niederlage in Mödling, die anschließend im Wuzzeln (d. i. Tischfußball) mehr als wettgemacht wurde (»Keine Chance für Mödling«), machen betroffen, und das nicht nur ein Stück weit.

Den Schluß- und Höhepunkt dieses letzten Festivals der Superlative (sehen Sie? Ein bißchen Fanzine gelesen; schon geht das Schreiben viel besser) setzte das Duo Attwenger, eine –

bei uns auf da bruck
gengan dleid 4anaund
de oan hi de oan he
de oan stengan ummana&

– oberösterreichische Alpenpunkformation, bei der also *der*maßen die Post abgeht, daß . . . Aber der einzige mir bekannte Mensch, der so über Musik schreiben kann, daß man was davon hat, ist Werner Burkhardt, und weil Attwenger am 12. Juni in der Hamburger »Fabrik« spielen, schicke ich ihn einfach hin und schreibe dann von ihm ab, ohne daß er was merkt.

Hermes verpflichtet sich, mich sicher zum Veranstaltungsort zu bringen, und alles rätselt: »Hermes geht in ein Konzert? Was ist denn jetzt los?«

»Der Schlagzeuger trägt kurze Hosen«, erläutere ich, und alles ist beruhigt, erleichtert und zufriedengestellt.

Der Veranstaltungsort hat es aber auch in sich. Nichts gegen die »Fabrik«, aber

Vorgruppe: Die Graslgeiger
Schutzhaus »Zukunft auf der Schmelz«
Bus 48 A, Koppstraße / Panikengasse

hat es ja fast noch mehr.

Wir dagegen fahren mit der Straßenbahn, und weil Hermes, einem inneren Impuls folgend, mehreren Reisenden die Ohrenbeichte abnimmt, verpaßt er das Aussteigen, so daß ich ganz allein in der Panikengasse oder wo auch immer stehe.

Ganz allein? Nicht in Wien. Aus dem Dunkel schält sich eine Dame: »Du, entschuldige, daß ich nicht auf eurer Lesung war. I bin mit einer Grippn im Bett glegn.«

»War eh . . . äh . . . sowieso ausverkauft«, versuche ich, meine Rührung zu kaschieren.

Doch mein größter Triumph kommt erst noch. Beim Frühstück in der Pension sagt eine kalifornische Dame, Mitglied einer Psychologendelegation auf dem Weg nach Budapest: »Was, Sie sind Deutscher? Ich hätte schwören können, Sie sind ein Ire, der lange in den USA gelebt hat.«

Na?

Wien.

Dann bringen mich Hermes und Tschik und dessen verständnisvolle Frau zum Flughafen. Hermes, der noch nie einen Flughafen gesehen hat, watschelt zwischen Ankunft, Check-in, Zoll und Duty-free hin und her und dröhnt: »Na, das ist aber alles schon sseeehr provinziell«, während Tschik und ich versuchen, meine Gage auf den Kopp zu hauen, und Frau Tschik Verständnis aufbringt.

Auf dem Rückflug hält mich ein Balg namens Erwindl vom Schlafen ab. Was haben Bälger überhaupt in der Raucherabteilung zu suchen? »Wie alt bist denn, Erwindl?« frage ich scheinheilig.

»Acht Joahr.«

Das gibt es nicht, das ist gelogen, das kann doch gar nicht sein.

Übersetzen ist Kunst II

Als ich neulich in Innsbruck (welches man korrekt »Innschbruckch oddr?« ausspricht) mit Betonung aus Selbstübersetztem vorgelesen hatte, sagte eine junge Frau zu mir, sie schreibe eine Magisterarbeit über die beiden verschiedenen deutschen Übersetzungen von Flann O'Briens »At Swim-Two-Birds« und ob ich ihr da mit Material aushelfen könne? »Nein«, sagte ich, denn ich erinnerte mich an die Worte eines weisen Balten: »Das hat die Natur so eingerichtet, daß Frauen jemanden suchen, der ihnen die Magisterarbeit schreibt.«

Trotzdem kann der Frau natürlich geholfen werden, a-one, a-two, a-three:

When money's tight and is hard to get
And your horse has also ran,
When all you have is a heap of debt –
A PINT OF PLAIN IS YOUR ONLY MAN.

Bei Gott, da ist Schwung drin. Das waren vier Zeilen aus dem Gedicht »Workman's Friend«, welches der Arbeiterdichter Jem Casey verfaßte, als er im Gebüsch hockte, wo ihn unsere Freunde aufstöberten, als sie . . ., aber das würde im Augenblick zu weit führen. Dasselbe nun noch mal auf deutsch von Frau Dr. Lore Fiedler (Rowohlt, 1966).

Wenn du schlecht bei Kasse bist und dein Pferd

Nur unter ›ferner liefen‹ erscheint,
Und Schulden alles sind, was dir gehört,
IST EIN MASS DUNKLES DEIN EINZIGER FREUND.

Und nun die Neuübersetzung von Helmut Mennicken MA und mir (Haffmans, 1989):

Ist das Geld dir knapp und schwer zu kriegen,
Wenn dein Pferd nur im Mittelfeld streunt
Und auf dem Konto nur Schulden liegen,
IST EIN PORTER DEIN EINZIGER FREUND.

Nun ist mir aber ein prächtiges *coffeetable book* aus dem Verlag Droemer Knaur zugelaufen, welches den wenig wahrscheinlichen Titel *Irland. Eine kulinarische Liebeserklärung* trägt. Ich schwöre bei der Ehre meiner Mutter: Dies ist kein böser Scherz; das Buch heißt wirklich so. Gierig schlägt man im Register unter *F* nach, um *fish 'n' chips* zu finden, aber der einzige Eintrag unter *F* ist *Fasan*, und mit *Fasan* kann man mich ja nun *jagen* (siehe dieses). Statt dessen steht auf Seite 42 folgendes:

Wenn das Geld knapp und schwer zu bekommen ist
Und auch dein Pferd durchgegangen ist,
Wenn alles, was du hast, ein Berg Schulden ist,
Bleibt dir als einziger Trost der Alkohol.

Na bitte. So geht's doch auch.

Von Innsbruck ging es weiter über Jenbach (welches man korrekt »Jenbachch oddr?« ausspricht und wo es, falls Sie mal hinkommen, ein »Café Toleranz« gibt) nach Wörgl (bei dem es nichts zu krächzen gibt, weshalb auch das »oddr?« entfällt). In Wörgl wurde mir dann klar, was es mit dem »oddr?« auf sich hat, denn die Veranstalterin sagte, sie habe zu Hause drei Schweine oddr?, und das konnte nur ein rhetorisches »oddr« sein, denn sie muß doch selbst am besten wissen, ob es drei sind. Oder ob es Schweine sind.

Auf der Buchmesse traf ich den Urs, welcher, wie der Name schon sagt, Schweizer ist, und der Urs sagte, in der Schweiz werde seit einiger Zeit nicht mehr richtig »oddr?« gesagt, und da waren wir dann froh und beruhigt, weil es im Tirol so gut untergekommen ist.

Überhaupt die Buchmesse. Auch so ein Fall für sich. Mein erstes Knöllchen bekam ich mit zwölf Jahren wegen Radfahrens und gleichzeitigen Lesens. Ein »Strafmandat« war das damals, ein Wort wie aus dem Aussprachebuch für Schauspieler: »Barbara saß nah am Abhang, sprach gar sangbar, zaghaft, langsam. Mannhaft naht alsdann am Abhang: Abraham a Santa Clara.« Mat anam Strafmandat.

Ich möchte mich an dieser Stelle bei allen bedanken, die bis hierher gelesen haben. Ich weiß, was in Ihnen vorgeht. Ich habe es auch satt. Ich fliege nach New York, zur Matisse-Ausstellung. (Haben Sie das eben geglaubt? Da kennen Sie Ihren Bären aber schlecht. Ich fliege nicht nach New York, sondern weil heute Samstag ist, gehe ich zum Stammtisch, den wir allerdings, wegen der geistvollen Konversation, die dort gepflegt wird, »das Algonquin East« getauft haben.)

Gebet des Nashorns

P.S.: Wg. meiner letzten Filmkritik (»Batmans Rückkehr«, S. 212) weist man mich mit Recht darauf hin, daß es nicht nur in ausländischen Filmen etwas zu lesen gibt. Im ersten Otto-Film steht Otto vor einer Flipperbude mit der Aufschrift FLIPPERBUDE und fragt sich: »Ist die Jagd nach dem Gelde wirklich alles? Gibt es nicht noch andere Werte?«, woraufhin beim Wort FLIPPERBUDE die Buchstaben F, zweimal das P, das R, das U und das D ausfallen.

P.P.S.: Gestern eröffnete mir meine Mutter, sie werde zur Kur nach Bad Sobernheim fahren. Das hat sie vor zwanzig Jahren schon mal gesagt. Damals erwiderte ich: »Ich lebte mit Frau Sobernheimer, sie war so lieb, sie war so nett; wir wuschen uns im selben Eimer, wir schliefen in demselben Bett«, und meine Mutter sagte: »Sei nicht so albern.« Dann haben wir mein Brüderchen besucht, und meine Mutter eröffnete ihm, sie werde zur Kur nach Bad Sobernheim fahren. Mein Brüderchen sagte: »Ich lebte mit Frau Sobernheimer, sie war so lieb, sie war so nett; wir wuschen uns im selben Eimer, wir schliefen in demselben Bett.« Und meine Mutter? Schwieg. Quod licet Iovi non licet bovi, oder, um es mit Theo Sommer zu sagen: Quo vadis, Schlußakte von Helsinki?

P.P.P.S.: Neulich sitze ich auf meinem kostspieligen Ledersofa (Ich glaube, diese Wohnung ist um das kostspielige Ledersofa herum gebaut worden. Diese Wohnung?

Der ganze Stadtteil. So sieht er jedenfalls aus.), föne mir den Kopf, betrachte im Fernseh die *Lustigen Musikanten* und denke: »Wenn jetzt das Telefon klingelt, kann ich sagen: ›Tut mir leid; hab ich nicht gehört; ich hab mir den Kopf gefönt und *Lustige Musikanten* gesehen.‹ ›Diesen Scheiß siehst du dir an?!‹ würde ich zu hören kriegen, wenn das Telefonat zustande gekommen wäre, und ich würde sagen: ›Quod licet Iovi non licet bovi.‹« Oder, um es mit Franzl Lang zu sagen:

Hola rattattattatta hola daho
Hola rattattattatta wer ko, der ko.

Links vor der Bühne sitzt eine Frau, die offenbar den Ernst der Lage nicht erfaßt hat, denn sie zieht ein verkniffenes Gesicht, aber dann sehe ich, daß sie sich ein Spinnrad mitgebracht hat und höllisch aufpassen muß, daß sie nicht den Faden verliert, und nun zerfließe ich vollends vor Anerkennung, denn ich war vor vielen Jahren in Amerika mit einer Dame befreundet, die als Erfinderin des Strickens auf politischen Veranstaltungen galt, aber angesichts eines Spinnrockens hätte sie natürlich einpacken können.

P.P.P.P.S.: Vorgestern habe ich versucht, mir den Film »Kafka« von Steven Soderbergh anzusehen, und da fiel mir mein Freund Prof. Dr. Klaus-Rüdiger »Frag mich was« Wöhrmann ein, Semantiker und Hobby-Semiotiker. Dieser behauptet, der Satz »Er hob die Hände und spreizte alle Finger« am Ende des Prozesses im »Proceß« sei die Signatur des Autors, denn dies sei sowohl das gestische Zeichen für den hebräischen Buchstaben *kaph* als auch für *kappa* und *K*. Kaph-K.

Und der gesenkte Daumen ist das international gebräuchliche Zeichen für *Soderbergh*.

(Und das hebräische Wort für »Handteller« lautet *kaph*

ka-jad, das K der Hand, aber das weiß ich nicht schon immer, sondern von klugem Besuch bei den Nachbarn, den ich mitbenutzen durfte. Der kluge Besuch hat eine Tochter, die, weil sie morgen eingeschult wird, ein Lohengrin-Syndrom entwickelt hat und behauptet, sie heiße Herr Meyer. Mal sehen, ob sie das bis zur Mittleren Reife durchhält.)

P.P.P.P.P.S.: In Bremen gibt es eine Schule, und diese Schule gibt die Schülerzeitung ›Das Nashorn‹ heraus. ›Das Nashorn‹ bepestet seit Jahren deutschsprachige Autoren, sie sollen doch gefälligst ein Nashorn-Gedicht dichten; das würde dann von den Schülern auswendig gelernt. Als ich davon erfuhr, dachte ich noch ganz schnell »Wie gut, daß ich kein Autor bin, denn zu Nashörnern fällt mir bestimmt nichts ein«, und da war es auch schon geschehen: »Schreiben Sie bitte ein Nashorn-Gedicht, und wir lernen es dann auswendig.« Und weil mich Schnuckel (die jüngst im Rahmen eines Ehekrachs zu ihrem Mann sagte: »Sobald wir 'ne Wohnung haben, zieh' ich aus«, was absolut korrekt handtellermäßig gedacht ist) seit Monaten damit bepestet, daß sie einmal in dieser Kolumne erwähnt werden möchte, ist dies mein Nashorn-Gedicht ihr gewidmet. ›Zeit‹-Leser müssen es natürlich auswendig lernen; da führt kein Weg dran vorbei.

Aber es ist ja auch nicht sehr lang.

Gebet des Nashorns
Lieber Gott, Du bist der Boß,
Amen! Dein Rhinozeros

P.P.P.P.P.P.S.: Der laute Fön stammt von der Firma Braun und heißt *silencio*.

… ist ein Porter dein einziger Freund

In jedem ›Zeit‹-Leser steckt ein Kind, und das muß beschäftigt werden, damit es nicht zum Fußballspielen auf die Straße rennt und unters Auto kommt.

Als ich (S. 118) drei mögliche deutsche Übersetzungen eines Vierzeilers aus der Ode »The Workman's Friend« (Flann O'Brien, *At Swim-Two-Birds*) vorstellte, ahnte ich bereits, daß zwei, drei LeserInnen das auch und noch viel besser können. Daß es aber *vier* sind, hätte ich nie zu hoffen gewagt. Alle vier bekommen natürlich eine handxerokopierte Urkunde, die sie am Revers bzw. zerknüllt im Ausschnitt tragen können.

Zitiert wird chronologisch nach Posteingang, zweite und dritte Preise gibt es nicht, Einsendeschluß war vorhin. Das eine preisgekrönte Gedicht verpflichte ich mich, auswendig lernen zu versuchen zu wollen.

Von Franziska Dietmayer in 8000 München 90 erreicht uns:

Wenn Geld knapp ist und du treibst keins auf,
Und auch dein Pferd brachte nichts Bares,
Wenn all deine Hab' nur ein Schuldenhauf,
Dann ist eine Flasche Schnaps was einzig Wahres.

Manfred Brinkmann in 2354 Grauel schickt gleich vier Versuche:

Teilte dir Mammons Füllhorn Mangel zu,
Vergebens, du! hofftest auf Pegasusse;
Da Schuldenberge türmen sich im Nu,
Bleibt doch des großen Dunkelen Nähe dir am Schlusse.

Wart di dat stuur, fehlts pekuniär,
Löpt alltied achteran de Päär,
Hest nix as'n groten Hopen Schullen?
Schullst di mit Dunkelbeer gedulln!

★★★ 1. Preis! Glückwunsch, Herr Brinkmann! ★★★

Wenn's Geld knapp ist und schwer zu greifen
Und auch dein Pferd ist schon gelaufen
und dir nichts übrig als ein Haufen
Schulden, mußt du'n Guinness reinpfeifen.

Bist du klamm und von der Rolle,
Und dein Pferd ist schlecht gerennt,
Scheiß auf Schulden, ausgeflennt,
Kipp dich mit Porter sternhagelvolle.

Seinen Begleitbrief schließt Herr Brinkmann mit den Worten »Ruf doch mal an!« Würde ich ja nur zu gern, Manni, altes Haus, verbieten aber leider die Statuten.

Wolfgang Gerster aus 6333 Braunfels kommt folgendermaßen über:

Wird's Geld dir knapp, und es kommt nichts rein,
Ist dein Pferd auch ferner gelaufen,
Wird ein Schuldenberg dein Haben sein,
Bleibt dein einziger Freund das Saufen.

Am weitesten hatte es der Beitrag von Anne Webler Millyard in Willowdale (Ontario), Kanada:

> *Wenns Geld fehlt, und wenn du pleite bist,*
> *Und dein Roß kommt als letztes rein,*
> *Wenn dein Konto voll in die roten schießt,*
> *Ist dein bester Freund ein Stein.*

Wobei man wissen muß, daß ein Stein das ist, was Nordamerikaner für das deutsche Wort für Bierhumpen halten. »Ein, zwei, dry, vier, lift your stei-hein and drink your bee-hee-heer«, singt der unvergessene Mario Lanza in »The Student Prince«, welches auf deutsch »Alt-Heidelberg« heißt. Schönen Gruß und schönen Dank nach Willowdale und schönen Gruß nach Heidelberg. Und natürlich nach München 90, Grauel und Braunfels.

Und nun spielen wir was ganz anderes. In der Kinderbeilage der ›Zeit‹, der ›taz‹, las ich den Satz »Wenn aber Serbien sterbien soll, dann soll bitte auch Schlesien verwesien.« Gezielte Länderbeschimpfung mit kleinen Fehlern heißt das neue Spiel. Spielen wir ein bißchen I. Weltkrieg. Nix mehr mit »Ausländer raus!« Nein: »Länder raus!« Wenn schon, denn schon.

Mir ist bisher spontan nur ein einziger Schmähvers eingefallen, aber der hat's ganz schön in sich: *Burkina Faso schaut zu tief ins Glaso.* (Oder ist das zu happig? Sollte man vielleicht etwas entschärfen. Etwa so? –: *Burkina Faso polkt noch in der Naso.* Schon viel besser. Irgendwie sozialdemokratischer.)

1993

Rein in den Wald und wieder raus aus dem Wald

Filme (und andere epische Kunstwerke) wenden sich an drei Zielgruppen. Wenn ordentlich gehauen und geschossen wird, sind sie was für Jungs. Wenn geknutscht wird, sind sie was für Mädchen. Wenn ganz was anderes geboten wird, sind sie ganz was anderes und für ganz andere Leute.

Geschossen wird in Michael Manns »Der letzte Mohikaner« reichlich, mit Feldschlangen, Haubitzen, Mörsern und dem ebenso land- wie langläufigen Wildtöter, welcher auch – eine einleuchtendere Variante des Biathlon – mühselig, während der Held (Daniel Day-Lewis) rennt, mit dem Munde geladen wird. (Während der letzten Winterolympiade war ich zufällig in Amerika, und ein Fernsehkommentator sagte: »Den Sinn des Biathlon werde ich nie verstehen. Das ist, als müßte ein Kunstspringer auf dem Weg nach unten einen Fisch schuppen. Na ja. Im Augenblick führt Finnland.«) Der Wald wird dicht mit Rauch gefüllt, reihenweise fallen die schmucken Zinnsoldaten um, und man will es gar nicht so genau wissen, obwohl wie im richtigen Leben und in »Der mit dem Wolf tanzt« die guten Indianer das Haar lang tragen, die bösen dagegen Glatzköpfe sind.

Und wenn nicht geschossen wird, wird, damit auch die Mädchen was davon haben, geliebt (Madeleine Stowe). Also, in *meiner* »Lederstrumpf«-Ausgabe wurde noch nicht geliebt. War vielleicht herausge*bowdler*t (Ensslin &

Laiblin). Und wenn doch geliebt worden sein sollte, dann auf Betreiben von Sir Walter Scott, welcher laut unser aller Arno damals – in Wien! – zu James Fenimore Cooper gesagt hat, er soll doch nun auch mal eine Handlung einführen; das gehe doch nicht an, daß die Waldläufer immer nur rein in den Wald und wieder raus aus dem Wald, und da müsse sich allmählich mal was tun.

Gegen eine kleine Handlung ist ja auch gar nichts zu sagen, und kein Mensch hätte Coopers grandiose Naturbeschreibungen gelesen und sich Michael Manns grandiose Naturaufnahmen (Kamera: Dante Spinotti) angesehen, wenn nicht geballert und geknutscht worden wäre, aber irgend etwas, etwas, was einen ins Kino lockt, fehlt, wenn man nicht, wie ich, sowieso gern ins Kino geht und fast alles ziemlich toll findet – etwas ganz Spezielles, und genau das habe ich gefunden: Ich kenne nämlich Wes Studi persönlich, der den bösen Huronenkrieger Magua gibt (und in »Der mit dem Wolf tanzt« den bösen Pawnee-Krieger gegeben hat).

Wes Studi hat ein Silbenalphabet der Cherokee-Sprache entwickelt, und das ist nicht nur etymologisch und phonetisch korrekt, es sieht auch irre gut aus, und er tingelt mit seiner Ein-Mann-Show »Coyote bites his tale« durch die USA, und wenn er gerade mal nichts tut, schnitzt er kleine Skulpturen aus Speckstein. Bevor er Performer wurde, war er *horse wrangler*, und er sagt: »Einer der dümmsten Sätze in meinem Leben lautet *Ich liebe Pferde*. Ich weiß nicht, wie viele Pferde ich in meinem Leben zugeritten habe, 3000 oder 4000, aber gemocht habe ich noch keins . . . Vielleicht habe ich nur noch nicht das richtige getroffen.« Ansonsten predigt er die Nächstenliebe wie Eugen Drewermann nachts um halb eins.

Ein anderes bekanntes Gesicht ist Russell Means, der

Mitbegründer und Sprecher von AIM, dem American Indian Movement. Er spielt die Titelrolle, Chingachgook, den Letzten Mohikaner, und wenn die Dreharbeiten Russell Means und Wes Studi Gelegenheit gaben, sich kennenzulernen und sich mal richtig miteinander auszusprechen, soll uns dieses Ausstattungs-Hörspiel willkommen sein.

Sonntags, wenn der Chef verreist

Der Ressortleiter ruft an: »Ich fahre in Urlaub, und du schreibst eine Kolumne. Basta.«

»Aber, Boß, mir fällt doch nichts ein . . .«

»Das hat dich bisher auch nicht davon abgehalten«, schnappt er. »Schluß. Aus. Am fuffzehnten ist der Erste.«

»Alles klar, Boß. Schöne Ferien noch. Empfehlungen an die . . .«

Aufgelegt. In älteren amerikanischen Filmen hämmert man jetzt noch ein paarmal auf die Gabel, ruft *»Operator! Operator!«* und starrt dann in die Sprechmuschel, als säße der Ressortleiter dort drin und nicht schon längst in seinem cremefarbenen Studebaker in Richtung Braunlage.

Also besinnt man sich darauf, daß man seinen Lesern noch immer nicht berichtet hat, wie es um den Länderbeschimpfungswettbewerb steht, nämlich:

ERSCHRECKEND SCHLECHT

Sämtliche Einsendungen waren unter aller Kanone, bis auf eine, aber die kam von einem Profischriftsteller, sprengte also den engen Rahmen der Statuten. Trotzdem vielen Dank fürs Mitmachen. Mir wäre im Augenblick ohnehin eher nach einer Beschimpfung des eigenen Landes zumute, dieses inzwischen vollends verluderten, pornographischen Gemeinwesens, in dem nur noch das Gesetz der Autobahn herrscht.

»Dann schreib doch was über den Frühling, du Nörgler!« schallt es von nebenan.

Frühling? In dieser Parterrewohnung, wo es niemals lenzt? Also hinaus. Die Dienststunden des Generalkonsulats der Islamischen Republik Iran werden stilvoll, aber antiklimaktisch mit den Worten »Im Namen Gottes, des Allerbarmers, des Barmherzigen!« überschrieben, und am Wasser füttert ein Jungpenner schimpfend seine persönlichen Möwen. Die anderen Möwen widmen sich weiter dem Weißkacken grüngeplanter Dächer und raunen einander zu, im Zibebenbereich herrsche mal wieder absolute Fehlanzeige. Ein nagelneuer schwarzer Riesenschnauzer bekommt ein ebenso neues Bällchen zugeworfen und mißversteht das Bringsel als Suchsel, Findsel und Ignoriersel, und alles, was es nur irgend an Säuglingen gab, wurde hervorgekramt und in Kinderwagen gefüllt. Die gefüllten Kinderwagen werden nun geschoben, und zwar möglichst so, daß man mich damit über den Haufen fährt oder ich mir zumindest vorkomme wie auf der Stierkämpferschule. *Décima lección: Wir schlagen einen Haken.*

Und nun macht der Frühling auch allmählich wieder schlapp, es wird Zeit für ein Bierchen, für die *Lindenstraße* und für einen Schwur. »Im Namen des Allerbarmers: Ich gehe nie wieder vor die Tür.«

Dis cums right from da heart, paesano

Mein lieber Freund Hermes (wir erinnern uns), der sich allgemein dadurch in angenehmste Erinnerung bringt, daß er, nackt und von der Decke baumelnd, wochenlang gegen Eintritt sein Geschäft verrichtet, was in Österreich, in dem es selbst ein Berufsschullehrer zum Otto Mühl gebracht hat, nicht mehr als A E I (auch sowieso ich) O U ist, mein lieber Freund Hermes (wir erinnern uns) würde gern seinem ekklesiogenen Geschäft im höchstprotestantischen Norden nachgehen. Wer hat Mut, wer hängt ihn auf, wer hat den Dübel?

Ein tröstliches Bild: Im Begegnungssaal des Diakonissenstifts *Beth Elisa Beth Klaftot Beth* kackt Hermes frierend vor sich hin, auf der Framus-Wandergitarre schabt Regine Meyer-Hencken-Schwencken – C, F, G7 und zurück zu C – den Takt, und wir alle stimmen ein, laut, damit es auch der Heiland hören kann:

Danke für jeden neuen Morgen,
danke für jeden neuen Tag.
Dank auch für alle meine Sorgen,
weil ich sonst nicht mehr leben mag.

Du wirst Dich wundern, Hermes, wie rauh das Klima hier sein kann für Performances. Wir machen Mediale, und Mediale ist elektronisch. *Unplugged* – no pun intended – gibt es bei uns nur in Form von Dixieland.

Das wird wohl ein Traum bleiben.

Ein anderer Traum ist in Erfüllung gegangen. Man tritt wider besseres Wissen hinaus auf die Straße, und von allen Litfaßsäulen lacht es einen an: HELMUT SCHMIDT SCHREIBT FÜR ›BILD‹. Wie schön. Aber: Kann man sich drauf verlassen? Bleibt das so?

Ja, ja, das Pressewesen. Vor etwa anderthalb (oder zweieinhalb? oder dreieinhalb? oder viereinhalb?) Jahren rief mich eine Dame an und sagte: »Sie werden mich nicht kennen, ich bin Frau Sowieso von der ›Brigitte‹, und ich komme gerade aus New York.«

»Aha.« (Das hätten Sie auch nicht anders gebracht. »Aha.«) (Hätte ich *»I see«* sagen sollen? Vielleicht.) (Habe ich vielleicht sogar gesagt. *»I see.«* Glaube ich nicht. Ich habe bestimmt »Aha« gesagt. Ist egal? Ist überhaupt nicht egal. *»I see«* zeigt Schwäche, *»I see«* bedeutet, daß man auch schon mal in New York war sowie in Piggity-on-Tyne und sonstwhere. Aha.) (»Aha« ist nämlich Ferkel-&-Pu-mäßig p. c. [politically correct], *und nun kann es losgehen ––––: Aha?*) »Ja, und ich habe gerade mit Al Pacino gesprochen, und er hat gerade seinen Film fertiggekriegt, und ich habe ihm gesagt, wegen der deutschen Synchronisation soll er sich an Sie wenden, und da habe ich ihm Ihre Telefonnummer gegeben, und nun wundern Sie sich bitte nicht, wenn er Sie plötzlich anruft und sagt: ›Hi, I'm Al Pacino.‹«

Und jetzt wundere ich mich schon seit gut und gern anderthalb (oder zweieinhalb? oder dreieinhalb? oder viereinhalb?) Jahren nicht die Bohne, und ich werde mich auch in den nächsten viereinhalb Jahren nicht wundern, aber ich will jetzt schon mal eine Ansage machen:

LISTEN, AL: IN CASE YOU'RE READING THIS ... WHAT CAN I SAY ... YOU DESERVED IT,

MAN, DIS CUMS RIGHT FROM DA HEART, PAESANO ... ITSA ALLA YOURSA ... KEEP UP DA GOOD WOIK!

Mein Freund und Vorbild Tommy »The One & Original Schafsäckchel« Bodmer und ich pflegen die subtile Kunst der »Finger-Flashing«-Filmkritik. Das hört sich zunächst komplizierter an, als es ist. Ein Finger heißt einmal geweint, zwei Finger heißen zweimal geweint, drei Finger heißen dreimal geweint, vier Finger heißen viermal geweint, fünf Finger heißen fünfmal geweint, sechs Finger heißen ... Ich glaube, Sie haben das System verstanden. (Acht Finger hießen z. B. achtmal geweint.) Und wer einen Finger zuviel oder zuwenig hat, ruft damit Kopfschütteln, Naja oder Aha hervor. Aber das andere Aha, das Aha, das man austeilen, aber nicht einstecken kann.

»Der Duft der Frauen«, der Film, für den mein alter Telefonkumpel Al den Oscar bekommen hat, war ein ganz typischer Vier-Finger-Film, ganz im Gegensatz zu ..., aber davon später mehr.

AUFSÄTZE UND BERICHTE

Ru(h)m für Bären & Poeten

Kinderbücher, die mich prägten? Gehen wir mal für die Dauer dieses Beitrags davon aus, daß ich geprägt wäre –: Doch, doch. *Pu der Bär*, das schönste Kinderbuch der Welt, das schönste *Buch* der Welt, das hat mich durchaus geprägt.

Und auch sonst. Ich konnte nämlich, bis ich drei Jahre alt war, nicht sprechen. Meine Mutter hatte sich schon damit abgefunden, daß ich ein bißchen doof bin, aber Kind ist Kind, und da wollen wir mal nicht so sein. Damals waren nämlich die meisten Kinderbücher in Versen abgefaßt, und ich nahm an, es würde allgemein so gesprochen, und solange ich das noch nicht beherrschte, hielt ich lieber die Klappe.

»Bill hat ein Bällchen, und das ist rund. Sein rundes Fellchen ist kunterbunt. Bill sprach zu Bällchen: ›Du gefällst mir sehr (wie Romy Schneider zu Burkhard Driest). *Mein Spielgesellchen, wo kommst du her?‹«* Woraufhin der Ball dem Buben einen Bären nach dem andern über sein Ballaballa-Land aufbindet: Alice im Wunderland, Dorothy in Oz, Christopher Robin in Pooh's Corner. *Bill und Bällchen* hieß das Buch, aber von wem es war und wo es erschienen ist, weiß ich nicht.

Als ich dann doch etwas sagte, war das nicht »Mamma« oder »Pappa« (das schon gar nicht, denn so was Feines hatten wir damals noch nicht), sondern, und das glaubt mir zwar niemand, es stimmt aber trotzdem, es war die

Zeile *»Ich habe gelogen, betrogen, gestohlen; meine Hände sind schmutzig.«* Meine Mutter ist nämlich Maria Pierenkämper, die weltberühmte unbekannte Schauspielerin, und diese memorierte damals die *Medea* von Anouilh und stürmte dabei im Zimmer auf und ab, und ich sah ihr von meinem Laufställchen beim Memorieren zu, immer auf und ab, wie beim Tennis. Und wenn sie nicht memorierte oder weg war, las sie mir vor, mit Betonung und allem Drum und Dran, und war viel besser als viel später, als ich sie in Gelsenkirchen als Maria Stuart auf der Bühne sah, aber diese Enttäuschung kam daher, daß der Darsteller des Mortimer mir vorher verraten hatte, die beiden Königinnen würden zum Schluß von links und rechts auf die Bühne reiten, meine Mutter auf einem Rappen, die miese Elisabeth auf einem Fuchs, und sich mit Pistolen duellieren, was aber gar nicht stimmte, sondern meine Mutter wurde geköpft, und auch davon wurde nur geredet, und man sah es gar nicht, zum Glück.

Im Kindergarten war dann Prosa Verkehrssprache, und das Sprechen mit Endreim, das zu Hause niemanden gestört hatte, ließ ich schon am ersten Tag sein, weil Veronika, die eine Brille hatte, das affig fand. Veronika hieß mit Nachnamen Scholz, wie der Kinderbuchverlag Scholz in Mainz, und dadurch gab es wieder ganz andere Kinderbücher und die Kinderzeitschrift »Die bunte Kiste«, und all das fand *ich* nun wieder affig, was ich aber nie zugegeben hätte, weil Veronika eine Brille hatte. Veronika wanderte dann mit ihrem Vater nach Amerika aus, während ihre jüngere Schwester Katharina mit der Mutter in Wiesbaden blieb (oder wie oder was), so daß ich, weil Katharina ebenfalls eine Brille hatte, erst mal versorgt war. Ach, Katharina. Sie paßte auch altersmäßig viel besser zu mir, weil sie nur noch anderthalb Jahre älter war als ich, und sie konnte – wir nannten das »Verliebungsmahl« – Nudelsuppe auf dem Puppenherd kochen. Aber dann ging sie auf die Schule und konnte plötzlich lesen und schreiben, so daß ich praktisch kein Umgang mehr für sie war, und da habe ich meine Mutter so lange angemault, bis ich auch auf die Schule durfte, was später ganz günstig war, weil ich, als ich sitzenblieb, immer noch der Jüngste in der Klasse war. (»Der Zweitjüngste«, sagt Christiane Bender an dieser Stelle immer.)

Nun konnte ich also lesen und machte die zweite wichtige Entdeckung: Es hieß *Pu. Der. Bär* und nicht *Puderbär*. Das ging ja noch, aber außerdem entdeckte ich, daß auf englisch alles anders geschrieben als gesprochen wird. Mein Bruder Heinz hatte mir nämlich amerikanische Kinderbücher mitgebracht – ein Riesenbuch, *BIG FARMER BIG*, über einen Riesen, der sich zum Frühstück vierhundert Eier in die Pfanne kloppt, mit einer kleinen Tasche dran und einer winzigkleinen Broschüre drin, *little farmer little*, über einen Zwerg, dessen Bett aus einer Streichholzschachtel und vier Streichhölzern besteht, sowie *Tiny Nonsense Stories*, geschrieben von Dorothy Kunhardt und illustriert von Garth Williams (Simon & Schuster 1949): Das sind zwölf kleine Bücher (zum Beispiel *The Cowboy Kitten*, *Mrs. Sheep's Little Lamb*, *Poor Frightened Mr. Pig*) in einem Schuber, 12,5 x 10,5 cm, der außen wie ein Brownstone-Häuserblock aussieht (Optiker Eule, Dr. Quack, Peacock's Fashions, Goose's Feather Beds und die Tanzschule von Mlle. Cow) und innen wie ein Supermarkt (»Try Our Super Soup!«). Dies schöne Stück habe ich heute noch, und vom Zerfledderungsgrad her muß *Happy Valentine* mein Lieblingsbuch gewesen sein. Es geht da um einen jungen Hund namens William Cocker jr., der am Valentinstag allen Freunden –

und besonders dem Polizisten, der machen kann, daß die Ampel »Grün« zeigt – Liebesbriefe zusteckt und zur Belohnung plötzlich unheimlich viel Post kriegt. Und weil meine Mutter mir das alles vorgelesen hatte, wußte ich, was das alles heißt und wie man das alles ausspricht, was mir alles ziemlich nützte, weil ich mit einem Schäferhund (keinem deutschen Schäferhund, sondern einem amerikanischen Schäferhund) befreundet war, der mich morgens abholte und zur Schule brachte und mich nach der Schule auch wieder abholte und zu seiner Familie mitnahm, wo es noch einen Hund gab, einen Boxer (keinen deutschen Boxer, sondern einen amerikanischen Boxer), und jede Menge Amigören, und wo ein Kind mehr oder weniger nie auffiel. »Oh, that's Harry; he's the dog's German friend«, hieß es, und weil die Amis zwanghaft jedes Kraut-Balg fütterten, war bald Schluß mit Rachitis und Brennesselspinat: Kinderbücher, die mich prägten. Außerdem war es irre, wie schlecht sich die Amigören benehmen durften: Mein Freund, der Schäferhund, die erwachsenen Amis und ich schienen weit und breit die einzigen Menschen mit einer gewissen Lebensart zu sein.

Inzwischen hatte ich auch meinen Vater Ernst kennengelernt. Der war erst mal entsetzt gewesen, weil ich nie »Scheiße« sagte, und zwar nicht aus Gesittung, sondern weil ich das Wort noch nie gehört hatte. In einem crash course brachte er mir also ScheißePisseKackeArsch bei, und zu Tante Renate, der Kindergärtnerin, die mich entsetzt fragte, woher ich denn solche schrecklichen Wörter wisse, sagte ich stolz: »Von meinem Vater.« Außerdem brachte er mir *richtige* Kinderbücher mit: Eigentlich alles, was von Walter Trier illustriert worden war; wenn ich es recht bedenke, kein schlechtes Auswahlkriterium, nämlich Erich Kästner und Mark Twain und so.

Und meine Schwester Anna Elisabeth kam aus Brasilien zurück, und wir lasen zusammen Ringelnatz, »Geseires einer Aftermieterin«: ». . . aber sie ist gar keine Masseuse, sondern geht auf den –.« Und sie erklärte mir, was Geseires bedeutet und Aftermieterin und Masseuse, aber bei der Erklärung von dem »–« hat sie sich doch sehr gewunden, und ich wollte sie immer noch mal fragen, aber nun ist sie leider schon lange tot.

Als ich acht Jahre alt war, zogen meine Eltern zusammen, und nun waren Bücher sowieso kein Thema mehr für mich, weil immer irgendein ganzes Haus voll davon war; nur leider hatte das den Nachteil, daß ich ziemlich bald Kommunist wurde. Damals passierte das, glaube ich, zwangsläufig, wenn man viel las, und daran konnten auch die ›Reader's Digests‹ nichts ändern, denn, und das war das Konundrum, ein treuer und aufrichtiger Freund des amerikanischen Volkes war ich sowieso geblieben, was man daran merkte, daß ich bei »Ami go home« nicht krautmäßig *»go hohm«* sang, sondern *»geau heaum«*, eben so, wie wir Amerikaner das eben so tun.

Zwei gute Taten:

In den Ferien, im Harz, schenkte mir mein Vater *Onkel Toms Hütte* und *Emil und die drei Zwillinge*, das einzige Kinderbuch von Erich Kästner, das ich noch nicht kannte, und zwar mit der Auflage, zuerst *Onkel Toms Hütte* zu lesen. Und genau das habe ich getan. *Ehrenhand!* In Rekordzeit hatte ich mich durch diesen gruusigen Ziegel gefressen, um nur rasch zu erfahren, wie es mit Emil weiterging. Geglaubt hat mir das der Alte nie; nicht, daß ich ein Versprechen halte, und daß ich so schnell lesen kann schon gar nicht.

Frühling des Lebens von Marjorie Kinnan Rawlings. Um dieses Mistding ungestört lesen zu können, habe ich auf einen alten Leiterwagen (ich sage nur: *Planwagen!*) einen Aufbau draufgezimmert, obwohl ich sonst mit *Werken* nie was am Hut hatte, geschweige habe. Dieses Mobil habe ich – *Westward Ho!* – durch das betreffende Tal im Hunsrück gezogen, bis ich sicher außer Rufweite war, und die Seiten, auf denen Flag, das kleine Rehlein, stirbt, sind heute noch wellig von meinen Tränen; man kann das jederzeit besichtigen.

Und dann war mein Vater wieder entsetzt: *Ich kannte nichts von Karl May!* Der Stärkste in der Klasse von Frl. Piper wurde, weil er Winfried hieß, Winnetou genannt, hatte aus dieser Verpflichtung heraus *Winnetou I*, *II* und *III* gelesen und sagte ungeheuer lässig ständig: »Du Greenhorn.« Aber dann kam ich: »Das heißt Grienhorn, du Grienhorn.« »Wieso?« »Von mir aus kannst du gern weiter ›Greenhorn‹ sagen, du Grienhorn.« Damit hatte ich nun zwar bei »Winnetou« einen Stein im Brett, aber bei Frl. Piper noch lange nicht. Wie oft ich Frl. Piper mit meiner Montblanc-Silberbüchse und meinem Henrystutzen von der Firma Faber-Castell zersiebt habe, ist überhaupt nicht zu ermessen, und das von der letzten Bank aus; da mußte jeder Schuß sitzen. Walter Jens, bei dessen Familie in Tübingen ich für kurze Zeit ausgelagert war, erfand, um mir gegen Frl. Piper behilflich zu sein, die unfromme Legende, sie sei eine heimliche Säuferin, »und zwar billiger Rotwein; das sind die schlimmsten«. Zum Abschied, als ich aus dem aufregenden Tübingen wieder ins öde Hamburg zurück mußte, schenkte er mir den *Ölprinz*, und zwar mit der Widmung *Goethe spielt Flöte auf Schiller sein' Piller. Dein Freund Walter*, und auch dafür werde ich ihn immer lieben. Und daß er mich, weil ich ihm nicht links genug war, *du Sozikopp!* nannte, war schließlich nichts als schiere Prophetie.

Inzwischen bin ich vierzig, und der Puderbär ist mit mir gealtert. Inzwischen kann ich ihn nicht nur in Latein lesen (fast hätte ich *in der Ursprache* gesagt); da heißt er *Winnie-ille-Pu*, und der Beginn des Buches lautet: *»Nunc, tump, tump. Eduardus Ursus ...«*, sondern ich weiß auch, was der kleine Mundvoll ab und zu bedeutet, der den Bären zum Dichter macht: Tee mit Honig und Zitrone und einem Schuß Rum, nur zur Abrundung; sonst hieße er ja *Winnie-iste-Pu*.

Weshalb es auch nichts Schöneres gibt, als wenn man – alle vier oder fünf Jahre im Leben – auf einen lieben erwachsenen Mitmenschen trifft, dem trotz oder wegen seiner umfassenden Bildung Pu. Der. Bär bisher entgangen ist.

Isn't it funny
That a bear likes honey?
Winnie O'Pooh

»O nein!« rief Julius aus und
eilte ans Fenster.
Enid Blyton

Irland, mit den Augen von Flann O'Brien gesehen

Plötzlich ist sie wieder da: Frau Wie-hieß-sie-noch aus der Kreditorenbuchhaltung. Sie war wunderschön, hatte einen durchsichtigen Teint, ganz lange, weißblonde Haare und dazu Augen, die so blau waren, daß sie fast lila wirkten. Auf den zweiten Blick sah man dann, daß sie nur 1,35 m groß war und einen Buckel hatte. »Gut, daß ich Sie treffe«, sagte sie zu mir, als wir uns auf der Straße trafen, »bevor wir umziehen. Ich hab doch meinen Mann auf einem Ball des Vereins Kleinwüchsiger Menschen kennengelernt, und als wir endlich unsere Hochzeitsreise machen wollten, sagte ich: ›Der Herr Rowohlt, unser Lehrling, schwärmt immer so von Irland‹, und da sind wir einfach mal hingefahren. In Irland war es dann so wunderschön, niemand hat uns angestarrt, niemand hat an uns vorbeigestarrt, niemand hat so getan, als wären wir gar keine Zwerge, wir waren zum erstenmal in unserem Leben richtige Menschen, und wir waren so glücklich, daß ich vergessen habe, die Pille zu nehmen. Wir hatten natürlich furchtbare Angst, aber stellen Sie sich vor: Unser Sohn ist ganz normal gewachsen. Mein Mann und ich haben schon Arbeit gefunden, in der EDV, der Junge heißt Patrick, und übermorgen wandern wir aus, nach Cork.«

Daß ich schon damals so von Irland schwärmte, liegt an Flann O'Brien; daß der Eindruck entstehen konnte, ich hätte überhaupt jemals für etwas geschwärmt, liegt an Frau Wie-hieß-sie-noch aus der Kreditorenbuchhaltung, und allmählich erkennen wir, daß Literatur etwas bewegen kann. Ob Flann O'Brien, dem Menschenfeind, dies Happy-End, dies frohe Beginnen recht gewesen wäre, weiß ich nicht. Natürlich wäre es ihm recht gewesen. Mehr noch: Es wäre ihm wurscht gewesen. Und Patrick hieß damals auch noch nicht jeder x-beliebige Florian.

★

Wenn man, wie ich, zur Bequemlichkeit neigt, findet man die Aussicht, einen Artikel über »Irland, gesehen mit den Augen von Flann O'Brien« schreiben zu sollen, natürlich verlockend. Das ist fast so schön wie »Frankreich, gesehen mit den Augen (bzw. mit dem Auge) von Jean-Paul Sartre« oder »Südkalifornien, gesehen mit den Augen von Alfred Polgar«, denn diese Herren haben sich kaum je aus ihren Kneipen bzw. Cafés bzw. Hotelhallen herausbewegt. Es genügte ihnen, wenn sie anderes bewegten. (*Es genügte ihnen, wenn sie anderes bewegten:* So wird's gemacht. *Creative Writing*, 2. Trimester. Schon toll, oder?) »Irland, gesehen mit den Augen von Flann O'Brien? Schnapsidee. Der hat sich doch kaum je aus seiner Kneipe herausbewegt«, wird mir, als wüßte ich das alles nicht längst, immer wieder entgegengehalten. »Der Wahnsinnige Sweeny – der ist ganz schön herumgekommen, aber Flann O'Brien . . . Kannste vergessen.«

»Erstens ist Der Wahnsinnige Sweeny Flann O'Briens Kopf entsprungen, und zweitens hatte Flann O'Brien ein Auto«, sage ich trotzig.

»Der alte Suffkopp hatte ein Auto? Erzähl mal.«

Und wieder versickert eine Informationsquelle. Ich habe es satt. So ist es immer. Anstatt mir etwas zu erzählen, wollen sich die Iren etwas von mir erzählen lassen. Völlig leergequatscht fasse ich am vorletzten Tag einen

Entschluß. Nie wieder werde ich jemandem von Flann O'Brien erzählen. Wer etwas über Flann O'Brien erfahren will, soll gefälligst die Biographie von Anne Clissmann lesen. (»Ich hätte nie gedacht, daß jemand das Buch kauft«, sagte Anne zu mir, »aber jetzt ist es so vergriffen wie Hühnerzähne.«) Oder die soeben erschienene Biographie von Anthony Cronin, *No Laughing Matter*. (Über dieses Buch urteilte die ›Irish Times‹, für die Flann O'Brien einst seine legendäre Kolumne »Cruiskeen Lawn« geschrieben hat: »Mancher Leser mag sich nach der Lektüre vorkommen wie Laurence Sterne nach seiner Hochzeitsnacht, als er die Kanzel besteigen mußte und für seine Predigt die Bibelstelle *Wir plagten uns die ganze Nacht, doch es fruchtete uns nicht* vorfand.«) »Anthony Cronin?« Drei deutsche Gewährsleute nickten unabhängig voneinander mit ihren dicken Köpfen: »Das ist doch der Sohn von A. J. Cronin.« So hat man schnell gezeigt, daß man (a) schon mal den Namen Cronin gehört und (b) keinen Schimmer hat. Hauptsache, es paßt alles irgendwie ein bißchen zueinander. Wie soll denn wohl ein britischer Bestsellerautor einen irischen Dichter zeugen? Das ist doch widernatürlich.

Will vielleicht doch jemand wissen, wer Anthony Cronins Vater war? Nein? Ich erzähle es trotzdem. Anthony Cronins Vater war Reporter beim ›Enniscorthy Echo‹, und von der Osterrebellion 1916, ohne die es Irland nicht gäbe, erfuhr er, als er mit einer brandheißen Story in die Redaktion geradelt kam und sich wunderte, warum die Büros so menschenleer waren. Alle Kollegen waren interniert, nur er nicht. Da wurde er Buchhalter in einer Anwaltskanzlei.

Soviel zu Anthony Cronins Vater. Irland, mit den Augen von Anthony Cronins Vater übersehen.

★

Wasser des schönen Glen Bolcain,
deinen Vogelhorden zu lauschen,
deinen wohlklingenden Strömen, den niemals trägen,
deinen Inseln, deinen Flüssen.

Der Wahnsinnige Sweeny hat nämlich einst, weil dessen Morgengeläut ihn erzürnte, einem Dominikaner den Schädel gespalten und wurde daraufhin verflucht. (»Dafür hätte er keinen Fluch verdient, sondern einen Orden«, sagen alle, denen ich von Sweenys Irrfahrten berichte.) Verflucht wurde er, auf daß er Irland die Kreuz und die Quer bereise, und zwar wie ein Vogel, von Ast zu Ast, ohne je den Boden zu berühren. Ferner wurde ihm die Gabe der prosaischen Rede entzogen, so daß er nur noch in freien Rhythmen zu sprechen imstande war. Und immer, wenn er sein Elend in Verse kleidete, sprach er von seiner Sehnsucht nach der Schlucht von Bolcain.

Der Glen Bolcain soll in der Nähe der Ortschaft Skreen sein, in der Grafschaft Sligo. Der Ortsname, Skreen, deutet auf das irisch-gälische *scrín* hin, das heißt »Schrein«. Schon mal nicht schlecht. Die Ortschaft besteht aus zwei Kneipen, einer Kirche und einem großen Friedhof. Die Fußballmannschaft von Skreen ist nach einem Heiligen benannt, von dem man nichts mehr weiß, außer daß die Fußballmannschaft von Skreen nach ihm benannt ist. Nach ausgiebigen Recherchen in beiden Kneipen beschließe ich, den Pfarrer zu fragen. Ich habe mich inzwischen zum Schrecken der Pfarrhäuser entwickelt und weiß zum Beispiel, daß ich, wenn mir eine Dame öffnet, nicht sage: »Ich würde gern mit Ihrem Mann sprechen.« Die schmucke Haushälterin öffnet mir und sagt, Hochwürden würde nicht vor spätabends zurückerwartet. Ich frage: »Gibt es denn hier niemanden, der alles weiß?« »Menschen, die alles wissen«, sagt sie fröhlich, »gibt es gottlob gar nicht. Außer auf der Post.«

★

In einem *Bed & Breakfast* frühstücke ich mit zwei alten Damen. Eine hat Flann O'Brien noch persönlich gekannt. »Naja, gekannt ist zuviel gesagt, aber mein Mann hat mit ihm zusammen beim Zoll gearbeitet. Brian O'Nolan – denn so hieß er in Wirklichkeit, aber das wissen Sie ja selbst – ließ sich morgens kurz auf dem Amt sehen und ging dann zum Arbeiten über die Liffey in eine seiner Stammkneipen. Alle zwei Stunden kam ein Bürobote, um frische Akten zu bringen und erledigte Akten abzuholen. Nachmittags, nach getaner Arbeit, verließ er die Kneipe und begab sich unendlich vorsichtig mit *three o'clock list* (Drei-Uhr-Schräglage) in die nächste. Dort habe ich ihn eines Abends gesehen. Er stand am Tresen und starrte vor sich hin. Mein Mann sagte: ›Sprich ihn um Gottes willen nicht an, aber das ist Brian O'Nolan, Irlands größter lebender Schriftsteller. Daß er das ist, weiß nur er allein, und deshalb sprich ihn um Gottes willen nicht an.‹«

Ich sage, daß ich Swim-Two-Birds finden möchte, die Insel im Shannon, die O'Briens Hauptwerk, *In Schwimmen-zwei-Vögel*, den Namen gegeben hat. »Wenn man genau weiß, wo man sie suchen muß, kann man sie gar nicht verfehlen«, sagt sie. »Vom alten Kloster Clonmacnoise aus kann man sie sehen. Das war noch eine schöne Religion damals«, fährt sie nach verträumter Pause fort, »das vor-katholische Christentum. Man konnte sich scheiden lassen, wann und von wem man wollte.«

★

Eine muntere Morgensendung im Radio. Die Hörer werden gebeten zu erzählen, womit sie den Tag begonnen haben. Ein Mann ruft an und berichtet überglücklich, er habe sich ein Grab gekauft: »Fast neu. Der vorher hat nur zwölf Jahre drin gelegen. Und auf dem Grabstein stehen nur drei Zeilen. Ich könnt mich praktisch sofort reinlegen.« Gefragt, wie alt er sei, sagt der Mann mit dem Schnäppchen: »Achtunddreißig.«

★

Das Kloster Clonmacnoise. Schon toll, dochdoch. Als das übrige Europa in den Finsteren Zeitaltern vor sich hin sumpfte, war hier eine christliche Universität mit bis zu 3000 Studenten. Nicht insgesamt und hintereinanderweg, sondern jeweils am Stück. Und die lebten von dem, was sie selbst anbauten. Und das vor Erfindung der Kartoffel.

Nur zum heiligen Lehrkörper hätte ich nie gehören mögen. Man kommt, ganz leicht angeheitert, nach Hause und geht auf der Suche nach der Haustür immer um den Rundturm herum. Dann fällt einem ein: »Verdammt, ich bin ja ein heiliger Mann; ich wohne ja in zweieinhalb Meter Höhe.« Und dann muß man sich von ein paar Studis hochhieven lassen, weil ein Witzbold einen Knoten in die Strickleiter gemacht hat.

Michael und Maria, die das *Bed & Breakfast* leiten, sagen, wenn ich jemanden suche, der alles weiß, soll ich mich an Daniel-den-Dorfschmied wenden. Michael beschreibt, wie ich hinkomme, »an einer modernen Kirche in grauenhaftem Grün vorbei«, und als ich an der Kirche vorbeikomme – modern ist sie nicht, aber das Grün ist grauenhaft –, weiß ich: Heute ist mein Tag, heute finde ich alles. Maria besteht darauf, daß ich *wellies* mitnehme. *Wellies* sind *wellingtons*, und *wellingtons* sind Gummistiefel. Das mir, dem alten Ex-Hippie. Wozu habe ich schließlich meine newyorker Maßsandalen.

Daniel Edwards, der Dorfschmied, ist Grob- und Kunstschmied, Denker und Chronist. Manche halten ihn für einen Spinner; bei denen heißt er Danny. Manche bewundern ihn; bei denen heißt er Daniel. Die meisten wissen nicht so recht, was sie von ihm halten sollen; bei denen heißt er Dan.

»Ist Ihnen in Clonmacnoise der flache Stein mit den beiden Dellen aufgefallen?« fragt er mich. »Ja«, lüge ich. »Da ist einst die Kuh von St. Ciáran, dem Gründer von Clonmacnoise, zusammengebrochen. Das Regenwasser, das sich in den Dellen sammelt, ist gut gegen Kopfschmerzen und Warzen. Nur kochen kann man nicht damit, weil es nie den Siedepunkt erreicht.« Ich nehme mir vor, das später mal zu überprüfen. Hab's aber vergessen. Muß also nochmal hin.

Daniel setzt sich an seinen Küchentisch, reißt mit seinen hornigen Händen ein Blatt aus einem Schulheft und schreibt mir die Legende von Schwimmen-zwei-Vögel auf. Es gab da zwei Liebende. Sie war leider anderweitig verheiratet, hatte aber die Gabe, sich nach Belieben in einen Vogel zu verwandeln, dessen Gesang jeden Menschen, der ihn hörte, in tiefen Schlaf versinken ließ. Das nützte ihr nur nicht viel bei ihrem Geliebten, denn immer, wenn sie sich verwandelt hatte und ihn anschilpte, fing er an zu pennen. Auch sonst brachte es nichts, ob sie ihn nun anpfiff oder nicht, denn sie war ein Vogel, und er blieb ein Mensch. Da bat sie eine Fee, sie möge ihr die Gabe des einschläfernden Gesanges nehmen und ihrem Liebsten dafür die Gabe geben, sich in einen Vogel verwandeln zu können. Das brachte es nun voll, aber ihr Mann hatte Verdacht geschöpft: Ständig war seine Frau weg, und zwar wie vom Erdboden verschluckt. (Daß sie vorher schon ständig gefehlt hatte, wußte er nicht, weil er das ja immer verschlafen hatte.) Da steckte ihm ein Druide, der auf die Künste der Fee neidisch war, was es mit dem plötzlichen Verschwinden seiner Frau auf sich hatte, und der Mann nahm, als er zwei Vögel sah, die einander herzlich liebhatten, seine Schleuder, hob einen Stein auf und erledigte sie alle beide, woher die Redensart *to kill two birds with one stone* stammt, was auf deutsch *zwei Fliegen mit einer Klappe schlagen* heißt. Die Frau aber, schwer verletzt, floh noch ein gutes Stück stromaufwärts, bis sie an eine Furt (irisch *áth*) kam, die einem Häuptling namens Luan gehörte. Dort starb sie, und dort steht heute noch die stolze Stadt Athlone. Ihren Liebsten aber trieb es den Shannon hinab, hinaus ins offene Meer.

Dan liest mir vor, was er geschrieben hat, und sieht mich undurchdringlich an. Ich glaube, Dannys Herz blutet, wenn er an die beiden unglücklich Liebenden denkt, während Daniel findet: »Geschieht ihnen ganz recht, den beiden komischen Vögeln.«

★

Der Wirt von Killeen's in Shannonbridge hat eine alte Schiffskarte gefunden, auf der Swim-two-Birds verzeichnet ist. Auf den meisten Karten ist das Inselchen nämlich nicht eingetragen, weil es, von Devinish Island fast verdeckt, für die Flußschiffer eine *quantité négligeable* darstellt. Der Wirt hat nicht nur eine Schiffskarte, er hat auch Liam entdeckt, und Liam hat ein Boot. Liam hat auch einen Nachbarn, und der hat ein Auto, aber auf den Nachbarn müssen wir noch warten. »Wann kommt der denn?« Der ist schon da, aber er muß erst austrinken. Einen Mietwagen habe ich selber; insofern brauchten wir auf den Nachbarn gar nicht zu warten, aber Liam und ich setzen uns zum Nachbarn, um abzuwarten, daß der Nachbar ausgetrunken hat, woraufhin der Nachbar wartet, bis Liam und ich ausgetrunken haben. Irgendwann haben wir Tritt gefaßt und den richtigen Rhythmus gefunden, niemand wartet mehr auf keinen, Mary O., die Attraktion des Abends, stimmt ihre Geige, und so ein kleines Inselchen läuft einem ja nicht weg. Und selbst wenn: Weit kann es nicht kommen; wir holen es jederzeit ein, Liam mit dem Boot, der Nachbar und ich mit dem Auto und Mary O. auf der Geige.

Mary O. sieht aus wie eine pensionierte Lehrerin, die gerade vom Friseur kommt, und es stellt sich heraus, daß Mary O. eine pensionierte Lehrerin ist, die frisch vom Friseur kommt. Bei Killeen's ist nämlich jeden Abend Live-Musik, und wenn die Kneipe als solche voll ist, dehnt man sich in den angrenzenden Gemischtwarenladen aus, wo man zwischen Persil, Bonsches und Papierkragen für liebe Verstorbene vom guten Bitteren zischen kann. Gegenüber von Killeen's ist ein Modesalon, Moran's Fashions, und wenn man sich nicht so recht entscheiden mag, ob man nun das duftige rote Sommer-Complet nehmen soll, kann man immer noch Angelhaken und Köder kaufen. Das beste Speiseeis dagegen, aber das ist Geschmackssache, gibt es auf der Post.

Am nächsten Morgen warten Liams Nachbar und ich auf Liam, und dann fahren wir dorthin, wo Liam sein Boot hat.

Wir rudern hinüber, so einfach ist das, hinüber nach Schwimmen-zwei-Vögel oder Swim-two-Birds oder Snámh-da-En. Mit aufgekrempelter Hose und barfuß, wie sich das gehört, gehe ich an Land: ein mythischer Ort, der noch dazu den Vorteil hat, daß es ihn wirklich gibt. So winzig das Inselchen ist, das meinem Lieblingsbuch den Namen gab, so ist es doch nicht winzig genug, um nicht einem noch winzigeren Teich Platz zu bieten. Der Teich wird von einem Barsch bewohnt; der zeigt sich kurz, um mich zu begrüßen und vor einem heraufziehenden Gewitter zu warnen. Es blitzt wie bestellt und abgeholt, dann donnert es, und die beiden Helden drängen zum Aufbruch. »Ich will hierbleiben«, maule ich. »Ein Gewitter auf Swim-two-Birds . . . Das erfordert schon meine journalistische Sorgfaltspflicht.« »Du hast ja nicht mal *wellies* an«, meinen Liam und der Nachbar, und ich hebe noch schnell einen schönen schwarzen Stein auf, zum Beweis: *Ich war auf Swim-two-Birds!*

Bei Killeen's zeige ich meinen Beweis herum sowie, für Ungläubige, auch noch meine matschigen Füße, weithin sichtbar für den, der Augen hat zu sehen, in meinen newyorker Maßsandalen.

Maria ist entsetzt: »Warum haben Sie die *wellies* nicht angezogen?« Michael nimmt mich in Schutz: »Laß ihn, Maria; ein Mann muß seinen Weg gehen.«

Ich will aber nicht. Ich will in Shannonbridge bleiben, irgendwo als Nachbar von Liams Nachbar. Und ich würde auch jeden Morgen brav zum Einkaufen fahren. Bei Killeen's.

⋆

(Nacherzählung eines Liedes, im Autoradio gehört: »Jock goes to Stuttgart«)

Wir sind nach Stuttgart gefahren, zur Fußball-EM, um unserer Mannschaft beizustehen, wenn sie gegen England verliert. Die meisten von uns waren noch nie in Übersee, und es war alles sehr aufregend. Jock hat eine Tochter vom Rhein kennengelernt und gesagt: »Wenn Sie mal nach Ballythread kommen, sind Sie immer willkommen.« Wir anderen saßen zu zwölft auf einem Hotelzimmer, haben uns besoffen aus Angst vor dem morgigen Spiel, und wir wurden immer zänkischer. Eine richtige Schlägerei gab es nicht, aber es hat nicht viel gefehlt. Am nächsten Morgen dann verkatert und verschwiemelt zum Stadion; es würde, ja, es mußte alles ganz furchtbar enden. Doch als wir im Stadion das Meer von Union Jacks sahen, war aller Zwist vergessen, und wir brüllten: »Revenge for Skibbereen.« Dann geschah das Wunder, und wir haben gewonnen. Ein paar Monate später erschien bei Jock in Ballythread die Tochter vom Rhein und fragte, ob sie immer noch willkommen sei. Da hatten wir dann doppelt gewonnen. Que será, será . . .

(Der italienische Schluß, *was sein wird, wird sein,* bezieht sich offenbar auf die WM in Rom, aber wohl nicht nur.)

★

The Dublin Literary Pub Crawl, die dubliner literarische Kneipenbekriechung, beginnt abends um Viertel vor acht in »The Abbey Mooney« und berührt »The Horse & Tram«, »The Palace«, »Mulligan's«, »The Stag's Head«, »McDaid's« und »Dohney & Nesbitt's« (Änderungen vorbehalten, aber sowieso).

Plötzlich treten aus dem Dunkel Gestalten auf und führen einen Dialog vor, oder aus der Menge der Trinkenden löst sich ein Individuum und rezitiert etwas Hymnisches, und dann muß oder darf man raten, von wem es ist. Man sollte es aber erstmal für sich behalten, denn zum Schluß kann man etwas gewinnen. »Gewinner wird nicht der- oder diejenige mit der umfassendsten literarischen Bildung sein«, betont unser Führer, »sondern die- oder derjenige mit der lautesten Stimme und den geringsten Hemmungen.« Es gibt keine zweiten und dritten Preise, nur einen ersten: eine Flasche Sahnelikör.

Ich beginne, mich mit anderen Augen zu sehen, denn ich weiß alles. Und werde mich hüten, die Fragen und Antworten zu verraten. Dann werden sie vielleicht geändert, und beim nächsten Mal weiß ich nicht mehr alles.

Zum Schluß steht kein eindeutiger Sieger fest. »Eine Zusatzfrage«, sagt der Führer, »und zwar vorsichtshalber eine ganz schwere. An welchem Tag erschien *At Swim-two-Birds* von Flann O'Brien zum erstenmal?« »Am 13. März 1939«, tuschle ich einer Dame aus Neuseeland zu, denn was, bitte, *was* soll ich mit einer Flasche Sahnelikör?

Als *The Dublin Literary Pub Crawl* zum erstenmal stattfand, wußten fünf Leute alle Antworten. Drei davon waren Passanten.

★

Eigentlich gebe ich Bettlern ja lieber was, wenn sie ein bißchen dafür bieten, auf der Geige kratzen oder so. Vor einem Supermarkt in Tullamore kommt ein Mann auf mich zu, gibt mir die Hand und sagt: »Guten Tag, ich heiße Sean O'Rourke. Ich möchte gern etwas trinken.« Er zeigt, wie viele Münzen er bereits in der Linken angespart hat. Ich stocke den Betrag auf, und Sean O'Rourke begibt sich – »Have a pleasant day, *sorr*« – in »O'Shaughnessy's Bar & Lounge«.

Im Supermarkt tanzt ein kleines Mädchen selbstvergessen und sehr fachmännisch zur FuMu, zur Funktionellen Musik, durch die endlos weiten Gänge. Ich weiß beim besten Willen nicht mehr, was ich einkaufen wollte, und begebe mich in »O'Shaughnessy's Bar & Lounge«.

★

Moore's Market, Dublin. Die Luft ist von Gesang erfüllt: »Two cigarette lighters for one pound.« Kinder, Frauen, Männer, jedes hat seine eigene Melodie: »Two cigarette lighters for one pound.« Ich weiß nicht, welche Vertonung die schönste ist. Daß der Text überall derselbe ist, macht die Entscheidung nicht leichter: »Two cigarette lighters for one pound.« Schließlich kaufe ich hastig einem heiseren Zehnjährigen zwei Feuerzeuge für ein Pfund ab und verziehe mich in eine Kneipe, die so schäbig ist, daß sie nicht mal einen Namen hat. Von draußen dringt eine kehlige Altstimme herein: »Two cigarette lighters for one pound.« Die wär's gewesen. Aber egal.

Mein Nebenmann links am Tresen hat in mir ein neues Gesicht erkannt und beginnt, auf Michael Collins, den Revolutionshelden, zu schimpfen. Ich denk, ich hör nicht recht: »Nicht *ein*mal erschießen sollen hätte man dieses Schwein, sondern mindestens siebenmal. Oder bist du aus Cork? Dann hab ich nix gesagt.« Er nimmt mir eine Zigarette ab und sucht nach Streichhölzern. Ich schenke ihm ein Feuerzeug für ein halbes Pfund.

★

Ralf Sotscheck, der ›taz‹-Korrespondent in Dublin, hat Glück gehabt und ist mit Áina verheiratet, einer Irin, wie der Name schon sagt, und bei all diesem Glück ist die Benutzung eines Schwiegervaters inbegriffen.

Der Schwiegervater, erzählt Ralf, hat 1939 mit einem IRA-Kommando die Kaserne Curragh Camp bis auf die letzte Patrone leergeräumt. Und zwar wie? Mit einem Kuchen, wie sonst. Zwei IRA-Kameraden haben sich mit dem Kuchen vors Kasernentor gestellt und »Happy birthday to you ...« gesungen, und die beiden Wachposten haben sich angekuckt und gesagt: »Ich hab gar keinen Geburtstag ... Hast *du* Geburtstag? Na, kommt erstmal rein.« Und damit waren sie drin und haben abgeräumt: Waffen, Munition, Sprengstoff, alles, und in aller Bierruhe auf Lastwagen verladen, und keiner wurde geschnappt. Nur der Schwiegervater und ein Passant. Der Schwiegervater, weil er den Rückzug decken sollte, und der Passant, weil er zufällig vorbeikam. Dreißig Jahre haben die beiden gekriegt, der Schwiegervater und der Passant, und nach sieben Jahren sind sie begnadigt worden. Der Passant ist heute noch muffig, wenn die Rede auf die IRA kommt. Dann fährt ihm der Schwiegervater übers Maul und sagt: »Hab dich nicht so. Du bist doch begnadigt worden.«

★

In Dublin ist die Dublin Horse Show. Weit und breit kein *Bed & Breakfast*, alle Hotels sind belegt. »Es gibt nur noch ein Zimmer in ›Barry's Hotel‹, aber das ist, glaub ich, nicht sehr gut und in einer ziemlich schlimmen Gegend.« Nicht sehr gut? Da kennt ihr mich schlecht. Nicht sehr gute sind meine Lieblingshotels.

»Barry's Hotel« und ich sind füreinander bestimmt; das sehe ich gleich. Unten im Ballsaal, festliche Kleidung dringend anempfohlen, läuft der alljährliche Benefizschwof der dubliner Krankenschwestern, mit deutlichem Damen-Überhang. Als *resident* würde ich auch ohne Schlips reingelassen, wenn ich meinen Beobachterstatus wahre. Man stelle sich diese Kulanz vor: Ich brauche mich nicht zu verkleiden und, als wäre das noch nicht schön genug, brauche ich auch nicht zu tanzen. Ich wäre schon für eine der beiden Vergünstigungen dankbar gewesen.

Ein kurzer, wehmütiger Blick ins Getümmel. Jaaa, da sind sie, die Prinzessinnen, die ich immer auf den Fotos vor den Fotografenläden bewundert habe, die stämmigen, urgesunden Bewerberinnen um den Titel der Miß Unterbiß, deren Make-up sich auf etwas Wimperntusche und einige Tupfer Aknederm in der Mundwinkel- und Kinnpartie beschränkt.

Aber ich muß weiter. Ein Mann muß seinen Weg gehen. Ich habe die Sotschecks dazu überredet, mich in die »International Bar« zu begleiten, wo jede Woche einmal die »One-Eyed Rattlers« spielen, eine meiner fünf Lieblingskapellen. (*One-eyed rattlers* sind einäugige Klapperschlangen, und das wiederum heißt bei Tucholsky »der böse Hosenwurm«. Ich kann nichts dafür. Ich referiere das nur.) Die Rattlers spielen Bluegrass, Country, Rock und wonach ihnen gerade der Sinn steht. Wenn man sie sehr bittet, spielen sie »Honky Tonk Woman« in der Version der Rolling Stones, und wenn Mick Jagger je gesehen hätte, wie hundsgemein er da parodiert wird, hätte er sich längst aus dem Geschäft zurückgezogen. An Tagen, an denen die »Rattlers« nicht spielen, gibt es andere Gruppen oder literarische Kleinkunst, aber das macht weniger Spaß, weil nicht so ein Gedränge ist.

Der nächste Abend, die letzte Nacht. Ich bin mit meinem alten Kampfgefährten Joe O'Bruadair verabredet, weshalb ich mir entgehen lassen muß, wie in »Barry's Hotel« die :::ALL-STAR COUNTRY NIGHT:::2 BANDS!::: abgeht. Dafür hätte ich mir sogar einen Schlips umgebunden.

Morgens, beim Auschecken und viel zu spät, sehe ich, was in der Rezeption an dem Haken hängt, an den mein Zimmerschlüssel gehört: ein grauer Schlips, dezent gemustert. Ich bin den Tränen nahe.

Ein kleiner Junge kommt auf mich zu, sagt »Mo-Mää, Mo-Mää«, deutet ins Weite und trampelt mit den Füßen. Ich verstehe kein Wort, und aus der Bar eilt der geplagte Vater, der sich gerade einen Frühstückswhiskey genehmigt hatte. »Mo-Mää«, erläutert er, »heißt *doorman.* Er glaubt, Sie seien der Portier, und nun sollen Sie ihm entweder irgendeine Tür aufmachen oder doch wenigstens ein bißchen was vortanzen. Und wenn ich an Ihrer Stelle wäre«, fügt er hinzu, »würde ich ihm seine Wünsche erfüllen. Er ist nämlich im gefährlichen Alter.«

»Im gefährlichen Alter?«

»Ja, sein Kopf ist jetzt genau in der Höhe, daß er ihn einem erbarmungslos in die Eier rammt.«

In der Hotelhalle rufe ich Anne Clissmann an. »Ich bin ja so neidisch«, sagt sie, als sie erfährt, daß mir die Schwimmen-zwei-Vögel-Erstbesteigung gelungen ist. »Und hast du genug Material für deinen Flann-O'Brien-Artikel gefunden?«

»Viel zuviel.«

»Dann schreib über was anderes. Gott segne dich, Harry.«

»Gott segne dich, Anne.«

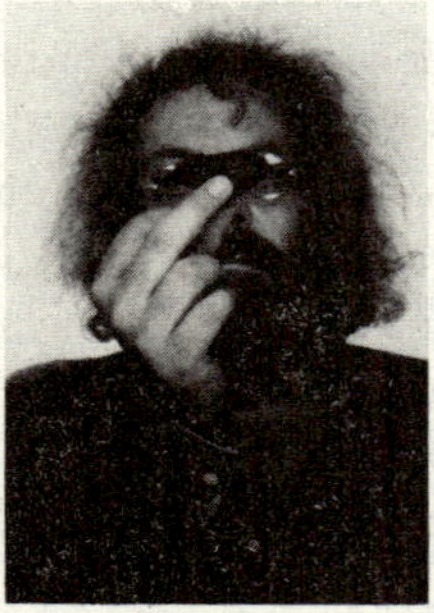

Harry Rowohlt und sein Beweis
Der Stein von dem Inselchen Swim-Two-Birds

Und keiner hat was bestellt

AUF DEM I. INTERNATIONALEN FLANN-O'BRIEN-SYMPOSIUM IN DUBLIN

Flann O'Brien, the drinking man's Joyce

Flann O'Brien kam als Brian O'Nolan (oder, auf irisch, Brian Ó Nualláin) am 5. Oktober 1911 zur Welt, im Hause Nr. 15, The Bowling Green, Strabane, County Tyrone, Irland. Er war das dritte von zwölf Kindern, und zu Hause wurde nur Irisch gesprochen. Später behauptet er zwar in seinen Schriften, er habe mit neunundzwanzig Englisch lernen müssen, aber als er mit zwölf Jahren zum erstenmal in die Schule durfte, hatte er es sich längst mit Hilfe der Comics in den Wochenendbeilagen beigebracht. Ähnlich lässig lernte er Deutsch, Französisch, Latein und Griechisch. Er machte je einen B. A. in Irisch, Englisch und Deutsch, einen Dr. phil. und einen M. A. über Moderne Irische Dichtung, obwohl Douglas Hyde, sein Irisch-Professor, ihn für einen Mythos gehalten haben soll, da er ihn nie in seinen Vorlesungen gesehen hat. Außer als Trinker und Billardspieler exzellierte er als Debattierer, der auf die Sekunde genau über jedes gegebene Thema reden konnte, wobei er gutgelaunt und übelmeinend alles Gute, Schöne und Wahre in den Schmutz zog, besonders das Recht von Frauen auf Hochschulbildung.

Was vermag Literaturkritik? Bei Flann O'Brien hat die Meinung, nach Joyce sei kein Roman mehr möglich, zu einer So-ein-Quatsch-Reaktion beigetragen, und er schrieb *At Swim-Two-Birds* (1939; deutsch 1966 in der Übersetzung von Lore Fiedler als *Zwei Vögel beim Schwimmen* erschienen). In diesem Monumentalwerk – fast jeder, der es liest, ist danach für die Gegenwartsliteratur verloren – geht es um einen unreinlichen jungen Mann, der Bücher verschiedener Gattungen und Stilrichtungen zu schreiben beginnt und nie so recht damit zu Rande kommt, bis die handelnden Personen die Nase voll haben und sich in einem alten Kino zu einer Protestversammlung treffen, um endlich ein geregeltes Eigenleben zu beginnen. Wem fiele da nicht Pirandello ein? Mir nicht. Graham Greene stellte *At Swim-Two-Birds* »in eine Reihe mit *Ulysses* und *Tristram Shandy*«. William Saroyan stellte es in gar keine Reihe, sondern er war schlicht begeistert und bemühte sich jahrelang um einen amerikanischen Verleger. Joyce schließlich sagte: »Hoffentlich merken die Kritiker bei diesem Buch, was ihnen beim *Ulysses* entgangen ist: Daß es ein komisches Buch ist.« Und im Antiquariatsverzeichnis der Librairie la Hune (1949) steht hinter dem Titel der schlichte Eintrag *libre très aimé de Joyce* . . . Und dann wird es auch schon wieder still um das Buch.

Zwei Vögel beim Schwimmen wartet übrigens – von Audrey Welsh dramatisiert und fix und fertig übersetzt – seit Jahren auf ein wagemutiges deutschsprachiges Theater, in dem es nicht stört, wenn im Publikum manchmal gelacht wird. Schluß der Werbeeinblendung.

Apropos Schluß: In *Zwei Vögel beim Schwimmen* taucht regelmäßig eine Formulierung auf, die so blödsinnig ist, daß sie sofort einleuchtet, und deren Zauber man sich nur schwer entziehen kann: *Schluß des Vorhergehenden.*

1941 erschien auf irisch *An Béal Bocht/The Poor Mouth* (deutsch 1977 als *Das Barmen/Irischer Lebenslauf*), »eine arge Geschichte vom harten Leben« (Untertitel), und hier weiß man nicht so recht: Ist dies nun etwas zutiefst betroffen machen Sollendes, oder ist es eine Parodie auf die hehren Absichten (und das schlechte Irisch) der *Gaeligóres*, der Keltentümler, die mit ihrem Elend prunken? Beides wohl und weder noch.

1943 wurde das Drama *Faustus Kelly* uraufgeführt, »und man mußte ganz schön fix sein, wenn man es sehen wollte – so schnell war es wieder vom Spielplan verschwunden«, schrieb der Autor dazu. Ich habe es noch nicht gelesen. Ich will mir etwas aufsparen. Es ist bestimmt sehr schön.

1961 erschien *The Hard Life* (deutsch 1979, von Annemarie und Heinrich Böll übersetzt, als *Das harte Leben*), Armut, in trügerischer Schlichtheit geschildert.

The Dalkey Archive, eine Rache – aber wofür? – an Joyce, kam 1964 heraus (als *Aus Dalkeys Archiven* 1982 auf deutsch). Hier begegnen wir zum erstenmal de Selby, dem wahnsinnigen Gelehrten, der von Euklid bis Einstein schon alles, was Rang und Namen hat, widerlegte und schlimmerweise mit allem recht behält. Daß er die Welt vernichten will (und kann), berührt uns kaum noch; wir sind eigentlich nur noch neugierig. Außerdem lernen wir einen etwas verwirrten Kneipenwirt kennen; es ist James Joyce, der den Rummel um sein schweinisches Buch satt hat und als Laienbruder bei den Jesuiten abtauchen möchte.

The Third Policeman, der legendäre »verschollene Roman«, war gar nicht verschollen, sondern der Verlag Longmans hatte ihn abgelehnt, und zur Strafe mußte der Roman in einer Schublade vor sich hin kümmern. Er erschien kurz nach Flann O'Briens Tod (am 1. April 1966), und wäre Flann O'Brien älter geworden, hätte er ihn sicher doch noch verbrannt (1975 deutsch als *Der dritte Polizist*). Ein Wiedersehen mit de Selby, dem Begründer der Atómik, aus der zweifelsfrei hervorgeht, daß Radfahrer zunehmend zu Fahrrädern und Fahrräder zunehmend zu Radfahrern werden (was bei Damenfahrrädern zusätzliche ethische Probleme aufwirft). Das einzige, was in dem Buch nicht vorkommt, ist ein dritter Polizist.

Unter seinem dritten Namen Myles na gCopaleen (oder na Gopaleen) schrieb Flann O'Brien in der ›Irish Times‹ die regelmäßige Kolumne ›Cruiskeen Lawn‹. »Lawn« klingt nach Spielwiese, aber *chrúiscín lán* bedeutet *gefüllter Krug*, und *Myles na gCopaleen* heißt Myles von den Pferdchen: Saufen und auf Pferde wetten. Die unterschiedlichen Schreibweisen (gCopaleen und Gopaleen) erklären sich aus den vielen Krächen, die er mit der Redaktion hatte. Als er eines Tages endgültig kündigte, sagte er: »Nie wieder wird aus Myles na gCopaleens Feder etwas in der ›Irish Times‹ erscheinen!« Als er soweit versöhnt war, daß er wieder Artikel lieferte, änderte er den Namen, denn Schwur ist Schwur.

Diese Art Journalismus, der das Medium der seriösen Tageszeitung mißbraucht, um hemmungslos hellsichtigen Schabernack zu treiben, hat es vorher und nachher nicht gegeben. Eine kleine Auswahl ist 1968 unter dem Titel *The Best of Myles* erschienen (und in deutscher Sprache bei Haffmans in Zürich 1985 eine noch kleinere Auswahl unter dem Titel *Trost und Rat* . . . Im Gegensatz zu allen anderen bisher genannten Titeln jederzeit lieferbar . . . Das ideale Damenpräsent . . . Bibliophil gestaltet . . . Mit mehreren Holzschnitten des Verfassers versehen . . . Und mit Antworten auf Fragen: *Was hält sich seit Jahren in meinem Schlafzimmer auf? Wie verhalte ich mich bei der kleinen Dicken mit dem Gerstenkorn? Was unternehme ich mit meinen ungelesenen Büchern? Wie erkenne und pflege ich den offiziellen irischen Langweiler? Wie päppele ich ein Mißverständnis, und sei es noch so dämlich, bis es mich zuverlässig überwuchert hat?*

Der Lord Mayor und der Lord Mayor

Der Oberbürgermeister von Dublin hat die Teilnehmer am 1. Internationalen Flann-O'Brien-Symposium in sein Rathaus eingeladen. Es gibt Rotwein und Sherry (lieblich und herb). Der Lord Mayor besteigt ein Podest und rezitiert aus dem Gedächtnis lange Passagen aus Flann O'Briens Werk. Dann sagt er: »Was mich als blutjungen Beamten so an ihm faszinierte, war, daß ich während meiner Arbeitszeit das faszinierende Werk las, welches ein anderer blutjunger Beamter geschrieben hatte, und zwar, wie ich mit einer gewissen Berechtigung zu hoffen wage, während seiner Arbeitszeit.«

Inzwischen hat *unser* Lord Mayor, James O'Kane, der Vorsitzende des Gemeinderats von Strabane, von uns allen geschubst, das Podium erklommen. Er trägt ebenfalls eine Amtskette, und er zittert und schwitzt. Strabane ist Flann O'Briens Geburtsort; heute ist es zerbombt und wüst und ziemlich leer. James O'Kane wurschtelt eine Plakette aus dem braunen Packpapier, überreicht sie dem Oberbürgermeister von Dublin, nuschelt, genauso eine Plakette hoffe man demnächst an Flann O'Briens Geburtshaus anzubringen, und dann treibt es ihn so schnell wie möglich wieder runter vom Podium. Aber der weltläufige Oberbürgermeister hält ihn fest, sagt »Mein lieber, sehr verehrter Kollege«, hält die Plakette in die Luft, damit sie jeder sehen kann, und extemporiert, daß es eine Lust ist. James O'Kane hört auf zu zittern und zu schwitzen und hält nun seinerseits eine Rede, als habe er den Blarney Stone geküßt. Plötzlich reißt es ihn, und er ruft in den Saal: »Wir werden eine neue Siedlung bauen, in der Menschen glücklich sein können, und sie wird nach Flann O'Brien benannt werden. Ich ergreife die Gelegenheit und sage den vornehmen Gästen aus aller Welt, die sich zu Ehren unseres großen Sohnes versammelt haben: Ihr seid alle herzlich eingeladen; kommt nach Strabane; ihr seid willkommen; egal, wann; ihr seid immer willkommen. Und dann sagt der Welt, daß es eigentlich ganz schön ist in Strabane.« Der große Amtsbruder aus Dublin findet wie immer das richtige Wort: »Ich muß leider ins Theater, aber, wie man in Dublin sagt, jetzt kommt *the proper jar* . . .«, eine Flügeltür wird geöffnet, und endlich werden Guinness und Whiskey gereicht.

Ein Symposium? Ein Rodeo.

Vor zwanzig Jahren ist Flann O'Brien gestorben. Am 1. April. Man kann also nicht ganz sicher sein, daß er wirklich tot ist. 150 Teilnehmer sind gemeldet, von denen die meisten nicht nur klug herumsitzen und Notizen machen, sondern selbst auch etwas sagen wollen. Oder sollen. Ich gehöre zu denen, die etwas sagen sollen. Das erfahre ich erst aus dem fertig gedruckten Programm. Im Rahmen des Übersetzer-Kolloquiums soll ich eine Rede halten, und zwar mit dem Titel »Dry gawks and gobshites –; my God, what a country!« Ich habe noch nie eine Rede gehalten, aber das Thema ist natürlich verlockend. Drei Tage soll das Symposium dauern; mein Referat ist für den zweiten Tag nachmittags angesetzt. Bis dahin fällt mir leicht was ein. »Dry gawks and gobshites –; my God, what a country!«

Und dann sitze ich auch schon auf der falschen Seite des Hörsaals leibhaftig als Mitglied des französisch-italienisch-niederländisch-deutschen Panels, und als unsere französische Chairlady mich als *Hakky Kowalsky* vorstellt, Hakky Kowalsky aus Germany, fällt ein Großteil meiner Furcht von mir ab; wenn man die *Rs* konsequent als *Ks* liest; logo, Jeanette, vive la Fkance; immerhin inkognito, und als ich dann merke, daß keine meiner Vorrednerinnen auch nur je ein Buch übersetzt hat (geschweige denn fünfzig, wie ich, ha-*ha!*), sondern daß sie allesamt offenbar Universitätsmägde sind, die sich über anderer Leute lausige Übersetzungen alterieren, anstatt selbst mal einen Fehler zu machen, der sich sehen lassen kann, fällt alle Scheu von mir ab, und ich preise, zum Thema »Hauptschwierigkeiten beim Übersetzen von Flann O'Brien« befragt, die deutsche Sprache, denn es gibt keine Haupt- noch sonstigen Schwierigkeiten. Alles, was man nicht weiß, und das ist viel, schreibt man auf, und diesen Katalog der Ignoranz schickt man an Anne Clune, die Verfasserin des grundlegenden Werks über Flann O'Brien, dann wartet man ein paar Monate, und die Antworten verwebt man fein mit dem bereits fertigen Text. Und davon abgesehen, ist Deutsch eine Sprache, welche ... Der Gong hat mich dann gerettet, und es wurde allmählich Zeit für die Flann-O'Brien-Kneipen-Begehung.

Ein Restaurant ist inzwischen eine Kirche, eine Kirche ist inzwischen eine Kneipe; der Schwiegervater von Brendan Behan erhob sich nur einmal im Jahr aus seinem Bett, um seine Wandgemälde in »Davy Byrne's Bar« zu restaurieren, und dann ging es wieder ab in die Falle ...

Unser Bürgermeister, der von Strabane, muß sich wegen seiner Amtskette alle fünfzig Meter die Schuhe putzen lassen (und alle sind wir eingeladen; ernsthaft), und die drei Barmänner starrten uns an, als wir durch die Hintertür hereinkamen und uns alles von John Ryan, dem Poeten, erklären ließen (»Hier hat er sich Feinde gemacht.«), und mit vibrierendem Querbinder sagte der eine Barmann zum anderen: »Bisher habe ich 75 von der Sorte gezählt. Und keiner hat was bestellt.« Das kommt schon noch, keine Sorge. Bei einer Kneipenbegehung ist Schwund das einzige, worauf man sich verlassen kann. Ab der vierten Bar werden wir immer weniger. Und immer mehr. Bisher habe ich noch keinen getroffen, der nicht gewußt hätte, wer Flann O'Brien ist.

eo ipso – sui guinnessis

Die Guinness-Brauerei feiert den 1. April 1986 mit der lebensgroßen Abbildung eines *pint*-Glases Stout und der Überschrift MYLES BETTER.

Außerdem lädt sie uns alle ein. Ein PR-Mann berichtet mir von den Sozialleistungen, die Guinness bereits im Jahre NeunzehnhundertundHund, als noch kein anderes irisches Unternehmen . . . Ich sage: »Mit anderen Worten: Ihr braucht gar keine Gewerkschaft.«

Der PR-Mann würgt mich am Halse. Ich rudere mit den Armen und zeige an, daß ich nur Spaß gemacht habe. Der PR-Mann sagt, Guinness Nigeria habe den aphrodisisch/fruchtbarkeitswahnsinnigen Slogan *There's a baby in every bottle.* »But«, fügt er hinzu, »the only thing I can positively say about Guinness is that *there's a fart in every sip.*« Auch nicht ganz wahr.

Fairy Fort

Ein Fairy Fort, eine Feenfestung, ist, grob gesprochen,

eine kreisrunde Weißdornhecke, und niemand weiß, wie sie entstanden ist. Man tut gut, wenn man sich von ihr fernhält. Bei Neumond kann man die Geister beim Tanzen beobachten, aber sobald sie den Neugierigen bemerken, ist es um ihn geschehen. Dann nehmen sie ihn nämlich mit hinunter in die Gegenwelt, und da geht er dann verschütt, was aber nicht unbedingt schlimm sein muß, wofern er einen kleinen musischen Beitrag leisten kann, denn die Feen wollen unterhalten sein.

In etwa einem Jahr werden die Tonbandaufzeichnungen vom 1. Internationalen Flann-O'Brien-Symposium transkribiert und, wenn nötig, aus dem Irischen übersetzt sein. Vielleicht auch früher. Vielleicht auch sehr viel früher. Ich rate jedem, sich bis dahin fleißig ›Die Zeit‹ zu kaufen. Denn dann kommen sie, in geschmeidiges Deutsch übersetzt: die Höhepunkte der Brian-O'Nolan-, Flann-O'Brien- und Myles-na-gCopaleen-Forschung, teilweise vielleicht sogar in schwer verständlichen Schautafeln. Exklusiv. Schluß der Werbeeinblendung.

Es gibt natürlich auch Feen, die nur bei Vollmond und Rotdorn funktionieren oder bei Weißdorn und bei Vollmond. Sie lassen einen jedenfalls nicht mehr weg. Schluß des Vorhergehenden.

Beginn des Nachfolgenden

So, wie eine unverbesserliche Gemeinde von Joyce-os den Bloomsday feiert (die davon Befallenen wissen ohnehin, welches Datum gemeint ist, und alle anderen wollen wir mit dieser Stammlerfete verschonen; im Juni war es wohl; wer kann sich denn alles merken), so ...

Nein, eben nicht so. Sondern absolut unabhängig davon wollen wir in Zukunft den

Lá an chrúiscín

begehen, den Tag des Kruges, den Tag, an dem Myles na gCopaleen zum erstenmal seine Kolumne veröffentlichte, den

4. Oktober

Und wir werden der Welt beweisen, daß es auch Feiertage gibt, die man ohne straffe Organisation einhalten kann.

What a mess!

DIE FRANKFURTER BUCHMESSE ODER: VOM WERTEWANDEL IN UNSERER ZEIT

Dies ist seit dreißig Jahren das zweite Mal, daß ich mit journalistischem Auftrag zur Frankfurter Buchmesse fahre. Beim ersten Mal war ich für ›Die Horst‹ tätig, die Schülerzeitung der Walddörfer-(nicht Waldorf!)Schule in Hamburg-Volksdorf, und der Artikel war von kaum überbietbarer Peinlichkeit. Ich will es trotzdem versuchen.

Die Unterzeile »Vom Wertewandel in unserer Zeit« zum Beispiel stammt von Theo Sommer, und bis hierher habe ich schon zwölf Manuskriptzeilen weggelutscht wie nix und trotzdem noch reichlich Platz für meine These, die ich seit dreißig Jahren als Fazit der Buchmesse höre:

Die eigentliche Buchmesse fand in diesem Jahr außerhalb der Buchmesse statt.

Das begann schon in der Moselstraße, beim Hauptbahnhof. Vor einem Kleinbus saßen junge Leute auf Gartenmöbeln, und ich wurde offiziell in Frankfurt begrüßt: »Eigudewie? Arsch hinne, vonne Knie?« In Langschrift heißt das *Ei, einen guten Tag, wie geht es?* Und ob ich einen Kaffee wolle, und ob ich heute schon gedrückt hätte? »Oddä biste gaa kein Drügger?« – »Dann wäre ich ja wohl kaum 44 Jahre alt geworden.« – »Sach des net, sach des net.« Ich bekam meinen Kaffee, bedankte mich, ging weiter, aller Groll fiel von mir ab, und ich begann zu ahnen, daß ich in ein Methadon-Programm geraten war. Nun war ich ja schon immer ein Befürworter von Methadon-Programmen gewesen, aber daß man davon Durchfall bekommt, finde ich eher gemein. Oder war es der Oberengadiner Wurstsalat im Speisewagen gewesen? Ich jedenfalls kehrte »Bei Ajsa« ein, einem jugoslawischen Eßlokal, und bestellte, um bei der Gelegenheit auch gleich meinen »Affen«, wie wir Drücker sagen, zu bekämpfen, ein Bier und mehrere *šlivovice*. Am Tresen saß ein junger Mensch, der einer völlig gebannten Gemeinde aus Irland berichtete: »Also, das ist unwahrscheinlich, da sitzt du praktisch zehn Minuten in der Kneipe, und schon kommst du mit den Leuten ins Gespräch, die sind nämlich unheimlich nett da, das ist praktisch unwahrscheinlich, du kommst nämlich rein, und in spätestens zehn Minuten kommst du mit den Leuten ins Gespräch, die sind nämlich unheimlich nett, wenn du zum Beispiel zehn Minuten in der Kneipe sitzt, schon kommst du mit den Leuten ins Gespräch, die sind nämlich unheimlich nett, nur mal zum Beispiel in der Kneipe: Da sitzt du, sagen wir mal, zehn Minuten, und schon kommst du mit den Leuten ins Gespräch, die sind nämlich, Pedro, mach's gut, wir telefonieren, unheimlich nett.« Pedro ist doof. – Am Nebentisch saßen zwei solide Herren, die sich über einen an der Prostata erkrankten Kollegen unterhielten: »Er ist praktisch – zumindest im Raum Frankfurt – im Korrosionsschutz- und Werkstoffnormierungsbereich *der* Gegenpapst.« Man kam überein, ihm eine *Getwell*-Karte zu schicken, weil dies, wie die Erfahrung lehre, praktisch unheimlich aufbauend wirke. Ich zahlte und ging zum Kritikerempfang im Hause Unseld, weil dort (1), wie die Erfahrung lehrt, die Buchmesse praktisch anfängt und um (2) von Robert, bei dem ich immer während der Messe pennen darf, die Wohnungsschlüssel entgegenzunehmen. Robert zeigte auf ein gerahmtes Foto und fragte: »Wer liest dort was?« Ich sagte: »Dort liest Marilyn Monroe den *Ulysses*.« – »Und welche Stelle?« – »Molly Blooms Orgasmus.« – »Buch und Stelle hab ich auch erkannt«, sinnierte Robert, »nur die Dame hab ich nicht gewußt.« – »Ich bin eben ein *homme entre deux âges*«, tröstete ich ihn, »der die Damen *noch* und die Bücher *schon* wahrnimmt.« Und dann verfielen wir ins hessische Mundartdichten. Robert war wie immer schneller und besser, aber im Kopf habe ich nur noch einen meiner Beiträge: »Des Buch hat so was Schmierisches; isch glaub, es ist was Irisches.« Ferner stellte sich heraus, daß ich Jürg Laederachn und Siegfried Unseld Willi Winklern nicht erkannte, was für alle Beteiligten wohl am besten war, wenn man bedenkt, daß Jürg Laederach größer ist als ich und Dr. Unseld die Hände bandagiert trug, weil er angeblich die Treppe runtergefallen war.

Im Taxi zum Rowohlt-Empfang aus Anlaß des 60. Geburtstags von Peter Rühmkorf (den er noch gar nicht hatte; er kommt erst am 25. huius; *masel tov*, Züngi, bleib mir gesund und stark bis hundertzwanzig Jahr) erzählte ich den steinalten Barschel-Witz (Warum haben die ›stern‹-Reporter Barschel in der Badewanne gefunden? – Weil sie nicht wußten, wie man *Chaiselongue* buchstabiert.), und nur die Taxifahrerin kannte ihn noch nicht und wollte sich schier ausschütten vor Lachen. Endlich gab es wieder den guten Diabetiker-Weißwein, und Mike Naumann, der in Dublin studiert hat, was man merkt, wenn man es weiß, hielt eine Laudatio auf Rühmkorf, die poetischer war als alles, was Rühmkorf je geschrieben hat, und das mit Absicht; diese Ratte. *Und am Abend, bei Övelgönne, im spitzen Gefiedel des Schilfs – / Wenn einer den Himmel gewönne und ließe die Knochen: Was hülf's?* Ach, wenn man Fremdsprachen könnte. Liebend gern würde man Rühmkorf in sie hineinübersetzen.

Endgültig reift in mir der Plan, meinem Verleger Haffmans das *Tao of Pooh* von Benjamin Hoff aufs Auge zu drücken, ein Buch, in welchem nachgewiesen wird, daß Pu, der Bär von sehr geringem Verstand, alles cool und richtig macht, weil er ein Zen-Meister ist und sein Es handeln läßt, anstatt sich selbst einzumischen. »Das hack ich dir in zehn Tagen runter«, wird meine kristallin durchformulierte Argumentationskette lauten, »und dann hast du wieder was zum Verlegen.«

Auf der Buchmesse als solcher wird mir unangenehm bewußt, wie zutiefst sozialdemokratisch ich empfinde: Letztes Jahr habe ich alle An- und Neubauten noch begrüßt, aber in diesem Jahr finde ich, daß es letztes Jahr schon gereicht hat. Reformen? O doch, aber mit Maß und Ziel, und zwar ein bißchen *prego*, wenn ich bitten darf.

Ich hungere den ganzen Tag, denn am Abend wird Haffmans ein Essen geben, und da will man ja nicht pappsatt erscheinen. Statt dessen nerve ich die ganze Welt mit dem Spruch *Ich glaub, ich besuch dann mal meinen dänischen Verleger*, denn ich bin weit und breit der einzige, der so was sagen kann. Ich habe nämlich ein Buch geschrieben, und das ist nun auch in Dänemark erschienen, auf dänisch, mit reichlich ø. Mein dänischer Verleger fertigt mich – ich habe das gestoppt – in sieben Minuten ab und ohne Øl, und mir wird klar, daß ich einen Fehler gemacht habe. Am letzten Tag hätte ich ihn besuchen sollen. Dann hätte ich am ersten Messetag sagen können *Ich glaub, ich werde in vier Tagen mal meinen dänischen Verleger besuchen*, um am zweiten Tag unmerklich in ein *Na, so in etwa drei Tagen sollte ich mich doch mal bei meinem dänischen Verleger sehen lassen* überzugehen, welches am dritten Tag *sforzando* wird, wenn auch – noch! – ohne Bläser: *Wenn ich mich übermorgen nicht bei meinem dänischen Verleger sehen lasse, ist er, glaub ich, echt sauer.* Nicht mal beim ›Zeit‹-Stand liegt das Buch aus, unter der Rubrik »Bücher von ›Zeit‹-Autoren«; statt dessen Raddatz, Raddatz, Raddatz. Wenn ich Noten lesen könnte, käme ich mir vor wie Salieri.

Bei dem Haffmans-Essen gibt es etwas zu essen, und das italienische Restaurant ist eins der angenehmsten, die man sich vorstellen kann: Man braucht sich als Gast gar nicht schlecht zu benehmen; das übernehmen die Kellner schon mit. Ich versuche, Haffmans meine Pu-Übersetzung aufs Auge zu drücken, und er sagt: »Du hackst das in zehn Tagen runter, und dann hab ich wieder was zum Verlegen.« Mit dem Mann kann man verhandeln. Anschließend schläft Joseph von Westphalen in seinem Auto, was später Unselds bandagierte Finger als Messegespräch auf einen guten 2. Platz verdrängen wird, und das geht – auch in dieser Höhe – voll in Ordnung. Und nun ist es Zeit, die Ernte einzufahren. Henry Glass vom ›Spiegel‹ hat einen Preis ausgelobt: Wem von der Hamburger Journaille es zuerst gelingt, die Formulierung »Vom hohen Roß meiner Demut herab« unterzubringen, dem winkt eine Flasche Paddy. Vom hohen Roß meiner Demut herab, lieber Henry, kann ich nur ganz laut schreiben: VOM HOHEN ROSS MEINER DEMUT HERAB, VOM HOHEN ROSS MEINER DEMUT HERAB, VOM HOHEN ROSS MEINER DEMUT HERAB. Lerne löhnen, ohne zu stöhnen.

Bücher? Bücher. Robert entwickelte beim Frühstück den Plan für ein *coffee-table book*, einen Bildband, der ihn auf seine alten Tage durch die wärmeren Klimazonen führen soll, auf Spesen, bis zum Eichstrich: *Senfstraßen der*

Welt. Teilweise erinnern noch halbverfallene Würstchenbuden an den Siegeszug, den der Senf einst um die ganze Welt antrat, und selbst im eher senffeindlichen Italien wird heute noch die *mostra mostrich* zelebriert. Dann erschien Irene Dische, die gefeierte Bestsellerautorin. Wie benimmt man sich in Gegenwart einer gefeierten Bestsellerautorin? Man weiß es nicht. Robert zeigte ihr geistesgegenwärtig seine neue Hose, die er sogar anhatte, und ich sagte: »Und mit der Hose wären wir wieder bei der Senfstraße.« – »Wie war es eigentlich auf dem Empfang von der Elefanten-Press?« Ich gehe nämlich immer zum Empfang von der Elefanten-Press, um zu überprüfen, ob der Klospruch, den ich dort vor Jahren angebracht habe, immer noch da ist. »Freibiergesichter«, sagte ich, und zur Melodie von »Down by the Riverside« sangen wir Irene Dische, der gefeierten Bestsellerautorin, in hessischer Mundart das Lied von ADAM & DEN MICKIS vor, einer Gruppe, die, da sie fehlt, empfindlich fehlt: *Freibiergesichter, die gibt es überall, in jeder Stehbierhall', beim Bundespresseball. Freibiergesichter, die haben jedenfalls immer en trockne Hals.* »Binnenreim«, merkte Robert an.

Und das *Tao of Pooh* gibt es bereits auf deutsch.

Indianer spielen

»Das isser!« Ein Indianer, der seinen Hund zum Pinkeln führt. Der Indianer sieht eindeutig aus wie ein Indianer, der Hund sieht eindeutig aus wie ein Schwein. Der Indianer heißt Frank »Grey Wolf« Salsedo und ist halb Wappo und halb Klamath. Der Hund heißt Wang und ist ein geretteter chinesischer Suppenhund.

Frank nimmt uns bei den Händen, Wang schnappt ihm nach den Beinen. »Er ist ein treuer Hund«, erläutert Frank, ». . . ein treuer Hund mit schlechtem Gedächtnis«, ergänzt Budd Sherrick, genannt Rainbow Hands.

Budd, der sich mit Wang und Frank die Wohnung teilt, ist Weißer, einer der letzten, die wir kennenlernen werden, Maler, daher der farbenfrohe Kriegsname, und Deutschenstämmling. Seine Vorfahren hießen Schurk, aber wer kann das schon aussprechen.

»Wollen wir zuerst fotografieren oder reden oder essen?« fragt Frank.

»Man darf nie zu Indianern gehen, wenn man keinen Hunger hat«, erläutert Regenbogenhände. »Sie geben einem nämlich erbarmungslos was zu essen.« Vielleicht ist ja was dran, an der Theorie, die Indianer seien einer der Verlorenen Stämme Israels. Frank sieht mich durchdringend an und gibt mir vorab Bananen, das beste Hausmittel gegen Durchfall. Woher weiß der Mann das?

Dann macht er Stullen, verkleidet sich als Indianer und läßt sich von Jo Röttger fotografieren. Man merkt: Das ist für ihn Arbeit. Und man merkt: Die Arbeit macht ihm Spaß. Die Friedenspfeife raucht nicht? Frank dröselt eine Zigarette auf, und bald steigt der Rauch der Heiligen Pflanze auf zu Vater Sonne und Mutter Mond – mit Menthol.

Während alles arbeitet, sehe ich mir auf Video die neue Folge von *Quantum Leap* an, einer nicht ganz dummen TV-Serie mit Scott Bacula und Dean Stockwell, deren Held wie ein Eichhörnchen durch die Zeiten huscht, um mal in dieser, mal in jener Epoche Gutes zu tun. Heute soll er seinem Opa – unserem Frank – zu einem indianisch-würdigen Tod verhelfen. Frank pfeift auf dem letzten Loch, und ich lobe ihn wegen seiner überzeugenden Darstellung eines Pseudokrupp.

»Das war keine Kunst, sondern eine Lungenentzündung«, wehrt er bescheiden ab. »Und wenn man dann noch ständig vom Pferd fallen muß, in den Schnee . . . Ich bin ganz froh, daß ich niemanden spielen mußte, dem es so richtig gutgeht.«

Zwischendurch spricht er, unter seinem schweren Kopfputz hervor, wie ein besoffener Fischer aus der westirischen Gaeltacht, kundig, nuancenreich und kaum zu verstehen. Wenn er einen Dreh in New York hat, wo ihn keiner kennt, macht er gern mit dieser Nummer einen Zug durch die Gemeinde und kulturschockt die Kneipenköppe, die nicht wissen, ob sie ihren Augen oder ihren Ohren mißtrauen sollen. Ich glaube, das einzige, was dieser Mann nicht spielen kann, ist ein böser Indianer.

In meinem Hotelzimmer drücke ich automatisch den Fernseh an. Es gibt einen Videoclip der Teenie-Rock-Kapelle Nelson: »After the Rain«. Viel Lärmen um nichts, dann eine Höhle, ein weiser, alter Indianer . . .: Frank Salsedo. Er zaubert ein bißchen, gibt Feuer aus der leeren

Handfläche, sieht mich durchdringend an, und ich bestätige ihm: »Doch, doch, den blöden Videoclip hast du ganz allein gerettet. Und mein Durchfall ist auch weg.«

Bitteschön: Mein Freund Frank »Grey Wolf« Salsedo. What a difference a day makes.

»Wir haben unterwegs nur ein paar Apachen gesehen«, sagt Glenn Ford in »Fort Apache« zu John Wayne. »Wenn ihr sie gesehen habt«, versetzt John Wayne, »waren es keine Apachen.«

Wir sind mit Karen Becker im Charthouse in Malibu verabredet. Voll konzessionierte amerikanische Restaurants sind so dunkel wie die Sohle 7 auf Zeche Prinz Regent, und von Karen Becker oder irgendwelchen anderen Apachen ist nichts zu sehen. Aber sie hat uns längst erspäht. »Ihr müßt die beiden Deutschen sein«, sagt Frl. Becker, die Apachin.

In ihr dokumentiert sich aufs Ansehnlichste die Anziehungskraft, die der Rote Mann seit je auf uns Deutsche ausgeübt hat. – Der Katalog des American Indian Registry for the Performing Arts bietet neben Karen Becker noch die Herren Holt (Cherokee), Kolb (Mission), Meyer (Yokut/Blackfeet), Schildt (Blackfeet) und Westerman (Dakota) an. – Karen ist nicht nur Schauspielerin, o nein (obwohl ich glaube, daß sie ganz gern »nur« Schauspielerin wäre), sondern Vermittlerin von Körperklugheit. Sie veranstaltet Yoga, Tai-chi, Körperbalance, Gymnastik, Gewichtstraining, Bewußtes Gehen, unbewußtes Rennen, Tennis, Racket-, Volley- und Baseball, Rollschuh- und Langstreckenlaufen, Reiten und noch das eine oder andere; das schiere Aufschreiben ist schon anstrengend genug.

Für den nächsten Morgen verabredet sie sich mit uns zum Joggen, vor Sonnenaufgang. »Das«, sage ich,

»scheint mir ein ganz typischer Fototermin zu sein. Da störe ich nur.«

Nach dem Joggen und vielfältigen anderen Verrenkungen trifft man sich in einem Theater-Workshop, um zu lernen, was man noch nicht kann, und um das, was man schon kann, nicht zu vergessen.

Heute ist Rollenspiel angesagt. Die Teilnehmer bekommen einen Text, den sie noch nicht kennen. Erst während des Vortrags merkt man, welche Rolle man spielt, und dann wird drauflos chargiert wie am weiland Hoftheater zu Greitz-Schleitz-Löwenstein.

Karen Beckers Partner ist Wes Studi. Den kennen Sie bestimmt; der spielt den bösen, bösen Pawnee-Krieger in »Der mit dem Wolf tanzt«, der ganz zum Schluß von den lieben, lieben Dakotas im Fluß erschossen wird. »Glücklicherweise sieht man meine Leiche nicht«, sagt er. »Das schreit doch nach einer Fortsetzung: ›Die Rache des bösen, bösen Pawnee-Kriegers‹.« Bis es soweit ist, kann man ihn in Oliver Stones »The Doors« besichtigen, und Amerikaner kennen ihn sowieso, weil er jedes Jahr zu Thanksgiving in einem Werbespot für »Diamond«-Walnüsse auftritt.

Der Mann von Elisabeth Schwarz sagte mir mal: »Meine Frau ist Schauspielerin, aber sie hat's nicht leicht; sie ist nämlich nicht dämlich genug.« Wenn es danach geht, führt Wes Studi ein schweres, schweres Leben. Er ist Cherokee und hat eine Cherokee-Silbenschrift entwickelt, die nicht nur etymologisch und philologisch korrekt ist, sondern auch noch irre gut aussieht. Wenn man in Zukunft Cherokee nicht nur sprechen, sondern auch lesen und schreiben kann, so ist das Wes Studi zu danken. In drei, vier Generationen wird er, wenn es ein bißchen gerecht zugeht, ein Nationalheld sein, und Sie, liebe Leserin, lieber Leser, können dann sagen, Sie waren sein Zeitgenosse.

Wes liebt und beherrscht die indianische Kunst des Geschichtenerzählens, ohne Anfang, ohne Mitte, ohne Ende, und eine Geschichte wird, wenn sie gut ist, vom Zuhörer genauso gestaltet wie vom Erzähler. Wes' Freundin, die Sängerin/Schauspielerin/Regisseurin/Autorin Maura Dhu (eine reinrassige Irin vom Stamme der Albertsons), bedrängte ihn, bis seine Ein-Mann-Show »Coyote Bites His Tale« entstand. Coyote, der kleine, listige Vetter des Wolfs, nimmt tausendfach verschiedene Gestalt an und betrachtet die Welt so, wie er sie vorfindet, und das ist jeden Abend anders.

Dabei ist Wes Studi gar kein gelernter Gelehrter, sondern Pferdetrainer und Cowboy. »›Ich liebe Pferde . . .‹ Wenn ich das schon höre«, sagt er. »Ich weiß nicht, wievielhundert Pferde ich schon zugeritten habe, aber gemocht habe ich bisher noch keins.« Außerdem treibt er alle Arten von Sport (»Als Indianerdarsteller muß man das; da wird gern schon mal ein freier Oberkörper verlangt. Trapper und Cowboys haben es da leichter.«) und macht Musik. Sonst noch was? Ach so. Während wir uns unterhielten, feilte er leise an einem Stück Gestein. Und nun ist daraus ein Alabasterbüffel geworden.

Tim Sampson ist der Sohn des verstorbenen Will Sampson, den wir alle als Chief Bromden aus »Einer flog über das Kuckucksnest« kennen, und er ist stolz auf seinen Vater. Und er ist der Vater von T. J. Sampson (11), und er ist stolz auf seinen Sohn. Und er ist der Großneffe von Sam Sampson, dem Hirn der Rufus-Buck-Bande, »der übelsten aller farbigen Banden, die je den Westen unsicher machten« (Bertelsmann-Cowboylexikon), und er ist stolz auf seinen Großonkel. Außerdem ist er noch

Tim Sampson, und auf den ist er auch ganz schön stolz. Mit Recht. Er ist Ehrenmitglied der International Stunt Association, und im Katalog der Agentur steht »Stunts: Pferde, Autos, Kampf- und Fallszenen, Motorräder (Verzeichnis anfordern); besondere Fähigkeiten: Herausragendes in allen Sportarten.«

Der ganze Typ besteht aus über zwei Metern geballter Sanftheit. Tim ist ganz leicht verkatert; das trifft sich gut – wir auch. Wir trinken in gierigen Zügen Leitungswasser, und Tim erzählt leise von den Schwierigkeiten, die man hat, wenn man groß, stark und Indianer ist. »Allein schon die langen Haare und der Nachname . . . ›Na, Samson, bist du wirklich so stark?‹ Dabei kommt das aus der Creek-Sprache: Sâmm So'on, schwebender Adler . . . Als Teenager habe ich zum erstenmal jemanden zusammengeschlagen, und da wurde mir plötzlich bewußt, daß es genausoviel Kraft kostet, wenn man jemanden aufrichtet.«

Tim ist Mitglied bei den U. S. of A., den United Sensitives of America. Das ist kein Dachverband amerikanischer Übelnehmer, sondern es sind einunddreißig über die gesamten USA verteilte ehrenamtliche übersinnliche Wahrnehmer . . .

»Da spart ihr ja ganz schön Telefongebühren«, werfe ich spöttisch ein.

»Genau«, bestätigt Tim ernst. Und diese »psychics« haben sich auf das Aufspüren verschwundener und ermordeter Kinder spezialisiert. Das ist in den Zeiten des Satanismus und anderer sinistrer Kulte ganz nützlich. »Man braucht nicht dran zu glauben«, sagt Tim. »Hauptsache, es funktioniert.« Vor Gericht hält so was natürlich nicht stand, und es kommt darauf an, die Polizei schnell genug an den Tatort zu schaffen. Aber die Satanisten haben inzwischen ihre eigenen »psychics«. Als Sohn T. J. drei Jahre alt war, hat er mit Taekwondo angefangen, vorsichtshalber. »Bei dem überlegt es sich jeder Satanist zweimal . . . Mein Vater hat gesagt: ›Versuch immer, der Beste zu sein. Wenn du ein versoffener Penner wirst, dann bitte der versoffenste Penner der ganzen Stadt.‹ Ich glaube, etwas, was der Rote Mann mindestens so schlecht verkraftet wie Alkohol, ist Pasta«, sagt Tim und zieht den Bauch ein. Tims Frau ist Italienerin. »Ich würde gern Italienisch lernen. Schon damit ich verstehe, was sie immer mit ihrer Schwester beschwatzt. Sind wahrscheinlich nur Rezepte. Aber die will ich wissen.«

Einstweilen schreibt er Drehbücher und malt. Neulich bekam er eine interessante Rolle angeboten; er sollte seinen Vater spielen. »Aber das«, meint er, »das muß ja wirklich nicht sein . . . Wißt ihr, warum mein Vater zur Oscar-Nominierung für die beste Nebenrolle vorgeschlagen wurde? Vorgeschlagen, aber nicht nominiert? Weil ein Indianer einen Indianer gespielt hat. Als hätten noch nie Weiße einen Oscar dafür gekriegt, daß sie Weiße gespielt haben.« Und hier setzt nun das AIRPA ein, das American Indian Registry for the Performing Arts. Jahrzehntelang haben wir uns als kleine Jungens darüber geärgert, daß Leute wie Chuck Connors oder Paul Newman (oder Pierre Brice, wenn wir deutsche kleine Jungens waren) Indianer spielen. Warum sollen nicht Indianer Indianer spielen?

Der legendäre Jay Silverheels, der einst Tonto, den getreuen Gefährten des Lone Ranger, spielte, versuchte, so etwas wie das Registry auf den Weg zu bringen, aber die Zeit war noch nicht reif. Will Sampson versuchte es erneut und starb darüber, aber nun hat es geklappt, und wenn Sie eine indianische Rolle indianisch besetzen möchten, bitteschön:

THE AMERICAN REGISTRY FOR THE PERFORMING ARTS
1717 Highland Avenue, Suite 614
Hollywood CA 90028
(213) 962-6594

Das Registry hat viele Stellvertretende und andere Direktoren und ein Beraterkomitee, aber recht eigentlich besteht es aus Bonnie Paradise und wechselnden freiwilligen Helfern. Bonnie ist von Beruf ein guter Mensch. Vor kurzem war öffentliches Vorsprechen für den Film »The Last of the Mohicans«. Der ganze Korridor stand voller Leute, meist federbehängt und kriegsbemalt. »Von welchem Stamm sind Sie?« fragte sie einen besonders wilden Wilden. »Das sage ich nicht; er fängt mit ›Ch‹ an.« »Cherokee?« fragte sie, »Choctaw, Chickesaw, Chippewah?« »Tscheche«, sagte er. »Ein Wannabee sind Sie«, sagte Bonnie, »jemand, der sagt: ›I wanna be an Indian.‹« Mitleid klingt da an, wenn jemand das Pech hat, kein Shoshone zu sein wie Bonnie. Aber sie ist eben von Berufs wegen ein guter Mensch. »Außerdem«, mault sie, »schreibt man ›Tscheche‹ gar nicht mit ›Ch‹.«

Let's have a party. Wird aber auch allmählich Zeit.

Bei einem Mietstall in den Bergen soll sie steigen; Musik, Tanz, Spirituelles, was zu essen, Bier, Brause, Schwof.

Als erstes pellt sich eine Großfamilie aus mehreren staubigen Autos: Süd-Dakotas aus South Dakota. Alle sind prächtig geschmückt und mit Glöckchen behängt, es hört sich an wie Almauftrieb, und man sagt sich: »Eine falsche Bewegung, und es fängt an zu pladdern.«

Nun wird etwas wilder Salbei verbrannt und der Segen des Großen Geistes auf die Veranstaltung herabgefleht, bis wir uns völlig in Einklang befinden mit dem weiten

Erdenrund um uns und den gefiederten Geschwistern über uns. Ich ertappe mich, wie ich aushole, um Bruder Fliege totzuschlagen, kann mich dann aber gerade noch beherrschen.

Prof. Lawrence C. Jorgenson vom L. A. Valley College hält ein kämpferisches Referat, und als ich gerade anfange, mich zu begeistern, sagt eine junge Pawnee tröstend zu mir: »Peinlich, wie der sich ranschmeißt, dieser Colonel Sanders.« Wir sind beide nicht aus Kalifornien; da müssen wir zusammenhalten. Außerdem ist Deutschland das Lieblingsland ihrer Mutter: »Sie hat die komplette Europatour gemacht, und nur die Deutschen hatten schon mal was von den Pawnees gehört. Außerdem kriegt man in den Buchhandlungen alles so hübsch verpackt. Dutzende nutzloser Bücher hat sie sich gekauft, und als ich Deutsch lernen wollte, um sie lesen zu können, sagte sie: ›Laß nur, Kind. Sie sind doch so schön eingepackt.‹ So, wie man seit den Beatles überall weiß, daß es Hamburg gibt«, fährt sie sinnend fort, »hat ›Der mit dem Wolf tanzt‹ die Pawnees bekannt gemacht. Ich sage jetzt überall gleich als erstes, daß ich Pawnee bin; schon kriegt alles einen Schreck und bietet mir einen Stuhl an, damit ich ihn mir nicht mit Gewalt nehme.« Sie kuckt ungeheuer grausam, aber weil ihr Gesicht nicht für so was eingerichtet ist, müssen wir sehr lachen.

Die Darbietungen umfassen alles, was man von einem anständigen PowWow erwartet, Flötenspiel, Gesang, Country & Western, Ausdrucks-, Reifen- und Büffeltanz, Zeichensprache, Pantomime, und immer, wenn es gar zu anthroposophisch wird, reißt Prentice Lennon, der Conférencier, einen dreckigen Witz und verdirbt die schöne weihevolle Stimmung. Ein guter Mann. Den Namen Lennon wird man sich merken müssen.

Vom Nachbargrundstück ist manchmal Knallen und Geknatter zu hören. Ich gehe der Sache nach, und bevor ich etwas sagen kann, bin ich von bis an die Zähne bewaffneten Weißen in Tarnklamotten umzingelt. (Haben Sie bemerkt, wie flüssig ich schon »Weiße« sage?) Hier wird nämlich Krieg gespielt, hier schießt man sich mit Farbpatronen tot. Ich bekomme eine Schutzbrille, unterschreibe einen Revers (». . . verzichte ich im Verletzungs- oder Ablebensfall auf sämtliche Ansprüche . . .«) und bin als Manöverbeobachter akkreditiert.

Einer der Herren vom Freizeit-Barras bekommt einen starren Blick. Ich folge seinem Blick. Durch das Tor zum Mietstallgelände ist eine wunderschöne, junge Indianerin eingetreten und spricht nun mit einem Mann, der auf einem Pferd sitzt. »Ein schönes Tier«, sagt der Kommißkopp. »Das Pferd auch«, fügt er hinzu. Ich könnte ihn abknallen. Mit einem Eimer Farbe, Lila. Ich gebe meine Schutzbrille ab, grüße zackig und gehe zurück zu meinen Indianern.

»Good vibes«, nannten wir das damals . . . Die Art Veranstaltung, von der man, während sie noch stattfindet, weiß, wie gern man sich einst an sie erinnern wird. Am allerschönsten ist aber, daß wir inzwischen ungeheuer beiläufig Leute begrüßen können. »Hi, Bonnie«, sagen wir zu Bonnie Paradise, »Hi, Jules«, sagen wir zu Jules Desjarlais, der im Registry aushilft und eigentlich Studiomusiker ist, »Hi, Steve«, sagen wir zu Steve Reevis.

Steve mögen wir irgendwie am allerliebsten. Er ist einer der kriegerischsten Krieger aus »Der mit dem Wolf tanzt«, und wenn er fotografiert wird, sieht er aus wie ein Gemälde von Frederic Remington: Junger Blackfeet-Krieger, einen Blizzard witternd. Ich habe versucht, diesen Blick zu imitieren, und ich sehe ebenfalls aus wie ein

Gemälde von Frederic Remington: alter Fallensteller, eine Gallone Bootleg witternd. Fotograf Jo Röttger hat ebenfalls versucht, den Blick zu imitieren, und er sieht nicht aus wie ein Gemälde von Frederic Remington, sondern wie der Mittelstürmer von Borussia Dortmund in der Warmlaufphase. Das sind die Gene.

Steve Reevis lebt normalerweise im Blackfeet-Reservat in Montana, und wenn er nicht fotografiert wird, hat er einen Gesichtsausdruck wie Frederic Remington: neugierig und belustigt. Im Augenblick wohnt er in seinem Mini-Van, den hinten der Aufkleber THANK GOD I'M AN INDIAN ziert. »Die Leute überholen mich, starren mich an, haben einen Indianer gesehen und fahren weiter. Schön ist das.«

»Was ist denn weniger schön?«

»Mein Vater hat gesagt, wenn ich einen Vogel singen höre, soll ich zuhören; vielleicht lerne ich was. Hier in der Stadt hört man keine Vögel.«

»Wenn ein Vogel singt, ist das ein Balzruf. Meinst du, da kannst du was lernen?«

Steve Reevis wird gerade nicht fotografiert und blickt belustigt.

»Was hat sich durch dein Filmdebüt für dich geändert?«

»Früher habe ich mir wahllos jeden Mistfilm reingezogen. Jetzt gehe ich nur noch in gute Filme. Um zu lernen.«

»Meinst du nicht, du hast dadurch deine Unschuld verloren?«

Steve blickt belustigt. »Ich möchte Fremdsprachen lernen. Zuallererst meine Muttersprache. Und ich will wieder dem Pfeifenleben folgen.«

»Dem Pfeifenleben folgen?«

»Ja. Schwer zu erklären. Auf die Berge steigen. Aber nicht bis auf den Gipfel. Das wäre Anmaßung. Menschen zuhören. Tieren zuhören. Ein guter Mensch sein. Religion, oder wie das heißt. Dem Pfeifenleben folgen.«

Jo erzählt von einem kleinen Knatsch, den er gerade erlebt hat. Eine Crow sollte in einem Werbespot eine Navajo spielen, und eine Navajo hatte gesagt, so was gehöre boykottiert; wo kämen wir denn da hin; sie spiele ja auch keine Crow; blöde Ziege; selber dumme Gans.

»Ein Indianer und ein Weißer gingen an den Strand, um Krebse zu fangen«, sagt Steve Reevis plötzlich. »Nach einer halben Stunde hat der Indianer den ganzen Eimer voller Krebse, und der Weiße hat fast gar nichts gefangen. ›Wie hast du das gemacht?‹ fragt der Weiße. ›Meine Krebse sind indianische Krebse‹, sagt der Indianer. ›Immer, wenn einer aus dem Eimer springen will, halten ihn die anderen fest.‹«

Morgen ist auch ein Tag, aber zuerst etwas Musik

IMPRESSIONEN VON EINEM FILMFESTIVAL IN KUBA

Havanna, am Tag der Gastronomie, in der Woche der Brandverhütung, im Monat der Heiterkeit, im Jahr des III. Parteitags.

Fünf Tage habe ich Spanisch gelernt, die »indefinitive Vergangenheit« gebüffelt, bis ich sie aufsagen und niemals anwenden kann, nichts hat geklappt, das Visum nicht, der Flug nicht, die Hotelbuchung nicht, und nun bin ich doch in Kuba und nicht in Gander, Neufundland, abgestürzt, und mein Name – »Henry Rowchet« – steht sogar auf einer Liste, und es gibt einen Bus oder, wie wir Kubaner sagen, *una guagua*, der uns Filmfreaks in den Hotelvorort Vedado, die einstmals Verbotene Stadt, bringt, der Fahrstuhl funktioniert, und die Fahrstuhlführerin sagt zu einer Dame: »So früh schon auf? Geht's an den Strand?« Die Dame bestätigt das, und dann fallen sich Fahrstuhlführerin und Dame um den Hals, küssen sich ab und wünschen einander noch einen schönen Tag. Im Laden des Hotels wirken vier Mädchen, und das geht so, daß immer eine bedient und sich die anderen drei unter lautem Geschnatter gegenseitig die Haare kämmen. Bei Rot geht man über die Straße, und zum Frühstück gibt es Bier. Wenn das Sozialismus ist, soll er mir recht sein.

In der morgendlichen Nachrichtensendung von Tele Rebelde, die ein Vorbild für unser Konzernfernseh sein könnte, weil die News von Showblöcken unterbrochen werden, daß es nur so kracht, wird der heutige Tag der Revolutionären Streitkräfte dadurch begangen, daß sich die SprecherInnen mit Uniformen verkleidet haben, das Käppi lässig unter die rechte Achselklappe geschoben. Die Sprecherin sagt: »Bonn.« Ein Standfoto vom Hofbräuhaus erscheint. Sie fährt fort: »Aus der Hauptstadt der Bundesrepublik Deutschland wird gemeldet . . . Verdammtnochmal, dieses viele Papier; *nie* findet man was. Hören wir nun eine Gruppe, die in der Gegend von Cienfuegos schon einigen Ruhm erlangt hat. Sie spielt und singt für uns ›Die Wahrheit in deinen Augen‹.« Ein Elftett erscheint und spielt vier Minuten lang Entfesseltes. »Vielen Dank und noch viel Glück.«

Dann, triumphierend: »Bonn.« Ein Foto vom Kölner Dom wird eingeblendet. »Die regierende Koalition aus Konservativen und Liberalen schwebt wegen der westdeutschen Beteiligung am nordamerikanischen ›Krieg der Sterne‹-Programm in einer schweren Krise. Hören wir nun einen musikalischen Kommentar zum Yanqui-Imperialismus.« Zu reichlich Samba wird ein Kindlein gezeigt, das auf einem Nachttopf in Form eines Uncle-Sam-Zylinders sitzt und beziehungsreich mit einer Dollarnote wedelt. Man muß es mögen.

Mit einer Dollarnote brauche ich gar nicht erst zu wedeln; mir sieht man den Gringo auch so an. »Feel free to cross the lawn, man; this ain't Germany«, quatscht mich ein junger Mann in pechschwarzem US-Englisch an.

Woher er weiß, daß ich Deutscher bin? »Du hast ›Scheiße‹ gesagt, als du gestolpert bist, und weil mein Bruder in Stuttgart studiert, weiß ich, was das heißt. Sonst hätte ich dich für einen Brasilianer gehalten, weil du die Stiefel unter den Hosenbeinen trägst. Alle anderen Völker protzen mit ihren Stiefeln, nur die Brasilianer glauben, sie seien so was Besonderes, daß sie es nicht nötig haben, mit ihren Stiefeln anzugeben. Was trinkst du? Und wieviel verlangst du für die Stiefel? Und wieviel für die Jeans? Und wieviel für das blaue T-Shirt? So eine Pracht; man wird blind, selbst wenn man sich abwendet und nur dran denkt, Mann.« Endlich empfindet mal jemand für meine Klamotten genauso herzlich wie ich.

Im Gegenzug lobe ich ihn wegen seines Englisch, das sich anhöre wie aus dem Schwarzen-Ghetto von Philadelphia, und er errötet mit den Augäpfeln: »Du meinst, es klingt absolut echt? Dann habe ich nicht umsonst gelebt.« Seine Mutter stammt nämlich von einer anglophonen Karibikinsel, und den letzten Schliff hat er sich durch kundiges Anhören von Soulplatten und Feindsendern geholt.

Wir gehen in eine stockfinstere, eiskalte Kneipe, in der es, was vorauszusehen war, kein Bier gibt (»Wir könnten die gesamte Karibik mit Bier versorgen, aber die Flaschen werden in irgendwelchen sozialistischen Bruderländern hergestellt.«), sondern nur Rum und rumänischen Sekt – Rum sowieso und rumänischen Sekt, weil er so grauenhaft schmeckt, daß man ihn, selbst wenn er billiger wäre, an hohen Festtagen durch Rum mit Ginger Ale aus der Sektflasche ersetzt, denn das Auge trinkt ja schließlich mit.

Er studiert auf Sportlehrer und fehlt heute entschuldigt, weil er sich von einem Freund, der schon fast Arzt ist, für zwei Tage todkrank hat schreiben lassen, denn: »Sonst kommt es in meinen Personalausweis.« Er zeigt ihn mir. Tatsächlich: alles fein nach dem Blockwartsystem. Ich gebe zu bedenken, was ich noch oft zu bedenken geben werde: »Aber Hunger und Seuchen sind besiegt, alle können lesen und schreiben, das Gesundheitssystem ist nicht nur für Lateinamerika vorbildlich, die Säuglingssterblichkeit ist geringer als in den südlichen USA, die allgemeine Lebenserwartung ist höher als in der Bundesrepublik Deutschland, und außerdem tätet ihr gut daran, euch am übrigen Lateinamerika zu orientieren und nicht an Miami, wo überdies die Mafia regiert. Außerdem: Verglichen mit einem Polizeistaat wie Trinidad, lebt es sich hier doch wie in Dänemark.«

Er gibt mir zu bedenken, was mir noch oft zu bedenken gegeben werden wird: »Ja, aber was geht das *mich* an?«

Das alles ginge ja noch, aber: »Das Schlimmste sind *los bolos*, die Russen. Sie reden nicht mit uns und waschen sich nicht unterm Arm und glauben, *sie* hätten *uns* das Licht gebracht, uns Kannibalen.« Dazu muß man wissen, daß das einzige, wonach ein Kubaner jemals stinken könnte, eine Überdosis Deospray ist. »Wenn man wenigstens mal wieder reisen könnte«, sagt er und verfällt, wenn der Wirt um uns herumstreicht, ins Neugriechische. Ich mache ihn auf den Denkfehler aufmerksam; *irgendwo* müsse er ja wohl sein Griechisch gelernt haben. »In Griechenland, aber ich wollte nicht nach Griechenland; ich wollte nach Philadelphia oder sonstwohin, wo es sich *ab*spielt.«

Und die zunehmend gelingende Rassenintegration? »Ich will nicht integriert werden, ich will ein *Brother* bleiben. Das Peinlichste finde ich, daß Fidel neuerdings so spricht wie wir, als könnte er kein S sprechen, zum Beispiel ›Fettival‹ statt ›Festival‹, aber dadurch wird er nicht zum *Brother*, sondern zum *Gallego*, der lispelt. Ich möchte kein Galicier sein, der noch dazu einen Sprachfehler hat.«

Ein Auftrag noch (»Ich gebe dir drei Dollar; dafür kaufst du für mich im Hotel Sowieso zwei Schachteln Player's und ein Stück Seife, aber eine gute: Lux oder Rexona. Das Wechselgeld kannst du behalten.«), aber dann muß ich mit meinem wunderschönen neuen Presseausweis ins Teatro Carlos Marx zur Eröffnungsveranstaltung. (»Das Theater ist schön; tolle Klos, aber die Veranstaltung? Fuck that shit, man, and let's get stoned. I'll call some chicks.«)

Wieviel Prozent der Bevölkerung denn wohl für die Regierung seien? frage ich noch bang. »Etwa dreißig. Das ist natürlich einerseits zuviel für den Scheiß, der hier abläuft, aber andererseits zu wenig, um wirklich was Tolles auf die Beine zu stellen. Außerdem geht dieser Bruch nicht quer durch die Bevölkerung, sondern quer durch jeden Kubaner, allen voran Fidel, denn der ist ja nicht doof. Mit Logik kommst du hier nicht weiter.«

Nun ist im 17. Stock des »Hotel Capri« Indoktrinierungstreffen, und ich lerne den organisatorischen Leiter des Filmfestivals und seine Genossin Schwester kennen, welche Englisch kann. Ich gebe die Hand und sage, von 800 Teilnehmern sei ich der einzige, der kein Spanisch könne, und er sagt, da sei er gar nicht mal so sicher; es würden sicher noch mehr, die diesen Mangel an sich entdeckten: Am ersten Tag könnten es noch alle, aber man arbeite an Konferenzschaltungen und Übersetzungskopfhörern, nur werde das, wie die Erfahrung lehre, erst am letzten Tag so richtig klappen, und bis dahin, hoffe er, werde ich mich gut amüsieren.

Ich sage, davon sei ich überzeugt, mache einen Diener, beglückwünsche ihn zu seiner Schwester und seine Schwester zu ihrem Bruder. In der *Bar Azul* warte ich, bis es Zeit ist für die große *inauguración* im *Teatro Carlos Marx* (noch ein paar kursive Worte, und ich komme mir vor wie Hemingway). Bei Karl Marx geht es hinten durch die kalte Küche, wo mein Recorder auf Waffen untersucht wird, und dann noch mal offiziell vorn rein, ins Foyer.

Plötzlich erhebt sich alles und starrt zum Eingang, und

ich denke: Jetzt kommt er, der Máximo Líder y Comandante en Jefe, Dr. Fidel Castro Ruz, aber es ist Robert de Niro, an dem der ahnungslose Kameramann von Tele Rebelde schon vorher heftig vorbeigefilmt hatte, um den Pferdeschwanz nicht ins Bild zu kriegen, denn so ein femininer Schmuck macht einen Mann bestimmt verdächtig in einem Land, in dem Homosexualität immer noch ein Verbrechen ist. Der Vorhang hebt sich, die schmissige Nationalhymne erklingt, das Publikum braucht sich gar nicht zu erheben, denn wegen Robert de Niro steht es sowieso noch, und die Verdienste der 35 Jurymitglieder, die auf der Bühne sitzen und deren Verdienste gar nicht genug zu rühmen sind, werden gerühmt.

Das Licht geht aus, und es kommt der erste Festspielfilm des Filmfestspiels:

»Frei Tito« (Bruder Tito), Brasilien 1983; von Marlene França, über einen jungen Dominikanerpater, der 1969 in Brasilien so viehisch gefoltert worden war, daß er später im französischen Exil Selbstmord beging, und der trotzdem ein kirchliches Begräbnis erhielt, als er nach São Paulo überführt worden war: ein trauriger Held eines wütenden Volkes. Ein stiller, zu Kopf und Herzen gehender Film, aber schon der nächste Beitrag läßt ahnen, was im weiteren Verlauf des Festivals auf einen zukommen wird.

»Los motivos de Luz« (Luz' Motive), Mexiko 1985; von Felipe Cazals, ein überforderter Film über eine überforderte Frau, die ihre drei Kinder umbringt und sich dann ebenfalls umzubringen versucht, was ihr aber nicht gelingt, weshalb das Ganze in einer Rückblende nach der anderen aufgearbeitet wird, und zwar so, daß man jede einzelne Regieanweisung *(erinnert sich und schält dabei eine Kartoffel)* knatternd mitzuhören vermeint.

Zweimal Selbstmord; Schluß der Eröffnungsveranstaltung.

Aus einer westlichen Botschaft, erfahre ich, sei man gewarnt worden: Alle Hotelzimmer würden überwacht. Ich frage: »Mit versteckten Kameras oder nur akustisch?« Nur akustisch. »Da bin ich aber froh«, sage ich, »daß ich nicht ständig den Bauch einziehen muß«, und eine DDR-Bürgerin sagt: »Woher wollen die denn so viele Bänder kriegen?« Sie betont den Satz auf dem »die«.

In der Sicherheit meines abgehörten Hotelzimmers ziehe ich mir noch auf Canal del Sol, dem Sender für Devisentouristen, einen nordamerikanischen Gruselschocker über einen Zombie rein, der alles umbringt, was er in die Finger kriegt. Wirklich gruselig sind die Werbespots. »Cubatours, your friend in Cuba«, wird man plötzlich angebrüllt, »invites you to visit the home of Ernest Hemingway, world famous author of . . .« und dazu ausgestopfte Gazellenhälse an den Wänden. Brrr. Während man sich noch von seinem Schreck erholt, gellt es wieder: »Cubatours, your friend in Cuba, invites you to visit ›La Floridita‹, favorite restaurant of Ernest Hemingway, world famous author of . . .« Danke, Cubatours, du bist ein wahrer Freund. Wieder zwei Orte, die ich mir schenken kann.

Ein neuer Tag, von der überwältigenden Freundlichkeit der Kubaner sanft für mich in die Wege geleitet *(Warum lächeln sie mich nur alle so an? Irgendwas stimmt mit mir nicht.)*, beginnt, und ab! ins Kino.

»Trabajando Revueltos« (Im Durcheinander arbeiten), Frankreich; von Nelson Scartaccini. Seit Monaten hat mich in Hamburg ein Plakat verfolgt, von dem mich Nicaraguenserinnen mit unglaublich gesunden Zähnen anstrahlen. – Am Beispiel einer Grenz-Kooperative wird gezeigt, daß es mit diesen Zähnen durchaus seine Richtigkeit hat. Beneidenswert. Alle strahlen, als gäbe es nichts Schöneres, als von den Contras wie die Hasen abgeknallt zu werden und dabei zu schuften wie die Wasserbüffel. Und dazu Zähne wie ein Elch.

»Los Buscadores de Historia« (Die Sucher der Geschichte), Argentinien; von Liliana Guillot. Ein kunstgewerblicher Film über das Kunstgewerbe der alten Indianer.

»Elecciones generales« (Allgemeine Wahlen), Mexiko; von César de Ferrari. Ein schöner, informativer, mitreißender Dokumentarfilm über die ersten freien Wahlen in Uruguay nach Abstinken der Diktatur, der Lust macht auf Demokratie.

»Cone Sul« (Der Südzipfel), Brasilien; von Enio Staub und João G. Reis. Dokumentarfilm über die Zusammenarbeit der brasilianischen und der uruguayischen Polizei beim Verschwindenlassen von Personen. Ohne jede künstlerische Ambition und dadurch um so stärker. Ein Anwalt erzählt, was er alles herausgefunden hat, und versucht, vor lauter Entsetzen die gute Laune nicht zu verlieren. Gespenstisch.

»Tire Die« (Wirf einen Groschen): Sehr anrührender alter Dokumentarfilm über einen argentinischen Slum am Bahndamm: Kinder laufen an einer Stelle, an welcher der Zug langsamer fahren muß, halsbrecherisch neben der Eisenbahn her und versuchen, Münzen aufzufangen.

»Buenos Días, Buenos Aires« (Guten Morgen, Buenos Aires): ein ziemlich schöner, aber ziemlich einfältiger Film, in dem gezeigt wird, wie Buenos Aires erwacht.

Der Tag ist noch nicht voll genug? Der Tag ist noch nicht voll genug:

»Este año comen un día no y otro tampoco« (In diesem

Jahr essen sie an einem Tag nichts und am nächsten auch nicht): niederländischer Film über einen argentinischen Slum und den Hunger dort. Der Titel sagt es; es ist grauenhaft, wie es ist.

Auf Canal del Sol dann noch ein amerikanischer Gruselschocker mit einem Zombie, der alles umbringt, was er in seine Finger kriegt, aber diesmal im Weltraummilieu angesiedelt. Morgen werde ich mir mal gezielt kubanische Filme ansehen.

»Lejanía« (Entfernung), Kuba; von Jésus Díaz. Sturzlangweilige Salontragödie; Mann steht zwischen zwei Frauen sowie ferner einer Mutter und einer Tochter. Der Film hört irgendwann von allein wieder auf. Und wird danach prämiiert.

»Vampiros en La Habana« (Vampire in Havanna), Kuba; von Juan Padrón. Richtig lustiger, gutgemachter Zeichentrickfilm. Das Schloß der Vampire steht irgendwo auf einer mitteleuropäisch-transsylvanischen Bergzinne und hat einen Namen, der jedem Fühlenden das Blut in den Adern gerinnen läßt: Düsseldorf. Kriegt auch einen Preis.

Eine Beobachtung im Foyer des *Cine Charles Chaplin*: Die häßlichsten Filmpreise kann man in der Tschechoslowakei gewinnen, die zweithäßlichsten in der Sowjetunion, die schönsten in Kamputschea und die zweitschönsten in Polen. Man muß also, wenn man Filmemacher ist, seinen lausigsten Film in der Tschechoslowakei einreichen, seinen zweitlausigsten in der Sowjetunion, seinen besten in Kamputschea und seinen zweitbesten in Polen. Die »Koralle von Havanna« ist guter Durchschnitt.

»Mi hijo el Ché« (Mein Sohn Ché): Vater Guevara kramt in alten Fotos und zeigt Schmalfilme; sehr lieb und gar nicht weinerlich. Von Birri.

Aber wenn so ein Film in Spanisch ist (was ich ja immer fließender verstehe) und italienische Untertitel hat (die ich ja schon immer ziemlich fließend lesen konnte) und über Kopfhörer wird einem auf englisch ins Ohr geknurrt –: Dann wird man doch ganz schön dumm im Kopf.

Mein Lieblingsfilm bei diesem Festival: »En busca de María« (Auf der Suche nach Maria), Kolumbien; von Luis Ospina. Die Suche nach einem alten Schmachtfetzen, den kaum einer je gesehen hat; der Produzent erzählt, daß er die letzten Kopien auf dem Hof verbrannt hat, damit durch das feuergefährliche Filmmaterial nicht seine Ranch in Flammen aufgeht; die Hauptdarstellerin erzählt, daß bei den Dreharbeiten immer ein Korb mit frischgeschnittenen Zwiebeln zur Hand sein mußte, damit sie weinen kann; junge, sehr gut nach Ähnlichkeit ausgesuchte Schauspieler spielen die wichtigsten Szenen nach – an jenem Felsen, an dem jetzt eine Ehrentafel befestigt ist: *»An diesem Felsen entstand ›María‹, der erste lateinamerikanische Film.«*

Ich habe noch etwa neunzig andere Filme gesehen, mal sehr kurze, mal sehr lange, aber der Trend ist, glaube ich, klar: Es gibt keinen, Gott sei Dank.

Und nun wird es auch allmählich Zeit für die Schlußveranstaltung, wieder im *Teatro Carlos Marx*. Michel Gaißmayer, ein Journalist, musterte die 4000 Ehrengäste und sagte: »Wie Inge Feltrinelli sagen würde: Hier *ist* ja niemand.« Dann hob sich aber der Vorhang, und wenigstens auf der Bühne war jemand, nämlich Fidel Castro. Alle bekamen ihre Korallen; Ambros Eichenberger, Präsident der Organización Católica Internacional del Cine und Redakteur der ›Neuen Zürcher Zeitung‹, wurde völlig unvermittelt von Fidel umarmt (und lief fortan mit wilder Frisur, umflortem Blick und quasi frisch verliebt herum), die große argentinische Sängerin Mercedes Sosa nahm den Preis der Zeitschrift ›Revolución y Cultura‹ für einen Film entgegen, den der Deutsche Stefan Paul über sie gedreht hatte, und sang noch schnell ein Liedchen, und dann schritt Fidel ans Rednerpult und hielt eine improvisierte Rede.

Ich hatte ja gedacht, ich wäre immun gegen so was, aber Fidel ... Er sprach ganz leise und ein bißchen traurig und lud alle herzlich ein, seine Zweifel mitzuzweifeln, und wenn er einen Witz machte, lachten alle, und er dachte sich: *Ihr habt gut lachen.* Bassermanns Hamlet-Monolog. Und er hat wirklich »Fettival« gesagt.

Am nächsten Tag sollte es einen Empfang geben, hieß es, aber man wußte wie immer nichts. Und am nächsten Tag hatte ich dann die persönliche Einladung Nr. 0631: *Fidel Castro Ruz, Presidente del Consejo de Estado y del Gobierno de la República de Cuba Le invita a la recepción que ofrecerá en ocasión del 7mo. Festival Internacional del Nuevo Cine Latinoamericano el lunes 16 de diciembre de 1985. Palacio de la Revolución – 9:00 p. m.*

Der Palast der Revolution ist eingerichtet wie ein »Holiday Inn«, nur mit mehr Farn und Findlingen und Kies, falls mal was danebengeht, und mittendrin stand ein schöner, großer, alter Mann in Uniform, und ich habe ihn nicht gefragt, ob er hier arbeitet und wo es zu den Toiletten geht, sondern neben ihm stand ein Nebenmensch, der mir zuzischte: »Nombre y país« (Name und Land), und da habe ich dem schönen, großen, alten Mann die Hand gegeben und gesagt: »Harry Rowohlt, del semanal liberal ›Die Zeit‹, en Ambvurgo, Alemania Federal.« Bei dem Wort »liberal« blickte er etwas kläglich, aber bei dem Wort »Ambvurgo« erhellten sich seine Züge, und er sagte, sozusagen auf deutsch, mit deutlich aspiriertem H:

»Ah –: *H*amburg.«

»Was hat er gesagt? Was hat er gesagt?« bestürmten mich dann alle. ›Zeit‹-Leser wissen es jetzt.

Nun hoffte ich, es werde irgendwo Häppchen und Sekt und O-Saft geben, aber statt dessen gab es überbordende lange Tische mit scharfer Maispampe und *moros y cristianos* (Reis mit schwarzen Bohnen) und gefülltem Tintenfisch und gegrilltem Fisch (Mais und Fisch sind noch immer als Armennahrung verpönt, und der Máximo Líder hatte einst einen halbstündigen Fernsehauftritt, in dessen Verlauf er *live* Fisch und Meeresfrüchte aß, um zu zeigen, daß so was möglich ist), und es gab Muscheln und Garnelen und Krupok und tiefschwarzen, samtenen Burgunder von Mütterchen Grusiniens sonnengeplagten Hängen und klirrend kaltes »Hatüey«-Bier mit dem vermotzten Indianer auf dem Etikett und fermentierten Zuckerrohrsaft und jede Art von Rum, vom volkstümlichen »Carta Blanca« bis zum steinalten »Añejo«, das alles zischend über keckernde Eiswürfel gegossen und mit flinker Genossenhand zu den Cocktails aufbereitet, wie sie der Leser aus den Romanen des nordamerikanischen Erfolgsautors Ernest *(Der Greis und die See)* Hemingway kennt.

So packte mich nun auch allmählich der Mut, und ich machte Jack Lemmon ein artiges Kompliment über »Tribute«, meinen Lieblingsfilm, und er sagte: »I'm so glad you said that. It came just in time to pick up my day. Have you met my daughter?«

Wenn Fidel und Jack Lemmon einem die Hand gegeben haben, weiß man, daß ein Festival zu Ende ist, in einem Land, das so schön ist, daß man ihm für sein Festival schönere Filme wünschen möchte, über die dann der naturgeschützte stumme Geier segnend seine Schwingen breiten wird.

FILMKRITIKEN

»Abstieg zur Hölle« von Francis Girod

Es gibt solche französischen Krimis, besonders gern erscheinen sie bei Gallimard in der *Série Noire*, die sind gar keine Krimis, und ihre Autoren sind auch noch stolz darauf. Da wird heftig gedacht und empfunden und nach innen monologisiert, und der Held ist meist – da kann der Autor nicht viel falsch machen – ein Schriftsteller in einer Schaffenskrise, d. h. es fällt ihm nichts ein. Die Verfilmung folgt so sicher wie das Amen in der Kirche, und man muß sie meiden wie der Teufel das Weihwasser.

Da man das aber (erstens) dem Kino nicht von außen ansieht, da man (zweitens) neugierig ist auf Sophie Marceau, das neue französische Sex-Idol, und da man (drittens) Claude Brasseur liebt, geht man doch hin. Sophiechen sieht aus, als habe ihr eine Wespe in die Oberlippe gestochen (seit Brigitte Bardot genügt das offenbar, um ein Idol zu werden), und Claude Brasseur hat abgenommen (weshalb er jetzt Charles Aznavour doubeln könnte); ein tropfnaß aus dem Waschbecken gezogener Anzug brennt kurz darauf wie Zunder, Jacques Tati wird der Gag mit dem aus dem Auto geworfenen Zigarettenanzünder geklaut, und ein verstimmtes Barklavier klingt plötzlich (Musik: Georges Delerue; uns bleibt auch nichts erspart) wie ein Konzertflügel.

»Und der Innere Monolog? Wie wird der Innere Monolog filmisch umgesetzt?« – so höre ich ungeduldig fragen. Der Innere Monolog, den wir bisher daran erkannten, daß der Betreffende den Mund hielt und trotzdem im Off zu hören war, der Innere Monolog wird durch den feinen Kunstgriff in die Szenerie gehoben, daß im Off nicht nur eine Stimme, sondern auch eine Schreibmaschine zu hören ist, so daß man gleich merkt: Er denkt nicht nur, er schreibt es auch noch auf.

Und jetzt möchte ich bitte bald die Verfilmung eines Krimis von Jakob Arjouni oder Pieke Biermann sehen; man kann doch nicht nur Verrisse schreiben, noch dazu im März.

»Action Jackson« von Craig R. Baxley

Kinder im Speisewagen: Die Frage ist nicht, *ob*, sondern *wann* sie anfangen zu plärren. So auch bei Carl »Stormy« Weathers (und Götz »Putzi« George): Die Frage ist nicht, ob Carl »Stormy« Weathers (und Götz »Putzi« George) den Oberkörper freimacht, sondern wann. Weathers kennen wir (ich jedenfalls) als schwarzen Boxer Apollo Creed aus »Rocky« II, III und IV. In Nr. IV wurde ihm das Genick gebrochen, und das ist ihm gut bekommen. »Damit«, sagt der Modellathlet, »hat mein Leben als Schauspieler begonnen.« Als Action Jackson schmeißt er jemanden so aus dem Fenster, daß der ins Fenster gegenüber fliegt. Absolut korrekt, menschlich wie fachlich. Schauspielerisch sowieso.

Und Vanity, die kallipygische? Vanity kann singen und wird deshalb als »Rock-Röhre« (›stern‹, ›Quick‹) geführt. (Wer schreibt eigentlich den Gebrauch so hirnzerfressener Ausdrücke vor? Lernt man die auf der Journalistenschule? Ja? Dann bin ich beruhigt.) Vanity spielt mit und singt und ist ansonsten sehr, sehr kallipygisch.

Regisseur Craig R. Baxley war vorher Stunt-Coordinator und hat sich wohl folgendes gedacht: *»Action« heißt doch »Handlung«, oder? Und was ist meist das Störende an Action-Filmen? Die Handlung. Die lassen wir also weg und nehmen statt dessen witzige Dialoge.*

Alles hat geklappt. Nur den Weg ins Deutsche haben sie nicht gefunden.

»Asterix bei den Briten« von Pino van Lamsweerde

Es gibt Menschen, die sagen, *Doktor Schiwago* habe ihnen als Buch viel besser gefallen, obwohl sie niemand gefragt hat und obwohl sich die Frage so nicht und sowieso nicht stellt. Denn ein Buch ist ein Buch, und ein Film ist ein Film, und Whisky gehört nicht ins Eisfach, und wer das nicht weiß, der trägt auch breite Schlipse. Wenn aber ein Comic zu einem Zeichentrickfilm umgearbeitet wird, darf man getrost über den Film meckern.

Zappelige, ruckartige Animation; flächige Figuren vor plastischem Hintergrund (und manchmal plastische Figuren vor flächigem Hintergrund); völlig unmotivierte optische Gags, die weder komisch noch der Handlung förderlich sind, bei gleichzeitigem Verzicht auf bewährten Ulk aus der Vorlage; überflüssige Opulenz, aber kein Auge fürs Detail; kaum akustische Effekte und x-beliebiger Musikbrei: Können wir Europäer so was nicht? Doch. *Lucky Luke* wurde vorbildlich verfilmt. Dr. Adolf Kabatek vom Ehapa Verlag hat dem neuen Asterix-Film eine Übersetzung in Schwerpunktgesamtschuldeutsch besorgt (der Imperativ Singular von »geben« heißt »gib«, Herr Doktor, um nur ein Beispiel zu nennen), und derselbe Dr. Adolf Kabatek ist es auch, der in einer Talkshow ausgeführt hat, seine Übersetzungen seien zuverlässig um soundsoviel Prozent komischer als das Original, womit wir endlich eine verbindliche Meßlatte für die Komikberechnung hätten, weshalb es ihm auch zu gönnen ist, daß er für seine Bemühungen um Asterix zum Chevalier der Légion d'Honneur geschlagen wurde. Der einzige Lichtblick ist Chris Howland als deutsche Synchronstimme des biederen Briten Jolitorax (der allerdings auf deutsch Teefax heißt; wie komisch).

Eine Geburtstagsgesellschaft von Zehnjährigen, finster zum Amüsement entschlossen, war froh, als das Licht im Kino wieder an- und das Leben weiterging. Armer Oliver (oder Jakob oder Patrick oder Florian), wenn du nur etwas später Geburtstag hättest, wärst du mit deinen Freunden in Steven Spielbergs »Feifel der Mauswanderer« gegangen, und sie hätten sich noch weit bis ins 21. Jahrhundert hinein voll Hochachtung und Liebe deines Ehrentags entsonnen.

Dr. Fummel lebt

»DIE AUFKLÄRUNGSROLLE:
ALS DIE LIEBE LAUFEN LERNTE«
VON MICHAEL STRAUVEN

Hat jemand »Wunder der Liebe« von Oswalt Kolle gesehen? Nein? Zu jung, zu alt, zu fein? So ist es recht. Ich auch nicht beziehungsweise ich auch. Aber die Parodie von Gernhardt/Waechter/Weigle, die LP »Im Wunderland der Triebe«, kennen wir hoffentlich alle, und eigentlich genügt das auch. Die offizielle Parodie auf »Die Rechnung ohne den Wirt« von James M. Cain zum Beispiel ist von James Thurber und spielt nicht in einem Schnellimbiß, sondern einer Sternwarte, und wenn man zuerst die Parodie liest und dann das Original, fragt man sich, warum das Original nicht gleich in einer Sternwarte spielt.

Ich war also von der Parodie verwöhnt und wollte mir Michael Strauvens »Aufklärungsrolle« (nach der »Cannes-Rolle« und der »Hamburg-Rolle« – wobei die »Hamburg-Rolle« eine Kann-Rolle und die »Cannes-Rolle« eine Muß-Rolle ist) eigentlich gar nicht ansehen, weil ich dachte, man sähe nur Herrschaften, die es miteinander treiben, während im *Off* ein fremder Onkel vorliest, wie's gemacht wird. Und da, dachte ich, sehe und höre ich nicht so gern zu; da bin ich nicht Voyeur und Ecouteur genug.

Es ist aber ganz anders und sehr zum Lachen. Käthe Strobel, Heinrich Lübke, Werner Höfer und »die Außerparlamentarische Opposition« (wie die APO damals vornehm genannt wurde) spielen mit, und manchmal, wenn man gerade mal nicht lacht, sagt man sich beklommen:

»Naja, *so* viel schlauer als damals bin ich nun auch wieder nicht.«

»Kommt man ihnen (den Kinogängern) mit Wissenschaft, werden sie unruhig und zu kecken Zwischenrufen ermuntert«, schrieb das ›Film-Telegramm‹ am 8. 10. 1968. So ist das leider mit ihnen (den Kinogängern) und wohl auch mit Ihnen (den ›Zeit‹-Lesern), und gegen den Lachknorpel vermag der schönste Schwellkörper nichts.

Und manchmal weiß man sogar etwas besser, besser als die Aufklärer. Da wird uns eine nächtliche, sacktote BRD-Innenstadt gezeigt, regennaß, voll Karstadt, C&A und Horten. Dazu schnarrt Prof. Dr. Buhmann-Dumpfspecht im *Off*: »Wir alle halten uns für normal und anständig. Doch hinter diesen Fenstern geschieht manches, was wir kaum verstehen können. Da sprechen wir von anormal.« Genau. So ganz hatten wir den Schaufensterdekorateuren und Wachmännern und Schäferhunden noch nie über den Weg getraut. Und wie entsteht Homosexualität? »Oft entsteht Homosexualität aus folgenden Gründen: Der Vater ist schwach und nachgiebig, oder er ist im Krieg gefallen.« Schwul werden wir also lieber nicht. Jedenfalls nicht jetzt gleich. Lieber schon Transvestit, denn das wird man laut Aufklärungsfilm folgendermaßen: Man hat eine abweisende, harte Mutter und dazu eine putzsüchtige, nette Tante, die auch schon mal den Blick auf ihre Dessous freilegt. Danach brummt man dann in einem schnittigen Karmann-Ghia durch das herrliche bayrische Voralpenland, und wenn irgendwo in einem Vorgarten ein fesches Leiberl auf der Wäscheleine hängt, schnappt man es sich ratschbatsch und probiert es zu Hause in aller Ruhe über. Also, wenn ich mal pervers werden muß, werde ich Transvestit, schon zwengs dem Karmann-Ghia, dem verreckten.

Ein rundherum schöner Film, in den man getrost auch selbst reingehen kann. Leider fehlt ein Ausschnitt aus meinem Lieblingsfilm jener Jahre, den ich schon damals nicht gesehen habe und nun wohl auch nie zu sehen bekommen werde. Mein Lieblingsfilm ist er wegen seines Titels: »Dr. Fummel und seine kranken Schwestern«.

»Als die Liebe laufen lernte – 2. Teil« von Anthony Waller

Wenn mir ein Film so richtig gut gefällt, denke ich immer: »Toll, wie das gemacht ist. So was könnte ich nie.« Wenn mir dagegen ein Film gar nicht gefällt, denke ich: »Genauso hätte ich das auch gemacht«, und dann freue ich mich, weil ich keinen Film mache, sondern nur anstarre. Warum nun habe ich mich über »Die Aufklärungsrolle – 1. Teil« von Michael Strauven schlappgelacht und beim zweiten Teil von Anthony Waller schlappgemacht? Vielleicht kann uns der Regisseur weiterhelfen. »Ich wollte mehr persönliche Aussage hineinbringen«, sagt er. »Ich wollte durch meine Montage im weitesten Sinn eine Beobachtung des menschlichen Verhaltens geben. Ich füge Bilder aneinander, die zu sinnlichen Assoziationen führen.«

Ay, there's the rub, um mit Hamlet zu sprechen, auch er ein Grübler von hohen Graden. Er wollte, er wollte, er wollte. Michael Strauven dagegen wollte gar nix, und das ist ihm perfekt gelungen. Trotzdem habe ich auch im zweiten Teil eine Lieblingsstelle, doch, doch, *so* anspruchsvoll bin ich ja gar nicht. Da sagt ein soignierter Herr in besinnlicher Runde: »Die Vagina einer Frau ist normalerweise so elastisch, daß sie sich der Größe jedes Gliedes anpaßt . . . Ah, da kommt ja der Kaffee.«

»Der Bär« von Jean-Jacques Annaud

Der Ärger mit »Gorillas im Nebel« ist, daß es stundenlang dauert, bis der erste Nebel in Sicht kommt, von den ersten Gorillas ganz zu schweigen. In »Der Bär« dagegen gibt es von Anfang an reichlich Bär. Wenn man also, um es noch didaktischer zu sagen, ins Kino geht, weil dort ein Film gegeben wird, der »Der Bär« heißt, und man verspricht sich davon einen Film mit viel Bär, so ist man in »Der Bär« im richtigen Film. Bär satt.

Und abgesehen von der richtigen Dosierung – mehr Bär –, ist Jean-Jacques Annaud (»Am Anfang war das Feuer«, »Der Name der Rose«) wirklich ein Kunststück gelungen: Echte Bären spielen echte Bären, was nicht ganz einfach ist, da Bären als Einzelgängern ein mimisches Instrumentarium zu Gebote steht, das sich zwischen Buster Keaton und Clint Eastwood bewegt. So konnte man von 300 000 Metern belichteten Films (Schnitt: Noëlle Boisson) nur ein Prozent verwenden, und nun spielen die Bären himmelhoch jauchzend/zu Tode betrübt, bleiben dabei aber immer fair; kurz, sie benehmen sich wie Fans des FC St. Pauli. Und die Rocky Mountains werden von den Dolomiten gespielt, die ich vorher noch nie so überzeugend gesehen hatte. *A little bit grizzly*, aber in Kodiak-Color.

Eier sind Eier

»BATMANS RÜCKKEHR« VON TIM BURTON

Ich verstehe mal wieder so manches nicht. Was ist aus Robin geworden, dem Mündel von Bruce Wayne, Multimillionär und Menschenfreund? In der TV-Serie hatte er noch so schön jugendfrei und differenziert geflucht. In einem Labor zum Beispiel ging das so: Robin *(boxt sich mit der Rechten in die Linke)*: HEILIGER ERLENMEYERKOLBEN!, in einer Zeitungsdruckerei dagegen: POTZ REGLETTE UND ZWIEBELFISCH! oder so ähnlich.

Und warum läuft der Film im Hochsommer an, wo er doch zur gräßlichsten Zeit des Jahres, der holden Vorweihnachtszeit, spielt?

Und warum wird der Pinguin (Danny DeVito) erst wie Jesus um Weihnachten herum geboren, dann wie Moses in einem Fluß ausgesetzt und dann wieder wie Jesus doch nur 33 Jahre alt?

Und was ist ein *ratch*? Im Presseheft steht: »Die Stunt-Koordinatoren Max Kleven und Charlie Croughwell arbeiten mit ratches, durch die sie die Rekordzahl von vierzehn Leuten oder dreizehn Autos auf einmal in die Luft jagen konnten.« Egal, was es ist: Das Teil hol ich mir.

Und warum heißt die Rundfunk- und Fernsehanstalt von Gotham City WXRX? Eggs are eggs? Eier sind Eier? Ach so, weil die eben noch so begeisterten Demonstranten plötzlich – XRX – mit Eiern schmeißen. Sehr gut. Setzen.

Ebenfalls nicht mißzuverstehen ist die Leuchtschrift an der Wand der Junggesellinnenbude von Selina Kyle (Michelle Pfeiffer) vor ihrer Wandlung zum Katzenweib: HELLO THERE, damit sie nicht so einsam ist, wenn sie nach Hause kommt. Als sie dann den emanzipatorischen Rappel kriegt und ihre Wohnung zerfetzt, müssen auch ein O und T dran glauben: HELL HERE. (In einem anderen amerikanischen Film wurde mal so lange an der Neonreklame eines – französischen oder belgischen – HOTEL EUROPE herumgeklettert, bis nur noch HOT EUROPE dranstand; da hatte man auch ganz schön was zu lesen.) (Und wahrscheinlich aus haargenau dem gleichen Grund heißt das berüchtigte »Chelsea Hotel« in Manhattan seit Jahrzehnten mit Vornamen ELSE, und entsprechend bös ist dann das Erwachen.)

Spätestens wenn Batman (Michael Keaton) vor einem eiligen Einsatz seine nur über eine Zugbrücke erreichbare Garderobe aufsucht, um eins von soundsoviel völlig identischen Kostümen auszuwählen, weiß man, daß man diesem Film nichts übelnehmen kann, um so weniger, als man ja längst von Matthias Matussek im ›Spiegel‹ über die Handlung und was sie alles zu bedeuten hat haarklein aufgeklärt wurde.

Aber was *hat* sie zu bedeuten? Warum siegt das Gute nicht mehr richtig? Sicher, der böse Kapitalist Max Shreck (zum erstenmal richtig nett: Christopher Walken) wird zum Schluß gegrillt, aber die anderen Helden sind doch sehr, sehr gebrochene Charaktere, und man hätte sich gewünscht, daß sie, geläutert, zusammen Weihnachten feiern. Butler Alfred (Michael Gough) hätte für die beiden Ichthyophagen beim Japaner ein schönes Sashimi-Dinner besorgt, Catwoman würde, friedlich schnurrend, dem Pinguin von ihrem Thunfisch abgeben, Batman hätte zur Feier des Tages seine Maske angelegt, weil er sonst aussieht wie Thomas Mann, wenn er den »Versuch über Schiller« vorträgt, und alles könnte so schön sein.

In Hamburg sieht man am Wochenende in der U-Bahn kaum einen Einheimischen, und auf der Heimfahrt nach dem Kino dachte ich: »Wenn einen herzlose Eltern in der U-Bahn aussetzen, wird man von Negern gefunden, gepflegt und großgezogen, und später gehen sie für einen durch dick und dünn.« Ein Film für heiße Tage.

GO!rufu

»BLACK RAIN« VON RIDLEY SCOTT

Für die Dauer eines Films hatte ich mir von Herrn Schwaner seine Liebste ausgeborgt, Kayoko Takata-san (1,74 m), denn »Black Rain« spielt größtenteils in Japan, und da möchte man ja auch einen Genuß haben von dem, was die Yakusa in Osaka im Hintergrund murmeln, wobei man beachten muß, daß die Yakusa mit stimmhaftem Summsemann-S gesprochen und auf der ersten Silbe betont werden, *YA!kusa*. Osaka dagegen wird gezischt: *OO!ssaka*. Und ich? Ich habe gewußt, wie »Golf« auf japanisch heißt. (Wir merken uns: Es gibt kein L, und wenn zwei Konsonanten aufeinanderfolgen, ballern wir gern ein U dazwischen; die Betonung erfolgt dann nach Sprachgefühl. Wie also heißt »Golf« auf japanisch? Richtig:) *GO!rufu*. Und Vor- und Nachnamen handhabt man wie im Allgäu, man nennt zuerst den Nach- und dann den Vornamen, weshalb es Takata (1,74 m) Kayoko-san heißen muß. Während wir also froh gegeneinander simultanübersetzten (Ich: *Schafft die nach Buttersäure stinkende Langnase nach draußen und pökelt sie* – Kayoko: *Setzt den* gaijin *in seinen Flieger, damit er weg ist vom Fenster*), erschien Herr Schwaner, der uns noch nie etwas gegönnt hat, im Kino und sagte: »Also HIER! seid ihr.« Da blieb mir nur noch, im Abspann den Vermerk *Wir! danken! der! Firma! Riesling! of! Osaka! für! die! frdl.! Überlassung! ihrer! Abraumhalde!* abzuwarten, und dann war er auch schon wieder zu Ende, der wunderschöne Action-Film.

Herr Schwaner meinte zusammenfassend: »Der wird aber auch immer fetter, der Michael Douglas.« Aber das hat er auch schon vor Jahren über Gandhi gesagt.

»Die Braut des Prinzen« von Rob Reiner

»Ich kann keine Feen mehr sehen«, sagte die Lektorin eines renommierten deutschen Fantasy-Verlags und wechselte zum – allerdings auch nicht ganz feenfreien – Insel Verlag. So ein schöner Satz: »Ich kann keine Feen mehr sehen.« Wer kann das schon. Feen sehen. Denn das ist ja das Manko im Fantasy-Genre: zu viele Feen und zuwenig Humor. 1973 erschien der Roman im Roman *The Princess Bride* von William Goldman, einem Drehbuchautor, »eine klassische Erzählung von wahrer Liebe und edlen Abenteuern«, ein Schmöker für das Kind im Menschen, mit viel Witz und garantiert ohne Feen (deutsch bei Klett-Cotta, Hobbit Buch).

Und wie ist nun die Verfilmung? Sie stinkt natürlich heftig ab. Die Prinzessin Butterblume z. B. mit ihrem herbstfarbenen Haar und ihrer makellosen Haut ist im Buch viel schöner, aber dafür sind die Fechtszenen (Fechtmeister: Bob Anderson) etwa 1 : 1 getroffen. Kleine Jungens wie ich, die sich voll Abscheu an solche Imaginationskiller wie die verbrecherischen Karl-May-Verfilmungen erinnern, sind jedenfalls angenehm enttäuscht. Außerdem: Wenn das Drehbuch vom Autor des Originals verfaßt ist, darf man sowieso nicht meckern. Und Regie hat Rob Reiner geführt, dem wir – auch so ein Film für uns dumme Jungens – »Stand by me« verdanken.

»Checking Out« von David Leland

Der beste Freund (Allan Havey) des Helden (Jeff Daniels) erzählt mit Vorliebe ethnische Witze, und nachdem er auf einer Grillparty die Scherzfrage »Warum veranstalten Italiener keine Grillpartys?« gestellt hat, fällt er tot um. Hierauf wird der Held von heftiger Hypochondrie befallen, an der er schließlich stirbt, um im Himmel die Antwort auf die Scherzfrage zu erfahren: »Warum veranstalten Italiener keine Grillparties?« Doch bis dahin haben wir noch reichlich Zeit, welche ich dem Leser mit einigen ethnischen Witzen aus eigenen Beständen vertreiben möchte.

Warum tragen Puertoricaner spitze Schuhe? – Damit sie auch die Kakerlaken in den Ecken erwischen. / Nenne sieben hohe irische Feiertage, die mit ausgiebigem Trinken begangen werden. – Montag, Dienstag, Mittwoch . . . / Warum heißt Staten Island Staten Island? – Weil Pieter Stuyvesant, als er es zum erstenmal sah, ausrief: »Is tat en island?«

Die Witze im Film sind noch viel, viel dümmer. Doch. Ehrlich wahr. Aber wer die Antwort auf die Grillparty-Frage unbedingt wissen will, darf ihn sich getrost ansehen. Es stecken ein paar schöne Einfälle in dem Film; nur sind sie leider genau abgezählt, und man darf keinen mit nach Hause nehmen.

Wir hatten einen ...

»DER CLUB DER TOTEN DICHTER«
VON PETER WEIR

Ausgangs der Muffjen Fuffzjer kommt ein junger Englischlehrer (Robin Williams) in ein Knabeninternat an der US-Ostküste und versucht, die Knaben mit der Liebe zur Poesie zu begaben. Er scheitert und wird gefeuert. Aber so richtig scheitert er gar nicht, denn es steht zu erwarten, daß seine subversive Saat dermaleinst aufgehen wird: Solidarität, Freundschaft – und die Liebe zur Poesie.

»Wir hatten einen . . .« So beginnen bei Tucholsky die Wortbeiträge, wenn man dreißig Jahre später sicher im Warmen sitzt und seine alten Pauker Revue passieren läßt. Trübselige, traurige Trottel waren sie meist, und die viele schöne Zeit, die man mit ihnen verbrachte, war vertan. »*Einen* hatten wir«, sagt dieser Film. Einen, bei dem es sich lohnte. Einen, bei dem es Spaß machte. Einen, bei dem man nicht nur lernte, was CARPE DIEM heißt, sondern auch, wie es gemacht wird.

Eine Szene, in der man das Postulat NON SCHOLAE, SED VITAE DISCIMUS bei der Arbeit beobachten kann, geht so: Ein Introvertierter (Ethan Hawke) und ein Extrovertierter (Robert Sean Leonhard) sind *room mates*. Der Introvertierte sitzt nachts im Freien und zeigt dem Extrovertierten eine noch frisch in Zellophan verpackte Schreibtischgarnitur. »Von meinen Eltern«, sagt er. »Ich habe nämlich heute Geburtstag. Letztes Jahr haben sie mir genau die gleiche geschenkt.« »So eine Schreibtischgarnitur«, eilt der Extrovertierte zur Rettung herbei,

»hätte ich auch gern. Wenn ich mal groß bin, schaff' ich mir sogar zwei von der Sorte an. Du Glückspilz gehst noch auf die Penne und hast sie bereits doppelt. Allein schon diese Form: aerodynamisch! Diese Schreibtischgarnitur will fliegen!« Und er schmeißt sie in hohem Bogen in den Fluß. »Mach dir nichts draus, nächstes Jahr kriegst du eine neue.«

Der einzige mir bekannte gute Grund für eigene Söhne besteht darin, daß man sich mit ihnen den »Club der toten Dichter« ansehen kann.

Und noch etwas unterscheidet diesen Film von allen anderen Filmen: Das Presseheft vermerkt nicht nur die bisherigen Triumphe der einzelnen Schauspieler, sondern auch deren Lieblingsdichter, zum Beispiel Robin Williams (e. e. cummings), Ethan Hawke (Gregory Corso) und Robert Sean Leonhard (Rupert Brooke). So etwas könnte getrost – wo wir gerade dabei sind – Schule machen.

Harry Rowohlt (Robert Gernhardt)

Richtig falsch

»DRACHENFUTTER« VON JAN SCHÜTTE

»Drachenfutter« hießen früher die Blumen, die man in der Kneipe kaufte, um die Frau daheim zu beruhigen und die Nudelrolle zu polstern. Heute, da die Drachen ungeniert mit in den Kneipen sitzen, beruhigt man das eigene nagende Gewissen, wenn man einem Asylanten fünf Treibhausrosen abkauft.

Vor zwei Jahren hat Jan Schütte einen fünfzehnminütigen Dokumentarfilm über asylsuchende Blumenverkäufer gedreht, und weil er fand, daß das noch nicht genug war, reicht er jetzt diesen Spielfilm nach. Dabei hat er gründlich nachgedacht und keine authentisch »betroffenen« Laiendarsteller genommen, sondern Schauspieler, und zwar gute, denn die gibt es ja hie und da.

Bhasker zum Beispiel (der pakistanische Blumenverkäufer) ist ein Inder aus Uganda, der in London Theater spielt; Buddy Uzzaman (sein Freund) ist ein aus 300 indischen und pakistanischen Filmen berühmter Starkomiker; Ric Young (der chinesische Kellner) kommt uns allen bekannt vor, weil er in »Indiana Jones« und im »Letzten Kaiser« wirkte, und Ulrich Wildgruber steht am Herd und meckert. Es ist eine Wonne.

Ko-Autor Thomas Strittmatter hat nicht etwa Sätze in falschem Deutsch hingeschrieben, die dann Ausländer, die richtiges Deutsch können, falsch aufsagen müssen, und zwar falsch falsch, sondern über das renommierte Besetzungsbüro »The Casting Company« von Debbie

Williams in London ließ man sich Ausländer vermitteln, die erst noch ein bißchen Deutsch lernen mußten, woraufhin sie dann ihren Text richtig falsch sprechen konnten.

Außer richtigem falschen und richtigem richtigen Deutsch wird noch Urdu, Mandarin, Swahili, Sanskrit, Gujarati und sonstwas gesprochen, und auf die Frage von Monika (Ulrike Purschke): »Wo kommt ihr eigentlich her?« antworten die beiden Pakistani: »Aus Klein-Flottbek«. So kommt es doch noch ein bißchen herum in der Welt, mein kleines Hamburg.

Der Film endet natürlich traurig, aber er macht einen froh: endlich ein gelungener deutscher Film, nicht zu lang und nicht zu laut, unauffällig, aber gut. Wie die Nummer 29 beim Chinesen (Won-Ton-Suppe).

»Engel aus Staub« von Edouard Niermans

Ein Mann, dem man ansieht, daß er gut und gern sechs Tage durchgesumpft hat, kommt aus einer Kneipe und kollabiert auf einem Haufen feuchten Sperrmülls. Am nächsten Morgen erwacht er auf einer Pritsche in der Ausnüchterungszelle. Außer ihm ist dort noch ein junger Araber eingesperrt. »Hassema 'ne Zigarette?« quatscht er den Araber an. Der Araber hat nur noch eine, und die teilt er brüderlich. Der Säufer zieht ein kompliziert aussehendes Schlüsselbund hervor und schließt die Zellentür auf. »Nee nee, du bleibst hier; du träumst wohl«, bescheidet er seinen Zellengenossen. Er geht den Gefängniskorridor entlang, und die Polizisten, denen er begegnet, sagen zu ihm: »Mojn, Chef.«

Alles klar. Ein Lahmarsch wie Truffaut hätte neunzig Minuten gebraucht, um den Sachverhalt BULLE IST AUF SCHIEFE BAHN GERATEN zu übermitteln. Bei Edouard Niermans dauert das vier Minuten, und danach hat er dann immer noch Zeit für einen Film.

Zwei Kunststücke fallen (sogar vor Lektüre des Pressehefts) auf. So, wie »Miami Vice« in quietschigen Rosa-, Blausa- und Lilasa-Tönen gehalten ist, schwelgt »Engel aus Staub« in ungesundem Verputz-Ocker; »paint me ›porridge‹«, und wenn plötzlich ein roter Schal zu sehen ist, kriegt man einen Schreck wie anderswo bei einem viehischen Mord. Das andere Kunststück besteht darin, daß man sich in dem Film nie häuslich einrichten kann.

»Da geht es doch links zum Montparnasse«, denkt man noch, »aber woher kommen dann plötzlich die blöden Kühlhäuser?« Der Witz ist nämlich der, daß »Engel aus Staub« in Paris, Lyon und Marseille gedreht wurde, und dort ausschließlich an Orten, die den strengen Charme der eingangs zitierten Ausnüchterungszelle atmen. Wenn das Frankreich ist –: Da fahren wir nicht hin. Da loben wir uns doch unsere Fußgängerzone mit den Grünkästen und dem stilisierten Bronzepostillon von Professor Schröder-Dellbrück.

Aber es spielen ja nicht nur Räume, Häuser und Straßen mit, sondern auch Menschen, und ob es nun der kaputte Bulle ist (Bernard Giraudeau), sein staubiger Engel (Fanny Bastien) oder ein x-beliebiger Hotelangestellter: Sie sind alle gut, gut, gut. Vielleicht liegt es auch nur am Regisseur, an Edouard Niermans, Niermans, Niermans.

Edouard Niermans hat vorher schon mal Reportagen über Lachsfischerei in Island gedreht. Die möchte ich jetzt bitte sehen. Und zur Stunde arbeitet er an einem Kostümfilm, »Le retour de Casanova«, und wenn der fertig ist, gehen wir alle hin.

Jung ist der Bauer

»ERST DIE ARBEIT UND DANN?«
VON DETLEV BUCK

Weil der Film nur 45 Minuten lang ist, gibt es erst mal zwei schöne Vorfilme, »Schwester Lydia sucht das Glück« (Niederlande; Original ohne Untertitel) und »Elsa« (Finnland; Original mit Untertiteln). In »Lydia ...« verliebt sich Schwester Lydia in den feschen Chirurgen Dr. Paolo, und nun vergiftet sie die Patienten, damit sie dem Doktor immer beim Operieren assistieren kann. Ein angenehmer *running gag* für den Freund schöner Büsten und dramatischer Effekte: Jedesmal, wenn die Liebe sie trifft wie die Himmelsmacht, die sie ja ist, knöpft Lydia sich den Kittel auf. In »Elsa« referiert ein junger Öko-Bauer über die Freuden des alternativen Landlebens, während sich seine schwangere Elsa abrackert, daß es die Sau graust.

In »Erst die Arbeit und dann!« wird in aller Ruhe der anstrengende Arbeitstag eines norddeutschen Jungbauern gezeigt. Gerhard, der Held (Buch, Regie und Hauptrolle: Detlev Buck), füttert 250 Schweine, säbelt sich – nichts für schwache Nerven – mit dem Taschenmesser einen eingerissenen Daumennagel ab, schlägt eine Ratte tot, bringt die Sau zum Eber und wäscht sich – ebenfalls nichts für schwache Nerven – die Füße. Dann findet er: »Das kann doch nicht alles gewesen sein«, er steckt sich dreißig Mark ein, pumpt sich von Oma fünf dazu und dieselt mit Vadders Mercedes plus Ermahnung (»Laß dich von den Grünen nicht vollschnacken!«) nach Hamburg, in die große Stadt.

Beim Melken hat er im Radio gehört, daß in der Szene-Kneipe »Cadillac« unheimlich was los sein soll. Aber hier sitzen nur matte Popper vor knallbunten Getränken. Um wenigstens einigermaßen auf seine Kosten zu kommen – ein Glas kaltes Wasser kostet bereits schweres Geld – und um dem Verleih-Slogan gerecht zu werden (»Ist der Bauer jung und schlau, sucht er sich 'ne Szene-Frau.«), macht er sich an eine »Eisente« von der gepflegtesten Sorte (Ela Nitzsche) ran. Sie läßt sich auch durchaus von seiner netten, trampeligen Art anmachen und nimmt ihn in ihrem Alfa zu einer Wahnsinns-Galerie mit, in der man »Aktive Möbel« und ähnlichen Quatsch bestaunen kann.

Und später beim Italiener macht er die treffendste Bemerkung, die ich bisher zum Thema Mozzarella gehört habe: »Ist das immer so?« Die beiden sind sich nähergekommen, aber nun muß geschieden sein, denn morgen muß er früh raus, zum Dreschen (». . . fünf Meter zwanzig Schnittbreite . . . 'ne Menge Korn . . .«), aber: »Ich bleib noch auf'n Holsten.« Haben sie nun, oder haben sie nun nicht? Wir werden es nie erfahren. Am nächsten Morgen jedoch schläft er beim Melken selig lächelnd am Euter ein.

Detlev Buck war zeit seines Lebens finster entschlossen gewesen, »zum Film« zu gehen. In 2061 Nienwohld hielt man ihn für heftig bekloppt, aber eines Tages erschien er im Hamburger Filmbüro und sagte: »Ich laß euch ein Foto von mir da; falls ihr mal 'ne Rolle für'n Bauern habt . . .« Das Filmbüro spendierte dann 30 000 Mark, das Kuratorium Junger Deutscher Film tat noch mal 30 000 drauf, und das genügte dann schon, um – mit 500 Laien – ein gelungenes Filmchen zu drehen. *Beherrscht der Bauer die Totale, / Zieht's ihn auf die Biennale.*

»Die Falken« von Robert Ellis Miller

Ja, ja, ja: Ich weine im Kino, und ich schäme mich meiner Tränen nicht. Gar nicht wahr. Ich schäme mich meiner Tränen. Deshalb fand ich »Imagine: John Lennon« so einen angenehmen Film: Nach der letzten großen pitschnassen Flenn-Sequenz geht es noch etwa zehn Minuten lang weiter, zum Abtropfen. Dann tritt man gefestigt ins Freie, macht je einen zynischen (»Ich glaub, es gibt mehr Yoko-Ono-Haß- als Pippi-Langstrumpf-Fan-Clubs«) und einen mitmenschlichen (»Komm, wir gehen noch einen zischen«) Spruch, und die Sache ist ausgestanden.

Nicht bei den »Falken«. Da hilft nur: Nachspann aussitzen (immer gut; wirkt wie Interesse) und Schdupfed vortäusched.

Was für ein Film! Bis in die winzigsten Nebenrollen ist er mit Genies besetzt (Casting: Mary Selway). Eine von den Zeitläuften schon etwas eingedellte Hure z. B., die wunderbar Fritten ißt und dazu weinend (Weinend? Ich darf gar nicht dran denken) im von ihr vorher reparierten Fernseher eine Vierziger-Jahre-Schnulze betrachtet, wird von der berühmten Regisseurin Sheila Hancock gespielt.

Und Timothy Dalton, der Hauptdarsteller, der neue James Bond, *unser* neuer James Bond, liefert so kluge Zeilen (Drehbuch: Roy Clarke) so pompös ab – über das britische Internatssystem sagt er *»Alcatraz without a view«* –, daß wir uns schon auf den Sommer freuen dürfen. Dann kommt »007 – License Revoked«. Entzogen? Die Lizenz zum Töten? Wie schön. Ein James Bond zum Heulen.

»Die Flüchtigen« von Francis Véber

Gérard Depardieu ist ein bulliger Schränker, der nach fünf Jahren Knast (Eigentlich bin ich ja stolz darauf, nie eine Filmhandlung zu erzählen, obwohl man sich damit über 75% des gesamten Beitrags quälen kann, einschließlich Überraschungsschluß und daß dem Helden die Flucht gelingt, weil er Frauenkleidung anlegt und seine Tochter als Sohn ausgibt, aber man soll auch nicht allzu rigide sein) aus Versehen in einen Banküberfall gerät, den der schusselige Pierre Richard verübt, um seine sechsjährige Tochter Yveline Ailhaud, welche seit dem Tod der Mutter vor drei Jahren kein Wort mehr gesagt hat, vor dem staatlichen Kinderheim zu retten. Richard nimmt ausgerechnet Depardieu als Geisel, und nun sind der Möchtegern- und der Möchtejetztendlichnichtmehr-Gauner einander auf Gedeih und Verderb anheimgegeben: *Flucht in Ketten*, wobei das stumme kleine Mädchen sehr artig die Ketten spielt. Es sagt nicht viel, aber was es sagt, ist schön empfunden.

Jedem, der weder Gérard Depardieu noch Pierre Richard leiden kann, sei dieser Film empfohlen, denn zusammen sind sie sehr erträglich. Und der eigentliche Star des Films ist die kleine französische Stadt mit dem amtlichen Kfz-Kennzeichen 33, die alles hat, was das Auge braucht, um sich wohl zu fühlen, und in die man gern immer schon mal gefahren wäre, wenn man nur wüßte, wie sie heißt. Im Nachspann wird es dann verraten: »Wir danken den Einwohnern der Stadt Bordeaux.«

»Das Geheimnis meines Erfolges« von Herbert Ross

In jeder größeren deutschen Stadt gibt es ein bis zwei solcher Theater; ›Zeit‹-Leser kennen sie nur vom Hörensagen. In ihnen wird die gepflegte Komödie gepflegt. Die Stücke, die dort geboten werden, lassen sich auch ganz fabelhaft verfilmen. Dann darf man Straßenzüge lahmlegen, damit der Held der Heldin unter freiem Himmel nachjachtern kann, um ihr bis zur nächsten Ampel zu sagen, daß er es nicht so gemeint hat. Auf dem Theater hätte er dafür nur die Strecke vom Kamin bis zur Tür zurückzulegen. Außerdem kann man Verfolgungsjagden mit dem Auto veranstalten und alles von vorn bis hinten mit moderner Unterhaltungsmusik unterlegen.

Michael J. (»Zurück in die Zukunft«) Fox kommt bubengesichtig in die große Stadt New York, um Karriere zu machen, und was macht er in der großen Stadt New York? Karriere. Köpenick ist überall: Durch einfaches Überstreifen eines Schlipses zur rechten Zeit und natürlich mit einer gehörigen Portion Tatkraft, Charme, Phantasie, Witz – es ist zum Speien – und allem, was sonst noch auf den Steckbrief des erfolgreichen Trickbetrügers gehört, gelingt es ihm, die Firma zu übernehmen und alldort den Himmel auf Erden einzuführen.

Die Autoren Jim Cash und Jack Epps haben nach »Top Gun« und »Staatsanwälte küßt man nicht« einen weiteren Werbefilm verfaßt. Es ist alles zu schaffen, sagen sie, wenn man nur eine gehörige Portion Tatkraft, Charme, Phantasie, Witz und so weiter mitbringt. Sie sind, um ein Beispiel aus der Schiffahrt zu nehmen, die Heralds of Free Enterprise.

Und für eine Verfolgungsjagd mit dem Auto hat es trotzdem nicht gereicht.

»Greystoke. Die Legende von Tarzan« von Hugh Hudson

»Erst Hugh Hudsons Film«, berühmt sich der Verleih, »erzählt die tatsächlichen Geschehnisse aus Edgar Burroughs' erstem Roman«, und das ist glücklicherweise Quatsch. Denn Burroughs' Tarzan-Romane sind allesamt liebenswert naiver Schund mit abgrundtief bösen Russen drin und fleischfressenden Affen und jedem wie auch immer gearteten Bruch in der Logik eines unausgeschlafenen Heftchenschreibers. Allein schon wie er in seinen heillosen Kapitelanfängen das eherne epische Gesetz (»Erzähl mal; also du kommst rein . . .«) immer wieder bricht, weil jemand reingekommen ist, der tatsächlich mal einen Bleistiftanspitzer kaufen wollte, und als der endlich wieder weg war, da war auch der Handlungsfaden dahin: Das ist für Freunde des guten Schlechten ein Genuß. Auch Burroughs' Science-Fiction-Romane sind nur etwas für hartgesottene Kleinkinder. Daß er fast keine Western schrieb, hat einen guten Grund: Bevor er Bleistiftanspitzer verkaufte, war er Cowboy.

Wenn man also aus Schundheften 41mal einen Schundfilm gemacht hat, dann ist das völlig in Ordnung, und niemand müßte sich entschuldigen, wenn es beim 42. Mal wieder einer geworden wäre. »Greystoke« ist aber keiner, sondern ein zärtliches kleines Dschungelbuch mit schönen Bildern; sogar der Mount Cameroon spie – allen wohl und niemand wehe – während der Dreharbeiten einmal kurz Feuer, so gottgefällig war das Unternehmen.

Der kleine Tarzan wird also, wie bekannt, von Affen aufgenommen und großgezogen. Er kommt im sozialen Gefälle des Rudels gut voran, weil er ein Messer handhaben und den Oberaffen vollpinkeln kann. Dann erscheint eine Expedition, die Tiere zum Ausstopfen schießen will. Die Expedition hat zwei Pole: den bösen, blindwütigen, unökologischen Killer (böse: Nigel Davenport) und den guten, stets zur Mäßigung ratenden Capitaine d'Arnot (mit leichtem österreichischem Akzent unterlegt: Ian Holm), der in Tarzan (klein und drahtig: Christopher Lambert) den 7. Earl of Greystoke erkennt und vom Affen weg- zum Menschen hinsozialisiert. Das gelingt nur unvollkommen, und Tarzan zeigt im unheimischen England, wie man sich mit vollendeter Anmut zum Affen machen kann, indem man sich zum Anwalt der Unterdrückten, äh, aufschwingt. Einen unerwarteten Verbündeten findet er in dem schon ein wenig tüteligen 6. Earl (in seiner letzten Rolle: Sir Ralph Richardson), und zusammen mischen sie den Herrensitz (Sippenmotto: »Yield to none«, »Weiche keinem«) spontimäßig auf. Dann geht es mit Jane (bisher nur von Titelblättern bekannt: Andie McDowell) zurück nach Afrika . . . Tarzan hört den Ruf der Wildnis . . . Der Ruf ist stärker als die gute Erziehung . . . Tarzan verläßt – nix: ich Tarzan, du Jane – seine Jane, und das ist dann das Happy-End. Tarzan ist endlich wieder bei den U! U! U! U! machenden, gelenkigen jungen Schauspielern im Zottelkostüm (Trainer: Dr. Roger Fouts, der schon die Tierdarsteller in »American Werewolf in London« ausbildete; dies ist also Fouts II) und hat – bis auf das U! U! U! U! – seine Ruhe.

Hugh Hudsons zweiter Kinofilm – nach »Chariots of Fire« – könnte viel, viel schlechter sein, auch wenn man nicht in den elitären Genuß kommt, bei der Pressevorführung zwischen Frau Bähr (Filmhaus Hamburg) und Frau Parnass (›konkret‹) zu sitzen, die sich bei jedem von den Pygmäen abgeschossenen Giftpfeil synchron wie die Kessler-Zwillinge die Augen zuhalten.

Ein Film für das ganze Rudel.

»Hairspray« von John Waters

Baltimore, die Frisuren-Kapitale der USA, 1962, ein Tanzschuppen, Nacht, innen. Auf dem Podium musizieren Dingsbums and the Sowiesos. Es kommt zu einem Handgemenge, zwei Pärchen fliehen durch den Notausgang. Nacht, außen. Die Stahltür klappt zu, Dingsbums and the Sowiesos sind nur noch gedämpft zu hören, aber die Leadstimme erklingt ungebrochen weiter, lauter und schöner als zuvor: Ein schwarzer Penner mit Flachmann (welcher nicht der einzige Grund dafür ist, daß der Penner nie Einlaß in den Tanzschuppen finden würde) kommt von links ins Bild und geht mitsingend langsam und mit trunkener Würde über die Leinwand nach rechts und dann leider ab. Wie gut, daß Leinwände heute so breit sind. Wie schade, daß sie nicht noch breiter sind.

In dieser Szene ist so viel über die Aufbruchsstimmung der sechziger Jahre untergebracht, daß ich mich hüten werde, es im einzelnen aufzuzählen. »Hairspray« handelt mit Recht von Frisuren, und Regisseur John Waters sagt: »Das ist heute die einzige Möglichkeit zu rebellieren – durch die Haare.«

»Hairspray« ist der letzte Film des/der legendären Divine, aber Leute, die ihn/sie beim Verzehren von Hundekot zu sehen hoffen, seien gewarnt: Dieser Film ist nicht zum Speien, sondern zum Tanzen und Träumen.

»Hollywood Shuffle« von Robert Townsend

Tja. Naja. War das nun ein Film? Der Film, den wir gern gesehen hätten, wäre der Film über die Entstehung dieses Films gewesen. Denn Robert Townsend hat sich Mittel, Wege und Zelluloid zusammengeschnorrt, um – mitten in Hollywood – einen Barfußfilm über das Scheitern in Hollywood zu drehen, das Scheitern, wenn man erstens schwarz, zweitens mittellos, drittens schwarz, viertens integer, fünftens mittellos und sechstens bis achtens schwarz ist. Und neuntens bis zehntens integer.

Wo er doch – und das ist leider die eigentliche Botschaft – viel komischer ist als Eddie Murphy. »Seht her«, fleht er, »viel viel komischer als Eddie Murphy und noch dazu mit Botschaft.« Eine Haßerklärung – und ein Zuschauer ohne Arg, der noch dazu Eddie Murphy nicht kennt, muß annehmen, Murphy sei mindestens so dumm wie Gott. Murphy wohnt nämlich im Gegensatz zu Gott in New Jersey und ist deshalb an allem schuld.

»Jetzt rolle ich die Augen wie Murphy«, signalisiert Townsend und rollt dazu die Augen. Lernen sollen wir daraus, daß es entwürdigend ist, als Schwarzer die Augen zu rollen. »Jetzt mache ich Steptanz«, kündigt Townsend an und sagt dazu (immer, immer wieder), daß Steppen jahrzehntelang die einzige Möglichkeit für Schwarze war, im Showgeschäft Fuß zu fassen. Das ist so, und das ist bitter. Weniger bitter wäre es, wenn Townsend steppen könnte. Oder den Breakdance betreiben. Oder sonst was von dem beherrschte, wovon er sich emanzipieren will.

Man soll uns doch die wenigen harmlosen Vorurteile lassen. Der Italiener klampft, der Rumäne klaut, der Ire säuft, und der Neger hat den Rhythmus im Blut. »Hollywood Shuffle« will Vorurteile abbauen; das muß man sich einmal vorstellen. *Wir sind genauso hart arbeitende, stinklangweilige Steuerzahler wie ihr, nur mit möglicherweise – muß aber nicht sein – etwas mehr Seele*. Nicht etwa Soul. Und wenn das so weitergeht, sind wir bald alle so deutsch wie Sidney Poitier, und das kann selbst Gott nicht gewollt haben, egal, wo er wohnt.

»Der Indianer« von Rolf Schübel

Ein Mann wird krank, ein Mann, der gern frißt, säuft, raucht, schwätzt, singt und lebt. Er kommt aus dem Urlaub zurück, und der Arzt sagt: »Tja, Herr Lentz, das liegt nicht an Pamplona, sondern Sie haben Krebs.« Nun wird der Mann behandelt, versachlicht. Die erste Operation ist erfolgreich. Schwester Claudia – und Schwester Claudia gibt es gottlob immer wieder im Leben – sagt: »Sagen Sie bloß nicht ›Auf Wiedersehen‹; sagen Sie lieber ›Tschüüüs‹.« Eine zweite Operation wird nötig. Der Kehlkopf muß raus. Der Mann lernt neu sprechen, indem er seine Speiseröhre voll Luft pumpt und dann artikuliert rülpst; *Ösophagus-Sprache* heißt das. Der Krebs wächst weiter. Der Mann wird bestrahlt. Auf die Backen zeichnet man ihm die Bestrahlungsfelder; er findet, er sehe aus wie ein Indianer mit Kriegsbemalung. Dann ist der Mann geheilt. Der Mann genießt sein Leben. Der Mann stirbt.

Kameramann Rudolf Körösi hat diesen authentischen Fall so authentisch aufgenommen wie nur irgend möglich: Der Ich-Erzähler ist nicht zu sehen; die *Kamera* wird in den OP gerollt, die *Kamera* kriegt Valium, die *Kamera* wird operiert. Im *Off* liest Peter Striebeck verschnupft aus dem Tagebuch von Leonhard Lentz. Dadurch wird der Zuschauer zum Erduldenden, zum Patienten. In »Dark Passage« von Delmer Daves war das auch schon so: Der Kinnhaken, dem Helden zugedacht, trifft voll den armen Kameramann. *Subjektive Kamera* heißt das.

Nach der Hamburger Pressevorführung kam es zu einer Diskussion, so lebhaft wie sonst nie nach einer Pressevorführung. Endlich war jeder betroffen, konnte jeder mitreden, denn krank waren und sind wir alle, auch wenn wir sonst nichts waren und sind. Beinah hätte ich mich auch zu Wort gemeldet: »Gestern war ich beim Zahnarzt; seht mal: Gansch hinten linksch.«

Statt dessen bin ich, etwas murrsinnig zunächst, aufs Straßenfest gegangen, habe mir den Bart mit Erdbeereis vollgeschmaddert und dann nur noch genossen, daß ich lebe. Viel mehr kann man von einem Film nicht verlangen.

»Jumpin' Jack Flash« von Penny Marshall

Whoopi Goldberg spielt eine Computer-Operatrice, deren öder Arbeitsalltag durch einen britischen Agenten aufgehellt wird, welcher hinter dem Eisernen Vorhang um sein Leben ringt und sich deshalb bei ihr ins Terminal geklinkt hat. Whoopi Goldberg spielt ein betont selbständiges Mädchen. Sie rutscht Treppengeländer hinunter und hat *dreadlocks* auf dem Kopf. Aber wenn sie den Mund aufmacht, hat sie nur zwei Möglichkeiten: Entweder sie schreit wie am Spieß und zeigt ihre Amalgamfüllungen bis hinten zu den Mandeln, oder sie macht Witze, deren Dürftigkeit dem Marasmus der Verleihung des Ordens wider den tierischen Ernst ähneln. Frankreich? –: Vive l'amour, oh là là. Japan? –: roher Fisch, igitt. Rußland? –: Wodka, hahaha. Als ihr ein Wahrheitsserum injiziert wird, läuft sie vollends zu Hochform auf und macht Passanten an, die von der Norm abweichen. Ein Punkerpärchen? –: »Ihr seid wohl ein tropischer Fisch und seine Frau.« Eine alte Dame mit Wollmützchen? –: »Eierwärmer.« Wir kennen diese Leute, deren kommunikatives Spektrum von *Ersatzjesus aus Oberammergau* (liberal) über *Geht doch nach drüben* (konservativ) und *So was hätte es früher nicht gegeben* (wert-konservativ) bis *Arbeitslager!* (neo-wertkonservativ) reicht und noch ein bißchen weiter. Aber diese Leute waren nie schwarz im Gesicht.

Warum muß eine so begabte Live-Entertainerin Texte sprechen, die ihr vier verschiedene Drehbuchautoren in den Mund gelegt haben? Weil sie noch neu ist; da darf sie keine Wellen machen. Aber »Jumpin' Jack Flash« ist gottlob ein so lausiger Film, daß er großen Erfolg haben wird. Und danach ist sie dann nicht mehr neu und darf eigene Texte sprechen und Wellen machen und viele schöne Filme. Denn bisher ist sie nicht das weibliche Gegenstück zu Eddie Murphy, sondern das amerikanische Pendant zu Didi Hallervorden.

»K9 – Mein Partner mit der kalten Schnauze« von Rod Daniel

»K9« klingt, englisch ausgesprochen, wie »canine«, »Hund-«. »Hund-« wie in »Hundestaffel«. Und das erklärt den unglaublich kreativen deutschen Verleihtitel.

Ich wollte mal irgendeinen Film mit dem großen James Belushi empfehlen, aber weil er in »Homer und Eddie« von seiner Partnerin Whoopi Goldberg mit ihrer großen Schnauze so schamlos an die Wand gespielt wird, habe ich mich für einen Partner mit einer kalten Schnauze entschieden: Rando, einen deutschen Schäferhund.

Belushi ist ein Cop vom Rauschgiftdezernat, und Rando, der im Film – zu Recht – Jerry Lee heißt, ist sein Partner. Zwischen den beiden entspinnt sich folgender Dialog, aus dem hervorgeht, wie günstig es ist, wenn man etwas feine Bildung genossen hat. Belushi (schwärmt): *Weißt du, was der schönste Tag meines Lebens war? Ich liege mit Fernglas am Strand auf der Lauer, um zu überprüfen, wer den jungen Leuten Stoff andreht. Plötzlich sehe ich diese Frau. Sie streicht sich mit einem Fettstift über die Lippen, sonst nichts. So was von erotisch. Ich mache mich an sie ran: ›Na, was lesen Sie denn Schönes?‹ Sie sagt:* Reise ans Ende der Nacht *von Céline, im französischen Original. Kennen Sie das?‹ Das mußt du dir mal vorstellen: ›Kennen Sie das?‹ Hat nicht gemerkt, daß ich nur ein beschissener Bulle bin. Das war der schönste Tag meines Lebens.* Hund (schwer beeindruckt): *Brumm.* Es gibt natürlich noch jede Menge *action, stunts* und *slapstick*, aber wer braucht das schon? Bei so geschliffenen Dialogen?

»Liebes-Traum« von Charles Finch

Es gibt zwei Gründe, sich einen Film noch einmal anzusehen: Entweder man mag ihn sehr, oder man ist in der ersten Hälfte eingeschlafen, hat aber versprochen, etwas zu schreiben. »Liebes-Traum« fällt in die zweite Kategorie. Kassen-Belmondo Christopher Lambert (»Greystoke/Tarzan«, »Subway«, »Highlander«) spielt einen Schlagersänger, der seit dem Tod seines Bruders keine Schlager mehr singt, und dann erscheint ihm eine ziemlich gute Fee (Diane Lane, die ich seit »Cattle Annie« und »Rumble Fish« liebe), und er hat bei ihr eine ganze Reihe von Wünschen frei. Das geschieht vorwiegend am Strand und ist so schmonzettenhaft fotografiert (Luciano Tovoni) und mit Wegschmeiß-Musik zugepappt (Danny B. Besquet & Leonida Fabrizia), daß man ständig auf das Happy-End in Gestalt eines *packshot* wartet: Filterzigarettenschachtel, Schokoriegel, Bacardi-Cola, irgendwas. Doch die Erlösung bleibt aus, die Lider werden schwer, und bevor ich ein zweites Mal in diesem Film einpenne, verlasse ich das Kino. »Aber Sie können doch nicht mittendrin rausrennen«, sagt der nette Kartenabreißer (»Oase«, Reeperbahn). »Gehen Sie doch in eins unserer anderen Kinos«, schlägt er besorgt vor. »›Der Bär‹ von Jean-Jacques Annaud zum Beispiel ist ganz toll.« »Ich weiß«, sage ich, wie aus einem bösen Traum erwachend.

»Light of day« von Paul Schrader

Cleveland (Ohio), eine richtige Fabrik, richtige Menschen, ein eisiger Winter, und die Arbeitslosigkeit droht. Rock 'n' Roll, so schön und so laut, in lauten und schönen Kneipen gespielt, mal prolo, mal Heavy Metal, und das tröstliche Bier fließt. Junge Leute, alte Leute, Selbstfindung und Tod, Krebs und ein schurkischer Pfaffe.

Also ein guter Film, *gutsy*, wie das Leben ihn dreht? Leider nein. Denn Regie führte Paul Schrader.

»Die nackte Kanone« von David Zucker

Im OP: »Meinen Sie, Sie können den Arm meines Mannes retten?« »Ich glaube schon. Wo sollen wir ihn hinschikken?«

Das ist der einzige Witz, den ich aus der »Nackten Kanone« weitererzähle. Die anderen sehe man sich selbst an. Dafür erzähle ich meinen Lieblingsgag aus »Top Secret!«, einem anderen Lachwerk von Zucker, Abrahams & Zucker. Mal sehen, ob ich das ohne zu gestikulieren kann. Also: Held und Heldin aufm Sofa. Clinch. Kamera zieht diskret nach rechts, vor das flackernde Kaminfeuer. Die beiden fallen vom Sofa, rollen vor den Kamin. Kamera, diskret, wackelt und zieht weiter nach rechts, wo ein zweites Kaminfeuer flackert. Dann, sehr viel später: Held und Heldin springen mit Fallschirmen aus Flugzeug ab. Fallschirme öffnen sich, Held und Heldin sind auf gleicher Höhe. Clinch. Kamera zieht diskret nach rechts und hält auf an Fallschirm abgeworfenen Kamin mit hell flackerndem Feuer.

Findet das jemand komisch? Ich – und der breite Mann auf der Straße gibt mir da recht – finde das komisch. »Normalerweise klauen wir hemmungslos aus allen möglichen anderen Filmen«, erläutert David Zucker die Firmenpolitik. »Diesmal haben wir etwas ganz Neues versucht«, fährt Jim Abrahams fort, »wir haben bei uns selbst geklaut.«

»Police« von Maurice Pialat

Nun gibt es endlich die Paarung Gérard Depardieu/Sophie Marceau; er ist ein Bulle, sie ist ein Araberflittchen. (Ich meine das nicht so, lieber Leserbriefschreiber, ich schreib das nur so hin.)

Und nun beginnt der Polizeialltag, ohne sofort sichtbare Höhepunkte, ohne sofort erkennbaren Spannungsbogen oder wie das heißt. Jemand wird reingebracht, verhört, ein bißchen verhauen, »Claude, mach du weiter«, ständig ist jemand am Telefon und will was, im Hintergrund hört man: »Das ist Freiheitsberaubung; ich kenne meine Rechte.« Blödmann. Jemand hat einer alten Dame einen Finger abgeschnitten, um an die Kombination ihres Safes zu kommen. Gegenüberstellung. Sie erkennt den Mann und sagt: »Also, die Nummer Fünf war es ganz bestimmt nicht«, denn sie hat Angst, wie alle hier. Eine Kommissars-Anwärterin wird vorgestellt; wann Depardieu versuchen wird, sie anzubaggern, ist abzusehen. Endlich verläßt man mal die Wache, die Anwärterin will sich von einem Schwarzen die Papiere zeigen lassen und kriegt statt dessen eine gescheuert. »Nein, den verhaften wir nicht«, sagt Depardieu, »heute mal nicht.« Warum nicht? Wir werden es nie erfahren. Es ist ja auch egal, wie alles hier. Zwischendurch versucht der vereinsamte Bulle, alles an Land zu ziehen, was es gibt, Zeugin, Tatverdächtige, Kollegin –; Hauptsache, Frau. »Alberich hat die Liebe verflucht, weil keine der Rheintöchter ihm zu Willen war.« (R. Augstein) Einen offiziellen Handlungsstrang gibt es auch, damit niemand sein Geld zurückverlangt, aber es gibt keine Verfolgungsjagden, keine Leiche, keine Filmmusik, keine Hoffnung. Doch, ganz zum Schluß brandet so etwas auf, keine Hoffnung, sondern Musik, und die hat sogar eine Botschaft: »Dieser Film ist jetzt zu Ende. Verlaßt bitte das Kino schön ordentlich in Zweierreihen und schießt euch zu Hause eine Kugel durch den Kopf.« Ein schöner Film.

»PowWow Highway« von Jonathan Wacks

»Minderheitenservice« nannte das Klaus Rainer Röhl im alten ›konkret‹, wenn man mit einem Thema ankam, das einen selbst zwar brennend, sonst aber kein Schwein interessierte. Mit »PowWow Highway« werden immerhin schon mal zwei Minderheiten gezielt bedient: die Indianerfreunde mit einem PowWow und die Road-Movie-Fans mit einem Highway, wobei man sich unter einem PowWow ein kultisches Picknick mit Abtanzgelegenheit vorzustellen hat und unter einem Highway einen Highway.

Zwei Cheyennes, ein sehniger AIM*(American Indian Movement)*-Aktivist mit dem richtigen politischen Bewußtsein, und ein verträumter, vollgefressener Schlaffi fahren los (Highway!), um zu tun, was zu tun ist. Das ist für Diesen dies und für Jenen jenes. Der Eine findet Zwischentöne Krampf im Klassenkampf, der Andere erinnert sich daran, daß die Schwester des Einen ihm einst, als Trost, eine Banane geschenkt hat. So behindern sich die beiden. Der Eine kämpft für Freiheit und Würde, der Andere kämpft *um* Freiheit und Würde. Am Ende hat Aktivist Buddy Red Bow (A Martinez) seinen guten Namen bewahrt, und Passivist Philbert (Gary Farmer) hat sich einen Namen, einen Kriegsnamen noch dazu, gemacht: Blue Wind Dreamer.

Jonathan Wacks (Jonathan Wacks? Jonathan Wacks.) ist Brite und Filmproduzent. Bei »PowWow Highway« hat er zum erstenmal selbst Regie geführt, weil ihn das Thema so gepackt hat. Das ist die richtige – wie wir Filmkritiker sagen – Einstellung. Nur die Musik könnte etwas schmissiger sein.

Vielleicht beim nächsten Mal. Freiheit und Würde bleiben ja weiterhin ein – wie wir Musikkritiker sagen – Thema.

»Schlappe Bullen beißen nicht« von Tom Mankiewicz

»Mit Ausnahme von Ihnen und einem vertrockneten alten Dosenpfirsich wird es mir schwerfallen, jemanden zu finden, der nicht weiß, daß man seinen Zündschlüssel nie steckenläßt.« Herbe Worte. So reden sie, die wortkargen Kriminalpolizisten.

Ab 1949 gab es die Serie *Dragnet* im amerikanischen Radio. »Dies ist die Stadt. Los Angeles, Kalifornien. Viertausend Quadratmeilen modernen Daseins ... Nur die Namen wurden geändert, um die Unschuldigen zu schützen.« Von 1951 bis 1970 gab es die Serie dann mit der schönen Erkennungsmelodie (Tja-ta-diii-dim ... Baabap!) und mit Jack Webb als humorlosem, aseptischem Superbullen Joe Friday im Fernseh, so daß man endlich sehen konnte, wie er sich seinen einen Sakkoknopf zuknöpft und die Krempe des 6-Dollar-Huts glattstreicht, und wenn er angesprochen wurde, sagte er nie »Ja bitte?«, sondern »Hier« oder »Das bin ich«. Und nun sind die Kinder herangewachsen, die sich einst den schönen Schund hereingezogen haben, und anstatt nun einen Ach-hätten-wir-doch-lieber-Proust-gelesen-Film zu drehen, machen sie jetzt auch mal *Dragnet*. Und machen sie das gut? Joe Friday würde sagen: »Positiv. Ende.«

»Schönheit der Sünde« von Živko Nikolić

Oben in den Bergen von Montenegro ist das Leben archaisch. Man tut seiner Frau ein Tüchel übers Gesicht, wenn einen die Begierde packt, und wenn sie fremdgegangen ist, legt sie sich ein frisches Brot auf den Kopf, auf welches man mit einem Vorschlaghammer haut, und daran stirbt sie dann. Unten an der Küste herrscht dagegen der Tourismus, und die Sitten sind ähnlich verbissen, nur eben locker. Islam im Oberland, FKK im Unterland, Fundis allewege.

Die frischverheiratete Jaglika aus den Bergen (mit ganz großen Augen und Beschützerinstinkte weckendem Damenbart: Mira Furlan) jobbt als Stubenmädchen in der Nudistenkolonie und beobachtet ein reichlich unbekümmertes Britenpärchen beim Turteln. Sie läßt sich von den beiden umgarnen, und das Ganze gipfelt in einem in Zeitlupe aufgenommenen, sogenannten Unflotten Dreier. Nun hat sie die Schönheit der Sünde kennengelernt und will mit ihrem Mann auch mal ohne Tüchel.

Wird er daran zerbrechen? Wird sie daran zerbrechen? Wird der verlogenen Doppelmoral ein Spiegel vorgehalten werden? Wird sich die jugoslawische Handelsbilanz erholen? Ja und nein. Die Besten gehen eben drauf, lernen wir, und den Miesen geht es gut, aber auch das ist Gott sei Dank gar nicht wahr.

Denn wer sagt, dies sei ein Film über den Zusammenprall zweier unvereinbarer Kulturen, der lügt. Er ist eine

Huldigung an jene, die keiner Huldigung bedürfen: an die große, dicke Mehrheit, die säuft, hurt, singt und Geschäfte macht, ein Panegyrikos an jene namenlosen Helden, denen der Islam zu doof und der Nudismus zu dämlich ist.

»Den meisten Leuten«, sagt Regisseur Živko Nikolić, »hat mein Film nicht gefallen, aber sie haben sich ihn trotzdem achtmal angesehen.« Denn wir, die wir *Leute* sind, sehen es ganz gern, wenn die vorbildlichen Menschen vorbildlich scheitern oder doch zumindest abreisen. Denn dann kann man wieder ein Leben mit kleinen Fehlern führen; so ein Leben, und sei es noch so dürftig, führt man, wenn man darf, gern mindestens achtmal.

Jemand, der kein Jugoslawe ist, braucht sich den Film nicht achtmal anzusehen. Nur etwa einmal.

»Slam Dance« von Wayne Wang

Urs Widmer hat vor vielen Jahren mal gesagt, ohne den Western hätte der Buntfilm gar nicht erfunden werden müssen. Ich habe ihm neulich mal gesagt, daß er vor vielen Jahren so was Kluges gesagt hat, und da war er dann ganz froh, daß er vor vielen Jahren bereits so etwas Kluges gesagt hat. Wenn ich als Kind heimlich in »Untergang der Titanic« und »Pony Express« gewesen war, habe ich zu Hause nur die »Titanic« gebeichtet, denn die war in Schwarzweiß und deshalb bildend. Picasso zum Beispiel war abstrakt und Kunst und deshalb sozusagen schwarzweiß und legal, während Elvis bunt und verboten war.

Was das alles mit »Slam Dance« von Wayne Wang zu tun hat? Ich weiß es beim besten Willen nicht. Aber man sitzt so da und guckt sich den Film an und die hektischen Rückblenden, und dazu erklingt die dumpfe Yuppie-Musik, und plötzlich wird einem klar, *daß man den Film schon mal gesehen hat,* und zwar nicht nur einmal und tatsächlich, sondern etwa 400mal als »Tatort«-Krimi. »War inzwischen was?« fragt man, vom Lokus zurückkommend. »Nö, nur 'n paar Rückblenden, und er ist viermal vermöbelt worden.« Und nun stelle man sich diesen Film auch noch in Schwarzweiß vor statt in Farbe: nichts, Alter, nichts, nichts, nichts.

Ein Film, den man immer wieder sehen kann. Ohne es zu merken.

»Sodbrennen« von Mike Nichols

Liebe ist ein Irrtum, das wissen wir alle. Aber wenn dieser Irrtum Nora Ephron unterläuft, einer notorischen Klugschwätzerin mit Schreibzwang, dann gibt es nach dem Buch zum Irrtum auch bald den Film zum Buch. Man läßt also die Ephron das Drehbuch über die Szenen ihrer Ehe mit Watergate-Enthüller Carl Bernstein schreiben und beschäftigt ansonsten – bis in die kleinsten Nebenrollen – nur Spitzenkräfte: Regisseur Mike Nichols (»Carnal Knowledge«, »Catch 22«, »Silkwood«), Kameramann Nestor Almendros (1 Oscar), Produktions-Designer Tony Walton (1 Oscar), Meryl Streep und Jack Nicholson (beide mindestens je 2 Oscars).

Und prompt ist der Film auch gar nicht mal so richtig schlecht geworden. Man kann die schönste Pizza-eß-und-gleichzeitig-ganz-laut-sing-Szene der Filmgeschichte bestaunen, und es werden echte Fragen gestellt: In den USA gibt es 400 Millionen Menschen, die Hälfte davon sind Männer. Jeder dieser Männer verliert pro Jahr mindestens vier Socken. Wo bleiben die? (Antwort: Im Himmel; da hat man dann die freie Auswahl.) Und: Warum ist das kalte Wasser in der Küche nicht so kalt wie das kalte Wasser im Badezimmer? (Antwort: Tja . . .)

Sogar die deutsche Übersetzung (Hans-Bernd Ebinger) ist korrekt und einfühlsam; die Brautleute sagen z. B. nicht das, was sie in Wenzel Lüdeckes Synchronisationen immer sagen, *ich will,* sondern sie geben einander schlicht das Ja-Wort und sagen *Ja.* Aber sehen muß man den Film nicht. »Oh, Gott«, läßt Nora Ephron ihre Heldin sagen, »man muß doch nicht über alles schreiben.«

Und genau das habe ich zum Ressortleiter auch gesagt.

»Subway« von Luc Besson

Das Motto des Films *(»To be is to do« – Sokrates; »To do is to be« – Sartre; »Do be do be do« – Sinatra)* steht seit unvordenklichen Zeiten an jeder besseren Pissoirwand, aber Luc Besson scheint woanders pinkeln zu gehen. Auch der Rock'n'Roll ist für ihn ein offenbar ganz neues Phänomen, und daß Frauen sich gern schön anmalen (Maske: Maud Baron) und anziehen (Klamotten: Yves St. Laurent), bringt ihn immer wieder aus der Fassung.

Ein junger Safeknacker (eigentlich hätte ihn Sting, das Idol, spielen sollen, denn die Rolle verlangte eine ekelhaft albinomäßig eingefärbte Frisur. Aber nun hat es Christophe Lambert getan, den wir als Christopher Lambert aus »Greystoke/Tarzan« kennen; wenn der mal bei Andrzej Wajda mitmachen darf, nennt er sich wahrscheinlich Krzysztof) –, ein junger Safeknacker also versteckt sich in den Katakomben der Pariser Métro; gelangweilte, reiche, wunderschöne Frau (Isabelle Adjani) verliebt sich während eines unterirdischen Rockkonzerts doch noch in ihn, bevor er von der Polizei erschossen wird.

Der erste Film, in dem die Métro die Hauptrolle spielt: Was hätte das für ein Film werden können. Aber die Métro muß es dulden, daß ständig Dilettanten durch ihre schönen, langen Gänge hampeln und sich benehmen, als spielten sie eigentlich in »A Clockwork Orange« mit.

»Der Stil ist die Story« lautet hier angeblich die Botschaft. Ich hatte zum erstenmal meinen nagelneuen offiziellen Leuchtkugelschreiber dabei, und der faszinierte mich mindestens so sehr wie der Film. Für mich war die Botschaft: »Le stylo, c'est l'histoire.«

»Werner – beinhart« von Gerhard Hahn, Michael Schaack, Niki List u. v. a.

»Gegendarstellungen wollen die Leute gar nicht lesen.« (Karl Lagerfeld)

Es muß aber trotzdem sein. Willi Winkler hat »Werner – beinhart« im ›Spiegel‹ 50/90, wie man in Frankfurt sagt, in der Luft verroppt wie e aal, dreckelich Trambahnkätsche (in der Luft zerrissen wie einen alten, angeschmutzten Straßenbahnfahrschein), und jetzt kriegt er einen auf die Nuß, bzw. jetzt gibt das Zanke, Alter.

Ich kenne doch meinen Willi Winkler. Ich war mal mit ihm in einer Musikkneipe, wo Holli, Europas bester akustischer Gitarrist, besonders gut drauf war und Soli zupfte, von denen eins aufrüttelnder war als das andre. Und was tut mein Willi? Er quatscht und quatscht und quatscht und quatscht.

Wer vor lauter Groll darüber, daß Produzent Bernd Eichinger einen reservierten Tisch bei »Schumann's« in München hat, er selbst aber nicht, wer solcherart den Zauber des Titelsongs nicht wahrzunehmen im Stande ist ...

(Aber hören wir selbst:

Beinhaat wien Rocker,
Beinhaat wien Tschopper,
Beinhaat wien Flaschbier –
Beinhaat geht das ab hier.
Dengel
Dengel

Dengel

Dengel.)

…, dem wäre auch mit einem Feldbett im »Schumann's« nicht zu helfen.

Man kann sich doch auch mal freuen, wenn etwas geglückt ist. Zum erstenmal wurde in Deutschland ein Comic nicht nur ohne Verluste verfilmt, sondern mit haushohem Gewinn.

Wie stimmig allein schon die Stimmen sind. Hören wir noch mal rein.

Klaus Büchner, Lead-Sänger der Gruppe »Torfrock«, der wir den Titelfetzer verdanken, *ist* Werner. Genauso hatte ich ihn beim Lesen/Betrachten der Comics immer vorm geistigen Ohr gehabt.

Meister Röhrich (»Nu seh zu, nä?«) wird südschleswigsch von Andy Feldmann gesprochen, dem Bruder Rötger »Brösel« Feldmanns, welcher der Schöpfer der »Werner«-Comics ist. Die Anmutung von Verzweiflung, die mich bereits in der Vorlage angesichts von Meister Röhrichs Betrieb – Sanitäre Anlagen, Heizungsbau, Klima- und Schwimmbadtechnik – angeweht hatte, verstärkt sich durch Animation und Ein-Stimmung noch. Woher kenne ich einen solchen Saftladen aus der Weltliteratur? Sowieso. Genau. Es ist der ANO-Teppichladen in Eckhard Henscheids Tripelroman »Geht in Ordnung – sowieso – – genau – – –«.

Womit wir elegant bei Eckat wären, dem Gesellen der Firma (Kulle Westphal), und bei den Rockern, allen voran dem Präsi (Raymond Voss): »Ich zähl bis eins, und denn ist Achterbahn.«

Schön. Und alles stimmt.

»Welcher Aufwand«, sagt nun der typische ›Zeit‹-Leser mit abgeschlossenem Paläoromanistikstudium,

»um Flachsinn vom einen nichtsnutzigen ins andere fragwürdige Medium zu transportieren.«

Richtig. Aber heimlich die »Platters« auf CD hören. Stimmt's?

Außer dem Zeichentrick- gibt es noch einen nützlichen Realfilmteil. Der ist nützlich, weil man ihn zum Bierholen nutzen kann.

Während ich dies schreibe, sitze ich im »Allee-Krug« und drücke immer wieder »Beinhart«, um den Text korrekt wiedergeben zu können. Damit auch mal was anderes kommt, habe ich die F5 gedrückt, eine Gruppe namens »Bayernpower«, und schon erklingt, ich kann nichts dafür: »Der Willi ist eine tragische Figur . . .«

Die Bulette wird geschleudert

»WINCKELMANNS REISEN«
VON JAN SCHÜTTE

Die norddeutsche Tiefebene: Vorn ist es genauso platt wie links und oben. Ein etwas abgewetzter weißer Mercedes hält an einer Tankstelle. Der Tankwart kommt aus seiner Kabause, macht sich bereit, einmal voll Super zu zapfen. Aus dem Auto tritt erst ein krokobestiefelter Fuß, dann der andere. Der Fahrer bleibt aber im Auto sitzen; er wechselt nur die Schuhe. Er zieht die Krokos aus, und, Entschuldigung, aber in der Schweiz heißt das so, und da unser Freund Vertreter einer Schweizer Firma für Haarpflegeartikel ist, muß der Ausdruck gestattet sein, er zieht sich Schnellfickerschuhe an. Dann fährt er weiter. Der Tankwart schimpft.

Wenn ich das Wort FRUST definieren sollte: Diese Szene aus »Winckelmanns Reisen« wäre es. Der Mann muß, um seinen ungeliebten Job machen zu können, in eine andere Haut schlüpfen. Der tolle Typ, der er eigentlich ist, der mit den vorne nadelspitz zugefeilten Ihr-mich-aber-schonlange-Boots, der Typ ist nicht gefragt. Und auch ein Cadillac mit Haifischflossenheck ist nicht angesagt, sondern, das glaubt mir doch zu Hause kein Mensch, ein Mercedes, eine Wander-Urne. Und der Tankwart ist auch sauer, aber sowieso. Wenn jemals Carl Weissners optimistischer Spruch über das Leben (»Man weiß nicht, wozu's noch mal gut sein kann«) widerlegt wurde, dann in dieser Szene.

Nach dem sehr guten, sehr verhaltenen und von mir (S. 221) sehr verhalten gut gefundenen Film »Drachenfutter« von Jan Schütte (Regie) und Thomas Strittmatter (Buch) erschien erst mal das extrem lesenswerte Buch *Raabe Baikal* von Thomas Strittmatter (Diogenes, 294 Seiten, 32 Mark), aber ein Buch ist ja leider noch kein Film.

(Folgt ein zierliches Divertissement über Literaturverfilmungen; mittendrin stelle ich fest, daß ich es schon einmal geschrieben habe, und melde mich mit puterrotem Kopf zurück.)

Und nun gibt es endlich wieder einen Film von Schütte/Strittmatter. Und wieder schön traurig. Traurig, weil eigentlich alles stimmt mit dem Personal des Films. Aber igendwie haut es zeitlich nie so ganz hin.

Der Schuppenshampoo-Vertreter (Wolf-Dietrich Sprenger) ist eine ehrliche Haut und zu tiefen Gefühlen fähig. Er liebt seine Aline (Susanne Lothar), und seine Aline liebt ihn, aber er redet sich ein, sie sei zu keinen tiefen Gefühlen fähig, und trauert statt dessen seiner Geschiedenen nach, die ihn nie geliebt hat. Wenn er nur wüßte, daß er glücklich ist, dann wäre er sofort glücklich.

Seine Aline denkt sich: »Das kann doch nicht schon alles gewesen sein« und lernt, damit sie sich mal verändern kann, Niederländisch.

Was für ein Liebespaar: Susanne Lothar und Wolf-Dietrich Sprenger. Die beiden wünsche ich mir auch noch mal zusammen.

Und Alines Vater (Traugott Buhre), der Kneipenwirt in Barmbek, trauert seiner vor acht Jahren verstorbenen Frau nach und wäre außerdem lieber in Florida, wo er glaubt, mal glücklich gewesen zu sein. So sind wir.

Und diese Dialoge in ihrer epischen Wucht: »Die Bulette wird nicht gerollt, die Bulette wird geschleudert ... Ohne Auslandserfahrung kannst du das gar nicht verstehen.« Da stimmt alles, da sitzt jeder Ton.

Auch die Nebenrollen sind verschwenderisch gut besetzt. Hans Eppendorfer brilliert als Kneipenschläfer, und mein Freund Dr. Bodo Abel spielt einen Verkaufspsychologen, der auf den Fußballen wippt und bedenklich blickt. Meisterhaft.

Ein kleines Mädchen (Mine-Marei Wiegandt mit dt) erscheint, auf das aufgepaßt werden muß, und bringt Wirbel in die Geschichte. Jetzt wäre der richtige Zeitpunkt, an dem sich noch alles zum Guten wenden könnte, aber zum richtigen Zeitpunkt ist alles, wie immer, viel zu spät.

Claus Bantzers Musik untermalt die traurige Geschichte. Seit Jahren frage ich mich, was Jazz eigentlich noch soll. Jetzt weiß ich es wieder. Er soll traurige Geschichten untermalen.

Vorwärts in die Vergangenheit

»ZURÜCK IN DIE ZUKUNFT III«
VON ROBERT ZEMECKIS

Hätte ich, fragte ich mich immer wieder und hielt mich dadurch wach, »Zurück in die Zukunft III« wohl auch ohne Kenntnis der Teile I und II verstanden? Wahrscheinlich nicht.

Soll ich, frage ich mich immer wieder und halte mich dadurch vom Schreiben ab, dem typischen ›Zeit‹-Leser, der zu gebildet und zu sensibel für solche Massenbelustigungen ist, die ersten beiden Teile erzählen, damit er die Besprechung des III. Teils versteht und darüber einpennt? Wahrscheinlich wurscht.

Teil I. Marty McFly (Michael J. Fox), 17, begibt sich mit dem Erfinder Doc Brown (Christopher Lloyd) in einem zur Zeitmaschine umgebauten De Lorean (das ist ein Auto) aus dem Jahre 1985 ins Jahr 1955. Dort verschafft er seinem späteren Vater die Voraussetzungen für eine menschliche und berufliche Karriere.

Teil II. Marty und Doc reisen ins Jahr 2015, erleben dort einen Albtraum von unschöner neuer Welt und müssen zurück nach 1955, um das zu korrigieren. Dabei begegnen sie sich ständig selbst, dürfen das aber ihre *altri egi*, oder wie das heißt, nicht merken lassen.

Teil III, Achtung, jetzt wird's unspannend. Doc hat sich, weil der Wilde Westen sein Lieblingszeitalter ist, ins Jahr 1885 abgeseilt. Von dort erreicht Marty ein Telegramm, er möge die Zeitmaschine zerstören, weil er, Doc, als Hufschmied ein Auskommen gefunden habe und sich, was die Epochen betreffe, nicht mehr zu verändern gedenke. Durch – na? wodurch? – Zufall entdeckt Marty einen Grabstein, dessen Aufschrift er entnimmt, daß Doc in sechs Tagen – aber vor 100 Jahren – erschossen worden sein werden wird, weshalb Marty usw. usf. bis zum bitteren Happy-End.

Schön ist für den Eingeweihten das Wiedersehen mit dem Kaff Hill Valley, welches er bereits aus den Jahren 1955, 1985 und 2015 kennt. Das Rathaus mit dem später, also vorher, berühmt gewordenen Uhrturm steht bereits im Rohbau, und auch ein stolzes Theaterchen gibt es schon. 1955 wird es ein Kino sein; dann wird man dort »Cattle Queen of Montana« spielen, 2015 dagegen den »Weißen Hai«, Folge 19. »Der Fisch sieht immer noch unecht aus«, wird der Held dann sagen.

Und sonst? »Der Western ist ein totes Genre«, sagte mir einst der berühmte Produzent Bernd Eichinger. Da sollte er mal den SF-Western sehen. Totgeboren. Man sieht zwar allen Mitwirkenden an, welchen Spaß ihnen die Dreharbeiten gemacht haben, aber sie geben nichts davon ab. Das ist wie mit dem PC. Die Texte, die auf einem Personal Computer entstehen, machen mehr Spaß beim Schreiben als beim Lesen.

Die Ausstattung (Rick Carter) ist gewohnt opulent, und einen Augenblick glaubt man den Ruch der Hölle zu spüren, als Docs neue – diesmal dampfbetriebene – Zeitmaschine anrollt. Es ist aber nur die Popcornschmiede im Kinofoyer.

Und eine halbe Stunde nach dem Film, wenn man den Film längst vergessen hat, fällt einem ein, warum man Docs große Liebe, die Lehrerin Clara (Mary Steenburgen), so mochte. Sie sah aus wie Pia Frankenberg.

NACHWORT

Annäherung an den Dichter

Was schöpfen Bienen, wenn Bären in der Nähe sind? Argwohn.

Was schöpfe ich, wenn »Pooh's Corner« in der ›Zeit‹ gedruckt wird? Neuen Lese- und Lebensmut.

Was will ich damit sagen?

Daß hier ein Dichter spricht, dem ich mich verbunden fühle. Uns eint tiefes Mißtrauen gegen Helmut Schmidt (frz.: le feldwébel) und Gérard Depardieu. Beide wünschen wir uns einen neuen deutschen Kaiser und halten den Katholizismus für eine sado-masochistische Spielart. Wir mögen keine breiten Schlipse, und das Wort DÜSSELDORF läßt uns das Blut in den Adern gefrieren.

Aber als Stalin starb, war Harry Rowohlt erst acht Jahre alt und ich schon zehn, das trennt uns und macht, daß wir die Welt unterschiedlich sehen und betreten: er trägt z. B. Sandalen (aus New York), ich verabscheue Sandalen; er liebt Hamburg, bei mir kommt Hamburg gleich nach DÜSSELDORF; er wurde als Kind in Gelsenkirchen zwischengelagert, ich in Essen, aber unser beider erster Bär hieß Fritz. Doch der größte Unterschied ist: mein Vater hieß Karl Riegert, seiner Ernst Rowohlt. Ich wuchs an Tankstellen auf, Harry in Verlagen. Benzin gegen Bücher – er hat gewonnen. Er hat, als der Kopf noch formbar war, die richtigen Sachen gelesen und die richtigen Gedanken gedacht, und er wuchs heran zu einem stattlichen, selbstbewußt und griesgrämig auftretenden Bären, ich hingegen ähnele eher Ferkel aus *Pu der Bär*, das in meiner Ausgabe auf Seite 77 erklärt: »Es ist sehr schwer, tapfer zu sein, wenn man zu den kleinen Tieren gehört.«

Harry Rowohlt gehört zu den großen Tieren, was Herz und Witz und Verstand und Trinkvolumen anbetrifft. Er kennt mehr Wörter als wir alle und kommt in seinen Kolumnen listig mit ganz wenigen aus, und wenn er selber über seinen Flann O'Brien und dessen aberwitzige Kolumnen schreibt:
»Diese Art Journalismus, der das Medium der seriösen Tageszeitung mißbraucht, um hemmungslos hellsichtigen Schabernack zu treiben,

hat es vorher und nachher nicht gegeben«, dann rufen wir: »Doch! nachher!« und wissen, wen wir meinen.

Herrgott, warum ist er nicht Reiseschriftsteller und erklärt uns die Welt? Wahrscheinlich ist er zu faul dazu, sitzt lieber zu Hause vor großen Krügen Bier(es) und übersetzt Buch um Buch, und man merkt es beim ersten Satz: ah! das ist Harry! Zurückblättern, gucken: ja, das ist dann immer Harry.

In Kuba nennt man ihn Henry Rowchet, in Irland Hakky Kowalsky, in der ›Zeit‹ Pooh. Der echte Pooh – Winnie – hieß in Wirklichkeit Eduard Bär, und nun ist die Verwirrung komplett, aber eben doch nicht, weil ein guter Autor laut Flann O'Brien »die Aufsplitterung der Persönlichkeit in mehrere Abteile zum Zweck der literarischen Äußerung« braucht.

Schluß des Vorhergehenden.

Pu der Bär denkt lange nach, um dann das Nächstliegende und Einfachste zu sagen. Harry Rowohlt schätzt »sagen, was man denkt. Und vorher was gedacht haben.« Wenn Harry Rowohlt z. B. traurig ist über den Tod seines Bruders Heinrich Maria, und wenn er Siegfried Unselds Nachruf im ›Spiegel‹ dazu liest, dann denkt er lange nach über den Satz »Wir wurden Freunde«, und am Ende schreibt er: »Hier irrt Unseld.« Schöner kann man es nicht sagen. Wir haben es bei Harry wie bei Pu mit Zen-Meistern zu tun.

Verdammt, Harry, vor zwei Jahren hast du ein Kopfgeld auf Peter Boenisch (Sudel-Pepe) ausgesetzt. Ich hab dir damals sofort 10,– DM geschickt und nie wieder was von dir gehört. Sind die nicht angekommen, oder hast du sie versoffen?

Elke Heidenreich
Juli 93 in Köln

POOH'S CORNER II

Vorwort
zur 1. Auflage

Rascher als erwartet...

Vorwort
zur 2. Auflage

... ist eine zweite Auflage notwendig geworden.

POOH'S CORNER

1993

(Forts.)

Ein Wort, das ich normalerweise nie verwende

»Skrotum« ist ein Wort, das ich normalerweise nie verwende, außer im Zusammenhang mit »Schwäbisch«, etwa so: »Bei Schwäbisch zieht sich mir das Skrotum zusammen«, außer bei meinem Freund Hans, der das darf, weil er zwar aussieht wie Klaus Kinski, aber viel netter ist, und den ich, wenn er nicht schwäbisch spräche, nicht mehr nachäffen könnte, womit ich noch viele Abendgesellschaften bis in den frühen Morgen hinein amüsiert habe; Hansens Letztgeborener heißt nämlich, immer nobel, Pascal, und wenn der von seinem Vater angehimmelt wird, klingt das (sagen Sie mal Ihrem Schwaben, er darf wieder reinkommen und das durch * gekennzeichnete Wort mit Betonung vorlesen) so: P*A*S*C*A*L*I*N*O, und da kann man dann echt nicht meckern.

Ich war z. B. mal in Berlin (der ›Spiegel‹ sagt statt *z. B.* gern *etwa;* versuchen Sie das auch mal; einmal und nie wieder, kann ich Ihnen sagen), durfte in der Wohnung eines Freundes übernachten, und als ich dem Taxifahrer Straße und Hausnummer nannte, fragte der: »Wo ischn des?« »Woher soll *ich* das denn wissen, verdammtescheißenochmal«, sagte ich noch formvollendet, wurde dann aber dermaßen zugeschwäbelt – »Ja, gehet Sie do glei zur NPD!« (dabei wollte ich da gar nicht hin) –, daß ich voller Groll nach dem Aussteigen die hintere rechte Tür offenließ, anstatt sie etwa zuzuknallen, woraufhin der Droschkenschwabe mich, was ich gehofft hatte, anherrschte: »Machet

Sie kfällikscht die Türe zu, Sie Rabauge!« Ich – natürlich immer noch ganz ruhig – sagte: »Mach du doch deine Scheißtür selber zu, du…, du…, du…«

Und dann fiel mir keine Beschimpfung ein.

Null.

Nichts zu wollen.

»Mach du doch deine Scheißtür selber zu, du…, du…, du…« Und kurz vor dem Einschlafen fiel mir dann doch noch ein würdiger Satzschluß ein. »Mach du doch deine Scheißtür selber zu, du Therapiekrüppel.«

So ein schöner Satz.

Mach du doch deine Scheißtür selber zu, du Therapiekrüppel. Da ist ja nun alles drin. »Sobald jemand seine Scheißtür nicht selber zumacht und einigermaßen aussieht wie ein Therapiekrüppel«, nahm ich mir vor, »kriegt er den Satz hingesemmelt, so wahr ich hier liege und morgen früh wieder abreise.«

Taxi zum Bahnhof Zoo. Der Fahrer ist aus Ghana, gibt mir von seinem *ganja* ab, dreht volle Socke B. B. King auf, wir singen mit, daß Gott erbarm'. Der Mitropa-Kellner, der sich noch von vorgestern her an mich erinnert, fragt: »Einmal Stamm?« und bringt mir den Skandinavischen Fischteller mit dreifach Meerrettich. »Ha'ick jeklaut«, raunt er mir zu. Hamburg. In der U-Bahn nach Hause sitzen zwei ganz leicht angeheiterte Angehörige der Unterklasse. »Kommßu von Blohm & Voss?« wollen sie von mir wissen. Nein. »Du auch nich? Wir suchen auch schon den ganzen Tag. Ist aber wohl zu neblig.« Daheim. Meine liebe, kluge und hinreißend schöne Nachbarin wankt unter Einkäufen, nestelt nach ihrem Schlüssel, schließt auf und sagt über die Schulter: »Machst mal hinter mir Tür zu, Alter?«

Ja. Sie haben es kommen sehen. Aber jetzt müssen Sie bis zum Schluß durchhalten. »Mach du doch deine Scheißtür selber zu, du Therapiekrüppel«, sage ich; was soll ich auch sonst sagen. So viele schöne Sätze hat man nicht.

Sie läßt alles fallen, wirbelt herum: »Woher weißt du das? Hat Ebi wieder gequatscht? Oder merkt man das?«

Man kann sich also die Reserve vorstellen, mit welcher ich in den schwäbischen Teil des Allgäus aufbrach, um die bekannte Verlegerin Antje Landshoff-Coninx-Ellermann (Meyer-Rogner & Schulze-Bernhard) auf ihren Ländereien aufzusuchen. Außerdem war ich als Kind schon mal dazu verdonnert gewesen, mit meinen Eltern im !!!!!bayrischen!!!!! Teil des Allgäus ein Exil zu fristen, was aber, wenn man sich die Eltern wegdenkt, gar nicht so schlimm gewesen war. Es gab jede Menge nichtsnutzige Landschaft, in der man sich verstecken konnte, und überirdisch liebe Nachbarn, bei denen man Milch holen, aber nicht zum Essen bleiben durfte, weil es bei denen nicht in der Jenaer Glasform überbackenen Chi-Chi-Chicorée gab, sondern Kässpatzen aus einer gemeinsamen Pfanne, mit einem gemeinsamen Klacks Butter obendrauf, und wenn man gut mit dem (Holz?-)Löffel graben konnte … Ach, Butter. Und die plüschigen, hellbeige-weiß changierenden Hochlandrinder, das Brahmamäßigste this side of the Ganges, den ganzen Tag damit beschäftigt, die Gegend aufzulockern und vollzuläuten, aber abends, beim Rufe »Hong hong hong hong!« wie ein Mann auf der Matte: »Machst mal hinter mir Tür zu, Alter?«

Und ich war zum ersten und einzigsten Male gut in der Schule:

1 Aber die Schrift!
1 Aber die Schrift!
1 Aber die Schrift!
1 Aber die Schrift!

stand unter jeder Klassenarbeit, mit ungelenker Kinderhand von Lehrer Habermann gemalt, und wenn ich vierhundertmal *Ich soll nichts an die Abortwand schreiben* schreiben sollte, habe ich das mit Kohlepapier gemacht, und es kam nicht auf. Wäre es aufgekommen, hätte ich wahrscheinlich Tatzenhiebe bekommen, aber eher wohl doch nicht, denn an Hubertus von Heydebreck, der mein Freund war, an mich und an einen weiteren Evangelischen traute er sich nicht ran. Dabei war ich gar nicht evangelisch. Ich tat nur so. Ich tue heute noch so.

Für jede Eins bekam ich fünf Mark. Die habe ich heimlich gespart für die Oberschulprüfung. Die kostete nämlich angeblich Geld. Lehrer Habermann hat Hubertus von Heydebreck (der inzwischen hoffentlich als Oberstleutnant vor Mogadischu gefallen ist), dem anderen Evangelischen und mir fünf Mark abgeluscht, weil er behauptete, wenn man nicht weiß, daß der 4. Fall Akkusativ heißt und daß man Malnehmen Multiplizieren nennt, wird man da nicht genommen. Was natürlich Quatsch war. Die hatten eine nagelneue Oberschule gebaut und suchten händeringend nach Evangelischen.

Ich steige also denkbar aufgeräumt vierzig Jahre später aus dem Turboprop Hamburg-Isny, als ich auch schon…

(Sichern Sie sich jetzt schon die nächste Nummer der ›Zeit‹, wenn Sie erfahren wollen, wer mit ihrem Hund Lili am Flughafen gestanden hat.)

So ein kleines Wort

Nicht:

So ein kleines Wort. Ich habe es gedacht, ich habe es gemeint, aber ich habe es nicht hingeschrieben. *Hubertus von Heydebreck, der inzwischen hoffentlich* nicht *als Oberstleutnant vor Mogadischu gefallen ist,* hatte ich gedacht und gemeint, aber nicht geschrieben. Entschuldigung.

Zurück ins Allgäu. Hier warten am Flughafen Frau Antje, die aussieht wie das letzte Blumenkind vor der Autobahn, und Lili-der-Hund. Lili ist eine Tochter des ›Spiegel‹-Redakteurs Henry Glass und dessen leichtlebiger Dingsshire-Wanderratte. Da Kinder sich oft aus Protest ganz anders entwickeln als Eltern, folgte Lili dem Rat des englischen Dichters Philip Larkin –

Man hands on misery to man.
It deepens like a coastal shelf.
Get out as early as you can,
And don't have any kids yourself.

– und wurde häuslich-lesbisch. Außerdem kann sie schneller und ausdauernder rennen als jedes andere Säugetier. Das wird ihr zustatten kommen, denn Frau Antje hat für das Wochenende ein gedrängtes Programm zusammengestellt:

Wallfahrtskirche Wigratzbad
Tanzcafé »Hölle«
Irische Woche
Suche n. d. verlorenen Zeit

Umliegende Dörfer und ihre Schlachtplatten im Vergleich

Verschiedenes

Leberkäs mit Frühschoppen und Kollabiergelegenheit

Abreise

Die Wallfahrtskirche besteht aus einem großen tipiförmigen Plastikgebilde als Turm und achtzehn türkisen Plastikwaben als Kirchenschiff und stellt die zu Architektur geronnene Vision einer Schlachtersgattin dar, was man am Fußboden sieht, der im Dessin »Preßsack, rot« gehalten ist. Die Anlage ist so scheußlich, daß sie fast schon wieder schön wäre, wenn sie nicht nur und ausschließlich und exklusivamente scheußlich wäre. Lohnt einen Umweg.

Im angeschlossenen Devotionalien-Shop hängt ein Schild: ALLE KERZEN UND GESCHENKE SIND GEWEIHT. Ich frage die Verkäuferin, wo man hier austreten kann, aus der Kirche nämlich, und kaufe mir ein geweihtes Langnese-Eis.

Abends in die »Hölle«. Die haben wir uns ehrlich verdient.

Das Tanzcafé »Hölle« liegt unterirdisch am Stadtrand von Wangen. Lange irrt man durch finstere Stollen, deren Wände mit Geisterbahnmotiven bemalt sind. Dann findet man aus Versehen die Felsenbar mit echtem Höllenfeuer, und wenn man sich noch ein paarmal verläuft, steht man plötzlich in der augenfälligen Pracht des Schwofsaals: Tropischer Bewuchs, ein großes Schwimmbecken, zwei Fontänen, dann rumpelt und glottert es, die Tanzfläche schiebt sich übers Wasser, die Fontänen versiegen gerade noch rechtzeitig, eine Reling schraddelt hoch, damit niemand in den Bach tanzt, und »Die 3 Gigolos« singen und musizieren. Es ist wie im Himmel.

Die Irische Woche lassen wir sausen und versuchen statt

dessen, uns auszuschlafen, aber auf dem Lande herrscht ja immer ein solcher Heidenlärm ... Dem Nutzvieh genügt es nicht, still vor sich hin zu nutzen, sondern es muß jeden Schritt, jede Wahrnehmung, den Anflug des Zuckens eines erhellenden Gedankengangs lautstark kommentieren: eine ganze Landschaft voller vierbeiniger und gefiederter Kolumnistenkollegen, so daß man mit Old McDonalds genervten Nachbarn nur bedenklich »I! Ei! I! Ei! Oh!« sagen kann, was sich allen voran Rudolf the Rooster, der anthroposophische Hahn, hinter die Löffel oder wohin schreiben kann. Wenn der in der ›Hamburger Morgenpost‹ unter »Kontakte« eine Kleinanzeige aufgäbe, könnte er hinter den Namen »T + N« schreiben, was keine Perversion ist, sondern »Tag und Nacht« bedeutet.

Die Suche nach der verlorenen Zeit bringt nicht viel zutage. Das Haus, in dem ich mal gewohnt habe, steht immerhin noch, aber das Panoramafenster, durch welches mich über ein Jahr lang irgendeine Voralpen-Sierra anbleckte, ist inzwischen heftig geschrumpft. Immerhin habe ich mir bis heute eine gesunde Abneigung gegen Gebirgszüge aller Art bewahrt, und die verlorene Zeit stopfen wir zusammen mit Rudolf in den Druckkochtopf und machen Coq au vin draus.

Fanpost aus Paris

Ich habe Fanpost aus Paris bekommen, und zwar nicht von Denise oder Frou-Frou, sondern, wenn ich schon mal Fanpost aus Paris bekomme, von Claas-Hinnerk Lammers.

Lieber Claas-Hinnerk, es wird Dich freuen zu hören, daß ich neulich in Rendsburg war bzw. in rendsburg, beim nordkolleg rendsburg, wo eine Tagung zum Thema »Literatur vom Meer und von Schiffen« angesagt war, und das war sehr schön. Ich sollte auch etwas schreiben, mir ist aber außer einem Tippfehler nichts eingefallen. In dem Buch, das ich gerade übersetze, »Triphammer« von Dan McCall, kommt der Film »On The Waterfront« vor, und da habe ich aus Versehen »Die Faust im Nachen« geschrieben. Na, das gab vielleicht ein Hallo. Außerdem wollte ich, um meinen Wortbeitrag zu strecken, noch den Ostfriesenwitz erzählen, zu dem man einen alten Zehnmarkschein braucht, weil er sonst nicht komisch ist, und vielleicht noch die Begründung, welche Gretchen, die Wirtin der »Blockhütte« auf der Großen Freiheit, immer dafür gibt, daß Freddy Quinn nicht schwul ist, eine Geschichte, die ich beliebig dehnen kann, aber das war dann gar nicht nötig. Außer uns allen waren nämlich noch drei Großdichter da, und zwar, streng alphabetisch und ohne Wertung, h. c. »i bin eh ein mann der adria« artmann, Robert »Sagt mir, was war; ich geh schon mal vor« Gernhardt und Peter »Ojé, ich bin mal wieder der einzige E-Autor« Rühmkorf. Ordentlich berichten kann ich aber nicht von der Tagung, denn erwähne ich Axel Marquardt, ist Otto Jägersberg betrübt; lobe ich Joseph v. Westphalen, ist Cora Stephan betroffen; preise ich Jan Philipp Reemtsma, härmt sich Joachim Kersten.

Ist aber nicht schlimm, denn im Frühjahr 1994 erscheint bei Haffmans der »Nautische Rabe«, und da steht alles drin. Ebenfalls bei Haffmans, aber nicht im Frühjahr, sondern jetzt, *jetzt,* JETZT erscheint ein Büchlein mit dem neugierig machenden Titel »Pooh's Corner – Meinungen usw.«, und ich habe es geschrieben. Es kostet laut Prospekt »ca. DM 18,50«, und außer meinem Abituraufsatz (»Gedanken zu ›Gedanken nach einem Fluge‹ von Max Frisch«, der mir den mit deutschem Schrifttum im Werte von DM 100,– dotierten 1. Preis der Maria-Wolters-Stiftung zur Pflege der deutschen Sprache Los Angeles eingebracht hat), welcher nicht mit drin ist (den schönsten Satz daraus kann ich Dir aber trotzdem zeigen: »Heute müht man sich, die nationalen Emotionen in geregelte Bahnen zu leiten – in Aschenbahnen zumeist«), steht ziemlich viel dummes Zeug drin, und das Korrekturlesen war eine rechte Qual, denn wenn man das alles so hintereinanderwegliest …, aber als ›Zeit‹-Leser hast Du ja sicher auch schon mal ein Buch geschrieben und kennst das.

Was Deinem Buch dagegen fehlt, meinem aber nicht, ist ein Nachwort der Bestsellerautorin Elke Heidenreich. Womit wir bei Heidelore Kluge wären, einer Kapitänsgattin, die vorlas, wie gräßlich es ist, Kapitänsgattin zu sein, wenn man zu Seekrankheit, Höhenangst und Weltekel neigt, als aber der harte Kern auf dem Haikutter *Ruth* in die Eckernförder Bucht hinaussegelte, war sie mutig dabei, und als ein U-Boot in Sicht kam, sagte sie: »Wie häßlich. Na ja. U-Boot«, und *il cavaliere della città di Trieste* h. c. artmann verriet mir, was er gegen Kater unternehme: »an schweinsbraten und a scharfe rasur«. Nur zwei Tage später, und uns wäre ein Bundeswehr-Tornado auf den Kopf gefallen. »Stellt euch mal das ›Börsenblatt des Deutschen Buchhandels‹ vor, wenn wir jetzt alle absaufen«, hatte Lassahn noch hellsichtig klabautert. Und wem haben wir das alles zu verdanken? Stephan Opitz, dem ungewöhnlich belastbaren Direktor oder Baas des nordkollegs rendsburg. Dessen Frau Elisabeth, genannt *den svenska näktergalen*, fragte nach unserem, hoho, Törn: »Wie war der Wind?« – »Tja, nun, äh, zuerst kam er von links und auf der Rückfahrt von rechts«, druckste ich herum. – »Westwind. Sehr gut«, lobte sie mich und den Wind. Und zeigte im Rahmen einer abendlichen Gesangsextravaganz, daß sie ihren Ehrennamen zu Recht trägt. »Frauenkriminalität im Liede« hieß der Zyklus, und als mehrmals »Das hat mit ihrem Singen die Loreley getan« erklang, schrak Robert auf und fragte, ganz alter Zausel, mit der Hand am Ohr: »Sag mal, Harry, was hat der Lore leid getan?« Und dann war plötzlich alles vorbei. Mir war zwar dringend die Kneipe »Zum Leuchtturm« empfohlen worden, aber man kommt ja immer zu nichts. Das Taxi zum Bahnhof hielt vor einer roten Ampel. Schräg gegenüber stand die Kneipe »Zum Leuchtturm«. »Ah, da ist ja der Leuchtturm«, sagte ich, und mit unendlicher Geduld sagte Otto: »Harry, das ist eine Ampel.«

Lieber Claas-Hinnerk, grüß mir mein Paris, grüß mir Chantal und Minouche.

Wieder daheim

Endlich wieder daheim. Ich war in Paris, Braunschweig und Bremen, und jetzt will ich wieder ein bißchen wohnen.

In Paris habe ich bei der Tombola Bettinas Badeanzug gewonnen, den ich ganz leicht als Plastron auftragen kann und um den Robert mich beneidet, weil er die zweieinhalb Kilo gewonnen hat, die Bettina abnehmen mußte, um in ihr Abendkleid zu passen. Davon abgesehen, war Robert wieder in Hochform, so daß mir der Stoßseufzer einer befreundeten Redaktrice in den Sinn kam: »Was ist das bloß für ein Scheißleben, wenn es nur dadurch erträglich wird, daß wir uns von einem Gernhardt-Spruch zum nächsten hangeln.«

Ein Herr Ulrich Schnabel sagt zu mir: »Bei Ihrem Buch hat Ihnen Ihr Nachname sicher sehr geholfen.« Das berichte ich weinend Robert, und Robert sagt: »So ein schöner Einstieg. Da hättest du sagen sollen: ›An Ihrer Stelle würde ich mal den Nachnamen nicht so weit aufreißen.‹«

An den Eingang der Métro-Station Pigalle hat jemand mit Kreide

† VIVE JÉSUS – À BAS SATAN! †

geschrieben. Robert sagt: »Also, so was Satansverachtendes und Teufelfeindliches habe ich ja noch *nie* gesehen.«

Außerdem sagt er noch, um *political correctness* bemüht:

»Sag bitte nicht Neger. Meine Frau findet das frauenfeindlich.«

Axel Marquardt hat ebenfalls etwas Schönes gesagt, aber das erzähle ich erst am Schluß. Ich habe nämlich gut und gern eine Woche lang immer wieder darüber gelacht, und vielleicht kommen Sie damit einigermaßen über die Feiertage.

In Paris bestelle ich beim Vietnamesen Sommerrollen mit Garnelenklopsen. Der Kellner sieht mich zweifelnd an und serviert mir dann einen Bausatz: viele köstliche Zutaten, aus denen ich mir meine Rolle selbst wickeln muß. Als alle anderen längst fertig sind, weil sie Prêt-à-manger-Gerichte bestellt hatten, Kost von der Stange, bastele ich immer noch. »Jetzt bin ich bereit«, sage ich, »für mein Hauptwerk: die Brücke am Kwai aus Salzstangen.« Vielleicht über einem Fluß aus Waldmeisterwackelpudding.

Und nun bin ich endlich wieder zu Hause, es ist Samstag und Zeit für den Stammtisch. Frau Bunse läßt sich hintüber fallen und zeigt ihre neuen Schuhe. Sie sagt: »Sie haben die Leichtigkeit von Turnschuhen...«, »...und die Festigkeit einer orthopädischen Maßanfertigung...«, sagt Ebi, »...und den Sex-Appeal eines Schwingdeckelmülleimers«, ergänze ich.

Dann planen die Damen Bunse und Mikula detailliert eine gemeinsame Reise nach Sylt, dann eher nach Portugal und Kenia und schließlich nirgendwohin, mit dir doch nicht, du Gans, da kannst du lange warten. Um die gespannte Atmosphäre zu lockern, macht Ebi Bescherung. Wir kriegen alle das gleiche Geschenk, damit es nicht schon wieder Zanke gibt: eine Taschenpackung (Inhalt je 10 Blatt) WC-Papiersitze (»Verhindern Kontaktinfektionen und beseitigen das Unbehagen vor fremden WCs«). Jetzt sind wir alle in Festtagsstimmung, und ich singe das einzige Weihnachtslied, das ich auswendig kann. (Das Lied ist mit Pfiff, und den Pfiff habe ich typographisch durch ein * dargestellt.)

*All I want for Chri*ma**
Are me two front teef,
Me two front teef,
Me two front teef.
*All I want for Chri*ma**
Are me two front teef
**o vat I could wi* you*
*Merry Chri*ma*.*

Wenn man, überlegen wir, anhand eines der überreich vorhandenen Allerheiligsten *praeputia* mit Hilfe der DNS-Struktur Jesum Christum nachbaute und zum Leben wiedererweckte, würde nur der dicke, fromme Hermes Ihn erkennen: »Jessas, der Heiland. Und meine Wohnung ist nicht zusammengeräumt.«

Und der versprochene Spruch von Axel Marquardt? Der Spruch von Axel Marquardt geht so: »Nein, diese Ich-Erzähler!«

1994

Im Kino

Ich sitze in einem Kino, in dem man bei Pressevorführungen ausdrücklich rauchen darf, und sehe mir die Pressevorführung von »Meine liebste Jahreszeit« an. Es ist ein französischer Film, er spielt in der Gegenwart, und deshalb rauchen alle Mitwirkenden wie die Schlote. Ich habe mir aus dem Foyer einen Aschenbecher mitgebracht, und als Catherine Deneuve und Daniel Auteuil in eine ihrer vielen Warteschleifen einbiegen, entzünde ich stilecht eine Gauloise. (Früher, in den Italo-Western, hatten mein Freund Stroucken und ich immer Bourbon und Tequila dabei, um *Greasers* und *Gringos* ethnisch korrekt Bescheid tun zu können, wenn sie durch ein Loch in der Sohle, durch eine Wassermelone hindurch oder aus dem Apostroph von CHINAMAN'S LAST CHANCE SALOON & EMPORIUM abgeknallt wurden. Mit »Django« kamen dann Massenvernichtungsmittel in Mode, und man konnte nur noch nippen, wenn man erfahren wollte, wie der Film ausging.)

Ich rauche also in aller Unschuld eine Gauloise, betrachte Chiara Mastroianni, die Tochter von Catherine Deneuve und Marcello Mastroianni, und denke, daß es für einen Mann zwar nichts Schöneres geben kann auf Erden als auszusehen wie Marcello Mastroianni, für ein junges Mädchen aber durchaus, als ein hagerer Eiferer zu mir durchs Dunkel robbt und flüstert: »Machen Sie bitte die Zigarette aus. Das ist schrecklich störend. Sie sind sowieso der einzige.« Wenn ich der einzige bin, kann es doch so störend nicht sein, denke ich noch, mache aber alles aus, ohne zu mucken. Was hätte ich auch mucken sollen? »Wofür schreiben *Sie* denn? ›betrifft: erziehung‹ oder ›päd extra‹? Die ›Reform-Rundschau‹? Oder sind Sie von der Barmer Ersatzkasse?« Und wie lautet die korrekte Anrede? Lakai, Kettenhund, Sprachrohr? Ich sage also nichts, ich ärgere mich nur, erst über ihn, dann über ihn und mich und dann nur noch über mich. Als der Film aus ist, ist er natürlich längst weg, denn Nachspänne lesen wir ja nicht; wir gehen nur gern umsonst ins Kino.

Ha.

Anschließend schaue ich beim Optiker vorbei, und als ich – kling klang klung, klung klang kling – reinkomme, stürzt mir ein irischer Setter entgegen, der mir seine Hundeleine leihen möchte, damit wir ein paar Runden drehen. Die Optikerin zieht an ihren Schubladen und fragt: »Wie war der Name? Owohlt?« – »Nein«, sage ich, »Rrrrowohlt.« Dem Setter fällt die Leine aus dem Mund, und er knurrt enttäuscht zurück.

»Du hast mich mißverstanden«, sage ich. »Ich habe gar nicht geknurrt«, aber er versteht mich nicht. »Ich habe gar nicht geknurrrrt«, wiederhole ich, und dann klemme ich mir meine Brille unter den Arm und mache, daß ich wegkomme.

Ha.

Vor einem kleinen Antiquariat hole ich mir die »Klassische Halunkenpostille« von Fritz Grasshoff aus der Grabbelkiste, trete ein, und während ich von Theognis (um 500 v. Chr.) die Zeilen

Wer glaubt, er habe ganz allein
die Hinterlist der Welt gepachtet,
kann nur ein armer Irrer sein,
bei Licht betrachtet.

lese, höre ich, wie eine Kundin zum Antiquar sagt: »Auf so ein Segelboot bringen mich keine zehn Pferde mehr.«

Der Antiquar sagt: »So was ist auch nur was für das Plepps.«

Ich sage: »Die *pleeebs;* erstens Femininum, und zweitens ist das *e* stellungslang, weil zwei Konsonanten folgen.«

»Wie schön«, sagt die Antiquarin. »Sonst verbessert er mich immer.«

Und so ist es doch noch ein ganz prima Tag geworden.

Weiß auch nicht, warum.

Schöne Verleser

Man soll auf schöne Verleser achten, hatte der Mann gesagt. Und wenn man *Spanische Hofreitschule* statt *Spar- und Darlehenskasse* liest, dann ist das zwar sehr niedlich, aber es bringt uns nicht wirklich weiter. Ich dagegen habe gerade kurz hintereinander einmal *Grashüpfer* statt *Gralshüter* und *zen-triefend* statt *zen-* (Trennung) *trierend* gelesen, und schon bekommt alles einen Sinn, den Sinn, der ihm vorher gefehlt hatte: »Die Gefangenen um Brigitte Mohnhaupt spielten sich als ›Grashüpfer der Option des bewaffneten Kampfes oder der revolutionären Intervention in der Metropole‹ auf, hätten aber zur von der RAF seit 1992 versuchten Neuorientierung ›nichts Substantielles‹ beizusteuern, erregten sich die Illegalen.« (›taz‹, 8. 4. 1994) – »...unversehrt überragte, in frischem Glanz, der zentriefende Achteckbau wie ein Legionärsschild das viktorianische Pult des erschöpften Bahnhofs, aus dem wie seit vielen Jahrzehnten die Leute strömten.« (Durs Grünbein in ›du‹ 4/94)

Apropos Hofreitschule: In Wien sagte ein junger Mensch, der sich als »Obmann der polymorph-perversen Klinik« vorgestellt hatte, an jedem Handgelenk eine Armbanduhr, die Unterhose über der Überhose und auf dem Glatzkopf einen Hut aus sieben großen, bunten Kämmen trug, angesichts des *Globus*-Verlagshauses: »Also, ich finde, dies Gebäude ist ein *Statement.*«

In Wien war nämlich wieder eine Veranstaltung, in Brigittenau, eine Straßenbahnhaltestelle vor dem Friedrich-Engels-Platz, und dort, bei die Kummerln, im ehemaligen KPÖ-Verlagshaus, fand die rauschende Retrospektive »5000 Jahre Sparverein Die Unz Ertrennlichen« statt. Der stärkste Programmpunkt war Hermes Phettberg als Moderator: »Die Direktion hat mir fünf Briefumschläge zum Verlosen zur Verfügung gestellt. Wer hat denn heute Namenstag? Niemand? Wirklich niemand? Darf ich dann zwei Lügner auf die Bühne bitten?«

Aber der weitere Hergang wird nicht erzählt. Wer da nicht dabei war, hat selbst schuld. Ausreichend plakatiert war es jedenfalls. Bei der Getränkeausgabe lag eine Liste aus, in die sich eintragen konnte, wer über die weiteren Aktivitäten des *SDU,* wie wir ihn kurz und zärtlich nennen (des *renommierten* SDU, wie Fritz J. Raddatz ihn nennen würde, wenn man ihn ließe), informiert werden wollte. Mein Lieblingsname auf der Liste war Attila Röczvöcz, doch genutzt hätte mir der auch nichts: »Röczvöcz? Haben Sie was mit dem Röczvöcz-Verlag zu tun?«

Ein Statement von mir machte wie ein Lauffeuer die Runde. Robert Gernhardt hatte gesagt: »Kann man vielleicht mal die Fenster öffnen?« Darauf ich, umsichtig und gedämpft: »An die oberen Fenster kann man nicht ran, und wenn man die unteren aufmacht, kann man nicht mehr auf der Fensterbank sitzen; *so* schlau ist der Österreicher ja auch.« ›profil‹ hatte mit einer Titelgeschichte über Deutschenhaß aufgemacht; hinten stand ein Kasten über Peymann drin, vorn ein Leserbrief von Fritz Muliar gegen Peymann; man überprüfe das am Kiosk; ein ›profil‹ ohne diese Komponenten weise man als Fälschung zurück; die Hemisphäre war zum Zerreißen gespannt, wie Wolfgang Röhl (›stern‹ 15/94) sagen würde; allerorten entlud sich der Volkszorn in Statements.

In der Gaststätte »Draganits« lamentiert ein älterer Herr, was alles am Samstag auf ihn zukommt, dann, an mich gewandt, freundlich, erläuternd: »Am *Schabbes*, Herr Piefke.«

Drei Tage später treffen wir uns auf der Straße, und er will sich entschuldigen. »Nicht nötig«, I soothingly intermediate / lege ich mich besänftigend ins Mittel, »denn ich *bin* ein Piefke, kennt ihr meine Farben, und wenn Sie mich für einen Juden halten, beleidigen Sie nicht mich, sondern allenfalls die Juden.«

»Soll ich mir denn«, he sums it up / faßt er zusammen, »das Maul zusperren lassen? Wegen dem einen Zahn?«

Und wenn Sie sich fragen, warum ich plötzlich meine SAGTE ERs zweisprachig verfasse, so geschieht dies, um zu einem Schluß-Statement überzuleiten, welches von meiner lieben Übersetzer-Kollegin Ruth Keen stammt: »Nee, für mich keenen Schnaps; von Schnaps wer ich immer gleich schwanger.«

Gegendarstellung

Wolfgang Röhl (›stern‹) steht gern in der ›Zeit‹. Das kann ich gut verstehen. Ich stehe auch lieber in der ›Zeit‹ als im ›stern‹. Deshalb habe ich ihn einmal vorkommen lassen. Einmal war ihm aber nicht genug. Er bemühte seine Anwälte und erwirkte eine bildschöne Gegendarstellung, von der mir, wäre ich er, meine Anwälte sicher abgeraten hätten:

GEGENDARSTELLUNG

In der Ausgabe der ›Zeit‹ Nr. 16 vom 15. April 1994 schreibt Harry Rowohlt unter der Überschrift »Harry Rowohlt: Pooh's Corner« unter anderem: »...; die Hemisphäre war zum Zerreißen gespannt, wie Wolfgang Röhl (›stern‹ 15/94) sagen würde ...« Hierzu stelle ich fest, daß ich eine solche Formulierung nicht benutzt habe. In meinem Artikel im ›stern‹ heißt es vielmehr: »... – wohl das größte Phänomen in dieser vom religiösen Fanatismus geprägten Hemisphäre.«

Was in der Gegendarstellung nicht erwähnt wird, ist, daß er *Indien* als Hemisphäre bezeichnet hat, und nun hat Indien zwar durchaus etwas Konisches an sich, sogar etwas Ur-, meinetwegen Saukonisches, aber eine Halbkugel? Weit und breit nicht. Oder meint er, daß Argentinien, Chile, Antarktika, Australien und Neuseeland von Religionskämpfen gebeutelt sind?

Und nun kommt er schon wieder in der ›Zeit‹ vor.

Wie jemand es dermaßen pfeilgrad unter Umgehung des

Dudens – ich erinnere nur an Höchstleistungen wie *deja vue, Internas, die Ingredienz* und die *›New York Harald Tribune‹* (als die schon lange in Paris erschien, was besonders gut kommt, wenn man aus ihr zitiert, und Harald heiße ja noch nicht mal ich) – und unter Vermeidung jedweden Talentes schafft, sich in die Welt hinaus schicken zu lassen, aus welcher wir dann u. a. erfahren, daß der Hindu – genau wie ich – gern Fisch ißt ...: Das hat was; da spürt man einen Hauch von den Tagebüchern des Franzl H.: »Ich muß ma eben auf Toledde; du kannst solang die Stempel in meinem Reisepaß lesen. Aber nur, wenn du hinterher n büschen *lieb* bist.«

»Nun hör auf mit dem langweiligen Nöhl! Wie war es in der Lindenstraße? Erzähl! Erzähl! Erzähl!«

Ich war nämlich tatsächlich in der Lindenstraße, und im Julei werde ich einmal von hinten (außen) und einmal von rechts (innen) zu sehen sein. *(Akropolis. Tag. Innen.)* Ist sogar eine Sprechrolle, und ich sage »Danke schön« zu Vasíli, wie ich das zu jedem sagen würde, der mir einen *choriatikí* bringt.

»Und was hat Mutter Beimer gesagt?«

Mutter Beimer hat gar nichts gesagt. Mutter Beimer war gar nicht da. Fragt mich nicht immer nach dem, was nicht war; fragt mich nach dem, was war.

»Und Frau Kling? Was hat Frau Kling gesagt?«

Frau Kling hat gesagt: *Sind Sie der Sohn von Maria Pierenkämper?*

»Und? Warst du's?«

Logo, Baby. Bin ich noch.

»Und Herr Sarikakis? Was hast du zu dem gesagt?«

Was ich immer sage. Yassu, síndhrofe, ti kánis, kalá?

»Und was hat er gesagt?«

Polí kalá. Ke sís? Apo PU xeris elliniká?

Apo to Volo. Ala dhen *xéro* elliniká, ligaiki monon.

»Und was hat Frau Kling gesagt?«

Sprechts ihr griechisch?

»Und? Sprechts es?«

Ich könnte, was aber in der Kürze der ›Zeit‹ und in derem Schwarzweiß-Produkt nicht möglich ist, exklusiv den Hunni abdrucken lassen, mit der Seriennummer AA2142670YO, den ich für Komparserie-Arbeiten (zweimal außen, dreimal innen) eingestrichen habe, ich könnte Internas ausplaudern, eine Ingredienz nach der andern, aber ich habe leider einen Revers unterschrieben, in welchem ich mich verpflichte, nichts nach außen dringen zu lassen. Eins aber darf ich, glaube ich, jetzt schon verraten: Um Manuel (genannt *Chico*) werden wir uns auch im Julei noch Sorgen machen müssen. Er paßt nämlich in der Schule immer nicht auf.

Und wohin das führt, wissen wir.

4. Auflage

Wenn das fast gleichnamige Buch noch eine 4. Auflage erleben sollte, die dann bei Zweitausendeins verramscht wird, und keiner will sie, lese man den Untertitel: *Meinungen eines Bären von sehr geringem Versand.* (Aber die 3. Auflage liegt jetzt, gegen menschlichen Zugriff gesichert, in den Buchhandlungen, und wenn Sie aus dem Urlaub in den Cévennen oder in der Ardèche zurückkommen, können Sie sich immer noch was holen.)

Willkommen daheim! Ich war nämlich auch in den Cévennen oder in der Ardèche, denn Französisch liegt mir nun mal: Gauloises heißen *Gauloises,* Alsterwasser heißt *panaché*, und die ›taz‹ heißt ›Libé‹, in welche man sich nach einer Woche so eingelesen hat, daß man, wenn man Jean-Pierre Mercier kennenlernt, sagt: »Na, Alter? Was macht die Schachspalte?«

»Das ist eine gute Frage«, sagt er und hofft insgeheim, daß alle Leute den anderen Jean-Pierre Mercier fragen: »Na, Alter? Was macht dein Comic-Festival?«

Außerdem steht in der ›Libé‹, daß Marthe Robert, die französische Übersetzerin von, nein, nicht von Heinrich Böll, von Kafka, Robert Walser, Kleist, Lichtenberg, Büchner und den Brüdern Grimm, immer erst auch die Lieblingsbücher ihrer Klienten liest. *»Désolé, patron«,* werde ich in Zukunft sagen, wenn der Verleger auf Abgabe drängt, »*I have to bone up on my Properz,* so gern es mir leid täte, wa ey.«

Ich habe die Gegend unter sachkundiger Anleitung vom Bunch gewissenhaft durchgurkt, sogar mit der Dampfbahn, deren Hauptattraktion natürlich nicht der Dampf ist, sondern der Rauch. Alle geschlossenen Waggons sind für Schulen reserviert, die so feinfühlige Namen wie Jacques Prévert und Jean Moulin tragen, so daß man mit den offenen fahren muß, und wenn man aus dem Tunnel wieder rauskommt, sehen alle anderen ganz schwarz aus. »*Du* siehst ja aus«, sagt man dann.

Ich ja nicht.

»Touchez pas à ma table!« schreit die Wurstverkäuferin, und ich bin ausnahmsweise nicht gemeint, denn ich sehe, als ich mich in einem Waschraum im Spiegel überprüfe, ausgesprochen manierlich aus. Manierlich, und auch irgendwie gut und ungewohnt. Jung. Nicht mal für schwarze Fingernägel hat es gereicht. Erst als eine Dame ihren schwarzen Scotch-Terrier umarmt und plärrt: »Mein schöner weißer Hund! Was haben sie mit dir gemacht«, wird mir bewußt, was Ihnen längst bewußt ist: Der Sott geht in die Haare, wenn es genug davon gibt, und so schön braunschwarzgetönt und gleichzeitig auch ein bißchen wie Michel Simon und Jean Gabin…

…aber es gibt ja auch die Flüsse, in den Cévennen und in der Ardèche, in denen man schwimmen kann und die so klar sind, daß man bis auf den Grund blicken könnte, wenn man sich nicht rüde einen Weg durch die Forellen bahnen müßte, die man vom Nordischen Fischteller der DSG so gut kennt, daß sie nichts mehr zu befürchten haben…

…aber aus den sogenannten Lachfalten geht der Sott nicht raus, so daß man, selbst mehrfach shampooniert, noch tagelang wirkt, als trüge man ein ganz besonderes typunverträgliches Augen-Make-up. Roter Staub und schwarzer Schaum: Damit ist die Gegend praktisch umschrieben.

Nur der Wein sieht aus wie endlose Kohlfelder. Bei uns, wo man jeden Quadratzentimeter Sonnenlicht bündeln muß, merkt man sofort: Achtung, stillgestanden, Andacht; nicht so wüst, hier wird gesüßt. Das sieht so was von nach Arbeit aus, daß wir lieber gleich Ratzeputz trinken. Der entsteht wenigstens nicht am Hang, sondern in zugigen, lichtdurchfluteten Fabriken, und nur wenn die Ingwer- und Pfefferlaster vorfahren, stürzt auch noch der letzte Siedler auf den Frachthof wie die Kinder und fragt: »Wat heß denn düssenhüssenmetenmols mitbracht hebbt, Kordl, wa ey oder wat?«

So könnte ich noch stundenlang von Frankreich erzählen.

Aber richtig langweilig, mithin von ›news value‹, war es nur beim Théâtre de la Lune. Falls das ein Theater ist, wird Ihnen der Kollege Herbort davon berichten; falls es eine Installation ist, erfahren Sie Näheres über Frau Dr. Kipphoff; wir lassen Sie nicht im dunklen.

Es geht hier, soviel sei schon mal verraten, darum, daß Humbert Camerlo ein Amphitheater in den Felsen gesprengt hat, und nun versuchen viele fleißige Helfer, bei Vollmond Licht zu bündeln. Jeder hat einen Spiegel dabei, jeder fokussiert das Licht des Vollmonds, und der Rest?

Der Rest ist schnell erzählt.

Seit vier Jahren. Immer bei Vollmond. Mein Geld ist es nicht.

Wenn es mein Geld wäre, würde ich sagen: Auch ein Achtelmond macht, hübsch gebündelt, ganz schön was her. Dann hat man einen knappen Mon(!)at zum Proben, und sobald dann tatsächlich der liebe Vollmond lacht, geht man in Serie, und der Nachbar staunt.

Aber nein: Immer zu Vollmond muß man sich versammeln, und es ist ja alles so beziehungsreich, daß man sich nur noch beklommen am Bein kratzt.

Mein Nebenmann beim Strahlenbündeln, Muhämmäd, zählte all die Sprachen auf, die er beherrscht; Nummer 14 war Djoula. Djoula? Ja, das spricht man in Rwanda.

Der Rest sind Briten, kultivierte, britische Aussteiger, die so verständnislos im Mistral herumstochern, daß ich Nick und Jenny eine Flasche Olivenöl geschenkt habe. Mal sehen, was sie damit machen.

»Well... You know... We stopped after ketchup...«

(Das war die Kurzform. In Langschrift hätte das *»Well actually you know actually we actually actually* stopped *after well actually ketchup actually«* geheißen, und hätte ich ein *»How about ›in fact‹?«* eingeworfen, hätte die korrekte Antwort *»Well in fact actually«* lauten müssen. Sassanachs.)

Aber es gibt ja nicht nur wasser- und gewürzscheue Briten; es gibt auch sonst Leute, die laut sind und nichts können: Eine fette, alte Klafte betritt den Plan, ein verhuschtes Bälglein hinter sich her- und die Aufmerksamkeit auf sich ziehend, und nagelt Luftballons an die Wand. Dies ist der Geburtstag ihrer Tochter, und sie ist die berühmte

Susan Bright

welche, wenn wir ihr in den Medien keinen Platz einräumten, was ich gerade getan habe, nie aus ihrer angestammten kalifornischen – südkalifornischen – Versenkung herausgefunden hätte. Humpfdahumpfdahumpf. Ist ja alles eh nur Neid.

Top Seven

Zunächst ein kurzer Blick auf die Top Seven:

1. *Brain Sausage* (Barking Fish)
2. *Double-parked on Trouble Street* (54321)
3. *Contents Under Pressure* (Vinnie's Ear)
4. *My Career (in Air Conditioning)* (Cheap Wine)
5. *Go Away Please Stay* (Lezbeth)
6. *Burning the Snow* (Penile Colony)
7. *Meat Sins* (Screws)

Seit Jahren habe ich, wenn ich Rubriken wie das bekennerhafte »Ich habe gelesen« in ›konkret‹ lese, eine Heidenangst davor, daß es mich auch mal erwischt, und ich hoffe, daß ich, wenn es am Telefon heißt: »Hier ist die ›Brigitte‹; was lesen Sie eigentlich gerade?« gerade etwas Anspruchsvolles lese, denn ich lebe in einer so kulturbewußten Stadt, daß man gar nicht vorsichtig genug sein kann..

Auf dem Theater müht sich Maximilian Schell als Professor Higgins, einer Engländerin, die ohne seine Bemühungen gar keine Mühe damit hätte – »Ay tink cheese gottitt! Ay tink cheese gottitt!« –, englische Aussprache beizubringen, und Volker Lechtenbrink, den wir als deutsche Stimme von Mr. Zulu in »Star Trek V« kennen und lieben, spielt »Des Teufels General« im Ernst-Deutsch-Theater, welches ich hasse wie die Pest, weil ich Ernst Deutsch liebe und weil es vorher ein Kino war und es nicht schön ist, wenn Kinos zu Heimwerkermärkten, Fitneßzentren, Bowlingbahnen oder Theatern umgewidmet werden. (Vgl. hierzu den Krimi »Geierfrühling« von H. P. Karr und Walter Wehner, an dem ich allerdings auszusetzen habe, daß ein Begriff wie *Bottroper Schlachtplatte* erklärt wird, ein Begriff wie *Weißabgleich* dagegen nicht. Zu meiner Zeit brauchte man im Krimi nur Begriffe wie *Shagpfeife, Browning* und vielleicht noch *Havelock* zu verstehen, und schon konnte es losgehen.) (Eine Bottroper Schlachtplatte ist eine Currywurst mit Pommes rotweiß, und was ein Weißabgleich ist, *will* ich gar nicht wissen.)

Womit wir wieder bei dem wären, was ich jeweils dann lese, wenn gerade keiner fragt, was ich gerade lese.

Vor Antritt einer Bahnfahrt kaufe ich zwar immer wie Tucholsky mehrere Kilo bedruckten Papiers und stecke mir ein gutes Buch ein, aber *zum Lesen?* Da greift man dann doch lieber zu den »Besten Stories aus ›The Magazine of Fantasy and Science Fiction‹ 88. Folge« oder »Isaac Asimov's Science Fiction Magazin 43. Folge«. Die erscheinen bei Heyne, sind in aller Regel schauderhaft übersetzt und werden meist von einem Manne herausgegeben, der den schönen Namen Ronald M. Hahn trägt, 1948 in Wuppertal geboren wurde und sich in den achtziger Jahren mit populär geschriebenen Büchern zum Thema Film einen Namen gemacht hat, worauf immer wieder gern hingewiesen wird. Man fragt sich, wie er in den siebziger Jahren geheißen haben mag.

Da lernt man dann zwischen Oldenburg und Emden fast noch mehr, als wenn man die ›Zeit‹ läse, was zum Beispiel die Goldbachsche Vermutung ist (daß sich alle geraden Zahlen aus zwei addierten Primzahlen zusammensetzen); und man liest Sätze, die man gern seinem Feind & Neider entgegenschleuderte: »Ich brauchte lange, um zu erkennen, daß Zorn auf dich so sinnlos wäre wie Zorn auf die trächtige Schlupfwespe, die als Futterbasis für ihre schraffierten Larven einen lebenden Grashüpfer fängt und paralysiert!«

Da sagt er dann nichts mehr, der Feind & Neider. Beinahe hat man Mitleid mit ihm, und wenn er nicht der Feind & Neider wäre, wäre man versucht einzulenken: »Nimm's doch nicht so persönlich. Mein Zorn auf dich... Ist er nicht so sinnlos wie der Zorn auf die trächtige Schlupfwespe, die als Futterbasis für ihre schraffierten Larven einen lebenden Grashüpfer fängt und paralysiert?«

So sind alle wieder versöhnt, völlig gebannt ist man an Emden vorbeigerauscht, und auf dem Bahnsteig von Norddeich/Mole oder wo hat man dann genug Muße, die eingangs erwähnten Charts abzuwarten. Diese aber wird es erst in den Wilden Zwanzigern des 21. Jahrhunderts geben, und zwar in der Geschichte »Standing in Line with Mister Jimmy« von James Patrick Kelly, den ich hier vom Bahnsteig aus stellvertretend für alle jene herzlich grüße, die ich heimlich weglese, wenn keiner fragt.

1995

Nachbarn

Ein klasse Anfang:

Wenn die einzige Gerlinde, die ich kenne, nicht unauffindbar in die Südheide verzogen wäre, könnte ich ihr sagen, daß mir mein Nachbar auf den Wecker geht, und danach hinschreiben, daß mir mein Nachbar – Gerlinde gesagt – auf den Wecker geht.

Ich habe aber keinen Nachbarn, der mir auf den Wecker geht; ich habe zwei ganz entzückende Nachbarn, die gar nicht wüßten, wie man das macht.

Den einen der beiden kenne ich seit unvordenklichen Zeiten, und nachdem ich mal – ganz leicht angeheitert – nachts in die griechische *macchia* gefallen war und mich am nächsten Morgen mit übel zerschundener Fresse wieder zeigte, heftete er mir einen aus Retsina- und Bier-Kronenkorken gebastelten Orden an die Brust: *»For bravery in the field.«*

Dafür habe ich ihm ein in Amerika aufgelesenes Anklebsel von außen an die Wohnungstür geheftet, und als er gerade aus der Tür treten wollte, rannte er in die Trittleiter hinein, auf der ich stand, und sagte auf schottisch: »Ach.« Auf dem Anklebsel aber stand:

GOD MADE THE SCOTS
JUST A WEE BIT BETTER

Er ist vom stolzen Clan der Drummonds, deren Tartan, was mir besonders in diesen Zeiten behagt, in den Farben Rot-Rot-Rot gehalten ist, mit einem kleinen Schwarzen hie und da.

Jajaja, das Keltentum. In dem Text, den ich gerade übersetzt habe, kam *Military Pickles* vor, und daß das höchstwahrscheinlich keine sauren Gurken aus Armeebeständen sind, habe ich mir auch schon gedacht; sonst hätte es *military pickles* geheißen oder *Surplus RAF Ghurkins*, oder was weiß ich. Ich hatte mir jedenfalls vorgenommen, da ich aus einem traurigen Grund nach London fahren mußte, einen jeden zu fragen, was das wohl wäre, las aber natürlich vorher noch mal alles im sogenannten Kleinen Webster zum Thema *military* nach: Und plötzlich war alles wieder da:

> [22]: military persons; esp: army
> officers <the ~ in the car gave
> ..no salute as they drove off –
> William Sansom>

William Sansom ist nämlich Cornwalls Antwort auf Franz Kafka, und da ich mit 18 in William Sansoms Hintergarten in St. John's Wood (London) gezeltet habe, kann man sich vorstellen, für wen ich mich entschiede, wenn es hart auf hart ginge: »Kafka oder Sansom? Cornwall oder Prag? Aber schnell!«

Und da merkt man dann wieder, daß einem sein Brüderchen fehlt. Sein Brüderchen hätte man mitten in der Nacht angerufen und ihm gesagt, daß man mitten in der Nacht auf William Sansom gestoßen ist, und mein Brüderchen hätte mir erzählt, daß ihn, als er mitten in der Nacht zufällig mal besoffen war, ein Übersetzer angerufen hat, der im sogenannten Großen Webster die Zitatangabe

<...grummelmummel schrummdibrumm –
H.M. Ledig-Rowohlt>
gefunden hatte!

Nur war der Übersetzer in der betreffenden Nacht ebenfalls zufällig besoffen gewesen, so daß ich mir bis zu meinem Tode vorstellen werde, wie mein Brüderchen bis zu seinem Tode den sogenannten Großen Webster von *aardvark* bis *zyzogeton* durchgelesen hat und sich sagte: »Irgendwann muß es doch mal kommen.«

Der traurige Anlaß war die Beisetzung meiner schottischen Schwägerin Jane, welche übrigens zu ihren Lebzeiten ein ebenso harm- wie tadelloses Liebesverhältnis zu meinem schottischen Nachbarn unterhielt, und das achte und ochte hochachtbar, und alles, was man konnte, war, *uísgeach* nachschenken, während sie einander – »Alpha es et Och« – über das Gemecker (GeMcKerr? Hätte Arno gesagt. Der andere.) (Ach, Ulrich. Ach, Boß.) der nichtschottischen Außenwelt hinwegtrösteten.

Wer ist denn sonst noch gestorben? Jean Tardieu, und Iris Radischs schönem (»Iris Radischs schönem...« Lesen Sie das mal laut vor, das ist die beste Kukident-Reklame. Mein Klassenkamerad Joachim Kuntzsch hat mal Saskia Zschach geheiratet, so daß die arme Frau jetzt Saskia Kuntzsch-Zschach heißt. Wenn die beiden sich verkrachen, kann er immer noch Fee Zschocke heiraten. Wo waren wir? Ach so. Bei Iris Radischs schönem) Nachruf (»Adieu, Tardieu«, ›Zeit‹ Nr. 6/95) möchte ich noch einen kleinen Nachklapp folgen lassen. Die deutschsprachige Welturaufführung von Tardieus »Die Liebenden in der Untergrundbahn« fand nicht etwa in einem der großen Häuser statt, sondern in unserer Schule. Unser netter Französischlehrer Herr Schultz, ein feinstgeistiger Vegetarier und Esperantist, hatte die Übersetzung besorgt, und meine erste Liebe Petra spielte eine alte Dame, die einen einzigen Satz zu sagen hatte: »Es gibt einen Punkt, an dem es beginnt, sehr, aber schon *sehr* erniedrigend zu werden«, und damit wären wir wieder beim Wecker, auf den mir zu gehen mein Nachbar sich weigert.

Herr Lehmann

Nichts gegen Leipzig. Und nichts gegen Dassel beziehungsweise Flecken Markoldendorf, und gegen München, Wien, Mainz und Köln schon gar nichts, aber in Hamburg ist es natürlich am allerschönsten. Auf dem Dienstags- und Freitagsmarkt unter der Hochbahn Eppendorfer Baum–Hoheluftchaussee (Sogar die Spanische Hofreitschule in Wien läßt ihre Zossen zu den Klängen von »Hoheluft, Hoheluft, Hoheluftchaussee« tanzen; »Radetzkymarsch« nennen die das da unten.) sagt Siggi von »Siggi's Imbiß« zu Herrn Lehmann, unserem Kontaktbereichsbeamten: »Na, Herr Lehmann, heute ganz in Grün? Tja, wer's *tragen* kann...«

LEIPZIG. Ein heftig angenüchterter Zechpreller in der *Weinstube Regina.* Ich frage den Kellner leise, wieviel der Mann schuldet, damit ich das vielleicht übernehme und für heute meine gute Tat getan habe. »Ölf Mork«, sagt der Kellner, »aber nu isses zu spät; ich mach mich doch nicht vor der Polizei lächerlich.« Die erscheint auch prompt, eine Polizistin und ein Polizist; die Polizistin will sich zügig auf mich stürzen, aber der Zechpreller ruft: »Nää, ich bin der Betreffende«, und hat für heute seine gute Tat getan. Dann wird er abgeführt, und die Beamtin wirft mir im Hinausgehen noch einen langen, begehrlichen Blick zu. Nicht traurig sein. Ich komm' ja wieder, Gottfrnubblbulle.

DASSEL/SOLLING. Beim Waldspaziergang fragt Marie (3): »Darf ich euch nochmal erschrecken?«

FLECKEN MARKOLDENDORF. *Ich (zu einem jugendlichen Randalierer):* Stör mich hier nicht bei der Arbeit. Ich stör dich ja auch nicht beim Ausmisten. / *Alle:* Kann er gar nicht!

MÜNCHEN. *Dame:* Schauns Ihnen die Niggermammi an, wie die die Maß sauft; grad wie wanns an Reiswein war. *Ich:* Palmwein. *Dame:* Verzeihung. Grad wie wanns an Palmwein war.

WIEN. Sie können sich gar nicht vorstellen, wie schnell man, wenn man am Telefon diesen Spruch aufsagt – *»Grüß Gott, ich bin Harry Rowohlt, und ich sitze gerade im Tonstudio, um für eine Dramatisierung von ›The Dalkey Archive‹ von Flann O'Brien den Heiligen Augustinus unter Wasser auf Band zu sauen, und nun wüßte ich gern die Melodie von ›Was My Mother Born In Ireland‹ und gern auch noch die ersten vier Zeilen davon.«* –, weiterverbunden wird.

(»Auf Band sauen« ist übrigens ein Schüttelreim: Wer Gott, dem Allerhöchsten, traut, / Der hat noch nie auf Band gesaut.)

Aus dem Brief eines Hausbesitzers: »Ich kann Sie beruhigen. Das Haus wird nicht saniert, und es können hier auch weiterhin Habenichtse wie Sie, Zigeuner, HIV-Positive, Journalisten und andere Marxisten wohnen bleiben.« Was ich den Hausbesitzer gern gefragt hätte: »Wenn Sie schon Zigeuner, HIV-Positive, Journalisten und andere Marxisten aufzählen, warum erwähnen Sie die Tschuschen nicht, Herr Andreewitsch?«

In Wien entdecke ich eine O'Brien-Gasse, an deren einem Ende sich ein sehr beachtlicher stillgelegter Bahnhof befindet. Wenn ich nur halbsoviel Geld hätte, wie mir eine gewisse Presse immer wieder unterstellt, würde ich ihn kaufen, sanieren und Franz Josef Wagner von der ›Bunten‹ einen schönen, zugigen Kiosk einrichten.

MAINZ und KÖLN. Über Mainz und Köln kommt man nach HAMBURG. Herr Lehmann fragt Siggis Frau: »Wie haben Sie denn die Osterfeiertage verbracht?« Siggis Frau sagt: »Ich war praktisch nur im Garten. Hab endlich mal wieder n büschen *Zuch* in die Rosen gebracht. War ja alles schon richtig überwuchert …« Herr Lehmann: »Sprechen Sie nicht weiter! Man mag es sich ja gar nicht vorstellen! Diese zarten Hände inmitten all der Dornen!« Siggi: »Herr Lehmann, wenn Sie weiterhin in dieser Form auf meine Gattin einsülzen, dann können Sie sie haben.«

Dieser Anfang muß weg

Es gibt doch diese Käffer, in denen man sich zutiefst angeheimelt fühlt, und das fängt schon mit dem als Bunker getarnten Büdchen am Bahnhof an ... Nein, zuerst mal den Anfang. Auf den habe ich so lange gespart, und nachher ist er dann weg. Sternchen.

*

Vor Annas Haus steht ein blühender Kastanienbaum, und jeden Morgen sagt Anna: »Guten Morgen, liebe Kastanie.« – »Die Kastanie grüßt / mit tausend Erektionen«, heißt es bei Rühmkorf.

So gehört sich das. Der Rangniedrigere grüßt zuerst: Anna die Kastanie und die Kastanie den Dichter.

Dieser Anfang mußte einfach erst mal weg. Sonst steht er herum wie Kirschkuchen, und niemand traut sich.

Es fängt aber trotzdem bereits in den als Büdchen getarnten Bunkern an, und man fragt sich: »Na, wenn das nicht zum Versacken einlädt ...«, aber dann wird es noch viel, viel schöner.

Langenfeld ist so ein Kaff. Malerisch genau zwischen Köln und Düsseldorf gelegen, so daß es dort sowohl – was sonst inkompatibel ist – Kölsch als auch Alt gibt, erstreckt es sich mehrere Büdchen lang durch die als trostlos bekannte Rheinebene, und wer je ein tiefer gehendes Gespräch zu führen bestrebt ist, müßte sich schon am scharf gemachten Schäferhund vorbei zum dortigen *Birkenstock*-Generalvertreter durchfragen.

Meint man.

Ist aber gar nicht der Fall.

Langenfeld ist nämlich die Heimat des gepflegten Diskurses, in den Monaten mit R gibt es riesige Portionen Muscheln rheinische Art mit Weißwein und Schwachzbrot (»Darwet auch notfalls 'ne große Portion sein?«), vor den Büdchen stehen erregte Debattierer (»Manchmal fraare isch misch aber in escht, was die Leute immer gegen Ausländer haben.«), und zu den Tagen der »Langenfelder Tage des Schlechten Geschmacks« herrscht aber vollends fröhliches Getummel, wie es bereits im Liedgut der Ex-DDR, welche, wir erinnern uns, einstens mal als Folge der und Replik auf die »leidige Hüttlerbarbarei« (E. Henscheid) gegründet worden war:

Auch bei Demonstratz-
Ionen,
Soll sich der Einsatz
Lohnen,
Da wünscht man sich die
Menge
Mitmenschliches Gedrä-hänge.

Und genau dies, »Langenfelds Tage des Schlechten Geschmacks« sind jetzt bedroht, denn *was* haben wir uns all die Jahre gefragt? Was die FDP noch soll, haben wir uns all die Jahre gefragt. Die FDP aber hat die »undemokratische Fünfprozentklausel« (E. v. Schnitzler) geschafft und ist mit der regierenden CDU jetzt in der glücklichen Lage, sagen zu können: »Dat jiddet doch janit; dat muß wesch.«

Was nun genau sind oder waren »Langenfelds Tage des Schlechten Geschmacks«? Wir können sie uns so vorstellen, daß kaum jemand, der die Freiheitsfeier im renommierten Thalia Theater (20095 Hamburg) bestritt, damit rechnen konnte, nach Langenfeld eingeladen zu werden und umgekehrt. Josef Hader statt André Heller. Wiglaf Droste statt Sie-wissen-schon.

Und dann wollen wir auch nicht vergessen, daß Ali arbeitslos würde, Ali, der Abholer und Hinbringer, der Aufbauer und Wiederabräumer, Ali, der gesagt hat: »Willst du mir nicht noch mal den Islam erklären?«

»Ich hab dir schon mal den Islam erklärt?«

»Ja. Gestern abend. Gleich als erstes.«

Stimmt. Ich bin nämlich, seitdem mir ein türkischer Stehimbiß-Inhaber auf St. Pauli morgens um vier den Islam erklärt hat, in der Lage, verschwenderisch den Islam zu erklären und mich auf diese Weise geschickt in die Annemarie-Schimmel-Debatte einzuklinken beziehungsweise mich an sie anzuflanschen.

Der Islam aber vollzieht sich folgendermaßen: »Mohammed hatte keinen Kühlschrank, Schiß vor Weiber, und nach zwei Bier war er besoffen. Da hast du den ganzen Islam.«

Ich fürchte, Langenfeld betrifft uns alle. Nennen wir es getrost Fatwa.

Unser Schiff für Mururoa

Für den Fall, daß Sie noch nie selbst rundgefunkt haben, erzähle ich Ihnen jetzt, wie das ist, das Rundfunken.

Man kommt nach Hause und ist entzückt. Auf dem Anrufbeantworter blinkt eine hektische digitale 2: Zwei Anrufe! Man drückt, und eine weibliche Quäkstimme sagt, von statischen Entladungen fast unverständlich zugeknurpselt: »Ich *mag* nicht nach dem Pfeifton sprechen... Obwohl es *viel* zu sagen gäbe...« Dann eine solide Männerstimme: »Hier Geißler, Radio Hamburg. Für unsere Aktion ›Hamburg zeigt Flagge. Unser Schiff für Mururoa‹ hätten wir gern ein Statement von Ihnen. Wenn Sie Lust haben, rufen Sie uns bitte an.« Ich hatte mal einen – das gibt es – netten Mathe-Lehrer namens Geißler und rufe umgehend an. Ich labere Herrn Geißler (der genauso nett zu sein scheint wie der andere, der echte Herr Geißler) ein bißchen voll, und er sagt: »Wir wollten aber weniger was über Ihren Frankreich-Boykott hören als über Ihre Unterstützung unserer Aktion ›Hamburg zeigt Flagge. Unser Schiff für Mururoa‹.« Ich sage: »Das letztemal, daß wildfremde Menschen für etwas, was ich richtig fand, die Knochen hingehalten haben, war das der sogenannte Vietcong, und seitdem schicke ich nicht mal mehr Leute zum Brötchenholen vor die Tür, wenn ich das auch selbst machen könnte. Aber wenn Sie den Quatsch, mit dem ich Sie vorher vollgelabert habe, senden möchten, sage ich Ihnen den gern noch mal auf. Geht das auch telefonisch?« – »Ja, das geht auch telefonisch«, sagt Herr Geißler, »legen Sie auf; ich ruf' dann wieder an.« Ich lege auf. Er ruft an und sagt: »Jetzt.« Ich sage: »Mein Name ist Justus Frantz, und ich wünsche mir viele *Klassik-Radio*-Hörer beim Schissich-Holstein-Musikfestiwell.« Herr Geißler sagt: »Lügen darf man aber nicht im Radio. Also noch mal, und zwar ein bißchen professionell.« Ich räuspere mich ins Off und sage: »Guten Tag, ich bin Harry Rowohlt. Zu der Aktion ›Hamburg zeigt Flagge. Unser Schiff für Mururoa‹ verspreche ich hoch und heilig, daß ich während der Gesamtdauer des Frankreich-Boykotts nur Gauloises *mit Filter* rauchen werde. Ansonsten habe ich alle Hände voll damit zu tun, südafrikanische Erzeugnisse zu kaufen, damit die merken, daß ich sie bis neulich noch boykottiert habe.« – »Na bitte«, sagt Herr Geißler, »warum nicht gleich. Ich soll Ihnen übrigens von meiner Mutter ausrichten, Sie seien ein fauler Hund und müßten mal wieder eine Kolumne schreiben.« Jetzt wissen Sie, wie das ist mit dem Rundfunken und dem Kolumnenschreiben.

Einen Tag später hörte ich im Autoradio plötzlich die vertraute Stimme wieder: »Mein Name ist Justus Frantz. Ich habe oft gute Laune, und ich brauche auch viel gute Laune. Beides gibt mir Klassik.« Beides? Das Haben und das Vielbrauchen? Immerhin nicht gelogen.

Wie ja Rundfunken überhaupt Spaß macht, wenn man es nicht verpatzt. Vor Jahren sollte mich ein junger Mensch vom Bayerischen Rundfunk interviewen; wir saßen im »Giesinger Hof«, die Kellnerinnen räumten mit Getöse die Bestecke vom Mittagstisch in die MesserGabelLöffel-Fächer, draußen ging ein heftiges Sommergewitter herunter, der junge Mensch schaltete den Recorder ein, und ich sagte wie eine Mischung aus Fox-tönender-Wochenschau und Winfried Scharlau: »Äwir äbefinden uns hier im Ägiesinger Hof, ädie Kellnerinnen räumen ädie Bestecke vom Mittagstisch äzusammen, und draußen ägeht ein äheftiges Äsommergewitter äherunter... Äwas nun genau führt Sie zu uns nach München, Herr ... Äh? ...« Und der junge Mensch sagte erbleichend: »Sie haben da, glaube ich, was mißverstanden.«

Viele Jahre später, wieder in München, wieder in einer Kneipe, wurde ich vom Österreichischen Rundfunk interviewt, und es ging auch diesmal alles leidlich glatt, aber dann wurde der Interviewer gemein: »Nun sagen Sie uns zum Schluß bitte noch: Wie werden Sie mit Ihrem plötzlichen Ruhm fertig?« Da dieser mein Ruhm weder plötzlich noch Ruhm war, und da ich wußte, daß der Interviewer das wußte, mußte mir ganz schnell etwas Verletzendes einfallen, und ich sagte: »Ich habe Nacht für Nacht den gleichen Albtraum wie Arnold Schwarzenegger. Ich hab immer Angst, ich wach auf und bin in der Steiermark.«

Carte blanche

Wußten Sie, daß es in Braunschweig ein Filmfest gibt? Auf dem 9. von der Sorte war ich neulich, und falls es ein 10. geben sollte, habe ich fest vor, wieder hinzufahren, auch wenn ich dann nicht *carte blanche* haben werde. *Carte blanche* heißt, daß sich die Braunschweiger jemanden einladen, der darf sich dann seine vier Lieblingsfilme ansehen, und alle Braunschweiger müssen mitkucken und die auch ganz toll finden, und weil ich in meiner großen Zeit mal Filmkritiker bei der ›Zeit‹ war, dachten die Braunschweiger, ich verstünde was von Filmen, und haben mich eingeladen und gut behandelt und nach meiner Meinung gefragt, was aber sowieso dasselbe ist. Was ich zum Beispiel davon halte, daß die Lindenstraße in Berlin in Axel-Springer-Straße umbenannt werden soll? (Ich *(lässig):* Dann sollen die gleich Nägel mit Köppen machen und Unter den Linden auch noch umbenennen. In Unter den Axeln.) Und wenn man Sergio Corbucci von Giulio Questi unterscheiden kann, steht zwei Tage später in der ungewöhnlich lesenswerten ›Braunschweiger Zeitung‹: »Phänomenal, was der Mann alles in der Birne hat!«

Mein Betreuer hieß auch Harry, Harry Binder, und ich habe bis zum letzten Tag gebraucht, um nicht mehr zu reagieren, wenn jemand »Harry!« rief, aber inzwischen klappt das ganz gut, und ich werde das, glaube ich, beibehalten. Meine vier *carte blanche*-Filme waren »Bashu« von Bahram Beizai (Nie was von gehört, was? Da können Sie mal sehen.), »Indien« von Paul Harather, »Heimat, süße Heimat« von Jiří Menzel und natürlich »Help!« von Richard Lester, was denn sonst. Außerdem habe ich, um meine Anwesenheit zu rechtfertigen, in der Buchhandlung Graff alles vorgelesen, was ich jemals über Filme geschrieben habe, und an einer Podiumsdiskussion teilgenommen. Außer der Moderatrix Christiane von Wahlert und mir saßen auf dem Podium Cori Tigges, eine lustige, freche, schöne, HIV-positive Wuppertalerin, die einen Film über sich vorstellte, und der Hamburger Oberstaatsanwalt und Filmkritiker Dietrich Kuhlbrodt, der von den Dreharbeiten von Christoph Schlingensiefs »Trash« berichtete, und das war naturgemäß viel komischer als Christoph Schlingensiefs »Trash«, obwohl ich von diesem Faszikel nur die ersten zehn Minuten gesehen habe; danach hat es mich wg. Bauchwehs mit einer Käpt'n-Blaubär-Wärmflasche aus der Wärmflaschensammlung von Harry Binders Bekannter erst mal ins Bett geschrägt, weshalb mein Diskussionsbeitrag lautete: »Ich weiß eigentlich gar nicht, was ich auf diesem Podium soll; ich habe nämlich in meinem ganzen Leben nur zehn Minuten Schlingensief gesehen, und bei Aids kann ich auch nicht mitreden, weil ich es bisher nur mit Mühe und Not auf Filzläuse gebracht habe«, worauf Cori Tigges sagte: »Das können wir aber ändern«, und da haben mich dann alle mit Recht gehaßt und Cori Tigges mit Recht geliebt.

Schlingensief hatte zum besseren Verständnis seines Werks ein Flugblatt verteilen lassen, welches mir, weil ich nichts wegschmeißen kann, immer noch vorliegt, und ich habe es noch einmal überflogen und bei dem Satz *Vom Internat hatte ich viel* beifällig genickt und gesagt: »Das merkt man«, aber dann habe ich den Satz noch einmal gelesen, und da hieß er leider nur noch *Vom Internet halte ich viel.*

Und wenn Sie nun Lust bekommen haben sollten, auch mal beim Filmfest Braunschweig eingeladen zu werden, dann muß ich Sie leider darauf hinweisen, daß man sich zum Schluß ins Gästebuch eintragen muß, und da muß einem dann was einfallen. Als es bei mir soweit war, habe ich alles, was ich phänomenalerweise in der Birne habe, in die Waagschale geworfen und geschrieben: *Autorenkino, Regietheater, Befreiungstheologie –: Alles genauson Quatsch wie mittelscharfer Senf. Schön war es bei Euch. Harry Rowohlt*

1996

Bestseller

»Wenn die etwas von mir wollen, sollen sie mich doch in Ruhe lassen!« schimpfe ich und lege auf. Was denn nun noch alles. Aber man könnte auch mal wieder die Post lesen. Der dritte 5 cm dicke Stapel Rezensionen ist gekommen. Das vorvorletzte Buch, das ich übersetzt habe, stürmt die Sellerlisten wie Schmidts Katze, seitdem Reich-Ranicki im Dichterquartett geschäumt hatte, die Leute, die da drin vorkämen, interessierten ihn nicht, ihn interessierten nur Lübecker Patrizierfamilien. »Lübsche Patrizierfamilien heißt das, du schäumender Ausländer!« habe ich den Fernseh angeschnauzt. »Außerdem findet alles, was du in dem Buch vermißt, im Kopf des Lesers statt, vorausgesetzt, es hat einen, und vorausgesetzt, er hat einen !« Was denn nun noch alles. Na bitte: In der »Bücher-Hitparade« des ›Werdenberger und Obertoggenburger‹ ist das Buch auf Platz 3 (Vorwoche: Platz 7), im ebenfalls gerngelesenen modernen Nachrichtenmagazin ›Focus‹ sogar auf Platz 1.

Na bitte: Jörg Plath auf Radio Bremen. Quackeldiquakkeldiquackel, wann kommt denn endlich der Übersetzer? Ah, da ist er ja schon: »...Juden, die der Übersetzer Harry Rowohlt unerfindlicherweise schwäbeln läßt ...« Unerfindlicherweise steht die Telefonnummer des Rezensenten dabei (030/583 03 11)*, na, der soll mich kennenlernen. Besetzt. Typisch. Plappermäulchen. Dann der Anrufbe-

* Bitte nicht mehr anrufen! Nummer geändert!

antworter. »Wenn Sie das für Schwäbisch halten«, ächze ich, vor Wut ganz schwach, »sind Sie dermaßen von allem unbeleckt, daß Sie... daß Sie... daß Sie ganz still sterben gehen sollten.« Was denn nun noch alles.

Nun wird es Zeit fürs Theater. Erschrecken Sie nicht. Ich gehe nicht ins Theater. Jedenfalls nicht in den Zuschauerraum. Sondern gleich auf die Bretter, die die Bühne bedeuten. Wiglaf Droste und Gerhard Henschel lesen nämlich um 23 Uhr im Schauspielhaus Hamburg ihren satirischen Roman »Der Barbier von Bebra« vor, und weil ich da als Romanfigur vorkomme, hatte ich mir gedacht, es ist vielleicht ganz kulant, wenn ich die mir in den Mund gelegten Sätze als Überraschungsgast selbst vortrage. Das Schauspielhaus ist in der Kirchenallee, und die Bodega Nagel ist ebenfalls in der Kirchenallee, und in der Bodega Nagel ist es schön. Nach dem Schauspielhaus sitzen Wiglaf, Gerhard, ich und 15 Unsortierte in der Bodega Nagel, und eine wildfremde Frau fragt mich: »Du, der Typ, der in der ›Lindenstraße‹ den Taxifahrer Andy Zenker spielt, ist der noch unverheiratet?« – »Kannste vergessen«, schnappe ich. »Der ist kleiner als du, und das sieht beim Engtanzen echt scheiße aus.« Was denn nun noch alles.

Gerhard Henschels hiesige Freundin – Gerhard Henschel hat wegen seiner angenehmen Art und wegen einer ererbten wertvollen Autographensammlung in jedem Hafen eine Braut – zetert: »So eine Dreckskneipe! Können wir nicht mal wohin, wo's schön ist? Ins ›Dorf‹ z. B.?!?« Das »Dorf« ist eine heiße, laute, ungemütliche Unsortiertenkneipe, und wer in meiner Gegenwart die Bodega Nagel beleidigt, kann schon mal zu Hause anrufen, daß es voraussichtlich etwas später wird. »Du dämliches Zierpüppchen«, fauche ich. »Läßt hier die Klassefrau raushängen. Aber Klassefrauen erkennt man nicht daran, daß sie im ›Dorf‹ einen Blick auf Christian Quadflieg erhaschen wollen, sondern daran, daß sie uns alle im Kempinski-Grill freihalten. Dazu jedoch fehlt es natürlich an den Barmitteln. Außerdem gehörst du sowieso nicht in einen Ausschank, sondern in einen rosa Tütü und an den Rückspiegel gehängt.«

»Ich brauch mich doch von dir nicht beleidigen zu lassen«, keift sie, und Gerhard Henschel legt sich in seiner angenehmen Art, hinter welcher man die Selbstsicherheit des Besitzers einer wertvollen ererbten Autographensammlung spürt, ins Mittel: »Er beleidigt dich nicht; er will dir etwas sagen.«

Zu Hause lese ich als Absacker noch ein bißchen in dem Stapel. Ulrich Sonnenschein im Hessischen Rundfunk. Quackeldiquackeldiquackeldiquack, wann kommt denn endlich der Übersetzer? Ah, da ist er ja: »Man muß es dem Verlag hoch anrechnen, den nicht gerade für einen leichten Umgang bekannten Übersetzer Harry Rowohlt gewonnen zu haben.« Also, das habe ich jetzt nicht verstanden.

Der Übersetzer-Preis

Angela Praesent kriegt schon wieder einen Übersetzer-Preis. Nicht, daß ich ihr den nicht herzlich mißgönnte; man will ja auch nicht ungerecht sein, aber daß sie schon wieder einen kriegt, das ist ja fast schon ein *tópos:*

Es waren Vögel in der Luft. In der Ferne bellte ein Hund. Angela Praesent bekam einen Übersetzer-Preis.

Unterdessen war es immer später geworden. Der Wind heulte tüchtig im Kamin, die Herren erzählten Gruselgeschichten, die Damen gruselten sich, und man sprach fleißig dem Eierpunsch zu, als plötzlich die alte Standuhr in der Diele laut und vernehmlich zu schlagen begann. Zwölfmal. Geisterstunde. Wie ein kalter Flügelschlag wehte es über die ausgelassene Gesellschaft und hieß sie beklommen innehalten. Nur hinter der schweren Eichentäfelung hörte man, wie Angela Praesent einen Übersetzer-Preis bekam.

Die Türklingel schrillte. Heftig wurde an die Tür geklopft. »Aufmachen! Polizei!« Angela Praesent bekam vor Schreck einen Übersetzer-Preis.

Ein Trostpreis dafür, daß man Harold Brodkey übersetzt hat, wäre auch einer zu wenig. Ich habe auch mal Brodkey übersetzt und gedacht: »Was ist denn das für ein Spasti??? Alles falsch schreiben und keinen Punkt auf der Maschine. Statt dessen immer – – –«

Stellen Sie sich das mal vor. Sie fressen sich durch den absoluten Schwachsinn des Joyces der 90er, und anstelle eines Punktes schreibt er immer – – – Und jetzt stellen Sie sich das mal vor – – – Das kann man gar nicht tippen, so blöd ist es – – – Stellen Sie sich mal vor, Sie schrieben – – – Und Sie finden kein Satzende, sondern immer nur – – – Aha, denken Sie, jetzt werden auch allmählich die deutschsprachigen Lektorate aufmerksam, denn wenn jemand keinen Punkt auf der Maschine hat und absolut unspannend seinen Schwuchtelkram aufdröselt, dann müssen Diogenes, Rowohlt und Hanser doch sofort mitbieten – – – So, stelle ich mir vor, ist der Haffmans Verlag entstanden. Punkt.

Kennen Sie die Geschichte über den Mann mit dem Kinn aus Stahl? Können Sie gar nicht kennen. Waren Sie ja nicht dabei. Deshalb erzähl ich sie Ihnen. Sie müssen sich aber alles, was in VERSALIEN (= Großbuchstaben) kommt, von jetzt an in KÖLSCH vorstellen.

Also: GROSSBUCHSTABEN: KÖLSCH.

Es gibt nämlich auch Menschen, die sich ihr Geld ehrlich verdienen. Aber das ist die Moral der Geschichte, und ich nehme sie nur rasch vorweg, damit sie nicht verlorengeht.

Straßenfest in der Dieselstraße in Köln-Kalk. Der Anreißer sagt: »UND NUN, MEINE SEHR VEREHRTEN DAMEN UND HERREN, ALS ABSCHLUSS UND KRÖNUNG UNSER MONSIEUR DE BERGERAC AUS FRANKREICH. MONSIEUR DE BERGERAC ENTSTAMMT EINER URALTEN FRANZÖSISCHEN AKROBATENDYNASTIE UND IST SEINEN REICHHALTIGEN FRANZÖSISCHEN VERPFLICHTUNGEN ENTFLOHEN, UM HEUTE ABEND HIER, MEINE SEHR VEREHRTEN DAMEN UND HERREN, UNTER BEWEIS ZU STELLEN, UND WENN ICH SAGE ›UNTER BEWEIS‹, DANN

MEINE ICH ›UNTER BEWEIS‹, DENN MONSIEUR DE BERGERAC, MEINE SEHR VEREHRTEN DAMEN UND HERREN, IST DER MANN MIT DEM KINN AUS STAHL. UNSER MONSIEUR DE BERGERAC AUS FRANKREICH WIRD VOR IHREN EIGENEN UNGLÄUBIGEN AUGEN, MEINE SEHR VEREHRTEN DAMEN UND HERREN, SCHIER UNGLAUBLICHES VOLLBRINGEN. ER WIRD GEWICHTE HEBEN, JA, BALANCIEREN, DIE NOCH NIE ZUVOR VON JEMANDEM GEHOBEN WORDEN SIND, UND ZWAR, WIE ICH BETONEN MÖCHTE, AUF SEINEM KINN AUS STAHL. BITTESCHÖN: EINEN SCHÖNEN APPLAUS FÜR UNSEREN MONSIEUR DE BERGERAC AUS FRANKREICH!«

Monsieur de Bergerac aus Frankreich packt sich erst einen, dann zwei, dann drei, dann vier Stühle aufs Kinn.

»UND NUN NOCH EINEN SCHÖNEN SCHLUSSAPPLAUS FÜR UNSEREN MONSIEUR DE BERGERAC AUS FRANKREICH, WELCHER SICH JETZT FLUGS IN SEIN GELIEBTES FRANKREICH ZURÜCKBEGEBEN WIRD, WO IHN BEREITS REICHHALTIGE VERPFLICHTUNGEN ERWARTEN. MERCI BIEN, LIEBER MONSIEUR DE BERGERAC, UND AU REVOIR!«

Ich stelle mich ans Büdchen, kriege ein Kölsch, Monsieur de Bergerac aus Frankreich stellt sich neben mich, kriegt ebenfalls ein Kölsch, lenzt es in einem Zug und stöhnt: »BWOA, DADDISJOOT!«

Voodoo

Also, meiner Ansicht nach ist es Voodoo. Die HNO-Ärztin sagt zwar, es sei eine virale Laryngitis, aber meiner Ansicht nach ist es Voodoo. Ich habe nämlich, zum Schwerpunktthema der Frankfurter Buchmesse 1996 befragt, immer die alte, na ja, so alt ist sie vielleicht gar nicht, aber so ihre zwei, drei Wochen hat sie garantiert auf dem Puckel, die alte Geschichte erzählt, wie Brendan Behan im Gefängnis saß, und jeden Morgen haben ihm die Justizvollzugsbeamten eine Flasche Whiskey in die Zelle gestellt, mit der Auflage, sie auf natürlichem Wege wieder vollzumachen, und diese Flasche haben die Vollzugsbeamten dann mit einem satten Profit als »Originalpisse von Brendan Behan« verkauft. »Ich weiß nicht«, sage ich immer zum Schluß, »ob das bei uns mit Peter Rühmkorf klappen würde«, nur daß ich statt Peter Rühmkorf einen anderen Namen sage (wahrscheinlich weil genau das bei uns mit Peter Rühmkorf klappen würde), und der Träger des anderen Namens beherrscht Voodoo und hat mir eine Virus-Infektion des Kehlkopfes an den eigens zu diesem Zweck angebrachten Hals gehext, so daß ich meine herbstliche Lesereise nicht antreten, was sag' ich, so daß ich sie nicht mal telefonisch absagen kann, weil die Stimme weg ist. »Dann müssen Sie den Veranstaltern aber noch schriftlich absagen«, sagt Herr Bitsche vom Haffmans Verlag. »Wie denn sonst?« flüstere ich schwerstgenervt.

Die meisten Menschen verlieren auf der Frankfurter

Buchmesse die Stimme, also etwa insgesamt fünf Prozent der Messebesucher oder, umgerechnet, dreißig Prozent aller Leute, die ich kenne und die auch da waren. Die haben aber nicht viel zu sagen, und man merkt es nicht.

Kanzler Kohl hat gesagt: »Ein Buch ist ein Freund.« Ein irischer Redner hat gesagt: *»A book is a shovel.«* Ich kann dazu nur sagen: *Some of my best books are shovels but I wouldn't want my daughter to marry one.*

Am allerschönsten sind natürlich die Rundfunkinterviews. Der Interviewer fummelt an seiner Technik herum und hört deshalb die Antworten auf seine Fragen nicht; man selbst sieht dem Interviewer gebannt beim Fummeln zu und kapiert deshalb die Fragen nicht; der einzige, der richtig was davon hat, ist der Radiohörer dort draußen im Stau, aber der läßt sich nichts anmerken.

Oder die Interviewerin zerrt einen in das Kabuff, in dem es zwei Wasserhähne gibt, weil dort keine störende Akustik ist, und nun merkt man, daß es doch einen Unterschied zwischen Männern und Frauen gibt. Wenn eine Frau reinkommt, um Kaffeewasser zu holen, sagt sie: »Müßt ihr das hier drin machen? Rücksichtslos, so was.« Wenn ein Mann reinkommt, um Teewasser zu holen, sagt er, nachdem er den Akzent der Interviewerin bemerkt hat: »Ist das hier das offizielle ORF-Studio? Na ja, wir müssen alle sparen.«

Immerhin habe ich mir einen langgehegten Wunsch erfüllt. Als ich Henryk M. Broder sah, bin ich auf ihn zugehüpft und habe gesagt: »Ich habe übrigens herausgefunden, was das M in Henryk M. Broder bedeutet.«

»?« machte er.

»Mittelinitial«, sagte ich, und er überließ, wie es bei Flann O'Brien heißt, das fragende Oval seines Gesichts der allgemeinen Betrachtung.

Im Speisewagen mit Jutta Ditfurth

Ich weiß sehr wohl, wie sehr es Sie anödet, wenn Sie lesen, was Feuilletonisten im Speisewagen empfunden haben, aber *dieser* Speisewagen (ICE 872 Göttinger Sieben Frankfurt/Main–Hamburg) hatte es in sich: zweimal ›taz‹, einmal ›konkret‹, und beim Betreten des Speisewagens kam mir Jutta Ditfurth entgegen. Wir hätten unblutig die Macht übernehmen können. Allerdings wären zermürbende Richtungskämpfe die Folge gewesen, in deren Verlauf ich den Vorschlag gemacht hätte, den Speisewagen an irgendeine spurweitenkompatible Eisenbahngesellschaft oder an Holtzbrinck zu verscherbeln und uns die Sore zu teilen, was mir vier Tage Kartoffelschälen eingebracht hätte, mir, der ich Kartoffeln am liebsten mit Pelle esse, aber das ist mal wieder typisch Juttchen.

Drei weitere altehrwürdige Tabusätze für Journalisten sind:

»Als ich die Gangway hinunterstieg, schlug mir die dumpfig-schwüle Atmosphäre des Inneren Gran Chaco entgegen wie ein feuchtes Handtuch«, weil selbst die abgebrühteste ›Brigitte‹-Leserin inzwischen weiß, daß die Atmosphäre im Inneren Gran Chaco aus feuchten Handtüchern besteht und gar nicht anders kann und deshalb entschuldigt ist.

»Der Taxifahrer sagte mir…«, weil man auf diese Weise verrät, daß man keinerlei Kontakt zu den Einheimischen hatte.

»Am Canal St.-Martin scheint die Zeit stehengeblieben zu sein«, obwohl es stimmt, weil es unfein ist. So was sagt man nicht.

Und jetzt möchte ich meine Kolumne für eine Durchsage mißbrauchen. Ich befinde mich damit in allerbester, nämlich in der Gesellschaft Flann O'Briens, der seine Kolumne »Cruiskeen Lawn« in der ›Irish Times‹, als er sein Portemonnaie eingebüßt hatte, ebenfalls für eine Durchsage mißbrauchte: »Das Portemonnaie kann der ehrliche Finder gern behalten, aber am Geld hängen persönliche Erinnerungen.«

Aus gegebenem – dem der Entführung des von mir hochgeschätzten Jan Philipp Reemtsma – Anlaß diese Durchsage: Falls mir etwas zustoßen sollte, weil ich in der ›Bunten‹ und anderen Unterhosenblättern ständig als »Millionenerbe« bezeichnet werde, sind meine Hinterbliebenen beauftragt, das Haus Burda bis tief in den Heizungskeller hinab auf den letzten roten Heller zu verklagen. Ich bin kein Millionenerbe. Ich habe von meinem Vater einen schönen dunkelbraunen Bademantel und einen häßlichen grünen Sessel geerbt. Das Erbe an dem Sessel habe ich nicht angetreten, und wenn die Kidnapper den Bademantel wollen, können sie ihn höchstens geliehen kriegen.

Und noch ein Wort an die Entführer: Ich habe im *combat shooting* mit drei verschiedenen Faustfeuerwaffen 197 von 200 möglichen Punkten. *Und ich habe nicht gelernt, auf die Knie zu zielen.*

Aber wer die ›Bunte‹ vollschreiben muß, denkt bei dem Wort »Verleger« natürlich nicht an richtige Verleger wie Gerd Haffmans, Klaus Wagenbach, Gertraud Middelhauve, Hilde Claassen, Jupp Witsch oder Ernst Rowohlt, sondern an solche schillernden Society-Amöben wie den Doktor Dr. Hubert Burda (Dr. phil.) und Axel Springer

(Baruch Schmó), und dann kriegt er Pupillen wie Onkel Dagobert: $ $

Dabei gäbe es, wenn man eine Geschichte über Erben machen wollte, wirklich interessante Erben, die zudem im Gegensatz zu mir noch den Vorteil hätten, daß sie interessant sind und was geerbt haben. Ich wüßte auf Anhieb drei hochinteressante schwerreiche Erben, aber ich verrate sie nicht, obwohl ich dann vielleicht meine Ruhe hätte. Außerdem ist natürlich zu beachten, daß nach *wenn* nie *würde* kommt, es sei denn, man sagt: »Wenn Würde töten könnte«, und *Konjunktivität* bedeutet *Bindehautentzündung* und nicht, daß man den Indikativ verachtete, was auch unser Schaffner im ICE Göttinger Sieben verinnerlicht zu haben schien, als er sich kurz vor Hamburg Hauptbahnhof per Durchsage von uns verabschiedete: »... und würden uns freuen, wenn wir Sie recht bald einmal wieder an Bord unseres ICE begrüßel zündelwündelwürdeldürfel«.

Konjunktivitis heißt Bindehautentzündung

Was treibt dieser Typ eigentlich im ›Zeit‹-Feuilleton? So hört man immer wieder fragen.

Er hält das ›Zeit‹-Feuilleton satz- (vulgo druck-) fehlerfrei, weil er alle nur irgend möglichen Satz- (vulgo Druck-) Fehler anzieht und bündelt, so daß alles andere aussieht wie frisch gejätet und gestutzt, und nur dieser kleine Eckenkasten mulmt vor sich hin wie ein Feuchtbiotop.

»Konjunktivitis heißt Bindehautentzündung und nicht, daß man den Indikativ verachtete«, sollte es in *Pooh's* letzter *Corner* heißen; geheißen hat es statt dessen »Konjunktivität...«, womit das ›Zeit‹-Korrektorat wohl auf die Kontinuität seines Wirkens hinweisen wollte. Aber man darf den KorrektorInnen (und LektorInnen und RedakteurInnen) das nicht verargen. Ich habe nämlich zufällig herausgefunden, daß sie, wenn sie noch ganz klein sind, Kupfervitriol in den Pamps gemischt kriegen, wodurch die Sauerstoffzufuhr der Synapse beeinträchtigt wird, so daß sie später, wenn sie groß sind, nicht wissen, ob sie zum Beispiel *Voodoo* einfach so stehenlassen können oder ob sie nicht doch lieber *Wuduh* draus machen, weshalb sie, damit man merkt, daß es sie noch gibt, Woodooh hinschreiben, und zwar so spät wie möglich in die allerletzte Umbruchkorrektur, gegen jeden menschlichen Zugriff gefeit, und wenn man ihnen im kantigen Espressivo vorhält, daß es im *Webster's* zwischen *wood-oil-tree family* und *wood opal* nichts, nichts, aber auch gar nichts gibt, kontern sie, das hätten sie schon immer so gemacht, was besonders bei Leuten eine Unverschämtheit ist, die etwa vierzig Jahre jünger sind als man selbst. Meine Oma hat auch immer alles falsch geschrieben, aber immerhin in ihrer Freizeit, und keinen Beruf draus gemacht.

Ich sitze gerade am äußersten rechten Rand von Thessalien und vermisse meinen Nachbarn Iórgo Smírlis, der mich wg. Ablebens nicht mehr von der Arbeit abhalten kann, worin er ein Meister war, und zwar in special English: »Kháris, come over khere immediately, I khave a brandnew bottle of Shkotz!« Und einmal, mitten in der Nacht, hörte ich eine MC mit *Klezmer*-Musik, die Kassette brach abrupt ab, weil die Musik von einer Schallplatte überspielt worden war, aber es wurde nicht still –: *Die Klarinette spielte weiter!* Ich dachte, da sind sie also, die ehrlich verdienten Hallus, aber es war nur mein Nachbar Iórgo Smírlis, der tränenblind in einer Kommodenschublade seine getreue alte Klarinette gefunden und die ganze Zeit mitgeblasen hatte. Die Sorte Nachbar kann man lange suchen.

Zum Trost lese ich im Baudenbuch den Eintrag des Vormieters, eines Oberforstrats, etwas, was ich auch gern geworden wäre, wenn mein Vater nicht gesagt hätte: »Da muß man aber sehr gut rechnen können.«

»Immer neue Entdeckungen«, notiert der Oberforstrat, »21 verschiedene Orchideenarten, darunter Besonderheiten wie Busen-Ragwurz (Ophrys mammosa), Zungenstendel (Orchis mascula) und andere Schweinereien. Nur wenige Schlangen, davon eingefangen, studiert und freigelassen: Schlanknatter (120 cm), Scheltopusik (eine Schleiche, 80 cm), Hornviper (40 cm). Im Fliegenschrank wohnt eine Gottesanbeterin. Abends Wiener Nachtpfauenaugen (größter europäischer Schmetterling!) und Russischer Bär (Trapezform; weiße Flecken auf schwarzem Grund, rotgelbe Unterflügel). Im Bach landeinwärts Süßwasserkrabben und Aale.« Wenn mein Vater nicht so gemein gewesen wäre, hätten wir jetzt aneinandergrenzende Reviere, könnten Russische Bären beringen und würden kopfrechnend durchs Unterholz brechen.

Statt dessen muß ich den neuen Roman von Padgett Powell übersetzen. Eine neue Schreibmaschine ist angeschafft, 100 einzelne Blätter Schreibmaschinenpapier (oktánda-éxi, oktánda-eptá, oktánda-októ) sind gekauft, nur den neuen Roman von Padgett Powell habe ich zu Hause gelassen. »Kommen Sie mir doch nicht immer mit dem Original«, könnte man nun sagen, weil ich aber den neuen Roman von Padgett Powell noch nicht gelesen habe, könnte ich nicht mal die Handlung nacherzählen.

Aber die neue Schreibmaschine glost und glimmt und schnarrt und quarrt und will bedient sein.

»Ihre Augen, denn um solche handelte es sich, wiesen die für diese Breiten charakteristische Färbung überreifer Maulbeeren auf«, will ich gerade eine späte Laufbahn als Reiseschriftsteller beginnen, als die hiesige Ziegenherde vor meinem Ohr vorübergetrieben wird.

»Freut euch, ihr Helden!« rufe ich den beiden Hirten zu.

»Gesundheit dir!« brüllen sie zurück. »Wie geht es dir, gut?«

»Gut, und euch?«

»Ziegen, Ziegen«, antworten sie.

Na, das ist die Hauptsache. Danke der Nachfrage, ich kann nicht klagen, bei mir ist soweit alles Ziege.

Und bei mir ist auch soweit alles Maulbeere, und damit erst mal zurück an die Zentrale.

Der Laden brummt

Dr. Alkis Paraskevopoulos (dt.: Dr. Kraft Sohn-des-Freitags) hat einen Leserbrief geschrieben. Zuerst rühmt er mich sehr, wie sich das gehört, dann kommt *Meine Freude war diesmal um so größer, als Harry Rowohlt so schmeichelhaft über einer Ecke Griechenlands schrieb, aus der ich zufällig selbst abstamme,* und dann kommt auch schon das dicke Ende: *Achtzig* heißt nicht *oktanda* auf griechisch, sondern *ogdonta!* Na, das gab vielleicht ein Hallo in der ›Zeit‹! Hatte ich mich doch gerade über die Luschigkeit des dortigen Korrektorats ausgelassen! *Lieber Horst, bitte, wenn möglich bringen! Danke! Gruß: R. M.* schrieb R. M. oben quer über den Leserbrief, dem lieben Horst war es aber offenbar nicht möglich, und so reiche ich ihn nach, sowie auch, ferner, meine Antwort an Dr. Alkis Paraskevopoulos; Sie dürfen sie aber trotzdem lesen. Da bin ich wie Biermann: Wenn der einen Brief an seinen Freund Jürgen schreibt, erscheint der im ›Spiegel‹, und man überblättert ihn diskret, weil man nicht Mensch, Jürgen! heißt und fremde Korrespondenz nicht mitlesen möchte.

> Lieber Doktor Paraskevopoulos:
> Ja, ja, ja, macht Euch nur über uns dumme Touris lustig, aber wenn wir mal den Witz mit dem Türken erzählen, der seinen Teppich klopft (»Na, Ali? Springt er nicht an?«), sind wir ausländerfeindlich.
> Schönen Gruß von Kháris an Alkis (Mann, bin ich froh, daß ich nicht Alkis heiße), H. R.

Als wäre sonst nichts passiert. Dabei brummt hier der Laden. Im Augenblick lebe ich recht auskömmlich davon, daß ich Anfragen abschlägig bescheide. Vorgestern habe ich dem *7 : 1 Kulturkontor Wien,* dem Verlag J. F. Schreiber, *3sat,* dem ›Sonntagsblatt‹ und dem ›Stern‹ (zweimal) abgesagt, gestern dem ›manager magazin‹ und dpa, heute werde ich, wenn es meine knappe Zeit erlaubt, wohl mal *arte* einen Korb geben. Das diesjährige (Frankfurter) Buchmessenschwerpunktthema fordert nämlich seinen Tribut, und weil ich akzentfrei »I'll have a pint of stout and a Paddy with a splash of water, please« sagen kann, bin ich als intimer Kenner der irischen Gegenwartsliteratur ausgewiesen, und man sucht meine Expertise, teilweise sogar meine Nähe. Statt rundheraus zuzugeben, daß ich keinen roten Farthing von irischer Gegenwartsliteratur verstehe, schlage ich die Beine übereinander, senke den Blick und sage: »Ich spare mich, wie Sie wissen sollten, für die ›Zeit‹ auf.«

Und für meine große Herbst-Tingeltour. Herr Bitsche vom Haffmans Verlag ruft an und sagt, einige Veranstalter hätten sich über das häßliche Foto von mir beschwert. »Das ist aber doch ein Geschenk des Himmels!« sage ich. »Diesen Veranstaltern sagt man: ›Herzlichen Glückwunsch! Sie haben soeben eine Dichterlesung mit Reiner Kunze gewonnen!‹«

⋆

Vor einem Jahr hat Oskar Pastior in der ›Zeit‹ Ernst Jandl zum 70. gratuliert. »Dann gratulier ich ihm eben zum 71.«, habe ich da gedacht, »und zwar nachträglich.« Und das möchte ich jetzt tun, indem ich ihm erzähle, wie ich beinahe seine erste Lesung meines Lebens verpaßt hätte. Das muß so um 1966 herum gewesen sein. In Frankfurt war das *frankfurter forum für literatur,* und abends wollten wir alle zu Jandl. Gleichzeitig war aber leider auch eine NPD-Veranstaltung mit Adolf »Bubi« von Thadden im »Gesellschaftshaus am Zoo«, und da mußte man ja auch hin. Ich hatte ein prunkvolles Schild gemalt –

DIE BRAUNE LIESE IST'S,
ICH KENN' SIE AM GELÄUTE.

Fr. Schiller, Wilhelm Tell
1. Akt, 1. Szene

–, und das wollte ja auch vorgezeigt sein. Walter Boehlich, schon damals ein Freund des Überdeutlichen, hatte ein Schild getextet – BUBI, GEH NACH HAUSE! DEUTSCHLAND IST SCHON VERLOREN! –, war aber an dem fraglichen Abend persönlich verhindert, weil er seine Pfeifenreiniger frisch beschriften mußte, und Abraham Melzer trug Boehlichs Schild, der Arme. Ein alter Widerstandskämpfer sah uns Schulter an Schulter und rief begeistert: »Rowohlt und Melzer! Hoch die christlich-jüdische antifaschistische Solidarität!« »Ich bin gar kein Christ«, sagten Abi und ich leicht irritiert.

Unterdessen waren die NPDler durch die hohle Gasse aus 3 Reihen Gegendemonstranten, 1 Reihe Polizisten, nochmal 1 Reihe Polizisten und nochmal 3 Reihen Gegendemonstranten gekommen und in ihrem Gesellschaftshaus verschwunden, und es wurde allmählich Zeit für Jandl.

Der Einsatzleiter der Bereitschaftspolizei sagte: »Wir müssen hierbleiben, aber ihr könnt doch solang n Schöppsche petze gehn.« Und da haben wir unsere Transparente und Schilder in einer Polizei-»Wanne« abgelegt, die Polizei sagte: »Bis Mitternacht halten wir die Stellung«, wir gingen alle zu Jandl, haben uns verzaubern lassen, und um 10 vor 12 waren wir wieder vor dem »Gesellschaftshaus am Zoo«. Ich holte mein Schild aus der Wanne, Abi holte seins, und die Polizei konnte damit beginnen, die NPDler vor aufgebrachten Gegendemonstranten zu beschützen.

Elisabeth Baroneß von Maltzahn, unsere 5. Kolonne im Gesellschaftshaus, berichtete, Adolf von Thadden habe gesagt: »Ich kenne auch ein Zitat von Schiller! Und zwar ›Ans Vaterland, ans teure, schließ dich an!‹ Und wie war's bei euch?«

Bei uns war es noch schöner. Helzrichen Grückwunsch, Hell Jandr.

Pu im Hundertsechzig-Morgen-Wald

Das allerletzte Kapitel von »Pu der Bär« ist das 10. Kapitel von »Pu baut ein Haus«, es heißt *Zehntes Kapitel, in welchem Christopher Robin und Pu an einen verzauberten Ort kommen. Und dort verlassen wir sie,* und wenn ich es vorlese, sage ich mir immer: »Mal sehen, wer diesmal gewinnt. Ich oder das Kapitel.«

Wenn das Kapitel gewinnt, muß ich weinen; wenn ich gewinne, muß ich nicht weinen, und dadurch gewinnt wiederum das Kapitel.

Christopher Milne hat uns und Pu verlassen. Mit 75 Jahren, in Devon, wo er am unteren Rand des Existenzminimums zurückgezogen als Buchhändler, Tischler und Autor lebte, nachdem man ihn um seine Kindheit, seine Jugend, sein Leben als Erwachsener, sein Alter, sein Erbe und seinen Ruhm als Schriftsteller geprellt hatte, weil er das Pech hatte, der berühmteste kleine Junge der Weltliteratur zu sein.

1990 schickte mich das ›ZEITmagazin‹ nach East Sussex, um vor Ort im Hundertsechzig-Morgen-Wald knallhart zu recherchieren, und ich schrieb wie vor mir Hunderte anderer einfallsloser Journalisten einen artigen Brief an Christopher Milne und bat um ein Interview. Wie Hunderten vor mir schrieb er eine artige Absage: »I have not visited the Five Hundred Acre Wood since I was a boy. I doubt if I would now recognise it and have no wish at all to make the experiment. Nor do I want to be photographed by anyone – not even Lord Snowdon – looking cross and unhappy.«

Dabei war er ein mindestens gleichrangiger Koautor seines Vaters, Alan Alexander Milne, denn der belauerte ihn regelrecht, wenn er mit seinen Stofftieren sprach und ihnen nicht nur Leben, sondern unverwechselbare Persönlichkeit einhauchte, und schenkte ihm gezielt, um den Kreis der Romanfiguren zu erweitern, neue Stofftiere, aus denen sein Sohn dann die pompöse Oile mit dem S-Fehler und den grämlichen Egoisten I-Ah machte. Sonst wäre A. A. Milne als Autor von Salonkomödien bestenfalls noch Theaterwissenschaftlern bekannt: »Milne? Ist das der, der keine 3. Akte schreiben konnte?«

Na ja. Ich kann halt keine Nachrufe schreiben. Mich hat mal jemand einem Ausländer so erklärt: »Er schreibt eine Klatschkolumne, in welcher Prominente hoffen, *nicht* erwähnt zu werden«, und wenn ich jetzt anfange, Nachrufe zu schreiben, bekommt der Ausspruch Sinn, und den gönne ich ihm nicht.

Und wenn wir dies Foto betrachten, sehen wir zwei Tote und einen Unsterblichen: den Vater, der uns ansieht, als hätte er geklaut (hat er ja auch); den Sohn mit dem zusammengeknüllten unsichtbaren Taschentuch, der mit durchblickgeweiteten Augen traurig *(crossly and unhappily)* an uns vorbeistarrt; und Pu, den Bären, der findet, daß es allmählich an der Zeit ist, etwas zu unternehmen.

Höchste Zeit wäre es, Christopher Milnes Bücher zu lesen, »The Enchanted Places«, »The Path Through the Trees« und »The Hollow on the Hill« (Methuen, London), aber bis dahin muß uns der allerletzte Schluß des allerletzten Kapitels genügen.

»Wohin?« sagte Pu.

»Egal wohin«, sagte Christopher Robin.

Und sie gingen zusammen fort. Aber wohin sie auch gehen und was ihnen auf dem Weg dorthin auch passieren mag: An jenem verzauberten Ort ganz oben in der Mitte des Waldes wird ein kleiner Junge sein, und sein Bär wird bei ihm sein, und die beiden werden spielen.

A. A. Milne, Christopher Robin und Pu der Bär, 1926

Rückschau

Das Jahr ist alt genug; ich erwarte nicht mehr viel. Februar: Zeit, Rückschau zu halten auf das Jahr und die Lieblingsmenschen, die es mir beschert hat.

Lieblingsmensch 1: Schnuckel. Und zwar für die präziseste Charakterisierung, die die verflossene DDR je erfahren hat. Ich erzähle, daß ich in meinem Leben dreimal in der DDR war; zweimal war Eier-, einmal Kohlrabischwemme. Schnuckel: »Oh Gott, und dann die ganzen Kohlrabirezepte an den Autobahnbrücken!« ⋆ *Lieblingsmensch 2: Wunderschöne Frau mit Engelshaar aus dem Waffeleisen am Tresen in einem Frühlokal in Salzgitter zu ihrem Bekannten, morgens um 9:15h:* »Du erzählst schon den ganzen Abend son Scheiß.« ⋆ *Lieblingsmensch 3: 1. Passant.* Eisvergnügen auf der zugefrorenen Außenalster. Junge Menschen wuchten Bretter auf Böcke und schicken sich an, Glühwein auszuschenken. 1. Passant (zu 2. Passanten): »Ah, Neueröffnung.« ⋆ *Lieblingsmensch 4: Das Fräulein aus dem Flieger:* »... und als wir in Simbabwe landen, steht auf dem Rollfeld schon ein Vizeneger mit Schnäpsen.« ⋆ *Lieblingsmensch 5: Jemand, der mich gelobt hat.* Ich war nicht dabei, aber es ist mir berichtet worden. Der Mann ist Türke, und, als wäre das noch nicht genug, Jude, und, als wäre das noch nicht genug, Teppichhändler, und Geschmack hat er, wie sich gleich zeigen wird, obendrein. Also. Folgendes hat er gesagt: »*Pooh's Corner!* Dieser Sprachwitz! Das ist noch echter türkischer Humor.«

Ist das nicht wunderschön? Das ist, als zielte man konzentriert an der Schießbude auf eine rote Plastiknelke und hätte unterdessen nebenan in der Losbude den großen blauen Teddy gewonnen.

Und nun tun Sie mir bitte noch rasch den Gefallen und glauben Sie nie, was in der Zeitung steht. Wenn Sie mal selbst in der Zeitung gestanden haben, wissen Sie, was ich meine. Und weil nicht alle Menschen abwarten, bis sie in der Zeitung stehen, hat Oskar Lafontaine das weise Pressegesetz erfunden, welches nur Menschen, die sowieso nie in der Zeitung stehen, nicht gut finden.

Dazu ein eher harmloses Beispiel aus meiner leidvollen Medienpräsenz, nein, jetzt noch nicht; *die* drei Herren spare ich mir noch ein bißchen auf, bis sie vollends am Boden liegen; sollen sie sich doch ein wenig in trügerischer Sicherheit wiegen; sie kommt, die Stunde der Abrechnung, und sie wird qualvoll sein, und sie wird länger dauern als 60 Minuten, viel länger, und noch den – eigentlich ja unschuldigen – Regenwürmern, welche den leeren Augenhöhlen der betreffenden Herren entquellen werden, werde ich das Betreten meines Hauskomposts verbieten; nicht, daß ich nicht mit mir reden ließe, aber irgendwo muß man eine Grenze ziehen, und hier kommt nun auch das eher harmlose Beispiel.

Ich stehe nämlich in der ›New York Times‹, und das kommt nicht daher, daß ich einst als vorbildlicher Mitmensch und Kollege in New York gewohnt habe, sondern daher, daß in Marburg (Germany) Komik-Tage stattgefunden haben, was auch schon fast nicht mehr wahr ist, und wenn ich nur wüßte, was die ›Oberhessische Presse‹ zu der Lesung mit Fanny Müller und Wiglaf Droste und mir geschrieben hat, wäre mir auch wohler, aber der zuständige Jungdachs ist offenbar auf dem Weg zum McCopy von der Zinne gefallen, weshalb ich bisher nur erfahren habe, was die ›New York Times‹ geschrieben und die ›International Herald Tribune‹ nachgedruckt hat: *»Germans Discover a Joke Gap, and it's Not Funny«, By Alan Cowell,* whoever he is.

Nachdem also lang und breit die Rede von Mr. Droste ist und von den Sensibilitäten, die seine Auftritte bei Abtreibungsgegnern, oder wer diese Leute sind, freisetzen, fährt das Blatt fort: »But such sensitivity did not inhibit Harry Rowohlt, another speaker, who may have offended – or delighted – countless Italian waiters by telling his audience: ›Italian restaurants are the best possible. As a guest, you don't need to behave badly: the waiters do it for you.‹« Und von der Unverschämtheit mal abgesehen, daß ich – nach Mr. Droste – als another speaker bezeichnet werde (Warte, Wichlaf, komm du mir in die *Kulisse,* Wien Hernals, 28., 29. und 31. März; Jetzt schon Karten sichern. Na warte.) –, habe ich, wie ›Zeit‹-Leser sich erinnern werden, ein einziges Restaurant namens Il Sowieso in Frankfurt am Main so beschrieben, und nicht »Italian restaurants«, porco dio madonna for crying out loud. Italienische Kellner sind die allerliebsten auf der Welt, und die besorgten amerikanischen Anrufe stated just this: »I know quotations can't be trusted«, aber, und nun geht es weiter: »›Of course there's not much laughing matter‹, Mr. Rowohlt said. And one reason for that was about as serious as you can get. ›German humor was mainly Jewish humor, and the United States inherited that‹, he said.« Und das habe ich – unter anderem – tatsächlich so gesagt, und das stimmt ja auch, und ich habe eine der Anruferinnen gefragt: »So – after pissing off my fellow Wops *(Itaker. Anm. d. Übers.)* – how about my Jewish power base in the States? Coast to coast? Or just New York?«

»I hate to bust your bubble *(Den Zahn muß ich dir ziehen. A.d.Ü.)* but I think it's mostly the South of France.«

»Oh.«

»Yeah. And maybe the posher *(vornehmeren. Ü.)* districts of Paris.«

»Well. Okay.«

Aber daß das Leben einen ungebeten auf Anhieb und ohne langes Nachdenken mit so vielen Lieblingsmenschen beschert –: *Das,* und sonst meinetwegen gar nichts, das wäre einen kleinen Glühwein wert.

Womit wir natürlich automatisch bei Andreas Kilb wären, der mir morgen diesen Beitrag abkaufen muß, weil mein angestammter Boß, der Herr Greiner, nach Südkalifornien gefahren ist, was für mein Empfinden gleich nach Stuttgart-Degerloch kommt, und dieser junge Mann, dieser Schmuck seiner Zunft, hat vor Jahren diesen Original-Ausspruch getan.

Lieblingsmensch 6: Andreas Kilb. »Im Kino schlafen heißt dem Film vertrauen.« ⋆ *Und der 7. Lieblingsmensch?* Eindeutig Herr Sint, der, in der Setzerei auf mich deutend, sagte: »Nu rééécht oich doch nich auf; wenn der Lüdde jetz nicht Kommunist ist, wie ssoll er žéééemals n ansdändiger Ssóózi werden?«

Das ist aber jetzt auch schon wieder ein paar Jahre her.

1997

Eine Frage, die mich nicht losläßt

Nachdem ich neulich Christian Quadflieg erwähnt habe, läßt mich eine Frage nicht los: Warum heißt der Mann Christian?

Der Sohn von Heinrich George heißt Götz.

Der Sohn von Erwin Geschonneck heißt Matti.

Der Sohn von Eddie Constantine heißt Lemmy.

Warum heißt der Sohn von Will Quadflieg nicht Heinrich?

Sehen Sie, so eine feinsinnige frühwinterliche Überlegung hätten Sie gar nicht von mir erwartet. Hätten Sie aber erwarten müssen. Warum? Die Antwort steht wie immer im Großen Brockhaus, unter Z.

Zeit, Die Z., in Hamburg erscheinende, unabhängige Wochenzeitung für Politik, Wirtschaft, Handel und Kultur; gegr. Februar 1946. Auflage 1956: 63 000 Stück. Die Z. ist bekannt durch ein gutes Feuilleton.

Ich bringe meinen einen Anzug in die Reinigung, leere vorher alle Taschen aus, und es stellt sich heraus, daß ich gar nicht so selten ins Theater gehe, wie ich immer behaupte: sechs Billetts fürs »Hansa Theater« und nur eins für die Hafenrundfahrt. (Wann habe ich denn im Anzug eine Hafenrundfahrt unternommen? Rätselhaft.) Das »Hansa Theater« ist natürlich gar kein Theater, sondern ein Varieté, und vor Jahren war ich mit einem kalifornischen Verleger dort, und der wurde immer nervöser. Ein älteres polnisches Ehepaar spielte Akkordeon, und er wurde immer nervöser: »Wann fängt es denn endlich an?« Dann kam eine dressierte Pudelnummer aus der damaligen DDR, und er wurde immer nervöser. »Wann fängt es denn endlich an?« Dann kam eine blutjunge Hochreckartistin aus Bulgarien, von der man nicht viel sah, weil das Reck zu hoch angebracht war, er faßte neuen Mut und fragte: »Fängt es jetzt endlich an?«, und mir wurde plötzlich klar, daß er sich im »Salambo« wähnte, einem Hamburger Theater, welches auch kein Theater ist, sondern wo, wie man in Kalifornien offenbar bereits wußte, unter Beteiligung des Publikums auf der Bühne kopuliert wird oder wurde. Ich habe ihm dann anschließend in der Herbertstraße die Bekanntschaft eines Brooke-Shields-Lookalike vermittelt, was gar nicht so einfach war, weil in Hamburg gerade ein internationaler Bäckerkongreß tagte, und die beiden schreiben sich heute noch.

Hinten auf die Billetts habe ich müßig brillante Formulierungen notiert, und bevor ich sie wegschmeiße, rücke ich sie noch rasch in die Spalten des guten ›Zeit‹-Feuilletons ein.

⋆

Das 3. Gebot des Koran: Du sollst Fatwah und Mutter ehren.

⋆

Tanz der Lustprinzipien: »Daffke, du führst schon wieder.«

⋆

Paul Lincke: Zille sein Milhaud.

Opern Sie mir nicht in die Schuhe, Herr!

Ich treffe mich mit Susanne Fischer und Fanny Müller auf dem Flughafen, denn endlich geht es wieder nach Wien!, Wien!!, Wien!!!, wo wir im Rahmen der *Wiener Wochen des schlechten Geschmack's* etwas vorlesen sollen, und zwar LAUT und mit *Betonung.*

Beim Einchecken wimmelt es von Vertretern des Geldproletariats, von »wandelnden Portemonnaies an der Leine von unappetitlichen Anlagebetrügern«, wie die unbestechliche Susanne Fischer später notieren wird. Wollen die auch alle dahin? Nein, die wollen auf den Opernball. (Von h. c. artmann gibt es ein Buch mit nützlichen Redewendungen, und unter dem Stichwort »Oper« steht dort: »Opern Sie mir nicht in die Schuhe, Herr!«) Im Flugzeug friert Fanny Müller, und zwar »an«, wie sie sagt, »den Beinen«. Sie kriegt eine Decke und dann noch eine Decke, und dann kann es losgehen. – In Wien werden wir von Jochen Herdieckerhoff, einem der beiden Veranstalter, abgeholt und müssen noch auf den geheimen Star- und Überraschungsgast warten. Jochen Herdieckerhoff wird in Wien wegen seines Namens mit Recht heftig angefeindet. Als Leopold Vrchota oder Adolfine Karasek hätte er es hier leichter. Der Star- und Überraschungsgast schwebt ein, es ist Pamela »Baywatch« Anderson nebst Bodyguard. »Det war ja wohl der hinterletzte Bonzenbomber«, schimpft Pamela Anderson in bemerkenswert akzentfreiem Berlinisch. »Wollen die ooch alle uff'n Opernball?« Ooch? Mir schwant etwas.

Heute abend ist erst mal der *Ball des schlechten Geschmack's,* Fanny und Sanny unterstehen mir als Jurorinnen, Schriftführerin ist die Wiener Society-Speerspitze Jeannine Schiller (einst in ein- und derselben Saison Wiens best- und schlechtestgekleidete Dame), und Präsident der Jury für die verhauenste Abendgarderobe bin ich. Stermann & Grissemann, die beiden Moderatoren des Abends, sagen: »Wer je Harry Rowohlt im schwarzen Anzug gesehen hat, versteht, warum wir weiße Anzüge tragen.« Fanny Müller findet, daß es an den Beinen zieht, und ich schleime mich an Jeannine Schiller mit dem Hinweis an, ich sei dreimal hintereinander in der ›Bunten‹ »Leute von gestern« gewesen, was rein numerisch leicht übertrieben, in der Sache aber korrekt ist.

In meiner Laudatio sage ich: »Wir haben uns bemüht, keine Kostümierungen oder Verkleidungen zu bewerten, sondern eine innere Einstellung oder, wie ich vorhin, Rilke zitierend, einem Herrn vom ORF sagte, einen großen Glanz von innen. ›Wie bitte‹, fragte der Herr vom ORF, ›von hinten?‹ – ›Sie haben recht‹, sagte ich.« Der 1. Preis – ein 24teiliges Hundertwasser-Puzzle und zwei Karten für den echten Opernball – geht an ein junges Paar, dessen männliche Hälfte aussieht wie Helmut Markwort in groß und jung und schlank. (Wer sich das vorzustellen versucht, bekommt ein geistiges Stielauge, aber das ist ja gerade der Witz.)

Überraschend und insgeheim erscheint Pamela Anderson, der geheime Überraschungs-Stargast, und verrät, daß sie morgen mit ihrem neuen Freund auf den Opernball gehen werde; ihr neuer Freund sei *»very handsome, very intelligent, and very, very rich«*. Wieder schwant mir etwas, und ich frage den dicken Hermes, der, seitdem ich ihn in den Spalten der ›Zeit‹ zum letztenmal erwähnte, gesamtösterreichisches Kultwesen geworden ist, ob er für morgen abend schon etwas vorhabe... Am nächsten Tag wird Hermes für 2000 Mark in einen Frack eingenäht – zu waschen braucht er sich nicht; das geschah bereits vor mehreren Wochen – und hält die Veranstalter telefonisch aus dem Frack heraus auf dem laufenden: »Ich befinde mich hier zur Hälfte in einem Frack; die Stimmung ist gut.«

Doch nun zu meinen vier schönsten Erlebnissen.

Erstes schönstes Erlebnis: »Wien entdecken mit Martin Puntigam. Die Stadtrundfahrt des Grauens.« Dies ist eine ganz normale Stadtrundfahrt in einem ganz normalen »V.I.P.-Bus der Gran-Turismo-Klasse«, und der Fremdenführer sagt ziemlich normale Sachen, allerdings konsequent am falschen Ort und zur falschen Zeit, und das ist von großem Reiz. Schluß- und Höhepunkt der Stadtrundfahrt ist Schönbrunn mit Streichelzoo. Dazu geht es auf den Gipfel der Städtischen Müllkippe, vorbei an der orangefarbenen Müllwagenflotte (»Rechter Hand sehen Sie die Orangerie«), und aussteigen und durch den Morast waten und die elf Ziegen streicheln, die dort oben wohnen (»Einfach grüß Gott sagen und zum Streicheln anfangen«). Weil wir aber wie eine ordentliche Reisegruppe Papierfähnchen mit der Aufschrift »Neue Freunde durch Briefmarkensammeln« in der Hand halten und weil auf dem Gipfel des Unratberges eine steife Brise weht, knattern unsere Fähnchen wie am Anfang des Filmklassikers »Der Sommer des Samurai« von Howard C. Blumenberg, und die elf Ziegen nehmen wie ein Mann Reißaus. Spätestens jetzt würde es Fanny Müller an den Beinen ziehen, aber Fanny ist nicht dabei, sondern sie bereitet sich innerlich auf mein zweites schönstes Erlebnis vor, unsere Lesung selbdritt im »Orpheum« (U1 bis Donauzentrum, Bus 94 A bis Mergenthalerplatz).

Ich (zu Fanny): »Du hast vergessen, unseren Sponsor, die ›Wiener Städtische Versicherung‹, kurz ›Wiener Städtische‹ genannt, zu erwähnen.« Fanny (zu mir): »Und du hast mir immer noch nicht meine Nagelschere zurückgegeben.«

Mein drittes schönstes Erlebnis war, wie ich auf Radio Wien in der Kultsendung »Trost & Rat mit Dr. Kurt Ostbahn« *live* »Stadt Hamburg an der Elbe Auen« gesungen habe, und jeder Hamburger wird ohne große Worte verstehen, was da in mir vorging bzw. schmolz.

Mein viertes schönstes Erlebnis war, wie ich im Flugzeug zurück Benjamin Henrichs (›Die Zeit‹) auf die funkelnde Glatze küßte; das war aber noch nicht das vierte schönste Erlebnis, sondern das vierte schönste Erlebnis war, daß Susanne Fischer sagte: »Sag mal, *kanntest* du den?«

AUFSÄTZE UND BERICHTE

Pu bei den Parlamentariern

EINIGE AUSZÜGE AUS DEM PLENARPROTOKOLL DES NORDRHEIN-WESTFÄLISCHEN LANDTAGS VOM 8. MAI 1996

Präsident Ulrich Schmidt: Ich rufe die Mündliche Anfrage 70 des Herrn Abgeordneten Giltjes von der Fraktion der CDU auf.

Norbert Giltjes (CDU): Wie steht die Landesregierung zur Verunglimpfung von Soldaten im Unterricht?

In der ›Welt am Sonntag‹ vom 21. April 1996 wird berichtet, daß in der Klasse 10a des Bavink-Gymnasiums ein Text mit dem Titel »Über Soldaten« zur Übung der Rechtschreibreform eingesetzt wurde, in dem es unter anderem hieß: »Berufssoldaten sind Feiglinge«, »Soldat A erkennt früh, daß er zu blöd für etwas anderes ist, und wird politischer Karriereoffizier. Er macht auf Steuerzahlers Kosten mehrere Segelscheine.«

Teilt die Landesregierung die Auffassung, daß die Verwendung eines solchen Textes im Unterricht eine Verunglimpfung der Soldaten darstellt, und welche Maßnahmen hat sie ergriffen, um eine solche Indoktrination der Schülerinnen und Schüler unmöglich zu machen?

Ich bitte die Ministerin für Schule und Weiterbildung, Frau Behler, um Beantwortung. Bitte schön.

Gabriele Behler, Ministerin für Schule und Weiterbildung: Herr Präsident! Meine Damen und Herren! Zur Überschrift Ihrer Anfrage, Herr Abgeordneter Giltjes, möchte ich feststellen: Die Landesregierung lehnt jede Verunglimpfung von Menschen, von Menschengruppen, von Institutionen und erst recht von verfassungsrechtlich abgesicherten Institutionen in diesem Staat ab. Sie lehnt sie nicht nur im Unterricht, sondern auch in anderen Zusammenhängen ab. Der konkrete Fall ist aber etwas anderes als das, was die Überschrift zu Ihrer Mündlichen Anfrage nahelegt. Hier geht es um folgendes: Ein Referendar am Bavink-Gymnasium in Bielefeld hat in einer zehnten Klasse eine Satire von Harry Rowohlt mit dem Titel »Über Soldaten« verteilt, um daran Rechtschreibregeln üben zu lassen. Dies ist ein didaktischer Fehler, denn der Text hätte inhaltlich aufgearbeitet werden müssen. Nach der Unterrichtsplanung sollte der Text jedoch nicht inhaltlich Thema des Unterrichts sein, und er war es tatsächlich auch nicht. (...) Ich halte es nicht für zulässig und nicht für zutreffend, hier von Indoktrinationen oder von einem Versuch der Indoktrination zu sprechen. Ein satirischer und provozierender Text ist als solcher schon für Indoktrinationsversuche völlig ungeeignet, denn er wirkt geradezu kontraproduktiv, wie der Ablauf des Geschehens in diesem Fall auch beweist. Der Referendar hatte den Text ausgewählt, um die trockene Materie von Rechtschreibregeln auf diese Weise vermeintlich interessanter gestalten zu können. Dies ist keine Vermutung, sondern das steht völlig außer Zweifel. Deshalb ist in der Folge angesichts – wie ich bereits gesagt habe – des didaktischen Fehlers, der ohne Zweifel vorliegt, der Vorfall ausbildungspädagogisch am Studienseminar und auch inhaltlich in der Klasse analysiert und verarbeitet worden. Deshalb glaube ich, daß die gesamte Angelegenheit nicht für eine Debatte über Ideologie nach dem Muster der siebziger Jahre taugt. (...)

Präsident Ulrich Schmidt: Ich danke der Frau Ministerin für die Beantwortung der Mündlichen Anfrage und erteile zu einer Zusatzfrage dem Abgeordneten Giltjes das Wort.

Norbert Giltjes (CDU): Frau Ministerin, (...) Sie haben

gesagt, es handele sich um einen didaktischen Fehler. Können Sie näher erläutern, wie dieser im Ausbildungsbereich entstandene didaktische Fehler in der Nachbereitung in der Klasse aufgearbeitet, also ausgemerzt worden ist?

Präsident Ulrich Schmidt: Frau Ministerin Behler!

Gabriele Behler, Ministerin für Schule und Weiterbildung: Ja, das kann ich, Herr Abgeordneter Giltjes, und das tue ich auch gerne. In der Klasse ist in einer Reihe von Unterrichtsstunden der Text selbst analysiert, in seinen Textmerkmalen beschrieben, in seiner Textintention erläutert und damit fachlich aufgearbeitet worden. Darüber hinaus ist die lokale und die regionale Berichterstattung zu diesem Vorfall Gegenstand einer Unterrichtsreihe in der Schule gewesen – auch im Ausbildungsseminar. Die Art und Weise der öffentlichen Darstellung und des zugrundeliegenden Sachverhaltes war für die Schülerinnen und Schüler der betroffenen Klasse ein Lehrstück politischer Bildung. Von daher glaube ich, daß im Ergebnis nicht nur vom Ausmerzen eines Fehlers gesprochen werden kann, sondern auch von einem Erkenntnisfortschritt innerhalb der Klasse, und zwar nicht nur, was die Textmerkmale von Satiren angeht, sondern auch, was Fragen der Medienkompetenz, des Umgangs in der Öffentlichkeit und damit Grundfragen politischer Bildung angeht. Ich bin sehr sicher, Herr Giltjes, daß auch das Protokoll zur heutigen Mündlichen Anfrage und zu der Antwort der Landesregierung darauf Gegenstand des Unterrichts sein wird und von daher einen Beitrag zur politischen Bildung in Nordrhein-Westfalen leisten kann.

Präsident Ulrich Schmidt: Vielen Dank, Frau Ministerin Behler. – Eine weitere Zusatzfrage stellt Frau Kollegin Gemkow.

Angelika Gemkow (CDU): Sie haben meines Erachtens

hier eine für mich nicht nachvollziehbare Bewertung dieser Anfrage und eine Zensur von Abgeordnetenfragen vorgenommen. Können Sie sich vorstellen, daß Eltern von Oberstufenschülern diese Sichtweise nicht haben und das ganz anders beurteilen?

Präsident Ulrich Schmidt: Frau Ministerin Behler, bitte.

Gabriele Behler, Ministerin für Schule und Weiterbildung: Frau Abgeordnete Gemkow, nichts läge mir ferner als auch nur der Versuch einer Zensur von Anfragen von Abgeordneten des Landtags. Ich habe lediglich Herrn Giltjes um die Zustimmung zu einem Verfahren für die Zukunft gebeten, daß wir nicht einzelne Fehler, die immer wieder dort passieren, wo Menschen handeln, zu Fragen von ideologischen Debatten machen. Mehr wollte ich nicht erreichen. Ich hoffe, daß Ihnen diese Klarstellung auch hilft.

Ich glaube, daß Eltern – das kann ich am Beispiel der besagten Schule mit gutem Gewissen sagen – weder die Angst haben müssen noch tatsächlich die Sorge haben, daß Indoktrination über die Schule in Grundfragen politischer Bildung ausgeübt wird. Das gilt ganz ausdrücklich auch für das Bavink-Gymnasium.

Präsident Ulrich Schmidt: Danke schön, Frau Ministerin. Eine weitere Zusatzfrage stellt der Abgeordnete Bensmann von der CDU-Fraktion.

Herr Bensmann (CDU): Frau Ministerin, sind Sie mit mir der Auffassung, daß ein so eklatanter Ausrutscher im Bereich der Weiterbildung unserer Kinder für Sie Anlaß sein sollte, im Bereich der Referendarausbildung den ganzen Sektor der Friedens- und Sicherheitspolitik noch einmal in den Mittelpunkt zu stellen?

Präsident Ulrich Schmidt: Frau Ministerin Behler, bitte.

Gabriele Behler, Ministerin für Schule und Weiterbildung: Nein, Herr Abgeordneter Bensmann. Sie sprechen jetzt vom Bereich der Ausbildung und nicht von dem der Weiterbildung. Ich nehme an, daß Sie sich da versprochen haben. (...)

Ich weiß nicht, ob Sie den Text insgesamt einmal gelesen haben oder ob Sie nur die Zitate kennen, die in der Anfrage und in der Presseberichterstattung verwandt worden sind. Es geht in Anlehnung an das Kinderbuch »Pu der Bär« um ein Buch von Harry Rowohlt mit dem Titel »Pooh's Corner« – für alle, die eigene kleine Kinder haben, sofort identifizierbar, der Bär ist entsprechend erkennbar – mit dem Untertitel »Meinungen und Deinungen eines Bären von geringem Verstand«. Das ist der Untertitel dieses Buches. Ich glaube, wenn man sich das klarmacht, wird einem auch deutlich, daß es hier nicht um die Bedeutung der Bundeswehr in dieser Gesellschaft und in diesem Staat ging und gehen konnte.

(Beifall bei den Grünen)

Präsident Ulrich Schmidt: Danke schön, Frau Ministerin. – Zu einer zweiten Zusatzfrage erteile ich der Abgeordneten Gemkow von der CDU-Fraktion das Wort.

Angelika Gemkow (CDU): Frau Ministerin Behler, wir haben nichts gegen Bücher mit Bären – um das klarzustellen –, zumal man, wenn man selber kleine Kinder hat, weiß, wie interessant solche Bücher sein können. Für uns aber, die wir Kinder haben, ist wichtig, daß solche Vorkommnisse in Zukunft sensibler gehandhabt und kontrolliert werden und gerade auch mit Referendaren verstärkt darüber gesprochen wird, welche Lehren sie aus unserer Anfrage ziehen.

(Zurufe von der SPD)

Präsident Ulrich Schmidt: Frau Ministerin!

Gabriele Behler, Ministerin für Schule und Weiterbildung: Frau Gemkow, ich sehe nicht, daß ein einzelner Fehler (...) dazu führen sollte, Grundlinien und Ausprägung unserer Ausbildung zu verändern. Ich glaube, daß sie hinreichend und sehr gut qualifiziert ist, die jeweils betroffenen Ziele und Methoden zu vermitteln, wie das auch in diesem Falle geschehen ist.

Unser Mann in der Lindenstraße

»Ich hab mir diesen Scheiß noch nie angesehen, aber wenn du in der ›Lindenstraße‹ kommst, mußt du mir die genauen Daten durchgeben«, sagt Klaus »Smutje« Sowieso, und Gert mit T, der bis zu seinem Lokalverbot rechts am Tresen wohnte, sagt: »Hast nicht auch mal ne Rolle für mich in der ›Lindenstraße‹?«, und ich frage: »Was stellst du denn für eine Randgruppe dar?«, und Gert mit T sagt: »Wenn Zigeuner *und* Elektriker keine Randgruppe ist, dann weiß ich auch nicht mehr, was die suchen.« Und der ebenso fette wie präzise Hermes nennt ein paar Eckdaten (»Am fuchzehnten Dezember hob i mi zum letztenmoj gwoschn, und am 10. Mai wer i kan Göjd mer ham«), ahnt aber, daß aus Köln-Bocklemünd die Rettung winkt: »I kannt doch im Restaurant ›Casarotti‹ schaufressen und beweisen, daß alles a Schmäh ist...?« Und Klaus (nicht der Klaus und auch nicht der andere Klaus, sondern Klaus) ruft mir als Neujahrswunsch nach: »Und laß dich nicht von Geißendörfer und den anderen Pseudo-Intellektuellen verbiegen!« Wird nicht passieren, mein Alter, wird nicht passieren, und nur die Presse zeigt, wie dumm nur die Presse sein kann: »Planen Sie, noch größere Rollen in der ›Lindenstraße‹ zu übernehmen?«

Klar, Baby, *the show must go on:* alles eine Frage der Maske; ich spiel sie alle. Ich fange erst mal mit dem Penner an, den ich gerade abgeliefert habe; dann, wenn der gekauft ist, versuche ich mich an einer Klausi-Retrospektive: erst die Masern, dann die Witze, dann die Fascho-Phase, dann der Pferdeschwanz..., bis es dann Zeit wird für die echten Aufgaben: Gaby Zenker, Mutter Beimer, Onkel Franz.

Weiß etwa jemand nicht, worum es hier überhaupt geht? Glaub ich nicht. Soll ich etwa erklären, worum es hier überhaupt geht? Will ich nicht. Muß ich nicht. Beim Stichwort »Lindenstraße« wissen mehr Deutsche, was gemeint ist, als bei den Stichwörtern »Richterskala«, »Groove« oder »Aorta«, und die brauche ich ja auch nicht zu erklären. Wer behauptet, er hätte noch nie »Lindenstraße« gesehen, der soll nachher nicht behaupten, er hätte bei »Tratschke« Richard Wagner gewußt oder Offenburg im »Planquadrat«. Er wirkt nämlich unglaubwürdig, und in der nächsten Aprilnummer von ›essen und trinken‹ steht sowieso, wie alles anfing mit meiner »Lindenstraßen«-Verstrickung, und zwar mit einer solchen Liebe zum erhellenden Detail geschildert, daß man nur kollegial mit den Ohren schlakkern kann. Sowie ferner natürlich auch tausend praktische Winke für Küche und Haushalt (»Suppe – selbst machen oder legieren?« – »Wo finde ich meine Rinderroulade?« – »Wenn das Soufflé reden könnte: *Bin in die Hose gegangen. Komme gleich wieder*«).

»Geile Inszenierung« soll ich einen Aufruhr auf der anderen Straßenseite kommentieren. Ich maule, das Epitheton »geil« passe in diesem Zusammenhang weder zu mir noch zur Rolle.

»Sie können jedes Adjektiv sagen, das Ihnen in den Sinn kommt«, sagt Regisseur Claus Peter Witt sanft. »Sagen Sie ›exzellente Inszenierung‹, wenn Ihnen das besser gefällt«, fügt er sanft hinzu.

In der Übersetzung, an der ich gerade arbeite, fällt mir ein – unsereins ist ja 24 Stunden im Dienst –, daß einer den anderen »the excellent Soandso« nennt, und ich habe lange überlegt, bis ich mich mit mir auf den »vortrefflichen Sowieso« geeinigt hatte. Viel später, in der Eisenbahn nach Köln, fand ich dann »trefflich« noch viel schöner.

»Treffliche Inszenierung?« frage ich.

»Trefflich. Meinetwegen«, konzediert er sanft.

»Lindenstraße 489. Folge, vier, die erste. Ruhe bitte!«

»Bitte«, sagt Claus Peter Witt sanft.

Ich stehe vor dem Biergarten des Restaurants »Akropolis«, rechts gegen den Zaunpfosten gelehnt, in der Linken eine Kornflasche, halbvoll mit Leitungswasser, trage die Pennerklamotten, in denen ich mich immer wohler fühle und die bei jedem Dreh eine neue kleine Überraschung bergen. Letztesmal war es ein leeres Apfelkornfläschchen in der linken Manteltasche; diesmal sind es Flugblätter einer Kölner Nichtseßhaften-Initiative. Dafür fehlt mein schöner Wollhandschuh. In der Folge, die ich eben gerade, bevor ich dies hinschrieb, gesehen habe, schenkt Frau Kling Herrn Schiller zur Entlassung aus dem Krankenhaus einen selbstgestrickten Schal, vor dem ihm sichtlich graust. Ob ich ihm den abschnacke? Aber einen Schal (auf den ich immer trete) habe ich schon. Vielleicht hat er einen schönen Wollhandschuh zuviel. Meine Berbergarderobe ist nagelneu und wurde stundenlang liebevoll mit Schuhwichse und Terpentin bearbeitet, so daß sie jetzt riecht wie bei Kunstmalers. Schön ist das. Alle Schauspieler und Komparsen frieren, weil ringsherum Sommer sein soll; nur ich bin richtig angezogen. Ich bin sehr zufrieden. Gegenüber ist im Augenblick gar kein Aufruhr zu sehen; das werde ich also spielen müssen.

»Bitte«, sagt Claus Peter Witt sanft.

»Treffliche Inschtschenierung«, sage ich.

Ist gestorben, ist gekauft. In der rechten Manteltasche habe ich immer vorsichtshalber meinen Text. Komisch.

Hab ihn gar nicht gebraucht diesmal. Viel Text habe ich ja glücklicherweise nicht, aber auch wenig Text kann ich mir nicht merken. Hauptsache, es ist Text: Schon kann ich ihn mir nicht merken. Ich habe aber eine prima Methode entwickelt, eine Kombination von arglistiger Selbsttäuschung, angewandter Milchmädchenpsychologie und gesteuerter Panik, die ich allen angehenden Hängern und Schwimmern als kleines Dogma schenken möchte. *Je später man seinen Text lernt,* besagt mein kleines Dogma, *desto weniger Gelegenheiten hat man, ihn zu vergessen.*

Wenn man morgens zum Frühstück so viel Tee und Saft getrunken hat und danach so lange im kalten Wind steht, muß man plötzlich ziemlich nötig pinkeln. Ich möchte nicht ins Studiogebäude gehen, denn dann bin ich bestimmt sofort wieder dran, und alle müssen auf mich warten. Ich frage also einen Kamera-Assistenten, ob man hier in der Nähe günstig, und er sagt: »Da, hinter dem Torweg, da ist jede Menge Rasen.« Ich gehe durch den Torweg, niemand kann mich sehen, in meiner Stadtstreicherminelle, allerdings leider ungeschminkt (»An dir mach ich nix«, hatte die Maskenbildnerin – die sich selbst *Gesichterverleih* nennt – gesagt, »du siehst fertig genug aus«), und schon erscheinen drei Herren, auf denen ganz groß WDR steht, und sagen: »Was soll das denn wo kommen wir denn da hin da kann ja jeder kommen.«

Ich berichte Franz Rampelmann, der sich mit mir seine Garderobe teilt und der Olaf, den Sohn von Frau Kling, spielt, von meinem beschämenden Erlebnis, und er sagt: »Jo mei, des war fei verbotene Liebe.«

»???«

Ach so. »Verbotene Liebe« ist die andere WDR-Soap, und die wird nebenan gedreht, und da herrscht natürlich eine gewisse Rivalität, und ich habe mir jetzt auch davon eine Folge angesehen, das heißt anzusehen versucht, na ja, kein Vergleich, und obwohl ich nie so weit gehen würde, zu sagen, daß das, was ich dort versehentlich auf dem Set gemacht habe, genau das ist, was der Serie bisher gefehlt hat –: Geschadet hat's ihr nicht.

Doch, doch, wenn es sein muß, kann ich auch unangenehm loyal sein. Das wird einem aber auch leichtgemacht, und ganz besonders liebe ich Martin Rickelt, der den rechtsreaktionären Nöckerbruder Onkel Franz spielt und mich während einer Stellprobe bei dem Wort »Ausländergesocks« so haßerfüllt anfunkelt, daß ich mich schleunigst auf meine Straßenseite zurücktrolle, obwohl ich gar kein richtiger Ausländer bin, nur Gesocks, was mir besonders nach einer Szene deutlich wird, in deren Verlauf mir ein Zehnmarkschein zugesteckt wurde. Als der Requisiteur mich zum drittenmal fragt, ob ich den Zehnmarkschein zurückgegeben habe, sage ich: »Ich *spiel* hier nur den Penner.«

(Ich habe ihn wirklich zurückgegeben. Wenn es ein alter Zehnmarkschein gewesen wäre ... Ich weiß nicht. Ich kann nämlich einen Spitzenwitz mit einem alten Zehnmarkschein, und meinen offiziellen alten Zehnmarkschein habe ich aus Versehen ausgegeben. Wollen Sie ihn mal hören? Also. Da fährt ein junger Schnösel in einem roten Lamborghini mit 210 Sachen nachts durch Ostfriesland und gerät in eine Straßensperre. Sagt der Polizist: »Können Ssie mir mir mal Ihren Führerschein sseigen ...« Nein. Klappt nicht. Nicht ohne einen alten Zehnmarkschein. Schade.)

Ich habe zwar – wie alle an Serien Beteiligten – einen Revers unterschrieben, in dem ich mich verpflichte, nichts über mir eventuell bekannt werdende Handlungsstränge zu verraten, und ich habe mich ja auch leider weidlich daran gehalten, aber ein Geheimnis will ich doch verraten, etwas, was bisher selbst den luchsäugigsten Lindenstraßen-Junkies entgangen ist, den Leuten also, denen auffällt, wenn ein Teekessel – also, das ist jetzt ein hypothetischer Fall; so was würde nie wirklich geschehen –, ohne benutzt worden zu sein, plötzlich auf einer anderen Herdplatte steht, und wenn der WDR mich verklagt, soll mir das auch recht sein; das ist eben investigativer Hinterfrage-Journalismus, und wenn Sie es lieber nicht wissen wollen, weil Sie es nicht ertrügen, den wohltätig weichzeichnenden Gazeschleier der Fiktion vor der leprösen Fratze der Realität einzubüßen, hören Sie hier, an der punktierten Linie, auf zu lesen.

....

Willkommen im Reich des Borderline-Journalismus; willkommen an der Schattengrenze, wo die Lektüre aufhört und das Wagnis beginnt; willkommen hinter den Kulissen. Oder wollen Sie es sich doch lieber noch mal überlegen? Können Sie haben:

....

Und jetzt gibt es kein Zurück mehr. Eins der Badezimmer wird von zwei verschiedenen Mietparteien benutzt. *Obwohl die auf verschiedenen Etagen wohnen!* Und das ist noch nie jemandem aufgefallen. Denselben Nasen, die, wenn jemand in der Serie stirbt, schreiben: »Liebe Lindenstraße! Da wird doch jetzt eine Wohnung frei, und mein Mann und ich suchen schon so lange was Passendes, und es würde uns auch nicht stören, wenn manchmal bei uns gedreht wird«, denselben Nasen fällt so was nicht auf.

Na ja. Wäre mir auch nie aufgefallen.

Einer der netten »Lindenstraßen«-Fahrer fährt Olaf, Sonja-die-Ex-Fixerin, eine Regie-Assistentin und mich zu unseren jeweiligen Wohnungen, Hotels und Bahnhöfen zurück. Als wir an Köln-Lindenthal vorbeikommen, sage ich: »In Lindenthal habe ich mit acht Jahren mal gewohnt.« »Kölsche Jung?« fragt der Fahrer mit jäh erwachendem Interesse. »Nö. Hamburger. Ich war da nur zwischengelagert.« »Und? War's schön?« fragt er höflich, sein Desinteresse mühsam kaschierend. »Ja«, sage ich. »Nachmittags haben wir immer die Braunsfelder verkloppt.« »Das sieht man den Braunsfeldern aber heute nicht mehr an«, versetzt er schlagfertig. Ich überlege fieberhaft. Wenn mir jetzt nichts einfällt, steht Hamburg blamiert da. Lindenthal sowieso, und ich werde nie wieder nach Köln eingeladen.

»Ich kann Ihnen auch sagen, woran das liegt«, sage ich so cool, daß es mich fast in der Mitte zerreißt. »Wir haben keine Gefangenen gemacht. Und die Braunsfelder, die wir nicht selbst fressen konnten, haben wir den Schlittenhunden vorgeworfen.«

Verbieter's Block

Ich bin doch nicht Antje (Vollmer), die, wenn sie Pressefreiheit wittert, nach dem Kadi ruft, wozu sie allerdings, wenn man bedenkt, daß sie, bevor sie Bundestagsvizepräsidentin wurde, Pastrix einer absolut eingeführten monotheistischen Klemmi-Religion und Schrägstricherin (AO/ML) war, jedes Recht this side of the Pecos hat, nein, ich bin im Gegenteil der liebe Harry, der, wenn er Arnold Schwarzenegger wäre, eine Figur verkörpern würde, die DER TOLERATOR hieße, und der nie etwas verbieten würde, höchstens verschenken, wie zum Beispiel Antje (Kunstmann) mit ihrer blöden Prohibitions-Anthologie, die bei mir vollends einen Verbieter's Block ausgelöst hat.

Verschenken würde ich zum Beispiel gern die gutgemeinte und fundierte Literaturkritik, denn nur die allergrößten Genies schreiben freiwillig beschissen, und wenn man allen anderen nachweist, daß sie leider mal wieder Scheiße geschrieben haben, sind sie bestenfalls sauer, denn wenn sie es besser könnten, hätten sie es gleich bessergemacht.

Womit wir schon wieder bei Antje (Kunstmann) wären, die ich so gern verschenken würde. Ich habe ihr einen Zweizeiler gefaxt, in welchem ich mich in scharfer Form gegen die Etatkürzungen des Auswärtigen Amtes, welche die Arbeit der Goethe-Institute – besonders in arabischen Ländern – teilweise doch sehr erschweren, aussprach, und sie meinte, das sei ein bißchen kurz. Was muß man eigentlich heute noch nachweisen, um Verleger zu werden? Ich mußte damals noch eine dreijährige Verlagslehre bei Suhrkamp/Insel absolvieren, bevor ich kein Verleger wurde, aber gewissen Leuten scheint das nachgeschmissen zu werden. »Wenn der Zweizeiler länger wäre, du Lämmchen«, versuchte ich ihr zu erklären, »dann wäre er doch kein Zweizeiler mehr, sondern ein 2+xzeiler.«

Also schon mal zwei Antjes, die ich gern verschenken würde, wobei mir allerdings klar ist, daß ich auf Antje Vollmer sitzenbleiben werde, weshalb ich vielleicht mit einem USP, einem *unique sales promise,* arbeiten muß: Antje Vollmer ist der einzige Mensch der Welt, der immer, ausschließlich und nur den Mund offen hat, sogar wenn sie Labiale (p, b, m) spricht, was sonst niemand schafft, nicht einmal Daniel Cohn-Bendit, obwohl der neue Zähne hat, womit für ihn vollends jeder Grund entfällt, mal fünf Minuten lang den Rand zu halten. (»Ich habe nichts gegen lange Zähne; nur gepflegt müssen sie sein.«)

Die dritte Antje ist auch Verlegerin, aber die will ich nicht verschenken, die will ich behalten, behalten und beschenken. Ein rotes Badetuch mit der fast selbstgestickten Inschrift

Moin, Antje!

habe ich ihr bereits geschenkt, und jetzt schenke ich ihr, glaube ich, noch Vorarlberg dazu, weil das sowieso nicht so recht weiß, wohin mit sich. Vor Jahren wollte es mal der Schweiz beitreten, aber die Schweiz wollte es nicht, und Österreich wollte es dann nicht zurück, und Antje hat so viele Ländereien, daß es auf ein Vorarlberg mehr oder weniger auch nicht mehr ankommt, und wie Sie ganz deutlich merken, versuche ich die ganze Zeit krampfhaft, den eingangs erwähnten Zweizeiler zu einem mit dem Spann angeschnittenen Zweiseiter zu verlängern und zu verwandeln, in welchem ich mich, wie gesagt, gegen die Etatkürzungen des Auswärtigen Amtes, welche die Arbeit der Goethe-Institute – besonders in arabischen Ländern – teilweise doch sehr erschweren, wandte:

Inschallah hier, inschallah da –,
Und kein Schwein kennt Hans Fallada.

Das Lied der Deutschen

Von der Meuse bis an den Njemen,
Von Adige bis an déhén Bælt –:
Deutschland, Deuheutschland über èhèmmèn,
Übeher èhèmmèhèn in déhér Wælt.

Schønen Gruß!

Harry-ze-Hun

Mein allererster und allerzweiter Film

»Du hast es gut; du bist ein alter Sack«, sagte Lieva, als wir einmal nicht über unser Lieblingsthema sprachen. Lieva ist Belgierin, und Muscheln mit Pommes sind unser Lieblingsthema.

»Was ist denn daran so günstig, wenn man ein alter Sack ist?«

»Dann erinnert man sich an seinen ersten Film. Unsereins ist mit Fernsehen aufgewachsen, und da verwischt sich alles heillos.«

Mein erster Film war natürlich »Bambi«, und er war auch mein zweiter, weil ich mich, als er zu Ende war, geweigert habe, das Kino zu verlassen, so daß meine Mutter nachlösen mußte, was sie auch eilig tat, denn sonst hätte ich ganz laut losgeplärrt, und diesmal nicht anläßlich des Todes von Bambis Mutter, sondern angesichts der Härte des Herzens meiner eigenen Mutter.

Dies zweite Mal war ein volles Eintauchen ins Zeitalter der technischen Reproduzierbarkeit; es war genauso schön wie beim erstenmal, und ich habe wieder an denselben beiden Stellen geweint und mich selbst dabei beobachtet, wie es klappte, und es war ein großes Wunder.

(Auf einem Cartoon im ›New Yorker‹ sieht man die Tiere des Waldes, und ein Tier des Waldes fragt: »Wißt ihr noch alle, was ihr getan habt, als ihr vom Tod von Bambis Mutter erfuhrt?« Das ist ein weiterer Vorteil, wenn man nicht mehr ganz frisch ist. Als nämlich Kennedy ermordet wurde, war ich im Kino beziehungsweise in einer Filmveranstaltung des später so berühmt gewordenen SDS, und es wurde »Der geteilte Himmel« aus der damaligen sogenannten zukünftigen Ex-DDR gezeigt. Der SDS hatte – Deutsche Demokratische Republik hin, Zone her – einen Breitwand-Projektor aufgestellt, der Film war aber in – da kann man mal sehen – Cinemascope. »Wir kucken ihn trotzdem«, wurde beschlossen, und dann ging der Film los, eingeengt, magersüchtig, im Hochformat; sozusagen Schmalfilm. Dann ging mittendrin das Licht an, und ein fetter linsenförmiger SDSler sagte: »Damit Sie während des Umspulens etwas Gesprächsstoff haben: Soeben wurde Präsident Kennedy in Dallas, Texas, erschossen.« Mein Freund Hermann sagte: »Dann gibt es wenigstens eine Woche lang anständige Musik im Radio«, und mein Freund Hermann war genauso fett, platt und linsenförmig wie alle anderen im Saal. Dann ging das Licht wieder aus, und die Wirklichkeit hatte mich wieder: hochgotisch, hohlwangig, dünn, äußerst dünn. Als der Film endgültig vorbei war, hielt der Effekt mit den linsenförmigen, aufgeplusterten Plattwesen noch gut und gern bis zur U-Bahn-Station Stephansplatz an, und ich kam mir vor wie in dem SF-Roman von H. G. Wells: Da werden Erdlinge auf einem Riesenstern mehrere Jahre hindurch gut behandelt, und weil der Stern ein Riesenstern ist, sind die dortigen Bewohner alle lang und dünn, und als dann mal ein Raumschiff landet, krabbeln wülstige, wabbelige Flachscheitler heraus. Menschen, ä bä.)

Nach »Bambi« war lange Zeit Schluß mit Kino, etwa anderthalb Jahre lang, und dann ließ sich Lisl Polgar (Sie lesen absolut richtig: *die* Lisl Polgar) breitschlagen, mit mir wieder ins *Kino* zu gehen. *Kino!* dachte ich, *Bambi!* dachte ich, *hin, hin, hin!* Aber es war ein Knutschfilm mit absolut unmotivierten Gesangs- und Tanzeinlagen: »Lili« mit Leslie Caron. Noch heute umreißt das »Lexikon des internationalen Films (L–M)«, wenn es schreibt: »... ein poesie- und gefühlvoller Film von der Reinheit des Herzens... Die zurückhaltend eingesetzte, gefühlvolle Filmmusik erhielt einen ›Oscar‹...«, den Ekel, den ich empfand, recht genau.

Nun war ich also Filmkritiker geworden, konnte gute Filme (»Bambi«) von schlechten Filmen (»Lili«) unterscheiden, und wenn ich heute noch einmal mit Lisl Polgar ins Kino gehen dürfte, würde ich mit ihr nach langem Überlegen in »Auf Wiedersehen, Amerika« von Schütte/Strittmatter gehen, und sie würde sagen: »Dageherauf. Kein Itzerl ungustiös.«

Um die Mitte des Tages

EINE KUTSCHFAHRT MIT EMMA B.

»A Kummererkraxn[1] aus der Ostpiefkei[2].« Das war seine erste Reaktion[3]. Doch dann hatte er sich wieder gefangen.

»Doucement, mes vieilles carnes, du calme, ô, ô, ôôôô… Et voilà!« La Suze und la Meuse schnoben zunächst aus übervollen Stutennüstern, gaben dann aber doch nach, um so mehr, als Sébastien den Pflug, als wollte er ein Komma setzen, in die fettblauschwarze Krume stemmte wie ein Gehtnichtmehr.

»Voyons, voyons«, sagte er im weichen, singenden Tonfall des Pariser Beckens, »voyons.«

»Un fiacre«, murmelte er, als die Droschke kurz zum Stehen kam, »avec le soixante-quinze comme numéro d'immatriculation… Les parisiens«, fügte er fröhlich schmunzelnd hinzu, »les parisiens. Mais qu'est-ce que c'est que ça et – virgule! – quoi?«

»Bougez pas, bougez-pas«, schärfte er seinen getreuen Zossinnen ein, »je crois que je vois des morceaux de papier.«

1 *wienerisch:* Kommunistenauto
2 *wienerisch:* DDR
3 also praktisch ein Trabi

Beherrscht stapfte er chausseezu.
Papierschnipsel? Die hatte er schon immer geliebt.
Aber es waren zu viele. Es ergab keinen Sinn.

»On travaille, nous!« brüllte er, plötzlich aufbrausend, der davonstiebenden Kalesche nach, um dann doch wieder, listig innehaltend, still hinzuzufügen: »Med uns ned!«

Aus einem Fortsetzungsroman

5. Kapitel
in welchem kurz abgehandelt wird, wie »Kuhauge«, der angenommene Sohn des Häuptlings der aufständischen Apatschen, seinem Vater begegnet, wovon er jedoch nichts weiß.

»Immer dieses Gerumpel, immer dieses Gerumpel«, dachte Senator Mönckeberg noch, doch dann fiel er in einen unruhigen Schlaf. Die lange Überfahrt hatte es aber auch schließlich in sich gehabt.

Grußwort

»Man kann zwar manches Böse über mich sagen, aber nicht, daß ich ein Sammler wäre, und deshalb komme ich für ein Grußwort an Bibliophile ernstlich gar nicht in Betracht. Außerdem laufen einem die Bücher doch sowieso zu, so daß man nur noch anbauen oder ausziehen kann –; ein Prozeß, in dessen Verlauf übrigens die so entstandene Bibliothek immer schlechter wird, und woran das liegt, weiß ich noch nicht lange. Mir fiel nur immer auf: Immer, wenn ich eine Grippe nahen fühlte, mußte ich zu Herrn Seifert, dem Buchhändler meines Vertrauens, und mir Bücher kaufen, denn ich habe zwar viele Bücher, aber zum Lesen ist nichts dabei. Und wissen Sie, woran das liegt? Das liegt daran, daß man nur die guten Bücher verleiht. Der halbe Meter Wohmann, den man vor dreißig Jahren beim Zusammenziehen übernommen hat, liegt unter ›W‹ wie Stehsatz, aber *Kolks blonde Bräute* von Frank Schulz muß man ständig nachkaufen. Naja. Die einzigen Schaufenster, vor denen ich immer stehenbleibe, sind die von Waffen-, Musikalien- und Buchhandlungen. Da ich aber keinen weiß, den ich totschießen möchte, kaufe ich mir alle zwei Jahre mal ein Plektron oder eine hohe E-Saite und viel häufiger ein Buch. Besonders dtv in der Grabbelkiste hat sowas. Diese weißen Piatti-Einbände altern nämlich nicht anmutig; das ist bei denen wie mit Braun-Elektrogeräten; neu sehen die unglaublich modern und strunzig aus, aber wenn sie so in der Grabbelkiste liegen, kann man sie nur ganz schnell erlösen und zu Hause ins Regal stekken, wo man nur noch den Rücken sieht, und der sieht echt nicht schlecht aus, sone schwarze Grotesk auf Weiß: Hat doch was. In einem richtigen, also keinem ›modernen‹ Antiquariat dagegen ...«

»Na, wenn Sie das hinschrieben, wäre das doch schon ein Grußwort«, sagt Gottwalt Pankow. »Jetzt fahren Sie mal in Ihren wohlverdienten Kurzurlaub, und wenn Sie wieder da sind, melde ich mich nochmal.«

Jetzt bin ich wieder da, und vor mir liegt ein Brief von Gottwalt Pankow, welcher in dem Schlußsatz gipfelt: »Es steht Antiquaren gut an, einmal den frischen Zug eines unabhängigen temporären Geistes durch ihre Regale wehen zu lassen und dabei zu erkennen, daß Literatur und Kunst und Kulturgeschichte immer erst in der Gegenwart entstehen müssen, bevor man sie in der Zukunft als Vergangenheit verkauen kann.«

Wenn man einmal davon absieht, daß es wahrscheinlich »verkaufen« hätte heißen sollen, dann haben wir hier genau das, was zu schreiben ich nicht in der Lage, noch befugt bin: ein Grußwort zur Nordischen Antiquariatsmesse Hamburg, das sich gewaschen hat.

BUCHKRITIKEN

Georges Perec
Das Leben. Mit einem Puzzle

Aus dem Französischen von Eugen Helmlé/Frankfurt: Zweitausendeins 1982
Ein Buch, das man jedes Jahr mindestens einmal lesen sollte.

★

Alfred Polgar
Kleine Schriften I

(Musterung). Reinbek: Rowohlt 1982
Der 1. Band der Polgar-Gesamtausgabe ist erschienen. Echt wahr: Der 1. Band der Polgar-Gesamtausgabe ist erschienen. Gedauert hat das, als hätte man einen völlig unbekannten Autor ausgraben und übersetzen müssen. Aber dafür ist die Sache nun auch ediert. Und zwar thematisch, man glaubt es kaum, wie die »Silberfracht«, Deutsches Lesebuch für die Unterstufe. Und wie bei dieser »wurde eine behutsame Modernisierung von Orthographie und Interpunktion versucht«. Sowas dauert natürlich. Und ein langes Vorwort gibt es auch. In dem Vorwort schreibt Marcel Reich-Ranicki, daß Alfred Polgar ein Opportunist gewesen ist. »Schlimmer als die unnützen Nichtstuer«, schreibt Polgar, ohne Namen zu nennen, »sind die unnützen Tuer.«

Kurt Vonnegut
Palm Sunday

Autobiographische Collage/Panther Book, Granada/Jonathan Cape 1981/1,95 britische Pfund, 6,95 neuseeländische bzw. australische Dollar, 331 Drachmen

Alles, was Vonnegut je in Turnhallen und Periodika von sich gegeben hat, einschließlich seiner abgelehnten Dissertation über die grafische Darstellung von Handlungsabläufen in verschiedenen Kulturen und Epochen als Beweis wofür auch immer, und was vorher nicht genug war, um in ein Buch gestopft zu werden – hier ist es nun, und allein schon die Definition des Phänomens *Twerp* ist jede einzelne der 331 Drachmen wert. Aus einem Interview des Verfassers mit sich selbst in der ›Paris Review‹:

Verf.: Technisch gesehen, war ich kein echter Snarf. Ein Snarf war jemand, der herumlief und an den Sätteln von Damenfahrrädern schnüffelte. Das habe ich nie getan. ›Twerp‹ hatte ebenfalls eine sehr spezifische Bedeutung, die heute kaum noch einer kennt. Durch nachlässigen Gebrauch ist ›Twerp‹ heute zu einer ziemlich gestaltlosen Beleidigung heruntergekommen. / Interviewer: Was ist ein Twerp im engsten, im ursprünglichsten Sinne? / Verf.: Das ist jemand, der sich ein künstliches Gebiß zwischen seine Arschbacken klemmt. / Int.: Verstehe. / Verf.: Entschuldigung, zwischen seine oder ihre *Arschbacken. Auf diese Weise ecke ich immer wieder bei Feministinnen an. / Int.: Ich verstehe nicht ganz, warum das jemand mit einem künstlichen Gebiß tun sollte. / Verf.: Um die Knöpfe vom Polster auf dem Rücksitz eines Taxis abzubeißen. Das ist der einzige Grund, weshalb die Twerps das tun. Das ist das einzige, was sie wirklich anmacht.*

Das alles und noch viel mehr – und nicht durch störende Handlung unterbrochen – ist von jenem zutiefst kämpferisch-menschlichen, aufklärerischen Geist durchdrungen, der unseren Vonnegut zu dem macht, was er ist: zu unserem Vonnegut.

*

Adolf Glaßbrenner
Unterrichtung der Nation

Ausgewählte Werke und Briefe in 3 Bänden / Informationspresse
»N schönes Leben hab ich doch, ich kann mir nicht beklagen. Pfeift auch der Wind durch's Ärmelloch –: Das will ich schon vertragen. Des Morgens, wenn mir hungern tut, freß ich ne Butterstulle. Dazu schmeckt mir der Kümmel gut aus meine volle Pulle. Und sagt der Tod einst: ›Nante, du, komm mit die kurze Strecke‹, dann spring ich bloß und ruf ihm zu: ›Ick bin schon um die Ecke.‹ Und hört er nicht auf diesen Witz, dann seufz ich: ›Line... Kümmel ...‹ Denn kauf ich mir den letzten Spitz und nimm dir mit in Himmel.«

Der Erfinder des ächten Eckenstehers Nante und des Rentiers Buffey (»Der Würt trug immer eine gelbe Weste, und derowejen nannten wir ihm Karnalljenvogel«) war außerdem auch noch ein ›48er-Revolutionär‹, und in der Ballung wirkt manches etwas matt, wie Robert »Man weiß ja, wie sowas gestrickt ist« Gernhardt sagen würde, und da ich Glaßbrennern bisher nur von einer Platte des unvergessenen Heinz Hilpert (der mal zu zwei Schauspielern sagte: »Kann ich euch nach der Probe mal unter... unter *Augen* sprechen?«) kannte (welche ich meinem daraufhin Ex-Freund Uli geliehen habe, der offenbar auf der Scheibe schlittschuhgelaufen ist und das bis heute nicht zugibt; nur zu hören ist nichts mehr, außer Gekruschpel; dafür ist er jetzt Oberstudienrat; so rächt sich alles), ist es ein Hochgenuß, die Abrechnung mit längst vergessenen Politikern nachzuschlabbern, ähnlich wie neulich bei Kulenkampff, als ein Porträt von Ludwig Erhard, von Buffet gemalt, aussah wie Franz Strauß.

Womit wir beim Nachschlabbern wären: Frank W. Epperson, der Erfinder des Eis-am-Stiel, ist im Alter von 89 Jahren in Fremont (Kalifornien) gestorben. Und wegen dieses Erfinders hieß das *popsicle* früher mal *eppsicle.* Und damit (»Wie nennt Er sich?« »Du.« »Nein, ich meine, wie nennt *Er* sich?« »*Mir* meinen Sie. Ich dachte schon, Sie meinen *ihm,* weil Sie *Er* sagten.«) sind wir auch schon wieder bei Adolf Glaßbrenner.

*

Fünftausendvierundvierzig

Ein jüdischer Kalender / Hrsg. v. Henrik M. (»Ma'h Nishtanah!«) Broder und Hilde (»Who?«) Recher. Köln / Jerusalem: Ölbaum Verlag 1984
Alles, was Sie schon immer über das Judentum wußten und deshalb nicht zu fragen brauchten –: Hier ist es versammelt.

Weder wird die Erklärung für die Trennung von Milchigem und Fleischigem gegeben, noch … und noch und noch und noch. Daß der Kalender *ad calendas graecas* erschien (nämlich nicht zu Rosh Ha-shana, sondern zu Hallowe'en), mag mit Produktionsschwierigkeiten zu erklären sein, daß aber … ach, es fehlt eigentlich alles, und nun schweigen wir besser darüber, denn, wie die Halacha sagt: »Jemandem die Schamröte ins Gesicht treiben, heißt Blut vergießen, und das ist trefe«, oder, wie Reb Broder sagen würde, »treife«. Und das ist, in welcher Schreibweise auch immer, das Gegenteil von koscher.

★

Mathias Nolte
Großkotz

Ein Entwicklungsroman / Zürich: Diogenes 1984
So ein grauenvolles Buch. Es ist überhaupt nicht zu fassen. In dem ganzen unfaßbar grauenvollen Buch ist ein einziger schöner Satz, und der ist schnell zitiert: »Er lachte wie ein Maikäfer.« Man kennt das ja: Spätestens Ende April ertönt landauf, landab dies schallende Gelächter, zuerst keckernd nur, dann immer froher, bis es richtig lauthals ist und es Zeit wird für die Maikäferplage. So ein grauenvolles Buch. Es ist überhaupt nicht zu fassen.

★

Rolf »Pfeife« Winter
Briefe an die Stern-Leser

Hamburg, jede Woche neu, DM 3,50
Noch gibt es dies gar nicht als Buch, aber das kommt schon noch, und dann sagt bitte nicht wieder, ich hätte Euch nicht gewarnt.

★

Kurt Tucholsky
Unser ungelebtes Leben. Briefe an Mary

Reinbek: Rowohlt 1982
Man liest zwar nicht die Briefe von fremden Leuten (aber Mary Tucholsky kenne und liebe ich seit meinem 8. Lebensjahr), und man liest schon gar nicht die Briefe von Leuten, die man kennt und liebt, aber man kann sich ja vornehmen, erstmal nur das Vorwort von unser aller Fritz »I vish I voult be a writer« Raddatz zu lesen und dann weiterzusehen. Da wird man auch prompt durch zwei neue Wörter belohnt (eins ist *entbergen*), und was dann kommt, ist so schön und so traurig und so lustig, wie sich das bei Tucholskys gehört: Der Mann mit 6 PS.

★

Klaus Wagenbach u. a.
Fintentisch

Westberlin: Wagenbach 1984
Ein Almanach der letzten paar Jahrzehnte, und wenn einem Erich Frieds binsige
Ge
dich
te
auf den Wecker gehen, bleibt immer noch Dr. Wagenbach als quecksilbriger Conférencier, der wie Popow durchs Programm führt: Oft wurde ihm unrecht getan, recht behalten hat er immer, und so und so war das damals. Macht Spaß, sowas. (Außerdem war mir gar nicht klar gewesen, daß er auch Lehrling bei Suhrkamp war. Hallo, Klaus!)

Eugen Horti
Herrenhausen / Schönheit und Gleichnis

Dreisprachig / Mit Fotografien vom Verfasser / Bad Münder: Leibniz-Bücherwarte 1985

Auf der Buchmesse, am Stand der Niedersächsischen Kleinverlage, sagte Gabriele Spaeth, genannt DER RABE, zu mir: »Ich möchte, daß du dies Buch lobst. Und zwar«, fügte sie, nun schon deutlicher werdend, hinzu, »über den grünen Klee.«

Endlich! At last! Finalement! Wie der Autor hier ein bislang kaum ins Zentrum der Aufmerksamkeit gerücktes Thema angeht, wie er ein ebenso weithin neues wie schwieriges, ja heikles Terrain betritt, wie er sich diesem umstrittenen Gegenstand ebenso behutsam wie gründlich nähert –: das alles beweist ebenso sehr die unverbrüchliche Neugier des Forschers wie den sichern thematischen Zugriff des episch geschulten Hortikulturomanen und macht das Thema auf eine betroffen machende Weise transparent und einsichtig, oder, wie der Dichter sagt: »Barocke Zier, / des Gartens reiche Pracht / hat schon so viele Herzen / froh gemacht. / Beweist der Park uns nicht / an großen Zeichen, / wie unsere Herzen / seinem Wesen gleichen?« Ohren anlegen und zugreifen.

★

Jean Lessenich
Nun bin ich die niemals müde junge Hirschfrau oder Der Ajilie-Mann

Frankfurt: Suhrkamp
Der Autor ist Transsexueller, hat sich in Casablanca umbauen lassen, und nun hat sie ein Buch geschrieben über ihre Liebe zu einer hessischen Indianerin, die sich umgebracht hat. Das Buch ist schwülstig (obendrein schludrig lektoriert) und ungeheuer spannend. Und warum sollen immer nur Berufsschriftsteller Bücher schreiben? Warum nicht auch mal kluge Laien?

★

Nat Hentoff & Nat Shapiro
Jazz erzählt

›Hear me talkin' to ya‹/München: Nymphenburger Verlagshandlung 1959, vergriffen (?)
Alles, was man beim Zuhören die betreffenden Herrschaften immer gern mal gefragt hätte... Bei einem Solo von J. J. Johnson hätte man doch gewünscht, mit dem Typ befreundet zu sein und im zerknautschten Hotelzimmer drei Flaschen Gin mit warmem Leitungswasser aus Pappbechern zu trinken... Und ihm vorgemacht, wie man, während er erzählt, blitzgeschwind einhändig *reefers* auf Vorrat dreht... Oder Anita O'Day *backstage* noch schnell drei *bennies* für die Tagesform zugesteckt und »Nach dem *gig* erzählst du mir weiter, *sweet stuff*, abgemacht?« geraunt...

Das alles schön chronologisch von New Orleans bis Be Bop und noch weiter und innerhalb der Chronologie unauffällig nach Themen geordnet: Nat, take a bow. And you too, Nat.

★

›top‹ Schlagertextheft
(mit Starbild-Postkarte)

Musikverlag Hans Sikorski Hamburg 13, DM 1,20
Aus dem Inhalt der mir vorliegenden Nummer 23: *Ich wünsch' mir 'ne kleine Miezekatze, I didn't know I loved you (till I saw you rock and roll), Oh wie wohl ist mir, Gudbuy* (sic!) *t' Jane, Ein bißchen Spaß muß sein, You're a Lady, Kinder des Regenbogens, Nights in White Satin, Das macht die Liebe allein, Avenues and Alleyways, Mein Schatz, du bist 'ne Wucht, You-Kou-La-Le-Lou-Pi, Crocodile Rock,* sowie mein Favorit *Meine Art, Liebe zu zeigen,* in welchem die große Daliah Lavi, *la* Lavi praktisch, singt: »Halt misch fest, doch halt misch nischt, schreib mir alles ins Gesischt... Lösch noch ein paar Lischter aus über unserem Haus, schließ misch in die Stille ein, laß misch einfach bei dir sein und das Rad der Nacht sisch drehn, dann wirst du schon sehn.«

★

Peter Frankenfeld
Meine schönsten Anekdoten und Witze

Hg. v. Lonny Kellner-Frankenfeld/Berlin: Ullstein Großdruck
»Witze sind eine sehr ernste Sache. Und das richtige Erzählen von Witzen ist eine Kunst«, warnt Frankenfeld im Vorwort und erzählt dann folgende gepfefferte Anekdote

über Elisabeth Flickenschildt und Gustaf Gründgens: *Eingeweihte nennen sie Flicki. Eines Tages – GG war noch Intendant des Hamburger Schauspielhauses – gab es einen festlichen Ball. Schriftsteller, Bühnendichter und Schauspieler hatten Gala angelegt. Gründgens entdeckte die Flicki im Saal, die im hochgeschlossenen langen Abendkleid an einer Säule lehnte. Er ging auf sie zu: »Flicki, also du siehst heute aus wie ein richtiger Kerl.« Darauf soll sie lächelnd geantwortet haben: »Das möchtest du wohl auch mal, Gustaf – nicht wahr?«*

Gustaf. Gedankenstrich. Nicht wahr? Auch (oder besonders) wer weder Peter Frankenfeld, Elisabeth Flickenschildt noch Gustaf Gründgens je gesehen hat, sieht Peter Frankenfeld vor sich, wie er Elisabeth Flickenschildt nachahmt, welche Gustaf Gründgens eine schlagfertige Antwort verpaßt. Hier fällt uns auch wieder das Vorwort ein: »Beim Sketch werden Witze meist im Duett vorgetragen. Hier beginnt die ›Hohe Schule‹ der Unterhaltung. Üben Sie also mit Ihrem Partner, ehe Sie mit einem solchen witzigen Wechselgespräch vor ein Publikum treten.« Anfrage: Wenn ich Flicki mache, wer gibt dann GG, und wer spielt Publikum?

★

Longos
Daphnis und Chloe

Zürich: Manesse 1980
Wer Longos war und ob er wirklich so hieß, weiß man nicht, aber gegeben hat es ihn wohl.

Dieser zierliche spätantike Roman steckt voller Binnenreime und Alliterationen und was sonst noch das Leben des Übersetzers lebenswert macht (Friedrich Jacobs

1832), aber er ist eben ein Roman und nicht – schabada buffni schabada buffni – in Versen abgefaßt, die einen so rammdösig machen wie weiland Johann Heinrich Voß, als er mit der Ilias fertig war und sich im Gästebuch eintrug: *Johánn Heinrich Vóß, wóhnhaft im Rómischen Káiser.* (Oder, was das betrifft, mich, der ich in der Schule »Pyramus und Thisbe« freiwillig in deutsche Hexameter übertrug... *Er war der netteste Junge, das hübscheste Mädchen war sie, so die Sage*... Peinlich, peinlich... Aber da muß man durch.) Hinten in dem Buch steht noch ein lehrreiches Nachwort, aus dem wir erfahren, warum uns das Buch gefallen hat, und wenn nicht überall so unbeholfene Zeichnungen (von Hans Erni) wären, könnte man es sogar verschenken. Warum läßt man sowas nicht von meinem Freund Wilhelm M. Busch illustrieren? Der kann nackte Leiber zeichnen und Ziegen und Schafe und schroffe Felswände und den ganzen Schwindel, daß es eine Lust ist.

*

Heinrich Scheffler
Wörter auf Wanderschaft

Neskepfullingen 1986
Will zufällig jemand wissen, was eine Binsenweis- bzw. -wahrheit ist?

Das kam so: Einer der phrygischen Könige namens Midas – phrygische Könige hießen immer Midas (wie der, unter dessen Händen alles zu Gold wurde; unserer ist aber ein anderer) oder Gordias (daher die Stadt Gordion, wo Alexander d. Gr. den gordischen Knoten zerschlug; gehört aber auch nicht hierher) – hörte einst, wie irgendwo Kythara gespielt wurde. »So etwas Mieses und Ungepflegtes von Kytharaspielen habe ich ja noch *nie* gehört; das kann ich aber wirklich zehnmal besser«, sagte Midas, und das hätte er nicht sagen sollen, denn *wer* hatte da Kythara gespielt? Genau. Apoll. Deshalb ließ Apoll ihm zur Strafe Eselsohren wachsen, was aber nur Midas' Friseur wußte, denn Midas trug seit diesem Zwischenfall ständig eine phrygische Mütze. Den Friseur riß es nun furchtbar, weil er niemandem sein Geheimnis weitersagen konnte, und er grub ein Loch, und in dieses Loch flüsterte er *König Midas hat Eselsohren* hinein, und dann schaufelte er das Loch wieder zu. Die Stelle war nun schön umgegraben und wohl auch schön feucht, aber außer diesen Wörtern war nichts eingesät, und weil überall, wo es schön feucht, aber sonst nichts los ist, Binsen wachsen, wuchsen dort Binsen. Und seitdem hört man, wenn man keine Bohnen in den (oder phrygische Mützen über den) Ohren hat, überall, wo Binsen im Winde rascheln, wie sie *König Midas hat Eselsohren, König Midas hat Eselsohren* tuscheln.

Von *Aar* (war mir, weil ich leider ziemlich ungebildet bin, neu) bis *Zyniker* (was ich natürlich wußte, weil ich ja gottlob ziemlich gebildet bin) wird manches Wissenswerte erklärt. Sowas ist noch richtiges Wissen, wie es sich gehört. Einerseits zweckfrei, und andererseits kann man damit Tischdamen bis zur Ohnmacht unterhalten. Nützlich zu wissen ist auch, daß βανάυσος eigentlich *Handwerker* heißt, so daß man in Zukunft mit großer Beiläufigkeit sagen kann: »*Ciel*, die Tür klemmt! Man wird den Banausen rufen müssen, daß er's richte.«

⋆

Seneca
Epistulae morales ad Lucilium; Liber I

Briefe an Lucilius über Ethik/1. Buch/Übersetzt, erläutert und mit Nachwort herausgegeben von Franz Loretto/Stuttgart: Reclam

Als ich meinen lieben Freund und Logiergast Klemens endlich vor die Tür gesetzt hatte, schenkte er mir zum Abschied dieses Buch, und zwar mit den Worten: »Denk mal drüber nach.« »Oha«, dachte ich, aber das wäre gar nicht nötig gewesen, denn bereits der 1. Satz sprach mir rein aus der Seele: »Handle so, mein Lucilius: Befreie Dich für Dich selbst und sammle und bewahre die Zeit, die Dir bisher entweder geraubt oder heimlich entwendet wurde oder entschlüpfte.« Genau. Ich laß mir von diesem unsteten Geist doch nicht den letzten Nerv rauben, und bei einem Übersetzer-Stundenlohn von DM 7,50 kann ich mir kein Büro mieten, um endlich in Ruhe arbeiten zu dürfen. Oder? Und daß er im Männerheim der Heilsarmee in Groß-Borstel untergekommen ist? Wir lesen den 2. Brief: »Das, was Du schreibst und was ich von Dir höre, läßt mich für Dich Gutes hoffen: weder verzettelst Du Dich, noch läßt Du Dich durch Ortsveränderungen behelligen. Auf ein krankes Gemüt deutet ein solches Hin und Her: Das erste Zeichen seelischer Gelassenheit ist, so meine ich, innehalten zu können und bei sich zu verharren.« Und so geht das munter fort; nichts Falsches steht in dem ganzen Buch; wie denn auch; der Name Seneca bürgt schließlich für Qualität. Hauptsache, Klemens ist erstmal gut untergebracht. Kein Wunder, daß aus Senecas Schüler Nero später so ein erfolgreicher Kaiser wurde.

Frank Göhre
Der Schrei des Schmetterlings

Reinbek: rororo thriller
Wenn man im Ausland ist, in Amerika zum Beispiel oder der Schweiz, fällt es auf, daß die Menschen einen ausreden lassen. In Deutschland passiert sowas höchstens vor dem Schwurgericht. Hier haben wir nun einen zutiefst deutschen, zutiefst realistischen, zutiefst deutschrealistischen Krimi. Man hört förmlich das Tocktocktock, mit dem der Autor die Punkt-Taste bedient: *»Hab ick nich …« »Sie …« »Ick meine, nich direkt. Ick hab erstmal geklopft und denn …« »Ja?«*

Nein.

★

Kurt Vonnegut
Zielwasser

Aus dem Amerikanischen von Lutz W. Wolf/München: Goldmann und

Kurt Vonnegut
Galapagos

Aus dem Amerikanischen von Lutz-W. Wolf/München: C. Bertelsmann

Also, heißt der Übersetzer nun Lutz W., oder heißt er Lutz-W.? Der Verlag, in dessen Impressum es falsch steht, soll sich was schämen. Da übersetzt man nun für wenig Geld einen Riemen nach dem andern, und dann knausert (oder praßt; je nachdem) der Verlag mit dem Bindestrich.

In der ›taz‹ wurden neulich diese beiden Neuerscheinungen empfohlen, und am nächsten Tag stand in der Rubrik »Berichtigungen«, der ›taz‹-säzzer fände *Zielwasser* ganz toll und *Galapagos* den letzten Scheiß, und die 35 Mark seien rausgeschmissenes Geld. Aber wer sind wir denn, daß wir dem ›taz‹-säzzer glauben. Wir kaufen uns also *Zielwasser* und *Galapagos,* und siehe: *Zielwasser* ist ganz toll, und *Galapagos* ist der letzte Scheiß, und die 35 Mark sind rausgeschmissenes Geld.

Naja, also der letzte Scheiß ist *Galapagos* sicher nicht; es gibt Abermillionen von Büchern, die schlechter sind. Ich will mal so sagen: *Galapagos* ist, als hätte der junge Professor mit der behaarten Brust, für den alle co-eds schwärmen, derjenige, welcher am Ohio Tech in Wapakoneta den Leistungskurs in Creative Writing abhält, gesagt: »Und in den Ferien, meine Lieben, versucht ihr mal, einen Roman im Stil von Vonnegut zu schreiben.« Von den fünfzehn Teilnehmern haben zehn bereits in der ersten Woche aufgegeben, und der mit Abstand beste Beitrag – von Joel F. Feinkraut III – ist ein 250-Seiten-Wälzer mit dem Titel *Galapagos,* woraufhin Joel F. Feinkraut III ein Fulbright-Stipendium bekommt, was er aber gar nicht gebraucht hätte, weil Joel F. Feinkraut II schon früh Sony-Aktien erworben hat und weil ferner Mary Hopskin-Cooper, die Schickse mit dem Engelshaar, den blöden Prof mit seinem affigen Kurs in – wer braucht das schon?! – Creative Writing sausen läßt und sich Joel F. Feinkraut III zuwendet und sogar – wegen des spirituellen Aspekts, und wo wäre Tarot ohne die Kabbala?! – zum jüdischen Glauben übertritt, was ihr Vater, Jack »Honest John« Hopskin-Cooper, zähneknirschend geschehen läßt, weil Joel F. Feinkraut II ihm seinerzeit den Tip mit den Sony-Aktien gegeben hat, wozu ist man schließlich Logenbruder, weshalb die beiden 1st Families von Wapakoneta endlich glücklich vereint sind (da gibt es zwar noch die Glenns, aber die haben schließlich schon einen Astronauten in der Familie, und außerdem ist John jr. Trauzeuge), woraufhin…

★

Kenneth Anger
Hollywood Babylon II

München: Rogner & Bernhard bei Zweitausendeins 1985
Wie ich einmal Francis Ford Coppola kennenlernte
Domenica: Herri, ei wont juh to miet mei frent Frenk Coppola; Frenk, ei wont juh to miet mei frent Herri Rowohlt.
Francis Ford Coppola: Nice ta meet ya, Harry.
Harry Rowohlt: Great to see you, Mr. Coppola.
Domenica: Ent sis is mei frent Horst. Horst, ei wont juh to miet mei frent Frenk Coppola. Frenk, sis is mei frent Horst.
Horst (vom »Crazy Horst Saloon«): It's a real pleasure, Mr. Coppola. *Halblaut zu Domenica:* Mach mir hier doch keine Schande, du *Kuh!* Der Mann heißt Francis!! *So* schwer kann das doch nicht sein!!!
Domenica: Herri, hef juh met mei frent Frenk Coppola? Frenk? Frenk, ei wont juh to miet mei frent Herri.
Zu Hause dann ganz schnell bei Kenneth Anger nachgesehen. Wehe, die schwule Sau hängt meinem Freund Francis F. Coppola was an… Mal sehen… Aha: »Nun hat sich Francis Coppola nur über seine *Freß*-Sucht Sorgen zu machen, das Liz-Taylor-Syndrom.« Na, ein Glück. Ja, äh, wie

ich schon sagte: Unentbehrlich für den Filmfreund, beide Bände.
Aber Freß-Sucht? So ein Quatsch. Wenn man Hunger hat?

*

Géza von Cziffra
Es war eine rauschende Ballnacht

Eine Sittengeschichte des dt. Films/Ullstein-TB
DM 9,80
Eigentlich hatte ich mir das Buch gekauft, um zu erfahren, ob Heinz Rühmann, wie man immer munkeln hört und wie ich mir liebend gern hätte bestätigen lassen, wirklich ein Nazi und ein Denunziant war. Statt dessen habe ich nach Jahren endlich wieder gelesen, daß Karin Baal (eigentlich: Karin Blauermehl) dem Fettsack und selbsternannten Rock-'n'-Roll-Weltmeister Kalle Gaffkus hörig war. Und das ist ja auch ganz schön wichtig. (Außerdem hat es Christine Kaufmann mal mit Barbara Valentin getrieben.) Daß Géza von Cziffra *nicht* schreibt, Heinz Rühmann habe bis heute den Tod von Herta Feiler nicht verwinden können –: *Das* macht das Buch lesenswert.

*

Leslie Halliwell
The Filmgoer's Companion

Paladin 1972
Unentbehrlich. Und sei es nur, um Mitmenschen damit zu verblüffen, daß man weiß, wie Kirk Douglas wirklich heißt. (Issur Danielovitch Demsky).

Lexikon des internationalen Films

rororo, 10 Bände, 128 Mark
Dann wollen wir mal gleich zu Anfang den Regisseur Carl Heinz Wolff nachschlagen ... Der Wolf der Silaberge (Il lupo della Sila), Der Wolf hetzt die Meute (Tightrope), Der Wolf und die sieben Geißlein, Die Wölfe (Pardonnez nos offences), Wölfe in der Nacht (Valley of Eagles), Wölfe in der Tiefe (Lupi nell'abisso), Die Wölfe von Kansas (siehe: Hopalong Cassidy ...), Wolfen (Wolfen), Die Wölfin vom Teufelsmoor, Die Wölfin von Kalabrien (La Lupa), Die Wölfe von Los Angeles (Key Witness), Die Wölfin (La louve solitaire), Wolfsblut (Belisch Klyk), Wolfsblut (Zanna Bianca/Croc-Blanc), Wolfsblut greift ein (Zanna Bianca alla riscossa), Die Wolfsfalle (siehe: Er gehört mir), Der Wolfsjunge (L'enfant sauvage), Der Wolfsmensch (The Wolf Man), Wolgaschiffer ... Man sieht also ganz schnell: Das Filmlexikon ist gar kein Filmlexikon, sondern ein Filmelexikon, und es beantwortet für jeden aufgeführten Film schlüssig folgende Fragen: Wer hat ihn gemacht? Was passiert? Wie gefällt er mir? Darf ich meine Gören reinschicken?

Nun testen wir noch das Register an. Wie mag der deutsche Titel von »Dragonfly Squadron« lauten? (Denn daß der Film nicht einfach »Geschwader Libelle« heißt –: *So* schlau sind wir ja selbst.) Aha: »Kampfstaffel Feuerdrachen«. Steht allerdings unter »Draconfly« mit C. Auch gut. Findet man es ein bißchen früher. Ab 12 J.

★

Rotbuch-Krimis

Berlin: Rotbuch Verlag
Eine Raben-Beratung

Pieke Biermann
Potsdamer Ableben

Ich: *Rate mal, wer mir die Socken gestrickt hat ...: Emmi Biermann.* Michel Geißmair: *Wenn* Pieke *Biermann sie dir gestrickt hätte* – da *könntest du stolz drauf sein.*

Vielleicht, wenn ich mal ein Buch von ihr lobe, vielleicht wird es dann was. Wenn jemand nach Westberlin reisen soll, muß er vorher »Potsdamer Ableben« lesen. Dann ist er sofort in die Szenerie eingeklinkt (stell ich mir jedenfalls vor). Es ist wie mit dem Penner von Zille, der einen Roman liest: »Diß Buch handelt von lauter Jrafens und Barone. Det jefällt ma: Man ist in juter Jesellschaft und amüsiert sich doch.« Gesellschaftsschichten, die mir sonst unzugänglich sind, erschließen sich mir hier gleich in ganzen *stremata.* Jargons und Akzente sind ordentlich gehört (nur beim Ruhrpöttischen schnarrt es manchmal etwas), und ein echter Rotohr-Krimi ist es auch, ein Krimi, der schleunigst verfilmt werden muß. Eins vor mit Mappe.

★

Jean Vautrin
Billy-ze-Kick

Jean Vautrin ist Filmregisseur, Krimi- sowie ernsthafter Autor (Prix Goncourt de la Nouvelle 1986), und »Billy-ze-

Kick« ist ein fröhliches Massenmorden aus der Zazie-Perspektive.

Die Übersetzerin Christiane Kayser wagt etwas, wozu z. B. mir bisher die Chuzpe fehlt: Sie übersetzt nicht nur ins Deutsche, sondern gleich nach Deutschland, also *Karstadt* statt *Samaritaine* oder so. Dadurch ersetzt sie *Flair* durch *Muff,* und der Leser ist nicht mehr *Voyeur,* sondern *mittenmang.* Und im Gegensatz zu den allermeisten Übersetzern gelingt ihr das sogar. (Nur die Heldin lispelt nicht richtig, und der Text folgt der einen und einzigen taz-Interpunktionsregel oft zu sklavisch: »Egal was wird gleichgültig wovon im übrigen Satzgefüge erstmal durch ein Komma abgetrennt, denn das schafft Luft und schmückt.« Aber auf sowas hätte ja auch Lektrice Gabriele Dietze achten können.)

Und eine Vision von Luxus hat mir sofort eingeleuchtet: *Aufzug mit Kamin.* Dochdoch. Wer das nicht hat, der hat nicht viel.

★

Peter Dunant
Racheengel

Der Beifahrer, der Uniform nach ein Sergeant, lag lässig hingefläzt in (!) *seinem Sitz, behielt dabei aber unverwandt das vor ihm liegende Stück Straße im Auge. Er hatte ein prägnantes, gut geschnittenes Gesicht, einen vollen, sauber gestutzten Bart, dunkles, krauses Haar und dunkle Augen. Sein Kollege auf dem Fahrersitz war eine nicht ganz so vertrauenerweckende Figur* (!) *mit zerfurchtem Gesicht und aufgeworfenen Lippen; zwischen Daumen und Zeigefinger klebte eine selbstgedrehte Zigarette,* also, mit anderen Worten: Kannste glatt vergessen. Man läßt doch, dächte ich, wenn einem um Spannung zu tun ist, die Leute erstmal was machen und beschreibt sie erst dann von der Adlerfeder bis zu den mit himmelblauen Bachkieseln bestickten weißgegerbten hirschledernen Mokassins. *Ein prägnantes Gesicht*... Wenn ich das schon höre. *Wodurch* ist es prägnant, ihr Dummis? Sowas lernt man doch bei Frl. Siems in der 5. Klasse.

Hinter *Peter Dunant* verbergen sich die britische Journalistin Sarah Dunant und der britische Schriftsteller Peter Busby, und übersetzt wurde der ganze Schaden von Niels Kadritzke, der nicht darum zu beneiden ist.

⋆

Tony Fennelly
Mord auf der Klappe

»Tony Fennelly«, erfahren wir hinten im Buch, »ist Anfang vierzig und arbeitete u. a. als Bardame, Stripperin und wirklich ...« Wirklich? Aha. »... als Sozialamtsangestellte. Sie lebt seit zwölf Jahren in New Orleans. *Mord auf der Klappe* ist ihr erstes Buch. Sie schreibt weitere Matty-Sinclair-Mysteries.« Juhu. Das soll sie tun.

Matty Sinclair, der Held, ist ein schwuler Antiquitätenhändler in New Orleans; er löst den Fall mit viel Geschmack, aber sein Lieblingscocktail – Sazerac – wär mir n Tick zu süß. Er schätzt süffige Vergleiche, auf die man z. T. gern selbst gekommen wäre – »Der Typ ist so geizig, der würde es lieber gratis mit Breschnew treiben als für zwei Dollar mit Bo Derek« –, und die Morde drehen einem den Magen um. Mechthild Küppers hat das Buch (wie Reich-Ranicki sagen würde) einwandfrei übersetzt.

William Marshall
Hongkong Roadshow

Dies ist, heißt es, die 10. Episode mit Inspector Feiffer von der Yellowthread-Street-Wache in Hongkong, und irgendwann möchte ich die ersten neun auch mal lesen. Ein echter *pageturner* und obendrein eine subtile Analyse des Zen-Buddhismus (»Bringt nicht viel.«). Trotzdem erinnert Marshalls Hongkong irgendwie an van de Weterings Amsterdam, und die Ermittler haben alle einen mehr oder minder heftigen Sparren wie sonst nur im wirklichen Leben. Aus dem Englischen von Karin S. Rausch (Nachdem wir jetzt die Doppelnamen-Tussis so ziemlich auf Null gebracht haben, wollen wir uns mal die *middle initial*-Menschen vornehmen, von Gisela M. Freisinger über Karin S. Rausch bis zu Helga M. Novak. Schon damit die Armen, die das Initial der Unterscheidbarkeit halber im Namen führen müssen – wie Dieter E. Zimmer –, den Kopf wieder höher tragen können.).

⋆

Didier Daeninckx
Karteileichen

Den verzwickten flämischen Namen Daeninckx kann man sich, wenn man muß, mit der Eselsbrücke »Bittebitte, daeninckx für« merken.

Das Buch fällt unter die Rubrik »Polit-Thriller«, wurde mit dem »Grand Prix de la Littérature Policière 1984« und dem »Prix Paul Vaillant Couturier« ausgezeichnet und von Laurent Heynemann verfilmt, wer immer das sein mag, und das Buch ist, obschon bei schwerer Grippe nicht unspannend zu lesen, Beschiß. Beschiß und unredlich. Denn der Ermittler lüftet ganz zum Schluß sämtliche Geheimnisse, indem er Ermittlungen erwähnt, die er hinter unserem, der Leser, Rücken angestellt hat, und das, das tut man nicht; soviel steht im Katechismus jedes Schundheftserienautors, und wer es doch tut, wird bei »Perry Mason« gar nicht erst genommen. Statt dessen kann er seinen Beschiß mit dem Algeriermassaker von La Muette 1961 sowie Judenmord und Collaboration verweben und bei Gallimard einreichen. Dann winken ihm Preise, Verfilmung und Falscher Hase mit Rotkohl in jedem antifaschistischen Haushalt.

Die Übersetzung von Marie Luise Knott wirkt teilweise ein bißchen unberaten. Man darf doch nicht »Ökologist« schreiben und glauben, nun wär es schon Deutsch, und dann »Mein Herr« statt »Monsieur«.

Die neue Krimi-Reihe von »Rotbuch«: *Ein* absoluter Durchhänger, *ein*mal Etikettenschwindel und *vier* richtig gute Bücher. Le styling von Hendrik Dorgathen ist knallig auf schwarzem Grund präpostfluxoflex und unverwechselbar schön.

Aber es macht mich zunehmend kribbelig, daß diese (nehme ich mal an) jungen Leute nicht wissen, wie man *brillant* schreibt, und daß es *die* CIA heißt, und was dergleichen Feinheiten mehr sind. Zu meiner Zeit wußte man das sowieso und konnte danach immer noch Tischler werden. Heute macht man erstmal Bücher oder Zeitungen und stellt danach fest, daß es zum Tischler nicht reicht. Aber ich will nicht nur meckern. Notfalls lese ich – Grippe vorausgesetzt – Fahnenkorrektur, male *daß* mit *ß* rein und spare 20 Mark.

FILMKRITIKEN

Einfach Kunst

»AUF WIEDERSEHEN AMERIKA«
VON JAN SCHÜTTE

So ein Glück. Heute, am 28. April 1994, läuft der Film an, und ich habe ihn schon dreimal gesehen. Hoffentlich hält er sich so lange in den Kinos, daß ich, wenn ich jeden zweiten Tag einmal hingehe, einigermaßen alles gesehen habe, was es zu sehen gibt, bevor er »The Return of the Son of Himmel Over Berlin II« weichen muß.

Beim erstenmal war ich von einem blinkenden Herzen Jesu in einem polnischen Taxi so gebannt, daß ich erst beim zweitenmal darauf achten konnte, wer sich sonst noch in dem Taxi befand.

Und die törichte Mütze, die nur zusammen mit einer Sonnenbrille abgegeben wird, was unmenschlich ist, aber wir müssen schließlich alle leben... »Sportmütze« heißt so eine Kopfbedeckung, glaube ich, und die einzige Sportart, zu der man sie tragen kann, ist das Achselzucken...

Und die Treue-Uhren für verdiente Putzfrauen... (Übrigens in einer mustergültig frauenfeindlichen Szene: Als die East River Savings Bank ihre Putzbrigade mit den begehrten Trophäen auszeichnet, erhebt sich vielstimmiges Gemurmel, weil die Ehemänner der Putzfrauen diesen die Festrede des Filialleiters synchron ins Ohr hinein übersetzen). Und die Jacke, die man so wenden kann, daß man, je nach Vorhaben, ein unscheinbarer Nebbich oder ein Teufelskerl von einem Klempner sein kann...

Dabei gibt es noch weit mehr zu hören als zu sehen. Isaak Aufrichtig (Otto Tausig) und Moshe Lustgarten (Jakov Bode) sprechen die heilige Sprache der durch die halbe Welt Verfolgten, eine Mischung aus Englisch, Polnisch, Jiddisch und Deutsch, und zwar zum Heulen authentisch. (Erinnert sich noch jemand an die Peinlichkeit, als ausgerechnet Heinz Rühmann im »Narrenschiff« einen orthodoxen Juden spielte?)

You still owe me dose twenty dallers: Das ist der erste und letzte Satz des Films; am Anfang wird er gesagt, weil der Sprecher Außenstände hat; am Schluß wird er gesagt, weil dem Sprecher nichts anderes einfällt vor Glück. Für so was gibt es einen Fachausdruck: Kunst.

Von »Auf Wiedersehen Amerika« existiert – genau wie von dieser Filmkritik – eine ungeschnittene Dreieinhalbstundenfassung, und wenn man die vielleicht mal in auf Sonderwünsche eingerichteten Lichtspielhäusern einem breiteren harten Kern von Schütte-Usern zugänglich machen könnte…? Da wir gerade von Glück sprachen: Meins wäre dann vollkommen.

Indien (NÖ)

»INDIEN«
VON PAUL HARATHER, ALFRED DORFER UND JOSEF HADER

Damals, in Wien, brauchte ich bei der Zeitungslektüre gut und gern zweieinhalb Minuten, bis mir klarwurde, daß das NÖ in Klammern hinter Orten und Abgeordneten nicht Ablehnung bedeutet, sondern *Niederösterreich.* Diese zweieinhalb Minuten gehören zu den schönsten meines Lebens.

»Indien« ist ein Roadmovie quer durch NÖ und gehörte verboten. Vom Fremdenverkehrsverein. So ekelerregend ist alles. Und Josef Hader, der Wiener Kabarettist, der das Wiener Kabarett abgeschafft hat, spielt einen Kontrolleur des Fremdenverkehrsvereins, der Beherbergungsbetriebe testet, und er hat sich wie Robert de Niro persönlich für diese Rolle einen Wanst wachsen und einen Klobrillenbart stehen lassen, so daß er aussieht wie von Gerhard Haderer gemalt, was der auch prompt getan hat, fürs Filmplakat.

Sein Juniorpartner (Alfred Dorfer) ist ein agiler Vegetarier; daß die beiden einander spinnefeind sind und sich deshalb am Ende doch noch kriegen, ist eh klar, aber bis dahin herrschen das Entzücken und das Entsetzen. Stundenlang könnte man die Wucht der Dialoge bestaunen –

Hader: Die Wirtn san alle Trotteln.

(Schier endlose Pause)

Dorfer: Ja, da ist was Wahres dran.

–, aber so hingeschrieben bringt es leider gar nichts, nicht mal, wenn man, so, wie das früher in der »Allgemeinen Bibliothek der Unterhaltung und des Wissens« gehandhabt wurde, *Tableau!* dazuschriebe, was *Stellen Sie sich das mal gemalt vor!* bedeutet.

Nein, man muß den Film schon selber sehen, und der Film wird einen verändern. Man wird nämlich, wenn man den Film gesehen hat, zu Kellnern »Danke. Gaaanz lieb!« sagen, und von der Freundin wird man sich am Telefon mit den Worten »Drei, zwo, eins –: Bussi!« verabschieden, und die Menschen werden sich mit Grausen abwenden von einem, es sei denn, sie hätten den Film ebenfalls gesehen; dann allerdings werden sie einen lieben und sagen: »I bin ka Beilagenesser in dem Sinn.«

In die Tüte

»WILDES FELD«
VON NGUYEN HONG SEN

Nun, nach »Vietnamfilmen« wie »Die grünen Teufel«, »Deer Hunter«, »Apocalypse Now« und »Rambo I« und »Rambo II«, wollen wir uns auch mal einen Film aus Viêt-Nám ansehen.

Und das ist ja gleich ganz was anderes.

Vater (Lam Toi), Mutter (Thung An), Kind leben ziemlich amphibisch im Mekong-Delta von selbstgezogenem Reis und selbstgefangenen Fischen, Schlangen und Schildkröten; man liebt sich und neckt sich; Mutter reißt Vater erste graue Haare raus; Vater spielt Mutter auf der Gitarre vor (mit extra hohen Bünden: damit man es ordentlich wimmern lassen kann), und manchmal kommt der Krieg vorbei und stört.

Wenn die US-Hubschrauber heranwummern, heißt es: »Steck du das Kind schon mal in die Tüte«, und die Familie taucht ab. Weil das Kind nämlich noch ein Baby ist, kommt es in einen großen Plastik-Müllsack, und beim Auftauchen sehen die Eltern nach, ob es noch atmet.

Die Familie hat zwei winzige, schmale Boote, und bevor man damit zum Fischen oder Kämpfen losstakt, müssen sie frisch getarnt werden. Mutter verwendet zur Tarnung reichlich Lotosblüten: Kosten nichts, und wenn man sich schon tarnen muß, dann aber gefälligst gefällig.

Ein Barfuß-Film: Die amerikanischen 'Kopter-Piloten und MG-Schützen werden, da es offenbar an Devisen fehlte, von Vietnamesen dargestellt, aber, damit sie wenigstens ein bißchen exotisch wirken, von bärtigen (was besonders in einer Luxus sinnfällig machen sollenden Scotch-aus-Champagnerkelchen-trink-und-gleich-darauf-Naßrasier-Szene verwirrt, weil der Pilot seinen Bart nach der Rasur immer noch hat). Dabei gab es in jedem japanischen »Furankenshutain tai Godzira no Kaijusanda tai Gailah« (»Frankenstein, Godzilla und die Monster aus dem Weltraum«, falls Sie sich gefragt haben, was das soll) mindestens eine zwergwüchsige, semmelblonde, angelsächsisch-protestantische Alibi-Langnase, aber die hatte natürlich eine andere Funktion; ich weiß.

Aber vielleicht, *vielleicht!* war das sogar beabsichtigt, daß man nicht die *hok goi,* die weißen Teufel, als Aggressoren auftreten läßt, sondern einerseits Menschen, die aussehen wie wir, und andererseits ebenfalls Menschen, die aussehen wie wir; nur daß die eine Sorte die andere Sorte beim Lebenwollen behindert.

Eine Schlange. Inzwischen wissen wir, daß wir von Schlangen nichts zu befürchten haben. Ein Hubschrauber. Inzwischen wissen wir, daß wir von Hubschraubern was zu befürchten haben. Aus dem Hubschrauber wird geschossen und bombardiert. Dann steigt ein GI an einer Strickleiter herunter, um zu checken, ob auch alles schön tot ist. Die Schlange schlängelt sich heran, und *fast* hätte sie ihn gebissen. »Eine Schlange!« brüllt er und hastet die Strickleiter wieder hoch. Die Schlange ist immer noch da. Unser Freund, der Vietkong-Vater, taucht aus dem Mekong-Schlick auf, schnappt sich die Schlange und schleppt sie freudestrahlend in den Pfahlbau. »Aus der Haut mach' ich dir«, sagt er zum Baby, »eine Trommel. Mit der kannst du dann den ganzen Tag lang trommeln.« Na ja. Eltern. Grauenhaft.

Zweimal weint die Vietkong-Mutter: Einmal, als Vater

ihr aus Versehen eine scheuert. Einmal nicht, als ihr Mann abgeknallt wird. Einmal doch, als sie den, der ihren Mann abgeknallt hat, abgeknallt hat, denn er hat ein Photo dabei mit Frau und Kind und dem Spruch: *We are always waiting for your return. Love, Linda.*

Und das ist dann der Schluß dieses formal nicht übermäßig guten Films.

Formal nicht übermäßig gut? Wer sich seine Neugier und seine Tentakeln und sein Ohr bewahrt hat, der merkt es plötzlich und juchzt auf: Kino.

(In Hamburg, im Metropolis, findet bis zum 26. September eine vietnamesische Film-, na ja, Woche statt. Gehen wir hin?)

Reichlich Bratz

»WILLIAM SHAKESPEARES ROMEO UND JULIA«
VON BAZ LUHRMANN

Als Shakespeare seine Stücke schrieb, war Englisch noch in den Flegeljahren, und wenn ihm ein Wort gut gefiel, schrieb er es einfach hin, egal, ob es das Wort schon gab oder nicht, und niemand fragte: »Wie jetzt... Bratzgitarre?«

*

Es ist ja nicht so, daß mich diese *R&J*-Inszenierung völlig kalt erwischt hätte – o nein, 1962 habe ich das Stück durchaus schon mal gesehen, in Dubrovnik, im Rahmen der Dubrovačke Ljetne Igre, auf der Tvrdjava Lovrjenac, wo ich bereits »Chamlet, Danski Kraljević« genossen hatte, der während der unerträglichen Leichtigkeit des Seins oder Nichtseins vollends zur Konsonantenschleuder wurde, eben zu Chamlet, danski Krawalljewitsch, und am Schluß, wenn Fortinbras die Festung berennt (und nichts anderes – Festung – heißt »Tvrdjava«; es war also alles 1 : 1), erklangen aus drei echten Kanonen drei echte Kanonenschüsse, und zwar

BUMM!
BUMM!
BUMM!

so daß man im weiteren Verlauf des dubrovnizianischen Nachtlebens die Leute, die im Theater gewesen waren, ganz leicht daran erkannte, daß sie aufeinander einbrüllten wie am Spieß, weil Fortinbras sie mit Taubheit geschlagen hatte. Hamlet mit Flak.

Über Nacht nahm dann das Londoner Old Vic unter der Regie von Franco Zeffirelli Dubrovnik in Besitz. Das merkte man zuerst an den vielen ungewöhnlich gutaussehenden jungen Briten, die ein ungewöhnlich leichtverständliches Englisch sprachen und ungewöhnlich gut gelaunt waren. Singend saßen sie in der alten, ringelspielartigen k. u. k. Straßenbahn, und als ein Auto seitwärts von der Fahrbahn kippte, sprangen sie ab und hoben es – »Heave-ho!« – perfekt choreographiert wieder zurück.

An der *kupalište* oder *plage* sah man dann, daß Romeo (John Stride) und Julia (Joanna Duncan) durchaus auch privat ein Kröösken zu laufen hatten, so, wie sie unter dem Olivenbaum lagen und einander den Rücken mit Sonnenmilch einschmadderten, und man dachte sich: »Genießt es, solang ihr könnt; spätestens heute abend wird es ein böses Ende nehmen mit euch beiden.«

Fünf Jahre später verfilmte Zeffirelli dann das gute Stück, aber ohne Olivenbaum und Straßenbahn hatte er keine Chance, und es wurde nur eine ziemlich ansehnliche Polonäse Veronese daraus.

⋆

Und das ist bei Baz Luhrmann natürlich gleich ganz was anderes. Zur Einstimmung sehen wir die Abendnachrichten im Fernsehen, und eine afroamerikanische Anchorwoman teilt uns mit, was bisher geschah: *»Two households, both alike in dignity, in fair Verona, where we lay our scene, from ancient grudge break to new mutiny, where civil blood makes civil hands unclean«,* und wir merken bald, daß der unverschämte

Titel – »*William Shakespeares* Romeo & Julia« – so unverschämt gar nicht ist, sondern daß wir endlich, auf den Tag genau 400 Jahre später, eine werkgetreue Verfilmung zu sehen kriegen, die 400 Jahre später spielt, mit Pumpguns statt Schwertern, und mit reichlich Bratzgitarre: elisabethanisch statt viktorianisch. Und wenn am Ende dieser Produktion Romeo (permanent unausgeschlafen: Leonardo Di Caprio) und Julia (anrührend ungelenk: Claire Danes) brav ihre Phiolen ausgetrunken und den letzten Bratzer getan haben, erschlägt uns das grandiose Schluß-Tableau: Jeff Koons und Cicciolina, im Tode vereint.

GESPRÄCHE UND ANTWORTEN

»Typisch, 'ne Fünf in Mathe«

EIN ›SPIEGEL‹-GESPRÄCH MIT HARRY ROWOHLT ÜBER DAS ERBEN, DAS TRINKEN UND DIE IRISCHE LITERATUR

SPIEGEL: Herr Rowohlt, wie entstand Ihre Vorliebe für irische Literatur?

ROWOHLT: 1966 habe ich zum erstenmal »At Swim-Two-Birds« von Flann O'Brien in der deutschen Übersetzung von Frau Dr. Lore Fiedler gelesen und war danach für die Gegenwartsliteratur verloren. Das meiste, was ich danach noch las, stand schon in diesem Buch, und zwar schöner.

SPIEGEL: Sie haben aber in jungen Jahren nicht nur Irisches gelesen?

ROWOHLT: Ich habe alles gelesen, was mir vor die Augen kam. Meistens heimlich, weil ich ein schlechter Schüler war und eigentlich Schularbeiten machen sollte. Das muß man sich mal vorstellen: In einem Verlegerhaushalt mußte man heimlich Weltliteratur lesen!

SPIEGEL: Ihr Vater war der Verlagsgründer Ernst Rowohlt. Und der hat bei Ihnen das Lesen nicht gefördert?

ROWOHLT: Nein, überhaupt nicht.

SPIEGEL: Dabei gab es ja wohl genug Bücher daheim.

ROWOHLT: Eben! Man kann so was nicht verbieten und gleichzeitig Regale um Regale voller Bücher haben. »Unter dem Milchwald« von Dylan Thomas fällt mir dabei ein. Das durfte ich auch nicht lesen, weil mein Vater es schweinisch fand. Ich habe es natürlich doch gelesen, und mein Vater sagte: »Typisch. 'ne Fünf in Mathe, aber Mischwald lesen.«

SPIEGEL: Sie werden immer wieder mit dem Satz zitiert: »Rowohlt heißen ist Scheiße.« Haben Sie das wirklich gesagt?

ROWOHLT: Nein, aber ich erklär's Ihnen: Der ›Stern‹ machte eine Serie über Erben. Ich hatte zwar nichts geerbt und werde auch nicht viel erben, aber ich habe gleich professionell gefragt, ob man dafür Informationshonorar kriegt, und da hat man mir gesagt: »1000 Mark«. 1000 Mark hatte ich noch nie besessen, woran die eigentlich schon hätten merken können, daß ich gar nichts in der Serie zu suchen hatte. Es erschien ein ziemlicher Stuß im ›Stern‹, und das fand ich auch nicht weiter schlimm. Ich hatte meine 1000 Mark, und die beiden Kollegen vom ›Stern‹ waren ohnehin so schnell abgefüllt gewesen, daß sie nicht viel von dem Interview mitgekriegt haben dürften. Wenn ich Heiner Goebbels wäre, könnte ich sagen: »Goebbels heißen ist Scheiße«, aber »Rowohlt heißen ist Scheiße« kann ich gar nicht gesagt haben.

SPIEGEL: Ist also hiermit dementiert. Aber wieso sind Sie kein Millionenerbe?

ROWOHLT: Weil man als Buchverleger keine Millionen scheffelt und deshalb auch keine vererben kann. Es wurde damals nötig, den Rowohlt Verlag an die Holtzbrinck-Gruppe zu verkaufen – unter anderem wegen finanzieller Schwierigkeiten –, und da habe ich die 49 Prozent, die mir gehörten, verkauft. Meinem Bruder gehörten damals 51 Prozent. Aber geerbt hatte ich nur die Anteile, nicht den Nießbrauch, den hatte meine Mutter geerbt. Seitdem stehe ich im Ruf, Millionär zu sein, und meine arme Mutter hat den Ärger mit der Kohle.

SPIEGEL: Und Sie hätten den Verlag nicht übernehmen wollen?

ROWOHLT: Möchten Sie etwa irgendwo arbeiten, wo Sie nicht kündigen können?

SPIEGEL: Hmm.

ROWOHLT: Ich war Lehrling bei Suhrkamp/Insel gewesen, und das war für mich eine wunderschöne, lehrreiche Zeit. Danach ging ich als Volontär zu Rowohlt und kam mir vor wie im Straflager.

SPIEGEL: Da war Ihr Vater nicht mehr am Leben. Lag es an Ihrem Bruder Heinrich Maria Ledig-Rowohlt?

ROWOHLT: Der hatte mit dem Betriebsklima relativ wenig zu tun. Ich habe ihn sehr geliebt, aber daß er sich übermäßig für Menschen interessierte, kann man nicht sagen. Er hatte zum Beispiel eine Sekretärin, die wiederum zwei Sekretärinnen hatte, und an die eine der beiden Sekretärinnen seiner Sekretärin konnte er sich nicht gewöhnen. Immer wenn die reinkam, sagte er: »Na, mein Täubchen, wer sind Sie, was kann ich für Sie tun?« Ich habe monatelang bei ihm auf dem Papierkorb gesessen und zugehört und dabei mindestens soviel gequalmt wie er. Und irgendwann, so nach vier Monaten, bot er mir eine Zigarette an und sagte: »Ach nee, du rauchst ja nicht. Sehr vernünftig, mein Lieber.«

SPIEGEL: Das klingt aber nicht gerade nach Straflager.

ROWOHLT: Das Straflager bestand aus allem anderen. Der Rowohlt Verlag war durch Kriegskameraden meines Vaters geprägt, die ihm in der Etappe angenehm aufgefallen waren. Ich hätte, um mich wohlzufühlen, erst mal 180 Menschen feuern müssen, und damit wäre der Verlag, was Abfindungen betrifft, sowieso erledigt gewesen.

SPIEGEL: Wollte Ihr Vater nicht, daß Sie Verleger werden?

ROWOHLT: Als er auf dem Sterbebett lag, von dem wir beide noch nicht wußten, daß es das Sterbebett sein würde, habe ich ihm – ich war 15 – den gesamten »Schwejk« mit verteilten Rollen vorgelesen. Da ist er gleich zu Anfang bei der Stelle »... Ferdinand Kokoschka, der was den Hundsdreck sammelt ...« vor Lachen aus dem Bett gefallen und hat zu meiner Mutter gesagt: »Alles zurück, der Junge wird nicht Verleger, der Junge wird Schauspieler!« Den ersten Teil des Wunsches habe ich ihm schon erfüllt.

SPIEGEL: Und warum sind Sie kein Schauspieler geworden?

ROWOHLT: Bin ich doch; denken Sie an die »Lindenstraße«. Ich glaube sogar, ich bin so ziemlich all das geworden, was meine Vorfahren gern gewesen wären oder auch gewesen sind.

SPIEGEL: Zählen Sie mal auf?

ROWOHLT: Mein Großvater mütterlicherseits war Journalist – Sitzredakteur, also verantwortlich im Sinne des Pressegesetzes beim Bochumer ›Volksblatt‹ –, und immer wenn er im Knast saß, fing er an zu dichten, richtig hinten gereimt.

SPIEGEL: Als Lyriker sind Sie uns bisher noch nicht aufgefallen.

ROWOHLT: Ich als Lyriker nicht aufgefallen? Na, erlauben Sie mal! Mein einziges Gedicht ist sogar von Hans Werner Henze vertont worden. Wenn das nicht auffällig ist.

SPIEGEL: Können Sie es vortragen?

ROWOHLT: Gesungen nicht. Es heißt »Gebet des Nashorns« und geht so: »Lieber Gott. Du bist der Boß. Amen. Dein Rhinozeros.« Und das wird heute aufgeführt als »Gebet des Nashorns von Hans Werner Henze«, eine ungeheure Sauerei! Normalerweise steht dahinter in Klammern Lennon/McCartney – und nicht nur McCartney.

SPIEGEL: Sie gehen in diesen Tagen auf Lesetournee mit Ihrer Übersetzung der Autobiographie »Die Asche meiner Mutter« von Frank McCourt, eines Amerikaners irischer Abstammung. Die irische Literatur ist in diesem Jahr Schwerpunkt der Frankfurter Buchmesse. Fühlen Sie sich als Fachmann?

ROWOHLT: Davon abgesehen, daß ich nicht damit auf Tournee gehe, sondern hauptsächlich Flann O'Brien und eigenen Kleinscheiß vortrage, also, wie es bei uns Vortragskünstlern heißt, »bunt arbeite«, bin ich ganz froh darüber, plötzlich als Fachmann für irische Literatur zu gelten, weil ich vorher als Fachmann für Kinderbücher galt und danach für Comics. Fachmann wird man relativ schnell. In Wahrheit habe ich bisher 91 Bücher, drei Theaterstücke und einen Film übersetzt, und nur zweieinhalb der Autoren waren Iren; die meisten waren Amis.

SPIEGEL: Wer war nach O'Brien der zweite Ire?

ROWOHLT: Mervyn Wall. Ein düsteres Kapitel.

SPIEGEL: Warum?

ROWOHLT: Ich habe den mal mitten in der Nacht angerufen, weil es wieder eilig war. Normalerweise stelle ich eine Inkompetenzliste zusammen von allem, was ich nicht verstanden habe, aber für einen Brief hin und einen zurück reichte die Zeit nicht mehr. Also habe ich ihn angerufen, und weil ich möglicherweise ganz leicht angeheitert war und entsprechend risikobereit, habe ich ihm bei der Gelegenheit auch noch gesagt, daß ich sein Buch für ziemlichen Mist halte. Und sehr viel später, beim 1. Internationalen Flann-O'Brien-Symposium in Dublin, haben wir uns getroffen, und er hat in ziemlich bedrohlichem Tone gesagt: »So you are the maaan!«

SPIEGEL: Und mit Nummer zweieinhalb, dem irischen US-Autor McCourt, gehen Sie gemeinsam auf Lesetournee?

ROWOHLT: Nein, gemeinsam treten wir nur ein einziges Mal auf. Der Luchterhand Verlag hätte gern eine gemeinsame Tingeltour gehabt, aber ich finde, es sind kaum langweiligere Veranstaltungen denkbar als solche mit Autor und Übersetzer. Außer bei Jewtuschenko. Es gab eine Anfrage von einem Göttinger Veranstalter, der wollte zur Zeit der Frankfurter Buchmesse Mary Breasted, Frank McCourt und mich buchen – in Göttingen, während der Messe! Da habe ich ihm ausrichten lassen, was er eigentlich gegen Robert De Niro hätte? Und Sharon Stone und Michael Douglas?

SPIEGEL: Die deutsche Übersetzung des Buches von McCourt ist noch vor dem Original erschienen. Wie erklärt sich das?

ROWOHLT: Ja, zweieinhalb Monate vorher. Das liegt an der weltbekannten Kraut Efficiency – wir Deutschen sind nun mal besser und schneller. Und zu Anfang hatte ich eine Heidenangst, daß ich den Autor überhole.

SPIEGEL: Der war noch gar nicht fertig?

ROWOHLT: Ich habe es warm bei ihm rausgezogen und ins Deutsche gebracht. Aber er hat dann einen richtig gemeinen Kunstgriff angewandt, um erst mal etwas Luft zu kriegen, und das erste Drittel umgeschrieben, teilweise die Namen verändert, so daß ich fürchterlich auf dem Schlauch stand. Aber das ist dann auch das einzige, wozu Lektorinnen gut sind, die behalten bei so was den Überblick. Und hinterher schreiben sie noch mal 400 Fehler rein, damit es spannend bleibt.

SPIEGEL: Was mögen Sie an dem Buch?

ROWOHLT: Daß es, obwohl ständig gehungert und gestorben wird, so komisch ist. Der Übersetzer leidet an einem Buch ja viel heftiger als der Leser – und als der Autor sowieso – und verliert bei einer so dicken Schwarte schon mal den Lebensmut. Mittendrin gerann dies Gefühl bei mir zu einem Fax an den Autor.

SPIEGEL: Wieder mit Beschimpfungen?

ROWOHLT: Das Fax kann ich auswendig hersagen: »Noch etwas, was ein Übersetzer nicht darf: dem Autor einer Autobiographie ein Fax schicken, in dem steht, es ist ganz toll, ich bin auf Seite 267, und ob er bitte seinen Helden sterben lassen kann.«

SPIEGEL: Die Antwort?

ROWOHLT: Keine. Ich habe mich dann damit abgefunden, daß das Buch nie aufhören wird. Ich wußte ja, daß der Autor schon über 60 ist. Mein Kollege Hans Wollschläger hat zehn Jahre für den »Ulysses« von James Joyce gebraucht – warum sollte es mir besser gehen? Aber McCourt ist mir sowieso lieber als Joyce. Er spielt erstens in einer ganz anderen Liga und hat zweitens nichts dagegen, daß der Leser ihn versteht.

SPIEGEL: Was kann McCourt, was Autoren aus deutschen Landen nicht können?

ROWOHLT: Wir Deutschen haben eben unsere kreative Elite zum größten Teil umgebracht und zum kleineren Teil vertrieben, und jetzt wundern wir uns, daß wir keine Kulturnation sind. Wenn das nicht so wäre, hätte ich es nie zum ›Zeit‹-Kolumnisten gebracht, weil die Konkurrenz zu hart gewesen wäre.

SPIEGEL: In den Rezensionen zu McCourts Buch wird auch Ihnen zumeist ein dickes Kompliment gemacht, so etwa in der ›FAZ‹…

ROWOHLT: …wo über McCourt stand: »Der Vater ist Protestant, die Mutter Katholikin«. Also, wenn der Vater Protestant gewesen wäre, hätte er wohl kaum in der IRA gekämpft, wäre nicht nach Amerika verbracht worden, wo er die Mutter des Ich-Erzählers nicht kennengelernt und den Ich-Erzähler nicht gezeugt hätte, womit die ganze Rezension ziemlich flachgefallen wäre. Das habe ich dem Rezensenten geschrieben, und der hat sehr nett geantwortet, immerhin sei er so lieb gewesen, mehrere Anglizismen nicht zu erwähnen, die mir unterlaufen seien, und an dieser Stelle setzte ich dann mit Beleidigtsein ein; die Anglizismen hätte ich nämlich gern mal erfahren.

SPIEGEL: Wie vermeiden Sie bei Ihren Übersetzungen Anglizismen?

ROWOHLT: Viele Deutsche sprechen, selbst wenn sie keine Silbe Englisch können, als wäre das, was sie sagen, schlecht aus dem Englischen übersetzt. Sie sagen: »Das macht Sinn« und verwenden »erinnern« transitiv. Das zu vermeiden ist nicht schwer. Soviel Patriotismus muß sein.

SPIEGEL: Die Franzosen versuchen standhaft, dem entgegenzuwirken.

ROWOHLT: Jawoll, per Dekret.

SPIEGEL: Sie finden das nicht lächerlich?

ROWOHLT: Überhaupt nicht. Neulich konnte ich das wunderbare Wort »Münzfernsprecher« in eine Übersetzung einbauen. Das tat gut.

SPIEGEL: Wäre »Telefonzelle« nicht schlichter?

ROWOHLT: Das war ein »pay phone« in einer Kneipe. Also keine Telefonzelle. Sondern ein Münzfernsprecher. Ich liebe die deutschen Komposita. Als meine verstorbene Schwägerin Jane damals meinen inzwischen ebenso verstorbenen Bruder heiraten wollte, hat ihr Vater, welcher Schotte war und die Deutschen haßte, gesagt: »Ja, mach das ruhig. Die haben so schön lange Wörter!«

SPIEGEL: Können Sie Irisch sprechen?

ROWOHLT: Überhaupt nur drei Prozent der irischen Bevölkerung können Irisch. Und wenn ich es auch noch könnte, fände ich das ein bißchen sehr deutsch.

SPIEGEL: Die meisten irischen Autoren schreiben heute englisch. Die irische Sprache war lange unterdrückt.

ROWOHLT: Nicht nur unterdrückt; es war regelrecht gefährlich, sie zu sprechen. Die Kinder bekamen in der Schule einen Stock um den Hals gebunden, für jedes irische Wort, das sie sagten, kam eine Kerbe rein, und die Eltern mußten Strafe zahlen. Wenn die Eltern das nicht konnten, gab es wieder zwei Sträflinge mehr für den Export in die Kolonien. Deshalb gab es die »Heckenschulen«, in denen Lehrer heimlich hinter Hecken im Freien Kinder unterrichteten.

SPIEGEL: Verleger sind Sie nicht geworden, Schauspieler – wie ihre Mutter – auch nicht. Gehen Sie gern ins Theater?

ROWOHLT: Nein, nie. Ich habe es noch ein paarmal versucht, aber es war immer zu grauenvoll. Im anglophonen Ausland gehe ich mit großem Genuß ins Theater, aber in Deutschland gibt es nur noch hochsubventionierte Schüleraufführungen. Ich bin ein bißchen verwöhnt, weil meine Theater-Sozialisation zu Zeiten von Hilpert, Stroux und Gründgens stattfand. Meine Mutter hat mich immer in die Premieren geschleift, wo ich so Jahrhundertgenies wie Richard Münch sehen konnte. Da verstand man wenigstens, was die sagten. Ich bin reaktionär; mir gefällt es, wenn ich kapiere, worum es geht.

Spiegel: So blieb nur der Übersetzer?

Rowohlt: Ja. Als Jungspund bekam ich einmal mit, wie Willy Haas seine Frau Herta anraunzte, die gerade »Good-bye, Columbus« von Philip Roth übersetzte: »Ist doch ganz wurscht, wie Philip Roth übersetzt wird.« Und da dachte ich mir, das ist ja ein Traumberuf, in dem es wurscht ist, was man macht.

Spiegel: Eine frühe Großtat war die Neuübersetzung Ihres Lieblingsromans von Flann O'Brien. Wie kam es dazu?

Rowohlt: Weil Verleger Gerd Haffmans mir das befohlen hat. »Wieso soll ich das neu übersetzen?« habe ich ihn gefragt, »die Übersetzung ist doch traumhaft!« Da sagte Haffmans: »Wie ich dich kenne, kennst du noch nicht mal das Original«, und ich sagte: »Nein, das spare ich mir bis kurz vor meinem Tode auf.« Haffmans: »Und wenn du Blödmann nächste Woche stirbst?« Da habe ich einen Schreck gekriegt und ganz schnell das Original gelesen und bei der Gelegenheit festgestellt, daß in der bisherigen Übersetzung etwa 1200 Fehler waren.

Rowohlt: Heute lesen Sie vor vollen Sälen. Was war bisher Ihr Rekord?

Rowohlt: Bielefeld 1988. Vier Leute. Von denen ich bis heute drei in Verdacht habe, daß sie zu der veranstaltenden Buchhandlung gehörten. Danach habe ich dreimal hintereinander das Hamburger Literaturhaus vollgekriegt, und die Vorbestellungen hätten für fünfmal gereicht. Worauf ich aber wirklich stolz bin: daß ich alle drei Male nicht reingelassen wurde. Ich sagte am Eingang: »Ich soll hier heute abend ...« – »Nee«, wurde mir gesagt, »das kann gar nicht sein, wir haben hier heute abend Dichterlesung.«

Spiegel: Zufrieden mit dem Publikum?

Rowohlt: Mein Publikum ist sowieso Elite. Ich war vorgestern bei einer echten Dichterlesung, da kamen so richtig die Mühseligen und Beladenen hin und haben die ganze Zeit gehustet und unterm Arm gerochen. »Was bin ich doch für ein Glückspilz«, habe ich da gedacht, »zu mir kommen die Gesunden und die Schönen, die Jungen und die frisch Gebadeten, die Raucher und die Trinker.«

SPIEGEL: Gibt es noch TV-Ambitionen, nach dem Zwischenspiel als Penner in der »Lindenstraße«?

ROWOHLT: Nö, ich gehe nie ins Fernsehen. Ich finde, daß 30 Sekunden im Fernsehen schlimmer sind, als wenn man 15 Jahre lang in jedem Postamt auf dem Fahndungsplakat steht. Dann ist auch noch das letzte bißchen Privatleben dahin, und man kann nicht mehr beim Straßenfest in die Begrünung kotzen, ohne daß jeder weiß, wer das war.

SPIEGEL: Hat Ihnen die Fernsehprominenz gar nichts genützt?

ROWOHLT: Doch, Nachtportiers lassen mich nach einer Lesung neuerdings ins Hotel. Die denken sich offenbar: »Der arme Mann muß so aussehen. Der macht das nicht freiwillig.«

SPIEGEL: Herr Rowohlt, wir danken Ihnen für dieses Gespräch.

Interview: Volker Hage und Martin Doerry

»Ich bin der Hauptpenner!«

EIN INTERVIEW MIT HARRY ROWOHLT IM »KREUZER«,
DER LEIPZIGER STADTILLUSTRIERTEN,
ÜBER DIE »LINDENSTRASSE«, WEIHNACHTEN IN FAMILIE
UND SEIN VERHÄLTNIS ZUR FRANKFURTER BUCHMESSE

KREUZER: ›Tempo‹ hat einmal vorgeschlagen, du solltest ›Zeit‹-Herausgeber werden, die ›Szene Hamburg‹ wollte dich zum Innensenator der Hansestadt machen, und jetzt kommen wir vom ›KREUZER‹ und sagen, Harry, mach uns mal den Weihnachtsmann. Stimmt dich das nicht nachdenklich?

HARRY ROWOHLT: Nee, da ich mit 21 schon mal den Weihnachtsmann gemacht hab beziehungsweise den Nikolaus, hab ich mehr oder weniger damit gerechnet, daß es früher oder später dazu kommen wird.

KREUZER: Dein Vater Ernst Rowohlt hat auf dem Sterbebett gesagt, du solltest Schauspieler werden und nicht Verleger, nachdem du ihm den Schwejk vorgelesen hattest. Und bei uns auf dem Titel zu sein ist immer 'ne Hauptrolle – im Gegensatz zur »Lindenstraße«, wo du nur eine Nebenrolle spielst...

ROWOHLT: Findest du? So habe ich das bisher noch gar nicht gesehen.

KREUZER: Ich hatte noch nicht das Glück, eine Folge mit dir zu erleben.

ROWOHLT: Ach? Ja ... ich weiß nicht, 'ne Nebenrolle ist das ganz sicher nicht, weil ich, wenn ich mal ganz kurz zu sehen bin, meistens dermaßen herumgröle und ja auch Gesangs- und Tanzeinlagen habe, daß das schon ziemlich abendfüllend ist. Ich bin auf jeden Fall von allen Pennern, die bisher in der »Lindenstraße« vorgekommen sind als Komparsen, der Hauptpenner.

KREUZER: Hat dein Leben auch ein bißchen verändert, oder?

ROWOHLT: Ja, weil Nachtportiers mich inzwischen in ihre dämlichen Schuppen reinlassen nach 'ner Lesung. In Ulm war das mal so schön, das weiß ich heute noch. Das war Zimmer 509, und ich kam da so gegen drei Uhr morgens und wollte nur pennen und sonst gar nix, und das war 'ne doppelte Glastür, und der Nachtportier hat mich nicht reingelassen. Ich hab ihm erst mal mit den Fingern die »5« gezeigt und dann die »0« und dann noch die »9«, immer wieder hintereinander, damit er guckt, daß die 509 der einzige Schlüssel ist, der an seinem Brett noch hing. Alle andern waren längst in der Falle, aber der hat natürlich immer nur die Faust gesehen an der »0«.

KREUZER: Wie hat sich das dann aufgelöst?

ROWOHLT: Er hat gesagt, wir sind hier keine Übernachtungsmöglichkeit für Bahnhofspenner. Ich hab dann ganz laut »509« gebrüllt, und dann hat er mich reingelassen. Ich war inzwischen auch zu erschöpft, ich hab gesagt, ich würde ihn weiterempfehlen. Am nächsten Morgen hat sich dann die Rezeptionistin bei mir entschuldigt, und genau, während sie sich entschuldigte, fuhr ein ausgesprochener Klopfer in einem offenen roten Alfa Romeo vor, um mich abzuholen und mit mir den sogenannten »Blautopf« zu besichtigen, was so ein tiefes Gewässer in der Nähe von Ulm ist, wo auch die Geschichte von der schönen Lau spielt – das ist so 'ne Süßwassernixe. Und dann konnt ich da wunderbar sagen: »Ich habe keine Zeit!« Und der Klopfer, der mich abgeholt hat, ist Dozentin für Verpackungsästhetik an der dortigen Hochschule für Gestaltung und war auch entsprechend ansprechend verpackt. Auf die Weise hab ich dann wunderschöne Rache geübt, ohne ein einziges Mal die Stimme erhoben zu haben.

KREUZER: Wir erforschen zur Zeit die Weihnachtsfeierkultur von Leipziger Betriebskollektiven. Was bedeutet dir eigentlich die fröhliche, selige, gnadenbringende Weihnachtszeit?

ROWOHLT: Als Kind, soweit ich mit meinen vereinigten Eltern überhaupt je zusammengelebt hab, war das immer furchtbar, weil die beiden normalerweise durchschnittlich drei Ehekräche pro Tag hatten, und zwar bei den Mahlzeiten. Und weil Weihnachten nur gefressen wird, hatten sie überhaupt keine Pause, und man mußte immer dabeisein. Also war ich schon als Kind immer froh, wenn's vorbei war, und auf die Geschenke hätte ich ganz leicht verzichten können. Da ich auch nicht getauft bin, ist das ganze christliche Gesumse mir denkbar fremd.

KREUZER: Und heute?

ROWOHLT: Bin ich froh, daß ich das nicht mehr feiern muß.

KREUZER: Ist dir Weihnachten bei deiner übersetzerischen Arbeit schon mal begegnet?

ROWOHLT: Ja. Ich habe mit großem Genuß den Roman »Weihnachten für Wellensittiche« von William Kotzwinkle übersetzt.

KREUZER: Einem Amerikaner?

ROWOHLT: Ja. Von dem stammt auch »E.T.«; für Nichtleser sagt man das am besten dazu. Ich hab das neulich mal nach vielen Jahren wieder gelesen, und meine Lieblingsstelle, die ich damals beim Übersetzen schon sehr geliebt habe … da geht nachts ein Kaufhausbesitzer durch sein Kaufhaus und versucht, die Ware zu verzaubern, daß sie am nächsten Tag gekauft wird, und seine Lieblingsabteilung ist die Stoffabteilung, die besonders stagniert. Dann faßt er so zärtlich über die Tuche und sagt laut: »Das ist doch noch Ware, so was!«

KREUZER: Hält der Titel, was er verspricht?

ROWOHLT: »Weihnachten für Wellensittiche«? Unbedingt, ja.

KREUZER: Würde man sonst vielleicht nie kennenlernen, so was.

ROWOHLT: Ja, das ist bei Droemer/Knaur als Taschenbuch versteckt. Wie Wolfgang Neuss mal gesagt hat: »Verlegt wie bei Suhrkamp. Unauffindbar.«

KREUZER: Gibt es einen Zusammenhang zwischen Weihnachten und Whisky?

ROWOHLT: Weiß ich nicht. Seitdem ich über die Käffer tingle und Schausaufen mit Betonung mache, also praktisch fürs Saufen bezahlt werde, trinke ich privat kaum noch, weil ich dann den Eindruck habe, ich arbeite schwarz, an der Steuer vorbei.

KREUZER: Du hast gerade eine Tournee absagen müssen, wegen deiner Stimme.

ROWOHLT: Ja.

KREUZER: Das wird doch hoffentlich wieder?

ROWOHLT: Auf der Frankfurter Buchmesse verlieren die Menschen reihenweise die Stimme, wegen dieser trockenen, künstlichen Hallenluft. Nur, bei den meisten ist es relativ wurscht, ob sie 'ne Stimme haben oder nicht.

KREUZER: Du bist dreimal hintereinander nicht in deine eigene Lesung im Hamburger Literaturhaus reingekommen. Wie ist es dir in dieser Hinsicht in Leipzig ergangen, wo du zur letzten Buchmesse in Speck's Hof gelesen hast?

ROWOHLT: Das war sehr angenehm. Ich mein, 400 Leute passen da rein, 500 sind drin, nochmal 500 stehen vor der Tür und skandieren »Wir wollen rein«, mit genau der gleichen Betonung wie früher »Wir sind das Volk«...

KREUZER: Da hast du sogar noch nachträglich ein Stückchen Revolution mitgekriegt.

ROWOHLT: Ich hab 1961 in Leipzig auch schon etwas Revolution mitgekriegt, weil vor dem Hotel Astoria mitten in der Nacht sich Menschen zusammenballten und freie Wahlen forderten. Irgendwann erschienen dann zwei Volkspolizisten und haben denen gesagt, sie sollen nicht so 'n Krach machen, und dann sind alle wieder weggegangen, und ich dachte: »Das hätte ich mir aber dann doch dramatischer vorgestellt.«

Kreuzer: Was hattet du denn damals zu suchen in Leipzig 1961?

Rowohlt: Da war mein Vater gerade ein Jahr tot, welcher ja Ehrendoktor der Karl-Marx-Universität war, und die dortige FDJ hat 'ne kleine Feier für ihn veranstaltet mit Ernst von Salomon, und der hat aus dem »Fragebogen« seine Begegnung mit Ernst Rowohlt vorgelesen und dabei schlimm geflennt, ernst mit viel Rotz. Ernst von Salomon war sehr klein und unglaublich fett, und der Rotz lief fast bis auf den Fußboden runter. Ich fand das so prima. Die ganzen Blauhemden fanden das überhaupt nicht peinlich, sondern sie haben richtig schön mitgeflennt.

Kreuzer: Nächstes Jahr auf der Leipziger Buchmesse wirst du wieder lesen?

Rowohlt: Ich weiß es nicht.

Kreuzer: Es gibt aber schon einen Termin.

Rowohlt: Es gibt 'n Termin? Och, auf diese Weise erfährt man's dann. Aber in diese Riesentonne von Messegelände? Ich kann mir nicht vorstellen, daß ich da hinmöchte. Verlier ich sofort wieder die Stimme. Die dürfte doch genauso gearbeitet sein wie die Hallen in Frankfurt am Main.

Kreuzer: Sie ist optisch schon sehr imposant. Aber die Buchmesse würde bei einem Umzug ihren Hauptvorteil aufgeben.

Rowohlt: Jaja. Die Leipziger Buchmesse sind praktisch dreieinhalb Wohnzimmer. Wenn man sich wirklich verzweifelt mit jemandem verabreden möchte, dann sagt man: »Wir treffen uns am Stand der *Horen*.« In Frankfurt würde man den nie finden.

Kreuzer: Was unterscheidet aus deiner Sicht Frankfurt von Leipzig?

Rowohlt: Für mich als Übersetzer ist die Frankfurter Buchmesse wichtig, weil ich auf diese Weise mit einer Frequenz Projekte ablehnen kann, für die ich zu Hause zweieinhalb Wochen brauchen würde.

Freundliche Ablehnungsbriefe schreiben. Und da tanze ich einfach von Stand zu Stand und sage: »Tut mir leid, ich bin ausgebucht.« Was auch in Frankfurt relativ schnell passiert. Ich hab jetzt drei Aufträge mit nach Hause gebracht, und die genügen mir auch für ein Jahr. Mehr als.

Interview: Björn Achenbach

Erst drängeln und dann trödeln

DER ›F.A.Z.-MAGAZIN‹-FRAGEBOGEN

Was ist für Sie das größte Unglück? Daß manche Menschen sterben. Und manche nicht.

Wo möchten Sie leben? Im Erdgeschoß.

Was ist für Sie das vollkommene irdische Glück? Im Eingeweide einer Kneipe mit klugen Freunden dummes Zeug schwätzen.

Welche Fehler entschuldigen Sie am ehesten? Alle, wenn sie geliebten Menschen anhaften.

Ihre liebsten Romanhelden? Pu der Bär, Finn Mac Cool, Herr Kloßen.

Ihre Lieblingsgestalt in der Geschichte? Mein Opa Franz Pierenkämper, Sitzredakteur beim »Bochumer Volksblatt«, Mitbegründer der USPD.

Ihre Lieblingsheldinnen in der Wirklichkeit? Briefträgerinnen. Überhaupt alle Frauen, die bei der Post arbeiten.

Ihre Lieblingsheldinnen in der Dichtung? Ulla Winblad, Pony Hütchen.

Ihre Lieblingsmaler? Almut, Per und Robert Gernhardt.

Ihr Lieblingskomponist? Beethoven. Wer es als schwerhöriger Neger in Wien zu etwas gebracht hat, kann nicht ganz schlecht sein.

Welche Eigenschaften schätzen Sie bei einem Mann am meisten? Wenn er sagt: »Machst für Harry noch ein Gedeck klar? Geht auf mich.«

Welche Eigenschaften schätzen Sie bei einer Frau am meisten? Wenn sie sagt: »Machst für Harry noch ein Gedeck klar? Geht auf mich.«

Ihre Lieblingstugend? Sagen, was man denkt. Und vorher was gedacht haben.

Ihre Lieblingsbeschäftigung? Gitarrespielen. Was ich aber leider gar nicht kann.

Wer oder was hätten Sie sein mögen? Ein nicht ganz dummer Musiker.

Ihr Hauptcharakterzug? Unerschütterlicher Wankelmut.

Was schätzen Sie bei Freunden am meisten? Treue. Aber nur zu mir.

Ihr größter Fehler? Neue Matjes mit Zwiebeln essen und dann fragen: »Willstn Kuß?«

Ihr Traum vom Glück? In einem Italo-Western mitgespielt zu haben und sagen zu können: »Kuck mal; der 18. von links –: Das bin ich.«

Was wäre für Sie das größte Unglück? Wenn es Gott gäbe.

Was möchten Sie sein? Groß und klug und stark und schön und reich und bitte kein Sportler.

Ihre Lieblingsfarbe? Eine verwaschene Mischung aus verwaschenem Jeans-Blau, verwaschenem Irisch-Grün und verwaschenem Fahnen-Rot.

Ihre Lieblingsblume? Die schmutzig-weiße Blume, die oben auf dem Guinness wächst.

Ihr Lieblingsvogel? Der Schmollspecht.

Ihr Lieblingsschriftsteller? Oha. Frank Schulz. Simone Borowiak. Ingomar von Kieseritzky. Aber nächste Woche sieht das schon wieder ganz anders aus.

Ihr Lieblingslyriker? Ungebeten aufsagen kann ich am meisten von Bellman, Gernhardt, Ringelnatz und Rühmkorf.

Ihre Helden der Wirklichkeit? Mein Freund Eddy, der in der Résistance gekämpft und dies geheimgehalten hat, damit er keinen Orden kriegt.

Ihre Heldinnen in der Geschichte? Meine Freundin Martha, die das KZ Ravensbrück überlebte, um Deutschland zu etwas zu machen, was es dann doch nicht geworden ist.

Ihre Lieblingsnamen? Erna, Gerda, Paula, Fritz und Schlomo.

Was verabscheuen Sie am meisten? Erst drängeln und dann trödeln.

Welche geschichtlichen Gestalten verachten Sie am meisten? Cäsar und Cleopatra.

Welche geschichtlichen Leistungen bewundern Sie am meisten? Wie der Volkssturm von Berlin-Grünheide sich geschlossen in sowjetische Kriegsgefangenschaft begab und zwei Tage später geschlossen aus derselben wieder entlassen wurde.

Welche Reform bewundern Sie am meisten? Die Postleitzahl.

Welche natürliche Gabe möchten Sie besitzen? Schwindelfrei sein. Und was draus machen.

Wie möchten Sie sterben? Ich habe mich so an das Leben gewöhnt, daß ich bestimmt unsterblich bin.

Ihre gegenwärtige Geistesverfassung? Dumpf. Noch ne Frage?

Ihr Motto? ZUSAMMENTREIBEN! ES GEHT WEITER! (Dies schreit der Trailboß von »1000 Meilen Staub« am Ende jeder Folge.)

Was du nicht willst, das man dir tu, das mach erst mal

DER ›DIE WOCHE‹-FRAGEBOGEN

FREUD UND LEID

Was ist Ihre größte Hoffnung?
Daß alles nicht so gemeint war.

Wer oder was ist Ihre heimliche Leidenschaft?
Schon mal was von heimlich gehört?

Was ist Ihnen peinlich?
Ich will ja nicht ins Schwärmen geraten, aber vorhin erst wieder…

Welche kulinarischen Genüsse schätzen Sie besonders?
Pampe.

Was treibt Sie zur Verzweiflung?
Die Leute.

FREUND UND FEIND

Wem werden Sie ewig dankbar sein?
Heike Buhrmann.

Was loben Ihre Freunde an Ihnen?
Daß ich nicht aus dem Hals stinke.

Wem möchten Sie auf keinen Fall in der Sauna begegnen?
Geh ich gar nicht erst hin.

Was sagen Ihre Feinde Ihnen nach?
Gebraucht zu viele Phraseolexeme.

Wofür oder bei wem müssen Sie sich unbedingt noch entschuldigen?
Bei mir wg. mangelnder Unverschämtheit.

SCHEIN UND SEIN

Welche Ihrer Vorzüge werden verkannt?
Geduld. GEDULD!

Was war, was ist Ihr größter Erfolg?
Wie mich mal jemand am Telefon für einen Neger gehalten hat.

Was war Ihre dramatischste Fehlentscheidung?
Vor Jahren heimlich diese Fragen formuliert zu haben und zu glauben, daß ich sie nie würde beantworten müssen.

Was sind Ihre verborgenen Schwächen?
Fax-Anschluß mit Geheimnummer.

Wie würden Sie einem Blinden Ihr Äußeres beschreiben?
Leise, aber eindringlich.

DENKEN UND LENKEN

Was würden Sie zuerst durchsetzen, wenn Sie einen Tag lang Deutschland regieren könnten?
Deutsch.

Wer wird Deutschland in zehn Jahren regieren?
Dan Quayle, oder wie er sich schreibt.

Welcher Politiker flößt Ihnen Vertrauen ein?
Egon Krenz.

Wer sind für Sie die drei klügsten Köpfe unserer Zeit?
Robert Crumb, Robert Gernhardt, Robert Kuhn.

Was ist Ihre Lebensphilosophie?
Was du nicht willst, daß man dir tu, das mach erst mal.

EWIGKEIT UND VERGÄNGLICHKEIT

Welchen Traum wollen Sie sich unbedingt noch erfüllen?
Der resoluten Anwältin nebenan stecken, daß man »Hochparterre« anders schreibt als auf ihrem Schild.

Wo möchten Sie beerdigt werden?
An der Kremlmauer, aber nicht jetzt gleich.

Wer soll Ihre Grabrede halten?
Egon Krenz.

Welchen Satz erhoffen Sie sich darin?
Er ist, nicht wahr, tot.

Original …

I've never roped a Brahma bull,
I've never fought a duel,
I've never crossed the desert
On a lop-eared, swayback mule,
I've never climbed an idol's nose
To steal a cursèd jewel.

I've never gone down with my ship
Into the bubblin' brine,
I've never saved a lion's life
And then had him save mine,
Or screamed Ahoooo while swingin' through
The jungle on a vine.

I've never dealt draw poker
In a rowdy lumber camp,
Or got up at the count of nine
To beat the world's champ,
I've never had my picture on
A six-cent postage stamp.

I've never scored a touchdown
On a ninety-nine-yard run,
I've never winged six Daltons
With my dying brother's gun …
Or kissed Miz Jane, and rode my hoss
Into the setting sun.
Sometimes I get so depressed
'Bout what I haven't done.

Shel Silverstein, »Never« …

... und Zeile für Zeile illustrierte Übersetzung

Für mich und mein Lasso wäre ein Brahma-Stier zu schnell,

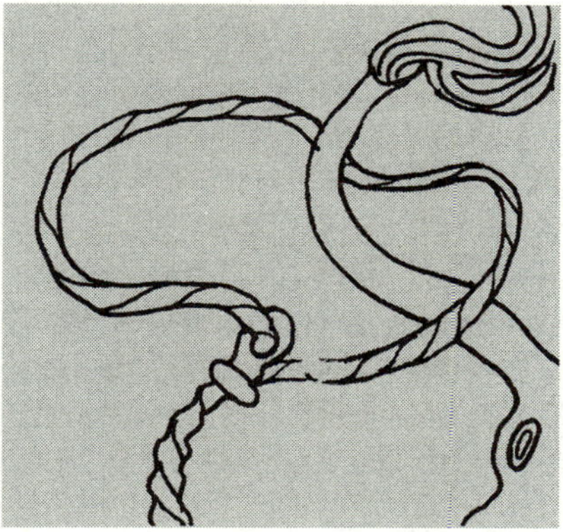

ich war auch noch nie Sieger bei einem Duell,

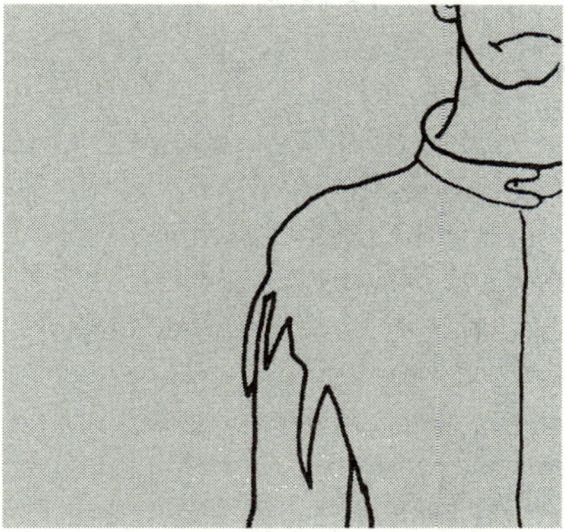

... und »Noch nie«

ich habe noch nie die Wüste durchquert,

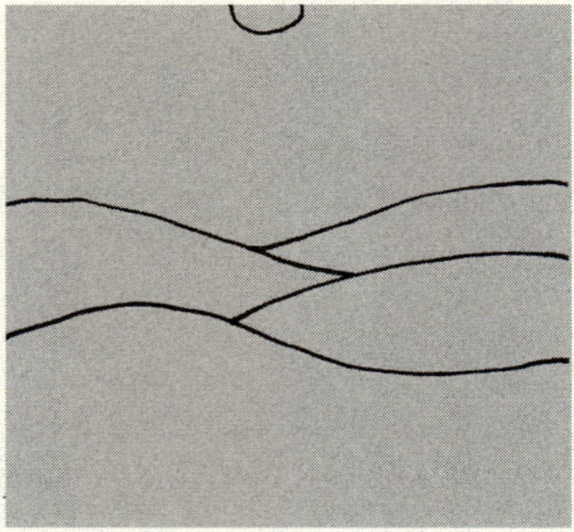

auf schwankendem Maultier oder Pferd,

und noch nie habe ich auf der Nase eines Götzenbildes
gesucht

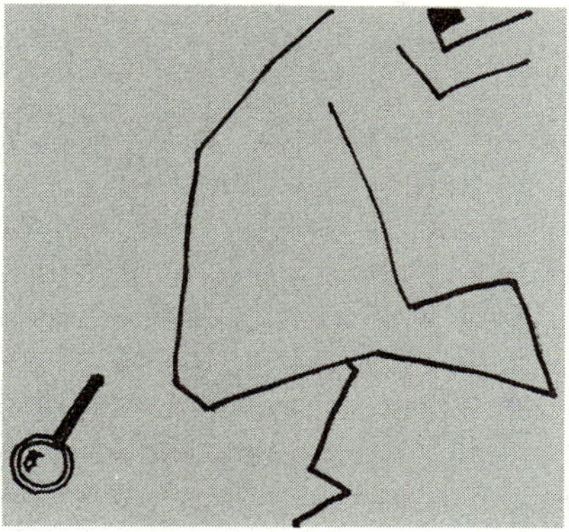

nach dem Diamanten, den einst ein Inka-Priester
verflucht.

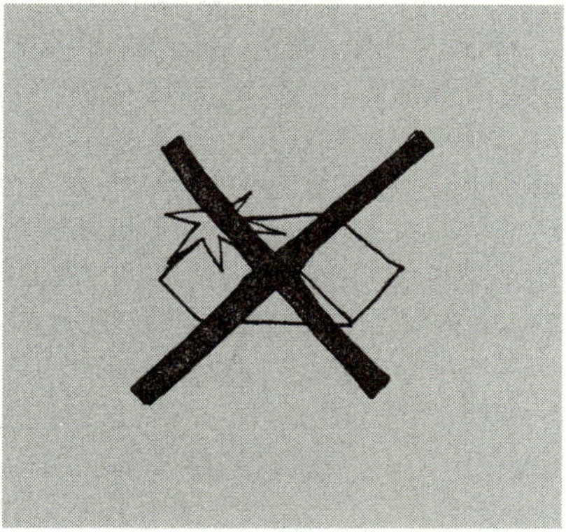

Noch nie ging ich unter mit meinem Schiff

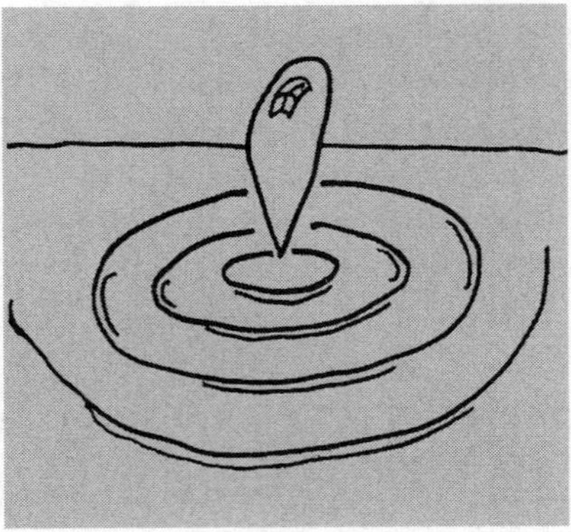

in der salzigen Brandung am Felsenriff,

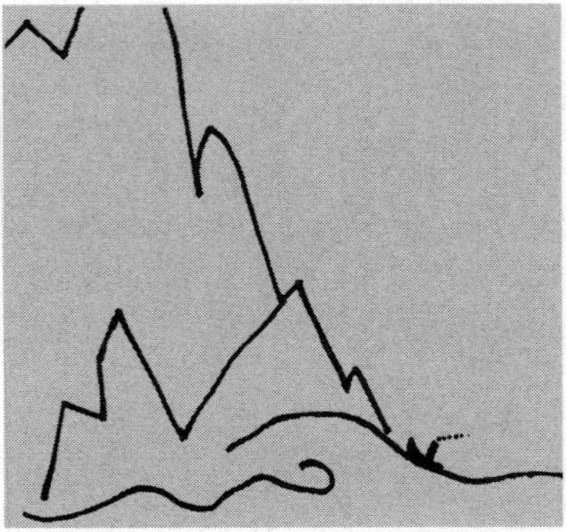

noch nie rettete ich einen Löwen, waidwundgeschossen
und krank,

und ließ mich danach von ihm retten, zum Dank;

schreie auch nie Ahuuuu, wenn ich an einer Liane

hängend mir einen Weg durch den Urwald bahne.

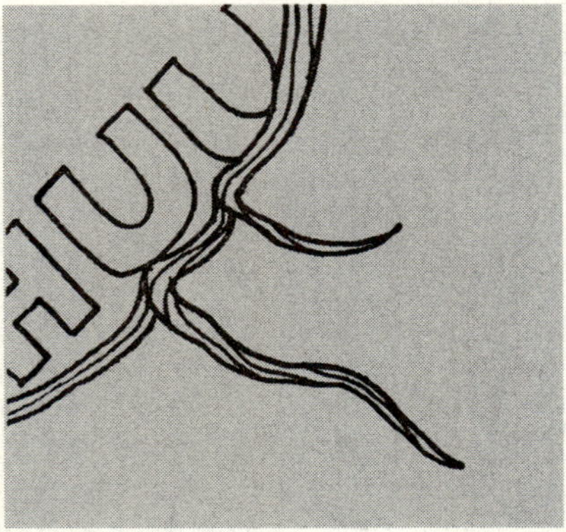

Und noch nie im Leben

hab' ich im Holzfällerlager viermal fünf Karten (davon drei verdeckt) gegeben,

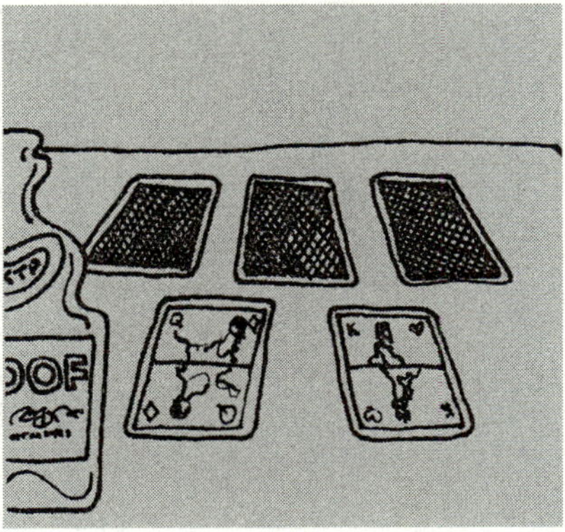

habe auch nie bei »Neun« halbtot um mich gestiert

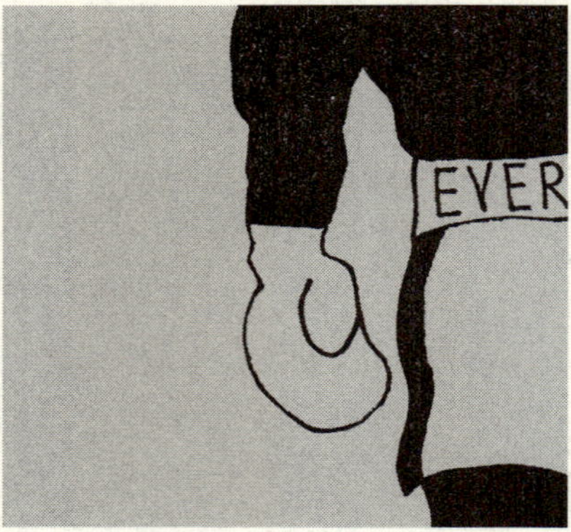

und dann dem Champ die Fresse poliert

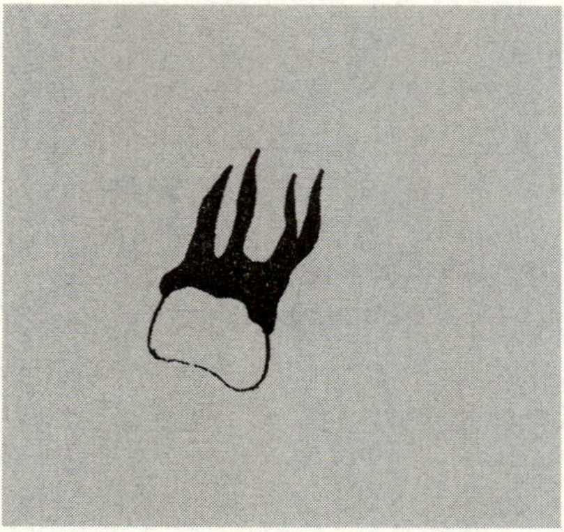

und war noch nie wie August der Starke

auf einer DDR-Briefmarke.

Und aus der Tiefe des Raumes hervor

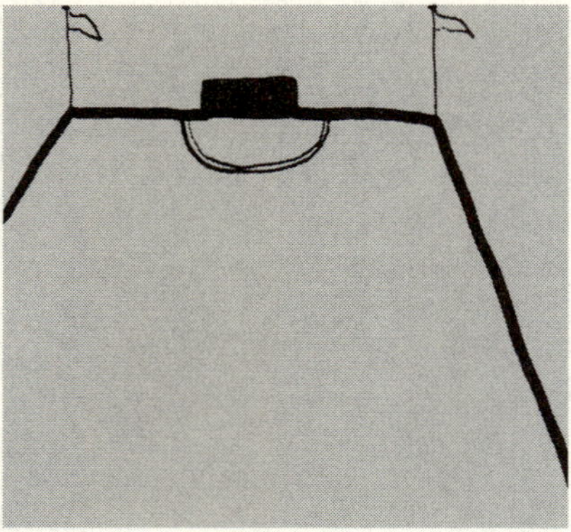

schoß ich noch nie ein Bilderbuch-Tor,

und mit dem Colt meines sterbenden Bruders noch nie

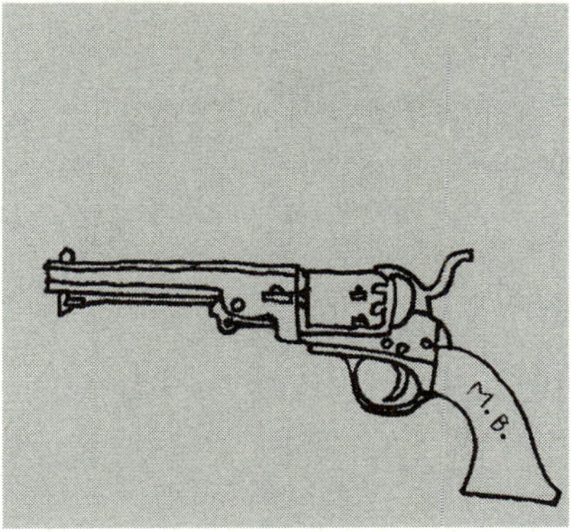

schoß ich sechs *Daltons* ins schmutzige Knie...

Hab' Miss Jane nie geküßt und bin nie mit dem Schimmel

davon getrabt in den Abendhimmel.

Das wirft mich manchmal echt aus der Bahn:

Ich habe so vieles noch nie getan.

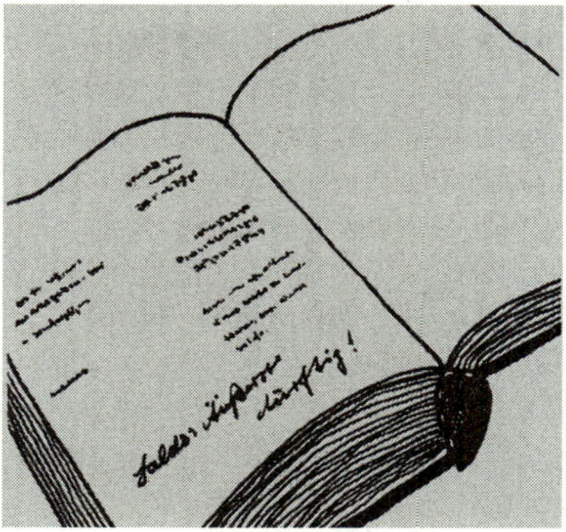

Shel Silverstein
Memorizin' Mo

Mo memorized the dictionary
But just can't seem to find a job
Or anyone who wants to marry
Someone who memorized the dictionary.

Mo Auswendig

Mo kann das Lexikon
Von vorn bis hinten auswendig,
Aber sie hat nichts davon,
Denn wer (mal ehrlich!) will das schon
Für die Ehe, fürs Büro
Oder auch für anderswo –:
Mo mit ihrem Lexikon
und ausgerechnet auswendig.

Nachdichtung von Harry Rowohlt

EDITORISCHE NOTIZ

Die im ersten Teil dieses Buches gesammelten »Pooh's Corners« sowie die meisten der Aufsätze und Berichte erschienen von 1989 bis 1993 in der ›Zeit‹. Der Aufsatz »Irland, mit den Augen von Flann O'Brien gesehen« aus *Pooh's Corner I* erschien in ›Saison‹; die Filmkritiken aus *Pooh's Corner I* wurden von 1985 bis 1993 zuerst in der ›Zeit‹, ›konkret‹ und anderen Magazinen veröffentlicht.

Die gesammelten »Pooh's Corners« des zweiten Teils dieses Buches und auch die meisten anderen Texte erschienen von 1993 bis 1997 ebenfalls in der ›Zeit‹.

Der Aufsatz »Verbieter's Block« aus *Pooh's Corner II* erschien unter dem Titel »Der Tolerator« in »Längst fällig, 37 notwendige Verbote« im Verlag Antje Kunstmann; das »Grußwort« wurde im »Quodlibet«, Katalog der Nordischen Antiquariatsmesse Hamburg, 1995, veröffentlicht; die Texte »Aus einem Fortsetzungsroman«, »Um die Mitte des Tages« und »Mo Auswendig« erschienen erstmals in diversen ›Raben‹ von 1982 bis 1988, das »Zeile für Zeile illustrierte Gedicht« erschien im ›Hochzeitsraben‹ als Illustration und in *Ein Licht unterm Dach* von Shel Silverstein, Verlag Gertraud Middelhauve, Köln 1988, als Text.

Der erste Fragebogen wurde zuerst im ›F.A.Z.-Magazin‹ vom 23. Mai 1992 veröffentlicht, der zweite in der ›Woche‹ vom 12. Februar 1995.

REGISTER

Die Seitenzahlen, die sich auf *Pooh's Corner II* beziehen, sind kursiv gedruckt.

Abel, Dr. Bodo 268
Abrahams, Jim 250
Achenbach, Björn *439*
ADAM & DIE MICKIS 182
Adjani, Isabelle 261
Ailhaud, Yveline 234
Ali *319*, *342*
Alice im Wunderland 144
Almendros, Nestor 259
Alzheimer, A. 89
An, Thung *416*
Anderson, Bob 223
Anderson, Pamela *356*
Andreas 93
Andreewitsch, Herr *315*
Anger, Kenneth *403*
Anna *317*
Annaud, Jean-Jaques 217, 248
Annis, Lindy 93, 110
Anouilh, Jean 145
Apoll *399*
Arjouni, Jakob 209
artmann, h.c. 55, *285*, *356*
Asimov, Isaac *306*
Assisi, Franz von 57
Asterix 212
Attwenger, Duo 120
Aufrichtig, Isaak *412*
Augstein, Rudolf 44, 252
Augustinus, der Heilige *315*
Auteuil, Daniel *292*
Aydon, Christopher 66
Aznavour, Charles 208

Baal, Karin *404*
Bach, Johann Sebastian 50
Bacula, Scott 184
Bähr, Frau 239
Bantzer, Claus 268
Bär, der 18, 60, 63, 83, 125, 144, 150, 180, *301*, *348*, *440*
Barabas 56
Bardot, Brigitte 208
Baron, Maud 261
Barschel, Uwe 179
Bassermann, Albert 205
Bastien, Fanny 230
Bauer, Wolfgang 119
Bauzel 45
Baxley, Craig R. 210
Beatles, die 191
Becher, Johannes R. 118
Becker, Karen 185
Beethoven, Ludwig van *440*
Behan, Brendan 173, *334*
Behler, Gabriele *362*
Beimer, Mutter *299*, *369*
Beizai, Bahram *323*
Bellman, Carl Michael *441*
Belushi, James 247
Bender, Christiane 78, 146
Bensmann, Herr *365*
Bergerac, Monsieur de *332*

Bernstein, Carl 259
Besquet, Danny B. 248
Besson, Luc 261
Bettina *288*
Biermann, Emmi *406*
Biermann, Pieke 209, *406*
Biermann, Wolf *342*
Binder, Harry *323*
Birri 203
Bitsche, Herwig *334, 343*
Blaich, Ute 16
Blau 52
Blauermehl, Karin *s. Baal, Karin*
Blumenberg, Howard C. *358*
Blyton, Enid 150
Bob vom »Anchor« 23, 26
Bode, Jakov *412*
Bodmer, Tommy 141
Boehlich, Walter *344*
Boenisch, Peter 110
Bogart, Humphrey 243
Boisson, Noëlle 217
Böll, Annemarie 169
Böll, Heinrich 169, *301*
Bond, James 232 f.
Borowiak, Simone *441*
Böttcher, Sven 84
Braem, Helmut M. 16
Brasseur, Claude 208
Braune Liese *344*
Breasted, Mary *428*
Brecht, der junge 17
Brender, Irmela 38
Brice, Pierre 189
Bright, Susan *304*
Brinkmann, Manfred 129 f.
Broder, Henryk M. *335, 391*
Brooke, Rupert 226
Brown, James 78
Büchner, Georg *301*
Büchner, Klaus 264
Buck, Detlev 231 f.
Buffet, der Rentier *390*
Buhmann-Dumpfspecht, Prof. Dr. 214
Buhre, Traugott 267
Buhrmann, Heike *443*
Bunch, der (Aline Crumb) *302*
Bunse, Frau *289*
Burda, Dr. Hubert *337*
Burkhardt, Werner 120
Burroughs, Edgar Rice 237
Burton, Tim 218
Busby, Peter *s. Dunant, Peter*
Busch, Wilhelm M. *398*

Cain, James, M. 213
Camerlo, Hubert *303*
Caroline von Monaco 53
Caron, Leslie *381*
Carter, Rick 270
Cäsar *442*
Casey, Jem 123
Cash, Jim 235
Castro, Fidel 198 f.
Cazals, Felipe 200
Ceauşescu 33
Chantal *287*
Cicciolina *421*
Claassen, Hilde *337*
Clarke, Roy 233
Claudine 62
Cleopatra *442*
Clever, Edith 94
Clissmann, Anne 153, 166
Clune, Anne 173
Cocker jr., William 146
Cohn-Bendit, Daniel *376*
Collins, Michael 163
Connors, Chuck 189

Constantine, Eddie und Lemmy *354*
Cooper, James Fenimore 135
Coppola, Francis Ford *403*
Corbucci, Sergio *323*
Corso, Gregory 226
Cowell, Alan *351*
Creed, Apollo 210
Cronin, Anthony 153
Croughwell, Charlie 218
Crumb, Robert 56 f., *444*
cummings, edward e. 226
Cziffra, Géza von *404*

Daeninckx, Didier *409*
Dagobert, Onkel *338*
Dalton, Timothy 233
Danes, Claire *421*
Daniel, Rod 247
Daniels, Jeff 224
Davenport, Nigel 238
Daves, Delmer 243
Day-Lewis, Daniel 134
De Niro, Robert 200, *414*, *428*
Delerue, Georges 208
Deneuve, Catherine *292*
Denise *285*
Depardieu, Gérard 234, 251
Desjarlais, Jules 192
Deutsch, Ernst *305*
DeVito, Danny 218
Dhu, Maura 187
Di Caprio, Leonardo *421*
Díaz, Estrellita 83
Díaz, Jésus 203
Die 3 Gigolos *283*
Dietmayer, Franziska 129
Dietze, Gabriele *407*
Dische, Irene 182
Ditfurth, Jutta *336*
Divine 240
Doerry, Martin *433*
Domenica *403*
Doré, Gustave 56
Dorfer, Alfred *414*
Dorgathen, Hendrik *410*
Dorothy in Oz 144
Douglas, Kirk *404*
Douglas, Michael 222, *428*
Drewermann, Eugen 135
Driest, Burkhard 144
Droschkenschwabe, der *278*
Drosselbart, König 52
Droste, Wiglaf *319*, *329*, *350 f.*
Dubček, Alexander 94
Dunant, Peter, *407*
Dunant, Sarah *s. Dunant, Peter*
Duncan, Joanna *420*

Eastwood, Clint 93, 217
Ebi *280*, *289*
Ebinger, Hans-Bernd 259
Edwards, Daniel 156 ff.
Eggebrecht, Axel 16 f.
Eichel, Manfred 70
Eichenberger, Ambros 204
Eichinger, Bernd 263, 270
Einstein, Albert 169
Elisabeth, Königin 145
Else, Frau 77
Emil und die Detektive 23
Emma B. *382*
Ephron, Nora 259 f.
Eppendorfer, Hans 268
Epperson, Frank W. *391*
Epps, Jack 235
Erhard, Ludwig *391*
Erni, Hans *398*
Ernstl 99

Erwindl 122
Euklid 169

Fabrizia, Leonida 248
Farmer, Gary 253
Faßbinder, Klara Maria 107
Feiffer, Inspector *409*
Feiler, Herta *404*
Feinkraut, Joel F. II *402*
Feinkraut, Joel F. III *402*
Feldmann, Andy und Rötger 264
Fellini, Federico 92, 116
Feltrinelli, Inge 204
Fennelly, Tony *408*
Ferentschik, Klaus *s. Tschik*
Ferkel 19, 21, 140
Ferrari, César de 202
Fiedler, Dr. Lore 123, 168
Finch, Charles 248
Fischer, Susanne *356 f., 359*
Flickenschildt, Elisabeth *397*
Fonda, Henry 49
Ford, Glenn 185
Forsyth, Bill 67
Fortinbras *419 f.*
Fouts, Dr. Roger 238
Fox, Michael J. 235, 269
França, Marlene 200
Frankenberg, Pia 270
Frankenfeld, Peter *396*
Frankenstein *417*
Frantz, Justus *321*
Franz, Onkel *369*
Franziska 71
Franzl H. *299*
Freisinger, Gisela M. *409*
Fried, Erich *393*
Friesinger, Elisabeth und Herr 115 f.
Frisch, Max *286*
Fritz 18, 99
Frou-Frou *285*
Fummel, Dr. 215
Furlan, Mira 256
Fußgänger, Franz 114

Gabin, Jean *302*
Gaffkus, Kalle *404*
Gaißmayer, Michel 204
gCopaleen, Myles na *s. Flann O'Brien*
Geißendörfer, Hans W. *368*
Geißler, Herr, Mathe-Lehrer *320*
Geißler, Herr, von Radio Hamburg *320*
Geißmair, Michel *406*
Gemkow, Angelika *364*
George, Götz 210, *354*
George, Heinrich *354*
Georgi, Firma Curt 53
Gerda 73
Gernhardt, Almut *440*
Gernhardt, Per *440*
Gernhardt, Robert 17, 61, 179, 181 f., 226, *285, 287 f., 296, 440, 444*
Gerster, Wolfgang 130
Gerstner 61
Geschonneck, Erwin und Matti *354*
Ghandi 222
Giltjes, Norbert *362 ff.*
Giraudeau, Bernard 230
Girod, Francis 208
Glass, Henry 181, 282
Glaßbrenner, Adolf *390 f.*
Glenn, John jr. *403*
Godzilla *417*
Goebbels, Heiner *425*

Goethe, Johann Wolfgang 79, 116, 149
Göhre, Frank *401*
Goldbach, Christoph *306*
Goldberg, Whoopi 245, 247
Goldenberg 52
Goldman, William 223
Goldt, Max 109
Goosi, der liebe, dicke 75
Gordias *398*
Gott, der liebe 34, 118, 123, 128, 138, 241 f.
Gough, Michael 219
Grahame, Kenneth 20
Graslgeiger, Die 121
Grass, Günter 100
Grasshoff, Fritz *293*
Grau, Herr 83
Gredinger, Paul 61 f.
Greene, Graham 168
Greiner, Franziska 16
Greiner, Ulrich 17, *312*, *352*
Gretchen, Wirtin der »Blockhütte« *285*
Grimm, Brüder *301*
Grissemann s. *Stermann & Grissemann*
Gröbe, Prof. Dr. Kurt 106
Grünbein, Durs *295*
Gründgens, Gustaf *397*, *431*
Guevara, Ché 56, 203
Guevara, Vater 203
Guillot, Liliana 202

Haas, Herta *432*
Haas, Willy *432*
Habermann, Lehrer *281*
Hader, Josef *319*, *414*
Haderer, Gerhard *414*
Haffmans, Gerd 180 f., *337*, *432*
Haffmans Verlag 102, 170
Hage, Volker *433*
Hahn, Gerhard 263
Hahn, Ronald M. *306*
Haley, Bill 107
Hallervorden, Didi 246
Halliwell, Leslie *404*
Hamlet *419*
Hancock, Sheila 233
Hannes, mein guter Freund 39
Hans, mein Freund *278*
Harather, Paul *324*, *414*
Haussmann, Genie 40
Havey, Allan 224
Hawke, Ethan 225 f.
Haynes, Jacob 66
Heckerling, Amy 64
Heffalump 20
Heidenreich, Elke *286*
Heller, André 98, *319*
Helmlé, Eugen *388*
Heltau, Michael 98
Hemingway, Ernest 199, 201, 206
Henkel, Gabi 39
Henrichs, Benjamin *359*
Henscheid, Eckhard 264, *318*
Henschel, Gerhard *329 f.*
Hentoff, Nat *395*
Henze, Hans Werner *427*
Herbort, Dr. Heinz Josef *303*
Herdieckerhoff, Jochen *356*
Hermann, Freund *380*
Hermes s. *Phettberg, Hermes*
Heusinger, Adolf 31
Heydebreck, Hubertus von *281 f.*
Heym, Georg 53
Heym, Stefan 52
Heynemann, Laurent *409*
Hilpert, Heinz *390*, *431*

Hinz, Knut und Werner 71
Hitler, Adolf 27
Höfer, Werner 213
Hoff, Benjamin 180
Hogarth, William 56
Holbe, Rainer 55 f.
Holm, Ian 238
Hopskins-Cooper, Jack »Honest John« *402*
Hopskins-Cooper, Mary *402*
Horst *342*
Horst vom »Crazy Horst Saloon« *403*
Horti, Eugen *394*
Howland, Chris 212
Hubbard, L. Ron 56
Hudson, Hugh 237 f.
Hütchen, Pony *440*
Hyde, Douglas 167

I-Ah 19, 21, *347*
Imbeck, Klaus 62
Insel, Die 38

J., F. 111
Jacobs, Friedrich *397*
Jägersberg, Otto *286 f.*
Jagger, Mick 165
Jake 62
Jakob, Urs 125
Jandl, Ernst *343 ff.*
Jane 238
Jens, Walter 149
Jesus 36, 55 f., 218, *288, 290, 412*
Jewtuschenko, Jewgenij *428*
Jochen-der-Stift 73, 75
Jock 160 f.
Johns, Mr. 24
Johnson, J. J. *395*
Johnson, Samuel 86
Jolitorax 212
Jones, Brian 24, 26
Joplin, Janis 66
Jorgenson, Prof. Lawrence C. 191
Joyce, James 167 ff., 175, *331, 429*
Juan 26
Jupp, mein Freund 50 ff., 107
Jürgen, Freund von W. Biermann *342*

Kabatek, Dr. Adolf 211
Kadritzke, Niels *408*
Kafka, Franz *301, 311*
Känga 19, 21
Kaninchen 21
Karasek, Adolfine *356*
Karen 26
Karr, H. P. *306*
Kästner, Erich 147 f.
Kaufmann, Christine *404*
Kayser, Christiane *407*
Keaton, Buster 217
Keaton, Michael 219
Keen, Ruth *297*
Kellner-Frankenfeld, Lonny *396*
Kelly, James Patrick *307*
Kempowski, Walter 46 f.
Kennedy, John F. *379*
Kersten, Joachim *286*
Kiaulehn, Walter 71
Kieseritzky, Ingomar von 117, *441*
Kilb, Andreas 39, *352*
King, B. B. *279*
Kinski, Klaus *278*
Kipphoff, Dr. Petra *303*
Klaus 97
Klaus, mein Schwager 30

Klaus »Smutje« Sowieso *368*
Klausi *368 f.*
Klein Ruh 21
Kleist, Harry von 85
Kleist, Heinrich von *301*
Klemens, Freund *400 f.*
Kleven, Max 218
Kling, Frau *299 f., 370 f.*
Kloßen, Herr *440*
Kluge, Heidelore *286 f.*
Knott, Marie Luise *410*
Kohl, Helmut 40 f., *335*
Kokoschka, Ferdinand *426*
Kolle, Oswalt 213
Königin der Nacht 93
Koons, Jeff *421*
Kopf, Uwe 15
Körösi, Rudolf 243
Kotzwinkle, William *436*
Kraft, Dr. Sohn-des-Freitag, *s. Paraskevopoulos, Dr. Alkis*
Kratzl, Karl Ferdinand 119
Krenz, Egon *444*
Kuhauge *384*
Kuhlbrodt, Dietrich *324*
Kuhn, Robert *444*
Kulenkampff, Hans-Joachim *391*
Kunhardt, Dorothy 146
Kunstmann, Antje *375 f.*
Kuntzsch, Joachim *312*
Kuntzsch-Zschach, Saskia *312*
Kunze, Reiner *343*
Küppers, Mechthild *408*
Kurz, Friedrich 67
Kutter 61

Laederach, Jürg 179
Lafontaine, Oskar *350*
Lagerfeld, Karl 263
Laiki 89 f.
Lambert, Christopher 238, 248, 261
Lammers, Claas-Hinnerk *285, 287*
Lampedusa, Sowieso di 40
Lamsweerde, Pino van 211
Landshoff-Coninx-Ellermann, Antje *280, 282, 376*
Lane, Diane 248
Lang, Franzl 127
Langstrumpf, Pippi 233
Lanza, Mario 131
Larkin, Philip *282*
Lassahn, Bernhard *287*
Lau, Süßwassernixe *435*
Lavi, Daliah *396*
Lechtenbrink, Volker *305*
Ledig-Rowohlt, Heinrich Maria 160, *311 f.*
Lehmann, Hippie 100 f.
Leiris, Michel 72
Leland, David 224
Lemmon, Jack 206
Lenin 92, 94
Lennon, John 233, *427*
Lennon, Prentice 191
Lentz, Leonhard 243
Leonhard, Robert Sean 225 f.
Lessenich, Jean *395*
Lester, Richard *324*
Lettau, Reinhard 117
Liam 158 ff.
Lichtenberg, Georg Christoph *301*
Liepman, Ruth 15
Lieva *379*
Lili-der-Hund *282*
Lincke, Paul *355*
List, Niki 263

Litassy, Dame 117
Lloyd, Christopher 269
Loewe, Werner 87
Longos *397 f.*
Loreley *287*
Loretto, Franz *400*
Loriot 75
Lothar, Susanne 267
Lübke, Heinrich 213
Lucilius *400*
Lüdecke, Wenzel 259
Luhrmann, Baz *419 f.*
Lustgarten, Moshe *412*
Luther 61

Mac Cool, Finn *440*
MacCarthy, Joseph R. 87
MacGuffin, John 103 f.
Mae 102
Maltzahn, Elisabeth Baroneß von *345*
Mankiewicz, Tom 255
Mann, Michael 134 f.
Mann, Thomas 220
Manuel, genannt »Chico« *300*
Mara 94
Marceau, Sophie 208, 251
Maria 156 f., 160
Marie *314*
Markwort, Helmut *357*
Marquardt, Axel *278, 290*
Marshall, Penny 245
Marshall, William *409*
Martinez, A. 253
Mason, Perry *410*
Mastroianni, Chiara *292*
Mastroianni, Marcello *292*
Matussek, Matthias 219
Mausi, feldgrau 30
Max 36
Max, ein Kleinstkind 94
May, Karl 149, 223
McCall, Dan *285*
McCartney, Paul *427 f.*
McCourt, Frank *427 ff.*
McDowell, Andie 238
Means, Russell 135 f.
Melzer, Abraham *344 f.*
Mennicken, MA Helmut 124
Menzel, Jiři *324*
Mercier, Jean-Pierre *301*
Meyer, Uli 101
Meyer-Hencken-Schencken, Regine 139
Michael 156, 160
Michael, der Zweitkoch 26
Michaelis, Rolf *342*
Midas *398 f.*
Middelhauve, Gertraud *337*
Mikula, Frau *289*
Miller, Henry 18
Miller, Robert Ellis 233
Millin, Sarah Gertrude 18
Millyard, Anne Webler 131
Milne, Alan Alexander 18, 20, 22 f., 25, *347*
Milne, Astrophysiker 18
Milne, Christopher Robin *346 ff.*
Milne, Daphne 25
Milne, Erdbebenheini 18
Milnes, die 19, 25
Minna 71
Minouche *287*
Mitropa-Kellner, der *279*
Mohnhaupt, Brigitte *295*
Möllendorff, Ulrike von 33
Mönckeberg, Senator *384*
Monostatos 93
Monroe, Marilyn 179
Monty Python 106

Moravia, Alberto 72
Morris, Jackie 20 f.
Mortimer 145
Moses 218
Moulin, Jean *302*
Muhämmäd *304*
Mühl, Otto 139
Muliar, Fritz *296*
Müller, Fanny *350, 356 ff.*
Müller-Marein, Josef *s. Jupp*
Münch, Richard *431*
Murphy, Eddie 241, 244
Musil, Robert 117 f.

Nachbar, mein schottischer *310 ff.*
Nachbarin, meine *279*
Nante *390*
Naumann, Mike 179
Naumann, Tina 83
Nelson, Kapelle 184
Nero *400*
Neslon, Willie 86
Neuss, Wolfgang *436*
Newman, Paul 189
Nichols, Mike 259
Nicholson, Jack 259
Nick und Jenny *304*
Niermans, Edouard 229 f.
Nikolaus *434*
Nikolić, Živko 256 f.
Nitzsche, Ela 232
Nolte, Mathias *392*
Novak, Helga M. *409*

O., Mary 159
O'Brien, Flann 16, 74, 114, 123, 129, 151 ff., 167 ff., *315, 335, 337, 424, 428, 432 f.*
O'Bruadair, Joe 165
O'Day, Anita *395*
O'Kane, James 171 f.
O'Nolan, Brian *s. Flann O'Brien*
O'Pooh, Winnie 150
O'Rourke, Sean 162
Oberforstrat, der *340 f.*
Oile 21, *347*
Olaf *371, 373*
Old McDonald *284*
One-Eyed Rattlers, die 165
Ono, Yoko 233
Opitz, Elisabeth *287*
Opitz, Stephan *287*
Ospina, Luis 204
Ostbahn, Dr. Kurt *359*
Otto 126

Pacino, Al 140 f.
Paczensky, Susanne von 100
Padrón, Juan 203
Palm, Kurt 93 f., 109, 118
Pamina 93, 110
Pankow, Gottwalt *386*
Papagena 93
Papageno 93
Papst 55, 63
Paradise, Bonnie 190, 192
Paraskevopoulos, D. Alkis *342*
Parnass, Frau 239
Pascal *278*
Pastior, Oskar *343*
Paul, ein Schweizer 72
Paul, Stefan 205
Pedestrian, Joe 114
Percy 26
Perec, Georges *388*
Perpich, Mike 87 ff.
Peymann, Calus *296*

Pfeiffer, Michelle 219
Phettberg, Hermes 93, 109 ff., 119 f. 139, *290, 296, 357 f., 368*
Pialat, Maurice 251
Piatti, Celestino *385 f.*
Picasso, Pablo 258
Pierenkämper, Franz *440*
Pierenkämper, Maria 145, *299, 379, 425 f., 431*
Piper, Frl. 149
Pirandello, Luigi 168
Plath, Jörg *328*
Platters, die 265
Pluhar, Erika 98
Plühm, Nobbäät 36
Poitier, Sidney 242
Polgar, Alfred 71, 152, *388*
Polgar, Lisl *380 f.*
Poohsticks, Kapelle 23
Popow, Oleg K. *393*
Powell, Padgett *341*
Praesent, Angela *331*
Prévert, Jaques *302*
Properz *301*
Proust, Marcel 72, 255
Prpić *s. Perpich*
Pu 18 ff., 26, 140, 146, 180, *346 ff., 366, 440*
Puntigam, Martin *358*
Purschke, Ulrike 228

Quadflieg, Christian *330, 354*
Quadflieg, Will *354*
Quayle, Dan *444*
Questi, Giulio *323*
Quinn, Freddy *285*

Raddatz, Fritz J. 181, *296, 393*
Radisch, Iris *312*
Rampelmann, Franz *371*
Rausch, Karin S. *409*
Rauschenbach, Bernd 76 f., 113 ff.
Rawlings, Marjorie Kinnan 148
Recher, Hilde *391*
Reemtsma, Jan Philipp *286, 337*
Reevis, Steve 192 ff.
Reich-Ranicki, Marcel *328, 388, 408*
Reiner, Rob 223
Reis, João G. 202
Remington, Frederic 192 f.
Rhodan, Perry 78
Richard, Pierre 234
Richardson, Sir Ralph 238
Rickelt, Martin *372*
Ridley, Mike 19, 27
Rilke, Rainer Maria *357*
Ringelnatz, Joachim 148, *441*
Robert, Marthe *301*
Robin, Christopher 19, 21, 24 ff., 144
Röczvöcz, Attila *296*
Rodel 47
Rogosky, Wolf 61
Röhl, Klaus Rainer 253
Röhl, Wolfgang 15, *296, 298 f.*
Rolling Stones 24, 165
Rome, Sydne 62
Ross, Herbert 235
Roth, Gerhard 17
Roth, Philip *432*
Röttger, Jo 183, 193 f.
Rowohlt, Ernst 102, *337, 340 f., 424, 426 f., 434, 438*
Rubinowitz, Tex 112 f., 115 f.
Rudolf the Rooster *284*
Rühmann, Heinz *404, 413*

Rühmkorf, Peter 179 f., *285, 317, 334, 441*
Ruth, der Haikutter *286*
Ryan, John 174

Salieri, Antonio 181
Salomon, Ernst von *438*
Salsedo, Frank 183 ff.
Sampson, Sam 187
Sampson, T. J. 187, 189
Sampson, Tim 187 ff.
Sampson, Will 187, 189
Sanne-was-sich-immer-Sorgen-am-Machen-ist 73, 75
Sansom, William *311*
Sarastro 93, 110
Sarikakis, Herr *299 f.*
Saroyan, William 168
Sartre, Jean-Paul 152, 261
Satan *288*
Scartaccini, Nelson 201
Schaak, Michael 263
Schaller, Jason 65 f.
Scharlau, Winfried *321*
Scheffler, Heinrich *398*
Schiller, Friedrich 149, *344*
Schiller, Herr *370*
Schiller, Jeannine *357*
Schimmel, Annemarie *319*
Schlingensief, Christoph *324*
Schmidt, Arno 76 ff., 114, 135, *312*
Schmidt, Helmut 15, 107, 140
Schmidt, Ulrich *362 ff.*
Schnee, Joel 33 f.
Schneider, Brigitte 103 f.
Schneider, Romy 144
Schnitzler, Karl Eduard von *318*
Schnuckel (Sabine Bentlin) *349*
Schnurre, Wolfdietrich 16 f.
Schober, Siegfried 17
Scholl, Sophie 56
Scholz, Katharina und Veronika 145
Schrader, Paul 249
Schröder-Dellbrück, Professor 230
Schübel, Rolf 243
Schultz, Herr, Französischlehrer *312*
Schulz, Frank *385, 441*
Schulze-Schlingensief, Elsbeth 55
Schurk, Budd 183
Schütte, Jan 227, 266 f., *381, 412 f.*
Schwägerin Jane *310, 312, 431*
Schwaner, Herr 221 f.
Schwarz, Elisabeth 186
Schwarzenegger, Arnold 17, *322, 375*
Schwejk *426 f., 434*
Schweikhardt, Josef 116 ff.
Scott, Ridley 221
Scott, Sir Walter 135
Sébastien *382*
Seifert, Herr *385*
Selway, Mary 233
Sen, Nguyen Hong *416*
Seneca *400 f.*
Shakespeare, William *419*
Shapiro, Nat *395*
Shepard, E. H. 17, 21 f.
Sherrick, Budd 183
Siems, Frl. *408*
Siggi von »Siggi's Imbiß« *314, 316*
Siggis Frau *316*
Silverheels, Jay 189
Silverstein, Shel *446 ff.*

Simon, Michel *302*
Sinatra, Frank 261
Sinclair, Matty *408*
Sint, Herr *352*
Smírlis, Iórgo *340*
Snowdon, Lord *347*
Sobernheimer, Frau 126
Soderbergh, Steven 127
Sokrates 261
Sommer, Theo 74, 126, 177
Sommerauer, Pfarrer 56
Sonia-die-Ex-Fixerin *373*
Sonnenschein, Ulrich *330*
Sosa, Mercedes 205
Sotschek, Áina und Ralf 163, 165
Sowieso, Frau 140
Sowieso, Herr 30
Spaeth, Gabriele *394*
Speidel, Hans 31
Spielbergh, Steven 212
Spinotti, Dante 135
Sprenger, Wolf-Dietrich 267
Springer, Axel *323, 337*
St. Laurent, Yves 261
Stalin, Josef W. 118 f.
Staub, Enio 202
Steenburgen, Mary 270
Stephan, Cora *286*
Stermann & Grissemann *357*
Sterne, Laurence 113 f., 153
Steuerzahler, Hans F. 30
Sting 261
Stockwell, Dean 184
Stolpe, Manfred 110
Stone, Oliver 186
Stone, Sharon *428*
Stowe, Madeleine 134
Strauß, Franz Josef *391*
Strauven, Michael 213, 216
Streep, Meryl 259
Stride, John *420*
Striebeck, Peter 243
Strittmatter, Thomas 227, 267, *381*
Strobel, Käthe 213
Stroucken, mein Freund *292*
Stroux, Karl Heinz *431*
Stuart, Maria 145
Studi, Wes 135 f., 186 f.
Stuyvesant, Pieter 224
Suhl, Rolf 15
Svoboda, Ludvík 94
Sweeny, der Wahnsinnige 152, 154
Syberberg, Hans-Jürgen 94
Sylvia am Nebentisch 19, 26
Sylvia, mit Sinn fürs Esoterische 89

Takata-san, Kayoko 221
Tamino 93
Tardieu, Jean *312*
Tarzan 237 f.
Tati, Jaques 208
Tausig, Otto *412*
Taylor, Liz *403*
Teefax 212
Tell, Wilhelm *344*
Thadden, Adolf »Bubi« von *344 f.*
Theognis *293*
Thomas, Dylan *416*
Thurber, James 47, 213
Tieger 21
Tigges, Cori *324*
Toi, Lam *416*
Tom 93
Torberg, Friedrich 114
Torfrock 264
Tovoni, Luciano 248

Townsend, Robert 241
Travolta, John 68
Triandáfilos *s. Laiki*
Trier, Walter 147
Truffaut, François 229
Tschik 119 ff.
Tschik, Frau 221 f.
Tucholsky, Kurt 102, 165, 225, *306, 393*
Tucholsky, Mary *393*
Twain, Mark 147

Uli, Ex-Freund *390*
Unseld, Siegfried 106, 178 f., 181
Urs 125
Uschi 93
Uzzaman, Buddy 227

Valdivia, Marco de 23
Valentin, Barbara *404*
Vanity 210
Vasíli *299*
Vautrin, Jean *406*
Véber, Francis 234
Viorel, Roman 33
Vollmer, Antje *375 f.*
Vonnegut, Kurt *389 f., 401 f.*
Voß, Johann Heinrich *398*
Voss, Raymond 264
Vrchota, Leopold *356*

Wacks, Jonathan 253
Wadman, Mrs. 113
Waechter, Friedrich Karl 213
Wagenbach, Klaus *337*
Wagner, Franz Josef *315*
Wagner, Richard *369*
Wahlert, Christiane von *324*
Waldheim, Kurt 110
Walken, Christopher 219
Wall, Mervyn *428*
Waller, Anthony 216
Walser, Robert *301*
Walter, Michael 113
Walton, Tony 259
Wang, Hund 180
Wang, Wayne 258
Waterhouse, Jaryd 66
Waters, John 240
Wayda, Andrzey 261
Wayne, Bruce 218
Wayne, John 185
Weathers, Carl 210
Webb, Jack 255
Wehner, Walter *306*
Weigle, Fritz 213
Weihnachtsmann *434*
Weir, Peter 225
Weissner, Carl 266
Wells, H. G. *380*
Welsh, Audrey 168
Westphal, Kulle 264
Westphalen, Joseph von 181, *286*
Wetering, Janwillem van de *409*
Widmark, Richard 49
Widmer, Urs 258
Wiegandt, Mine-Marei 268
Wie-hieß-sie-noch, Frau 151
Wilde, Oscar 20
Wildgruber, Ulrich 227
Williams, Debbie 228
Williams, Garth 146
Williams, Robin 225 f.
Wilms, Frau 40
Winblad, Ulla *440*
Winkler, Willi 179, 263
Winnetou 149
Winter, Rolf »Pfeife« *392*

Witsch, Jupp *337*
Witt, Claus Peter *369 f.*
Wittek, Hans 44 f.
Wittek, Horst *s. Wittek, Hans*
Wohmann, Gabriele *385*
Wöhrmann, Prof. Dr. Klaus-Rüdiger 127
Wolf, Lutz W. *401*
Wolf, Mischa 32
Wolff, Carl Heinz *405*
Wollin, Marji 66
Wollschläger, Hans 79, *429*

Young, Ric 227

Zeffirelli, Franco *420*
Zemecki, Robert 269
Zenker, Andy *329*
Zenker, Gaby *369*
Zimmer, Dieter E. 44, *409*
Zinsler, Dame 117
Zschach, Saskia, *s. Kuntzsch-Zschach, Saskia*
Zschocke, Fee *312*
Zucker, David 250